베르길라우스의
죽음 2

세계문학의 숲 022
D e r   T o d   d e s   V e r g i l

베르길리우스의 죽음 2

헤르만 브로흐 지음
김주연, 신혜양 옮김

시공사

일러두기

1. 이 책은 1945년 미국 뉴욕의 판테온 출판사에서 처음 출간된 헤르만 브로흐의《베르길리우스의 죽음(Der Tod des Vergil)》을 우리말로 옮긴 것이다.
2. 번역은 독일 프랑크푸르트암마인의 주어캄프(Suhrkamp) 출판사에서 발행한 〈헤르만 브로흐 전집(Hermann Broch Kommentierte Werkausgabe)〉 4권《Der Tod des Vergil》(1980년)을 대본으로 삼았다.
3. 본문의 주는 모두 옮긴이의 주이다.

차례

3부 흙—기대　7
4부 공기—귀향　273

해설 시와 구원 _ 337
베르길리우스를 이해하기 위하여
판본에 대하여　351
헤르만 브로흐 연보　353

마치 선물을 주기도 하고 뺏기도 한 듯한 상황 속에 그들은 그를 혼자 남겨두고 가버렸다. 친절하고 화를 잘 내는 친구는 그에게 마음의 안정을 주고 불안을 제거했다. 그러나 제거된 것은 불안뿐이 아니라, 말하자면 그 자신의 일부이기도 했다. 마치 프로티우스가 그를 성인(成人)의 세계에서 추방하여 다시 갓난아기로 만들어버린 것 같았다. 밀라노에서 보낸 청년 시절, 두 사람은 모두 미숙한 꿈을 그렸었다. 그 꿈에서 프로티우스만은 진정 벗어날 수 있었지만, 그는 한때의 미숙한 세계로 다시 내동댕이쳐진 것 같았다. 그들이 퇴장한 인상이 너무나도 강렬했기 때문에, 비록 친구가 그 다부진 어깨 위에 《아이네이스》를 불안과 함께 짊어지고 갔다 해도 이상할 것 없다고 생각될 정도였다. 고리짝은 아직 누구의 손길도 받지 않은 채 엄중하게 잠겨서 그곳에 놓여 있는가? 아니면, 그렇게 보이는 것은 단순한 착각에 지나지 않는 것인가? 굳이 확인하지 않는 편이 나았다. 그렇게 생각하는 것은 무방비의 편안함 때문이기도 했으나 부끄러움 때문이기도 했다. 게다가 다름 아닌 리사니아스의 눈앞에서 자신이 이렇게 기묘하게 왜소해졌다는 사실이 더욱 부끄러웠다. 소년은 놀랍게도—그렇다고 허를 찔린 느낌은 아니었지만—밤 동안과 조금도 다름없이 지금도 안락의자에 앉아 있었다. 안락의자가 갑자기 2인용이 되는 일이 있을 수 있을까? 방금 전까지 프로티우스도 거기에 앉아 있었다. 솔직히 이 방에 프로티우스 따위는 발을 들여놓지 않는 편이 나았다. 그러는 편이 오히려 옳았을 것이다. 아득히 화창한 햇살을 받은 바다가 출렁이고, 눈앞에는 달콤한 망각 속에 소년이 의자에 기대어 있었다. 고뇌에서 벗어나 고뇌를 달래는 모습이었다. 시선을 집중시켜서 바라보니 그것은 무뚝뚝하고 민첩한 농가 젊은이의 얼굴이었다. 그러나 더욱 자세히 들여다보니 그 얼굴은 깊숙이 꿈에 잠겨서 더할 수 없이 아름다웠다. 소년의 무릎 위에는 어젯밤 그가 낭송한 시고(詩稿)가 놓여 있었다.

재촉을 기다리고 있었다는 듯 소년은 읽기 시작했다.

"잠의 문은 두 개의 구조로 되어 있도다. 그것이 참된 꿈이라면
  뿔의 문으로부터 순수한 모습을 드러내고,
  그것이 만일 조상의 망령이 보낸 거짓 꿈이라면
  빛나는 상아의 문으로부터 헛된 환상이 뛰쳐나온다.
  이 문으로 안키세스는 그 아들과 무녀를 인도하여
  상아의 광채 속에서 이별을 고했다.
  아이네이아스는 서둘러 배로 달려가 일당들을 거느리고
  물결을 뚫고 한달음에 카에타의 항구로 향한다.
  닻은 뱃머리에서 요란스레 던져지고 선미는 기슭에 매어졌다."

카에타를 찬양하기 위해 이렇게 노래한 것이었다. 이 구절*이 어디였는지 그는 곧 생각해냈다. "그랬어……. 그다음에 카에타는 매장되었지, 유모인 카에타가……. 아이네이아스는 지옥으로부터 돌아왔고…… 돌아와서 성장했지……. 새로운 삶을 맞이한 인간이 되었지……."** 주위의 공기가 투명한 액체로 변한 듯 스스로도 놀랄 만큼 술술 이야기를 해나갈 수 있었다.

"아이네이아스가 더듬은 길은 베르길리우스님, 당신의 길이기도 하지 않았습니까? 당신도 암흑을 향해서 전진했습니다. 그리고 거기에서 돌아와 빛나면서 떨리는 바다의 빛 속으로 배를 내시어……."

"분명 어둠 속으로 내몰리기는 했지. 그러나 그것은 내 본의는 아니었다. 어둠 속으로, 그 태내로 돌진하기는 했지만, 그러나 거기에 몸을 맡기지는 않았다. 동굴은 바위투성이로 넘치고, 꿰뚫고 흐르는 강물도 없고, 의연한 밤의 눈의 깊은 심연에서 호수를 찾을 수도 없었다……. 나는 플로티아를 만났다. 그러나 아버지를 찾지는 못했다. 그리고 플로티아도 사라지고 말았다……. 나는 새 삶을 맞이하지 못했다. 아무도 나를 인도해주지 않은 것이다. 그러나 그 뒤 나는 목소리를 들었다, 그리고 지금은 밝게……."

"……그리고 당신 자신이 인도자가 된 것입니다."

"운명에 쫓기고 내몰리면서 나 자신조차 이끌어갈 수가 없었다. 그런데 어떻게 다른 사람들을 인도할 수가 있었겠는가."

---

*지옥 순례를 노래한 《아이네이스》 제6장의 끝부분.
**제7장의 첫머리에서는 아이네이아스의 유모 카에타의 장례가 노래된다.

"설사 어디로 내몰림을 당하셨더라도 그것은 언제나 당신이 지향하신 길이었습니다."

"울부짖는 밤의 골목을 빠져나오는 길을 발견한 것은 나였던가? 그것은 자네가 아니었던가?"

"길잡이는 언제나 당신이셨습니다. 앞으로도 당신은 언제나 안내역을 맡으실 것입니다. 나는 언제나 당신 곁에 붙어 있었기 때문에 앞서 가는 것처럼 보였을 뿐입니다. 때로는 당신의 눈앞에서 자취를 감추기도 하지만, 시간을 모르는 시간의 변천 속에서 부름을 받아 이처럼 다시 곁으로 돌아오곤 합니다. 그 시간 아닌 시간의 조용한 길잡이는 바로 당신이십니다."

미소를 머금지 않을 수가 없었다. 인간의 지도자가 된다는 것, 장군이나 사제나 국왕이 된다는 것, 그것은 일찍이 소년 시절의 소원이었다. 그 소원을 이 소년이 지금 입에 올리고 있었다. 프로티우스는 그를 정말로 소년으로 만들어버린 것일까?

그런 리사니아스는 말을 계속했다. "장군에게도 국왕에게도, 아니 시에 있어서까지도 영겁의 섭리에 맡겨진 시간을 인도해나갈 힘은 없습니다. 그 시간 속에서 끊임없이 계속 인도하면서 영원히 주재를 하는 것은 깨끗한 마음이 단호한 의지를 가지고 행하는 행위뿐입니다."

방 안은 밝아졌다. 공기는 가볍게, 신의 입김은 명랑하게 떠돌았다. 그리고 마치 친밀감을 더한 듯이, 구하여 얻은 성취처럼 다정하게, 햇빛을 받은 기슭이, 당도할 방법도 없는 장엄한 숲이 빛나기 시작했다. 또한 영원히 노래를 그치지 않는, 아련히 반짝이는 태양신의 입으로부터 태양에의 찬가가 울려 나왔다.

"리사니아스, 저 눈이 보이느냐? 금빛 광채를 띤 검푸른 하늘이? 한낮이 눈을 뜨는 그 눈 속 깊이에는 빛나는 밤이 숨겨져 있단다."

"당신이 인도자로서 지향한 것은 아폴로였습니다. 태양빛에 용해되어서 아폴로는 당신과 더불어 대지가 되고, 지금은 당신과 더불어 한낮이 되었습니다."

"아폴로의 눈은 금빛, 불길한 그 활은 은, 그 인식은 마치 빛과 같고, 그것이 가져다주는 죽음도 찬연히 빛난다. 아폴로의 거룩한 말*과 아폴로의 거룩한 화살은 빛나면서 하나가 되고, 이 합일의 힘에 의해 거룩한 근원으로 회귀한다. 오오, 아폴로 자신에게는 보이지 않는 눈 깊은 곳의 샘인 밤이여, 신의 눈짓 속에서 쉬는 밤이여, 화살에 맞고 빛에 꿰뚫린 자 앞에서만 암흑의 얇은 깁은 찢어지고, 희미하게 흐려지는 눈은 어느새 시력을 잃고, 그러나 여전히 총체의 근원에 높이 솟은 궁륭을 단단히 붙들고 발단과 종말을 남김없이 내다본다. 존재의 근원인 궁륭, 밤 같으면서도 그러나 동시에 빛으로 가득 찬 근원의 궁륭을 내다보는 것이다."

"무적인 태양신." 희미한 부르짖음이 들렸다. 다시 이곳에 모습을 나타낸 노예의 입에서 새어 나온 것이었다.

"무적, 그렇지. 하지만 아버지에게는 유순하지. 숫양의 뿔을 지닌 한낮의 신 주피터에게는. 억센 손으로 번개를 휘둘러 대면서 신들의 운명을 지배하는 신, 운명을 다스리면서 그러나 스스로 운명에 사로잡혀 영원히 크로노스**로부터 벗어날 수

---

*예언을 말한다.
**크로노스는 주피터의 아버지이며 동시에 시간을 지배하는 신이기도 해서 시간의 저주를 모면할 수 없었다.

없는, 그 힘의 저주에 단단히 얽매여 있는 크로노스의 아들에게는 유순하지.”
 “하지만 물려받았다가는 다시 빼앗기는 그 권력의 저주는” 하고 노예가 말했다. “신들의 종족 중에 처녀가 낳은 아들이 나타날 때 사라집니다. 그것은 모반(謀叛)을 기도하지 않는 최초의 아들입니다. 아들은 아버지와 하나가 되고, 아버지는 아들과 하나가 되고, 아버지와 아들은 정령으로서 하나가 되고, 이리하여 이 셋은 영원히 일체가 됩니다.”
 “너는 시리아인인가? 페르시아인인가?”
 “어렸을 적에 아시아에서 끌려왔습니다.”
 무뚝뚝하면서도 정중한 대답이었다. 그리고 방금까지도 태양을 향해서 열려 있던 사내의 얼굴은 무엇을 생각하고 있는지 모를 하인의 표정으로 돌아가 있었다. 어떻게 해서 이렇게 되었는가? 이 때문에 지금까지 계속되어 온 상황이, 말하자면 그만 단절되어버린 듯했다. 리사니아스는 갑자기 방에서 자취를 감추었다. 마치 내쫓기기라도 한 꼴이었다. 호흡이 또다시 고통스러워졌다. “너는 누구냐?”
 “아우구스투스님의 궁전에서 일하는 노예입니다. 아우구스투스님에게 신들의 가호가 계시기를.”
 “누구에게서 그 신앙을 배웠느냐?”
 “노예는 주인의 신들을 섬기게 마련입니다.”
 “너희 부모들의 신앙은?”
 “제 아버지는 노예로서 십자가에 못 박혀 죽었습니다. 어머니와는 생이별을 한 채 소식조차 모르고 있습니다.”
 어두운 고통이 끓어올라 눈물이 되었다. 오오, 눈을 멀게 하고 가슴을 아프게 누르는 눈물, 인간적인 것이 끊임없이 되살아나는 무변광대한 호수의 눈물. 그러나 노예의 얼굴에서는 아무런 변화도 찾아볼 수가 없었다. 그것은 심연 위에 적나라하게, 그러면서도 갇혀진 채 누워 있었다.

한참이 지났다. "내가 너를 위해서 무언가를 해줄 수 있을까?"

"하잘것없는 놈에게 인정을 베풀지 마십시오. 저는 제 운명에 만족하고 있습니다. 아무것도 더 이상 원하는 것은 없습니다."

"하지만 너는 이곳에 오지 않았느냐?"

"이곳에 가 있으라는 명령을 받았습니다."

이 노예는 정말로 단순한 꼭두각시에 지나지 않는가? 손님에게는 아무것도 알리지 말라는, 입을 다물고 있으라는 명령을 받은? 무엇을 숨기고 있는가? 고아의 역경을 감수하지 않으면 안 되었던 인간의 태도에서는 아무것도 알아낼 재간이 없었다. 싸늘한 망토가 그의 영혼을 뒤덮고 몇 겹으로 겹쳐진 전율의 층을 감싸고 있어서 무서울 만큼 지독히 외로운 노예의 모습이었다. 이 사내가 이곳으로 보내진 것은 《아이네이스》와 소년을 그에게서 빼앗기 위해서인가? 리사니아스를 자기와 똑같은 고아로 만들기 위해서인가? 들창가의 의자에는 아무도 앉아 있지 않았다. 모습을 감춘 소년을 찾아 내밀어진 손은 아무것도 발견하지 못했다. 고아의 운명에서 소년을 구해낼 길은 없었다! 그러자 공포의 부르짖음이 터져 나왔다. "네가 그를 쫓아낸 거지?"

"만일 뭔가 못마땅하시다면 아무쪼록 벌을 주시고, 아니라면 용서해주십시오. 못마땅하게 할 생각으로 저지른 일은 아닙니까. 베르길리우스님을 돕고 명령을 수행하는 것이 제 임무입니다."
　불신은 아직도 해소되지 않았다. "너는 소년의 대리인인가? 그와 교체되어 이곳에 파견되었는가? 그의 이름을 물려받았나?"
　"노예에게는 자기 몫이라는 게 없습니다. 노예에게는 이름이 없습니다. 발가벗긴 채 사슬에 매여 있는 몸입니다. 뭐라고 부르시든 그것이 제 이름이 되는 것입니다."
　"리사니아스인가?"
　이것은 질문이었다. 그런데 이 이름이 불려지자 리사니아스가 다시 그 자리에 나타났다. 들창에 기댄 채 노예 대신에 재빨리 그가 대답했다. "저를 발견하기 위해서 언제나 당신은 자신을 찾으셨습니다. 그리고 자신을 발견하면서 저를 찾으셨습니다."
　찾았다, 오오, 찾았다— 오오, 근원이여! 오오, 또다시 잃었던 존재가 나타나고 깊은 샘은 연신 솟구쳐 올랐다. 추억의 공간, 끝없는 과거의 심연, 그것은 세계를 휘감는 뱀에게 얽혀 들고, 들어보지도 못한 사상(事象)이 불러일으키는 이상한 분위기에 깊숙이 잠겨 있었다. 보기에도 무섭게 꿈틀거리는 뱀의 얽힘 속에서도 결코 행방불명되는 일 없이 언제나 연상 속에서 소생하는 거인의 일인자 크로노스가 몸을 비틀어 빠져나오고, 발소리도 요란하게 비로소 대지를 밟는 것이었다.
　그러자 그 추억의 술렁임 속에서 노예의 대답이 들려왔다. "자기의 이름을 자기가 선택하는 자는 운명을 거역하는 인간입니다……."
　찾았다, 오오, 찾았다— 거인은 타도되었다. 반신(半神)의 족속과 인간의 족속은 신들에게 봉사하면서, 태어나고 죽어가고 끝없이 계보를 이어가면서, 의무를 다하고 죽어가도록 가르침을 받으면서 거인의 혈통을 잇고 있었다. 그러나 마침내 이 피가 다시 갑작스럽게 끓어 넘치고, 강대하고 가공할 거인의 성질을 가지고 태어난 후예*는 조상과 마찬가지로 또다시 창조의 옥토를 짓밟고 옛날의 죄업을 순식간에 추억 속에 되살리면서 하늘을 향해 외치는 것이었다. 이 추억은 너무나도 생생하여 자신 속에 그 혈통을 느끼는 먼 조상의 원수를 세상에서도 무서운 수법으로 갚고야 말리라고 생각게 할 정도였다. 태양신을 장님으로 만들고, 왕좌에 앉는 신들의 아버지를 추방하기 위해 그는 높은 곳으로 올라갔다. 신들의 눈에서 활활 타오르는 불을 빼앗았을 때 이 기도는 거의 성취되는 듯했으나, 또다시 승리는 제우스에게 돌아가고 말았다. 제우스는 거인을 밀어내어 바위투성이인 대지에 쓰러뜨렸다. 그리하여 의무는 다시 지배를 계속하고, 태양신이 조종하는 대로 화염의 수레는 높은 곳을 달리고, 활을 지닌 찬란하게 빛나는 사수를 하늘 한가운데 떠돌게 했다.

밝은 빛에 싸여서 노예는 다시 말을 계속했다. "당신은 저를 부르신 적이 없습니다. 설사 불렀다고 생각하셨을 때도 말입니다. 저는 다만 곁에 있도록 정해져 있었을 뿐입니다. 당신의 눈에 저는 의무라고 비칠 것입니다. 왜냐하면 저는 시중을 드는 몸이니까 말입니다……."

찾았다, 오오, 찾았다. 거인은 도망쳤다. 그러나 보람도 없이 도망치는 자의 등 뒤에는 빼앗긴 불이 내뿜는 눈부신 빛, 숱한 별들이 넘치는 천계가 활활 타오르고 있었다. 설사 거인이

---

*프로메테우스를 말하는 것으로 보인다.

신의 활을 손에 넣을 수는 없었다고 하더라도, 아버지를 향해 그 활에 화살을 당기는 일, 다시 말해 스스로를 시조로 만들고 시간을 정지시키는 일은 이루지 못했다고 하더라도—만일 그것이 성취되었다면 삶을 가진 자는 모두 시간에서 벗어나고, 억압에서 벗어나고, 자기 자신의 이름도 그 이름을 짊어진 자도 모두 의무를 모르는 불멸의 경지로 들어갔을 것이지만—오오, 설사 그런 일은 이루지 못했다고 하더라도, 이때부터 주위의 모든 별의 반짝임을 받아서 천계는 온화한 빛을 띠고 있었다. 의무도 억압도 죽음도, 별의 운행을 따르면서 누그러져 있었다.

소년이 입을 열었다. "리사니아스입니다, 베르길리우스님. 당신 생애의 시초는 고통에서 벗어난 어린 시절로부터 지켜져 왔습니다. 어머님이 흐뭇한 미소를 지으시며, 괴로움을 달래주고 당신을 팔에 안으셨던 것입니다……"

이어서 노예가 말했다. "저에게는 이름이 없습니다, 베르길리우스님, 설사 어떻게 부르시든 간에. 이름을 갖지 않은 존재는 위대합니다. 그것은 발가벗은 채 언제나 당신 주위를 맴돌며 당신을 감싸면서 숨기려고 합니다……"

찾았다, 오오, 찾았다. 오오 귀향. 종말은 발단과 이어지고, 발단은 종말과 이어지고, 신들은 여전히 지배하면서 의무를 정한다. 빛을 부여하는 신은 이렇게 명령한다—삶 속에서 죽음을 포착하라, 죽음이 너의 삶을 빛낼 수 있도록. 다만 발단에까지 돌진하는 자만이—오오, 탐구여, 신의 기억이여—발단보다도 더욱 오랜 뿌리의 영역을 되풀이하여 상기하는 자만이 종말과 발단의 결합을 경험할 수가 있다. 그리고 과거의 깊이에 있어서 보증된 온갖 미래를 상기할 수가 있다. 다만 흘러가는 것을 확보하는 자만이 흘러간 것 속에서 죽음을 압도할 수가 있다. 과거의 심연은 끝도 알 수 없고 이름도 갖고 있지 않다. 미의 신들은 죽음에 봉사하며 베스타*의 여사제들처럼 더할 수 없이 신성한 불을, 아폴로의 금빛의 광채를 지키고 있다.

소년의 얼굴을 바라보고, 노예의 얼굴을 바라보고 있는 동안에 잃었던 것이 모습을 나타냈다. 삶은 죽음을 간직하면서 장려하게, 진실을 깨닫고 사랑 속에서 사랑을 깨닫고 있었다. 허무에서 빼앗아온 진실의 의미, 광기를 멀리하는, 그 어떤 광기의 그림자도 깃들지 않은 진실의 의미, 변용하면서 그러나 변치 않는 현실의 크나큰 기적의 시현(示現). 오오, 귀향!

그것은 노예였는가? 소년이었는가? 노예가 다시 입을 열었다. "언제나 저를 지켜주시던 분 곁에 온 이상, 도움이 되도록 받들 뿐입니다. 결코 강요라고 느끼실 일은 하지 않겠습니다."

이어서 소년이 약간 억양을 높인 투로 말했다. "눈에 보이지 않는 손이 당신을 인도했습니다. 그리고 그 손의 재주가 당신의 재주가 된 것입니다. 목적지에 도달한 지금, 그것은 당신을 안내자의 역할에서 풀어주었습니다. 그리고 당신은, 당신을 찾고 있던 자를 발견하신 것입니다."

이어서 대답하는 목소리는 더욱 엄격했으나 그럼에도 불구하고 역시 위로의 목소리였다. "오로지 봉사하게끔 운명 지어진 자에게는 지상의 어떤 흔적도 남겨져 있지 않으며, 그 사람 자신은 아무것도 소유하지 않습니다. 이름도 없으며 의지도 갖

*화덕의 여신.

고 있지 않습니다. 아들의 처지로 다시 밀려나서 운명조차 갖고 있지 않습니다. 하지만 드러나고 소유를 상실하면 할수록 직접적으로 포착할 수 있는 것은 점점 더 그 사람의 손으로 돌아갑니다. 발가벗은 채 사슬을 끌고 있는 자에게만 경건하게 은총을 받으려는 순박한 생각이 끓어오르게 마련입니다. 그 사람만이 다시 울음을 우는 방법을 알고 있습니다. 기적은 그를 위해서 비축되어 있습니다. 어린애로 끌어내려졌을 때 그는 누구보다도 먼저 빛을 볼 수가 있습니다."

다만 하나의 목소리가 메아리쳐서 목소리와 뒤얽히고, 그리고 그 두 개의 목소리의 뒤얽힘 속에서 소년의 목소리가 한층 드높이 울렸다. "출구와 입구는 하나입니다. 발단에도 종말에도 자식으로서의 세계가 있습니다. 그리고 자식은 사랑으로 도망치게 마련입니다."

그러나 여러 영역을 감싸는 고뇌에서 울려 나오는 눈물의 메아리처럼 노예의 말이 들려왔다. "더할 수 없이 가혹한 억압 밑에서 꾸준히 일을 하며 아버지에게도 부름을 받지 못하고, 어머니의 손에도 지켜지지 못하고, 과거에서 걸어 나온 것도 아니고, 미래로 들어서는 일도 없이 사슬에 묶여진 고아와 고아, 우리는 온갖 노예의 무리입니다. 운명을 빼앗긴 우리를 끝없이 연관시키면서 운명은 우리에게 형제 중의 형제를 깨닫게 하는 행복을 주었습니다."

"인간적인 것이 용솟음칠 때, 그것은 언제나 벌거숭이의 모습 그대로입니다. 그 발단도 벌거숭이고 종말도 벌거숭이, 드러난 상처 입은 피부를 의무의 사슬이 문지르고 벗겨댑니다. 하지만 벌거숭이라고 하면 거인조차도 마찬가지여서 그의 영웅적인 용기란 벌거숭이를 말하는 데 지나지 않습니다. 그가 아버지인 신과 대항했을 때, 그 자신은 맨손 맨주먹이었습니다. 드러낸 채 뜨겁게 불타는 두 손 속에 빼앗아 든 불을 움켜쥐고 그는 지상으로 내려선 것입니다."

서로 대답을 주고받듯이, 그러면서도 한 가지 일을 말하고 있듯이, 소년의 목소리와 기묘하게 화합하면서 노예가 말을 덧붙였다. "그 옛날, 무기가 먼 조상을 타살했습니다. 그런 다음부터는 요란하게 울리는 무기의 힘을 빌려 끊임없이 살육을 되풀이하면서 인간은 스스로를 근절시켜 왔습니다. 인간을 노예로 만들고, 노예로 만든 그 당사자인 인간도 무기의 노예가 되고, 그리하여 창조를 깨뜨리면서 활활 태워버린 다음 마침내는 싸늘한 경직 상태로 변화하고 말지요. 무기를 버리고 맨손에 만족하는 자야말로 비로소 영웅이라고 할 수 있습니다."

"확실히 당신은 무기를 노래하셨습니다, 베르길리우스님. 하지만 당신의 사랑은 분노한 아킬레우스에게가 아니라 신의 있는 아이네이아스에게 향해 있었습니다."*

"우리 노예에게는 무기가 없습니다. 우리는 무기를 갖지 않은 굴욕을 감수하지 않으면 안 됩니다. 하지만 무기를 버린 채 참을성 있게 기다리고 있는 우리 앞에서는 무덤도 입을 열어 사자(死者)를 소생시키고, 경직된 것은 그 경직에서 풀려나게 하고, 우리의 손이 닿으면 돌도 나긋나긋하게 몸을 굽히는 것입니다."

"종말에는 무기가 없고 다시 찾아오는 발단에도 무기는 없

---

*《아이네이스》제1장 제1행.

습니다. 그리고 밤의 돌의 영역에서 신은 부드럽게 하늘로 올라가고 창조는 어린 시절의 세계로 변용됩니다."

"왜냐하면 당신은 우리를 보셨으니까요, 베르길리우스님. 사슬을 보시고 당신은 눈물을 글썽이셨습니다. 그때 당신의 눈에는 우리의 눈물이, 짊어지지 않으면 안 되는 발단이 생생하게 비쳤던 것입니다." 이렇게 말을 끝내고 사내는 다시 하인이 되어 언제라도 손을 내밀 수 있는 곳에 대기하고 있었다―무슨 생각을 하는지는 헤아릴 수가 없다.

"당신은 발단을 보셨습니다, 베르길리우스님. 하지만 당신 자신은 아직도 발단이 아닙니다. 목소리를 듣기는 하셨지만 자신은 아직 목소리가 아닙니다. 창조의 핵심이 고동치는 것을 느끼기는 하셨지만 자신은 아직도 핵심이 아닙니다. 당신은 영원한 인도자입니다. 스스로는 목적지에 도달하지 않는 안내자이십니다. 불멸의 명예를 당신은 얻을 수 있을 것입니다. 인도자로서의 불멸의 경지에 드실 것입니다. 아직은 아닌, 그러나 이미, 그것은 모든 시대의 전환기에 있어서의 당신의 운명입니다."

"당신은 우리와 함께 사슬을 짊어지셨습니다, 베르길리우스님. 하지만 당신의 사슬은 드러날 정도는 아니지만 이미 많이 느슨해져 있습니다."

정적이 찾아왔다. 세 사람은 잠자코 귀를 기울였다. 퍼져가는 빛에 모두 한결같이 귀를 기울였다. 빛은 술렁임 같았다. 물결치는 이삭의 술렁임 같았다. 따사롭고 힘차게, 금빛으로 술렁이며 쏟아지는 태양의 비, 그것은 형용할 수 없는 목소리로 다가오고 있었다. 무엇 하나도 잃는 것 없이, 그 자신도 결코 사라지는 일이 없을 그 목소리를 분명하게 알리고 있었다. 암흑 위에 빛나면서 떠도는 한낮의 노래였다.

그런 다음 소년은 이렇게 말하면서 손을 치켜들었다. "보십시오, 저 별을. 길잡이를 하는 저 별을."

햇살이 골고루 퍼져 있는 진홍빛 하늘에 밤 별이 하나 나와 있었다. 희미한 빛을 뿜으면서 그 별은 동쪽으로 옮아가고 있었다.

기도를 올리기 위해 넙죽 엎드려 얼굴을 바닥에 갖다 대고, 잠시 그대로 꼼짝도 않고 있다가 이윽고 손을 들고 꿇어앉는 자세를 취하더니 무릎을 축으로 하여 가볍게 앞뒤로 몸을 흔들면서 노예는 기도를 드리기 시작했다.

"무한 속에 군림하시는, 알 수도 없고 볼 수도 없고 무릇 말로 형용할 수도 없는 신이여! 당신은 눈부시게 꿰뚫어 보시는 당신의 눈으로 스스로를 알고 계십니다. 그 눈의 밝음은 끝이 없지만 그러나 그것은 숨겨진 실재의 그림자에 지나지 않으며, 당신의 어둠의 반조(反照), 반조의 반조에 지나지 않습니다. 그리고 저의 눈, 저의 눈짓은 당신의 반조의 반조에서 다시 되비치는 그림자의 그림자로서 당신의 반조에까지 미칠 수는 있겠지만, 당신 속에서 안식할 수는 없어 쓸쓸히 예감으로 되돌아오는 것 외에 달리 어찌할 바를 모르고 있습니다. 사자와 황소는 당신의 발밑에 꿇어 엎드리고, 독수리는 당신을 향해 날아오릅니다. 당신의 눈은 당신의 목소리입니다. 당신의 눈썹은 분노에 떨면서 천둥을 일으킵니다. 누구도 당신에게 항거하지 못합니다. 주제넘게도 하늘의 불을 빼앗으려는 자, 황소를 때려눕히는 자, 스스로를 시조로 만드는 자, 그 모두가 당신에

게는 항거하지 못합니다. 하지만 거역하지 않는 자는, 정복(淨
福)의 길로 보내십니다. 어진 사명의 반조 속에서 당신의 광휘
로부터 갓난아기처럼 별은 나타나고, 당신의 분부대로 일찍이
당신이 머무셨던 곳, 밤이 물러감과 함께 다시 머무시게 될 곳
으로 돌아갑니다. 당신은 저를 죽음을 위해서 마련하셨습니다.
저는 죽음의 형상입니다. 하지만 저를 만드신 이상에는, 오오,
보이지 않는 것 중에서도 특히 볼 수 없는 신이여, 당신은 귀향
까지도 만드실 수가 있습니다. 그리하여 별이 내려올 때, 오오,
이름 없는 것 중에서도 가장 이름 없는 신이여, 당신의 이름을
부르며 그것을 저의 것으로 만들고 지상을 헤매다 지상에서 죽
을 때―지상의 눈에는 현신(現身)의 모습을 나타내고, 그 모습
그대로 다시 스스로의 본체를 향해서 상승하여 스스로의 빛 속
으로 다시 들어가는 당신, 별은 또다시 힘이 뻗치고 퍼져서 태
양으로 변하고 다만 하나의 눈이 됩니다―그때는 저도, 당신의
이름 없는 마지막 그림자, 노예 중의 노예인 저도 관여케 하소
서. 당신의 이름에, 얼굴에, 빛에 관여케 하소서. 오오, 알 수 없
고 볼 수 없고 무릇 말로 다할 수 없는 신이여, 저는 당신의 것
입니다. 오늘도 또 어느 날에도 영원히 당신을 찬양하옵니다."

한낮의 바람이 일었다. 열렬한 삶의 숨결의 입맞춤, 거의 깨
달을 수 없을 정도로 남쪽에서 불어와 희미하게 흘러가는 조
수, 날마다 그 기슭을 넘어서 넘치는 세계의 숨결의 바다, 아무
것도 성취하지 못하고, 스스로도 결코 성취되는 일이 없는 시
간의 입김, 그 위를 옮겨 다니는 별들. 그리고 풍성하게 열매
맺는 대지의 숨결, 올리브와 포도와 보리밭의 숨결, 착실하고
소박한 육성의 숨결, 가축우리와 압착기에 걸러진 과일의 숨

결, 연대와 평화의 숨결, 나라와 나라, 밭과 밭의 숨결, 사랑하면서 봉사하는 노동의 숨결, 한낮의 숨결이기도 했다. 오오, 한낮의 위대함이여, 마치 태양이 하늘 꼭대기에 정지하여 거룩한 휴식에 들어간 것처럼 모든 세계를 굽어보며 쉬는, 더할 수 없이 신성한 위대함이여. 매달린 램프는 미풍 속에서 아스라이 흔들리고, 사슬은 상쾌한 은빛 음향을 내고 있었다.

한 인간의 생애로는 부족한 것이며, 무엇을 한다고 해도 그것으로는 부족하다. 오오, 추억이여! 오오, 귀향이여!

그리고 무릇 알 수 없고, 보이지 않고, 말로 다할 수도 없는 거룩한 저쪽에 그 그림자까지도 빛인 존재가 도사리고 있다. 항상 예감 속에 나타나면서 결코 알려진 일은 없고, 뭐라고 이름 지을 수도 없는 더할 수 없이 은밀한 존재가 도사리고 있다. 농부들이 두려워 떨며 카피토리움의 태고의 숲 속에 사는 신이라고 우러러 섬긴 것은, 실은 이런 존재가 아니었던가? 어떤 조각상도 그를 위해 만들어지지 않는다. 도대체가 만든다는 것이 불가능한 일이다. 그는 자기 자신의 상징이기 때문이다. 그러나 목소리라는 상징으로 그는 스스로를 알리고 있다. 오오, 사랑에 눈을 뜨라! 변함없는 따사로움을 줄곧 내리쏟는 한낮의 노래, 그 숨결 위 드높이, 대지에 대한 인간의 성실한 사랑에 넘치고, 인간에 대한 대지의 잔혹한 사랑에 넘친 한낮의 노래 위 드높이, 밤의 별은 옮겨 가고 있었다. 이 별 또한 상징이었다. 지상의 존재를 태양의 영역으로 높이기 위해 하강하려고 하는 이름 지을 수도 없는 사랑의 상징이었다. 이리하여 한낮은 위의 세계와 아래의 세계의 숨결 속에서 쉬고 있었다. 화염의 수레의 말들도 쉬고, 바퀴도 쉬고, 태양신도 쉬고 있었다.

그가 느낀 것이 행복이었을까? 그것은 알 수가 없었다. 알려고도 하지 않았다. 그러나 그것은 의심할 여지도 없이 희망이었다. 너무나 강렬하기 때문에 지나치게 강한 빛이나 지나치게 강한 소리와 마찬가지로 견디기 어렵다고밖에 느껴지지 않는 희망. 우주 생성의 이 정지 상태가 갑자기 깨졌을 때는 깊은 안도의 숨을 쉴 만큼 강렬한 희망이었다. 이 정지 상태가 얼마나 오래 계속되었는지, 그것도 그로서는 알 수가 없었다. 하지만 그것이 깨어졌을 때, 한낮이 다시 운동을 개시하고 빛나는 수레바퀴가 다시 회전을 시작했을 때, 말들이 다시 그 궤도를 달리기 시작하고, 유성(遊星)은 씻은 듯이 하늘에서 사라져버렸을 때, 그때 방문이 열렸다. 마침 그 순간에 재빨리 달아나고자 하던 소년을 방 밖으로 탈출시키기라도 하려는 듯했으나, 그러나 실은 약간 뚱뚱한, 수염을 기른 사내가 손잡이를 돌려 문을 연 것이었다. 그 사내는 다정한 미소를 띠고, 말하자면 자기 자신을 축하의 선물로 내미는 자세로 문간에 서 있었다. 옆으로 빠져나가는 소년은 거들떠보지도 않고 손을 들어 인사하는 것이었다. 이 사내가 기다리던 의사라는 사실은 분명했다. 태도며 몸차림이며 용모로 보아서 그임에 틀림없었다. 특히 선명한 인상을 준 것은 잘 다듬어진 짧은 학자풍의 턱수염이었는데, 그 금발에 마치 인공적으로 심어놓은 것처럼 은빛의 털이 섞여 있었다. 신뢰감을 안겨주는 나이에 어울리는 은발이었다. 만일 의문점이 있었다 하더라도 곧이어 그의 등 뒤로 무거운 기구를 챙겨 들고 나타난 하인의 모습에 의해 깡그리 해소되었을 것이다. 그리고 보니 직업상, 그야말로 달큰한 인삿말이 미소를 띤 그 속인의 입에서 매끄럽게 흘러나온 것도 그리 이상할 것은 없었다.

"회복 중에 계신 분이라고 생각은 했었지만 이렇게 뵈니 이제 완전히 좋아지신 것 같군요."

"맞습니다, 그래요." 스스로도 미처 생각지 못했을 만큼 확신에 찬 대답이 엉겁결에 입에서 튀어나왔다.

"진단이 틀림없다는 말을 들을 때만큼 의사로서 기쁜 일은 없지요. 더욱이 그것이 대시인의 말씀이고 보니 말입니다……. 하지만 만일 의사에게서 달아나기 위한 구실로 건강하다고 말씀하신다면…… 바로 당신의 작품에 나오는 메나르카스가 말하고 있지 않습니까? '오늘은 너, 나에게서 달아날 수 없으리라, 어디를 향해서 부르더라도 나는 반드시 나타나리니!' 하고 말입니다!"

이 궁중 의사의 빈틈없는 태도는 썩 유쾌한 것은 아니었다. 물론 의술의 신비한 매력으로부터 어떤 환자도 완전히 도망칠 수는 없는 일이지만. 그러나 성실한 시골 의사 쪽이 훨씬 기분 좋았을 것이다―그랬다면 여러 가지로 이야기를 나눌 수도 있었을 것이다. 지금은 싫든 좋든 이 사내와 타협을 짓지 않으면 안 되었다. "당신에게서 도망치는 것은 아니지만……. 그건 그렇고, 시 같은 것은 잊어주었으면 좋겠소."

"시를 잊으라고요? 당신의 얼굴에 그것과 반대의 말이 쓰여 있지 않았다면 아마 열 때문인가 의심 했을 겁니다, 베르길리우스님! 당신이 나한테서 도망칠 수도 없거니와 내가 시를 잊을 수도 없지요. 우리가 똑같이 조상으로 섬기고 있는 테오크리토스와 히포크라테스는 모두 코스* 태생의 인척이니까, 나도 당신과 인척이 될 영광을 입을 수 있단 말입니다……."

"그렇다면 친척으로서 인사를 드리지요."

"코스 태생의 카롤다스입니다." 이름을 대는 위엄이 깃든 말투는 그야말로 세상에 알려진 명성에 어울리는 것이었다.

"오오, 당신이 카롤다스님…… 그럼 이제 그쪽에서는 가르치지 않고 계시는군요. 아마 섭섭해하는 사람들이 꽤 많을 텐데요."

이것은 비난이 아니었다. 다만 교사로서의 임무를 언제나 높고 미치기 어려운 목표라고 생각하고 있던 사내의 놀라움에 지나지 않았다. 그러나 궁중의의 양심에 있어서는 아픈 데를 찔린 말이었다. 자신을 변호하지 않으면 안 되었다.

"수입만을 생각해서 아우구스투스님의 초빙에 따른 것은 아닙니다. 돈이 문제라면 내 환자 중에도 얼마든지 부유한 분들이 많으니까 그 진료를 계속하기만 해도 괜찮았어요. 하지만 어지신 아우구스투스 황제 폐하를 직접 모신다고 한다면 누가 돈 따위를 생각하겠습니까! 게다가 저는 국정의 중심에 참여할 수 있기에 학문을 위해서, 민중의 복지를 위해서 여러 가지 유익한 사업을 할 수 있을 것도 같습니다. 그러니 교직에 몸담는 것보다 훨씬 나을는지도 모르지요……. 우리가 아시아나 아프리카에 도시를 건설하게 된다, 그러면 임상의의 조언은 필요 불가결한 것이 될 것입니다. 이것은 한 예에 지나지 않지만…… 물론 교직을 포기한다는 것은 나로서는 괴로운 일이었고 지금도 괴롭기는 마찬가집니다. 그럴 수밖에 없는 것이 400

*에게 해 남부의 섬 이름.

명 이상의 학생을 가르친 해도 있었으니까요……." 이런 식의 이야기로 반은 솔직하게 반은 자랑 삼아 자신을 소개하면서, 의사는 흉금을 털어놓는 친구처럼 침대 위에 걸터앉아서 조수 한 사람이 눈짓에 따라서 내민 작은 모래시계를 손에 들고는 진맥을 시작했다. "……그렇게 하고 가만히 계세요, 곧 끝날 테니까요……."

유리그릇 속의 모래는 실처럼 소리도 없이, 어쩐지 섬뜩하게, 이를테면 빠르면서도 완만하게 살랑살랑 흘러내렸다.

"맥박 따위는 아무래도 상관없지 않습니까?"

"잠깐, 좀 더 기다려요……." 모래시계는 이제 다 내려간 참이었다. "아니, ……아무래도 좋다고는 할 수 없지요……."

"그러고 보니 헤로필로스가 우리에게 맥박의 중요성을 가르쳐주었군요."

"그 위대한 알렉산드리아 사람이 만일 코스 학파에 가담해 있었다면 얼마나 큰 업적을 이룩했을는지. 뭐, 먼 옛날 얘기지만……. 그런데 당신의 맥박으로 말씀드리자면 별로 좋은 편은 아닙니다만, 그건 다시 말하면 대체로 좋아질 수 있다는 뜻이기도 하지요."

"그렇다면 아무 말씀도 하지 않은 셈이 되는군요……. 나는 열 때문에 다소 쇠약해져 있어요. 그것이 맥박에 나타나 있을 뿐…… 그런 것쯤은 아무렇지도 않아요. 아직도 의학에 대해서는 어느 정도 알고 있어요. 완전히 잊은 것은 아니니까……."

"동업자라는 존재는 정말 골치 아픈 환자지요. 차라리 시인 쪽이 나아요. 굳이 병의 경우만도 아니지만……. 그런데 기침은 어떻습니까? 각혈은?"

"가래에 피가 섞여 있어요……. 하지만, 어쩌면 그렇게 될 필연성이 있겠지요. 체액이 그렇게 해서 균형을 회복하는 것 아닙니까."

"히포크라테스에게 경의를 보내야겠군요……. 하지만 의학과 시학의 결합을 잠시 잊어주실 수는 없을는지요?"

"그래요, 시학은 잊어버려도 괜찮겠죠. 나는 의사가 되었어야 했을는지도 몰라요."

"건강을 회복하시면 당장에라도 나하고 바꿔주시면 좋겠습니다."

"나는 건강해요, 이제 일어나고 싶군요." 또다시 누군가 다른 사람이 그의 입을 빌어서 이야기하고 있는 듯한 생각이 들었다. 정말로 건강한 누군가가.

순간 의사의 얼굴에서 세상에 익숙한 상냥한 표정이 사라졌다. 진심이 담기지 않은 매끄러움 때문에 그 표정은 실로 불쾌한 느낌을 주고 있었다. 잔뜩 살이 쪄서 둥글둥글한 웃는 얼굴 속의 눈, 금빛 광채를 띤 검은 눈은 매우 날카롭게 관찰하는, 아니 그야말로 우려에 찬 눈빛이 되었다. 그런데 이러한 눈빛과는 반대로 거의 명랑하다고 해도 좋을 농담이 입에서 흘러나왔다. "당신이 이제 완전히 건강하다고 생각하는 것은 그야말로 좋은 일이고 흔쾌하기 이를 데 없어요. 하지만 이런 때에는 돌다리도 두드려보고 건너라는 것이 아우구스투스님의 신조지요……. 병의 회복에도 여러 단계가 있어서 말입니다, 어느 지점까지 당신이 와 있는지 그것은 의사가 결정지어야 할 문제입니다……."

탐색하는 듯한 눈초리, 명랑한 농담, 그 모든 것이 불안을 느끼게 하기에 충분했다.

"내 회복이 지나치게 빠르다고 생각하시는군요……. 내 회복에 대한 느낌이 너무 완전하다고…… 다시 말해 병적인 상쾌감이라고 생각하시는군요?"

"아니요, 베르길리우스님. 만일 그렇다면 그 상쾌감이 될수록 오래, 그리고 충분히 계속되도록 기도를 하겠습니다."

"이것은 병적인 상쾌감이 아닙니다. 나는 건강해요. 해변으로 나가고 싶군요."

"잠깐, 해변으로 나가시게 할 수는 없습니다. 그보다는 오히려, 되도록 빨리 산으로 가시는 것이 좋겠습니다……. 만일 내가 아우구스투스님을 따라서 아테네에 가 있었다면 당장에라도 당신을 에피다우로스*의 온천장으로 보냈을 텐데. 아니, 만사 제쳐놓고 우선 요양하실 필요가 있음을 역설했을 텐데요……. 지금은 어쨌든 여기에서 최선을 다할 수밖에 없지요……. 하지만 의사와 환자가 마음을 합쳐서 회복을 위한 노력을 계속한다면 불가능한 일은 없습니다……. 아침 식사는 어떻게 하셨지요? 공복감이 느껴지진 않으신가요?"

"공복으로 있는 편이 좋습니다."

"그것도 괜찮겠지만……. 이 집에 딸려 있는 노예는 누구지요? 뜨거운 우유부터 시작하기로 하죠……. 노예가 주방까지 갔다 와주었으면 좋겠는데……."

무표정하게 조수들 뒤에 대기하고 있던 노예는 지시대로 움직이려고 했다.

*그리스 아르골리스 지방 동부의 마을. 의신 아스크레피오스의 성소가 있었다.

"그 사람은 안 됩니다. 아니…… 그 사람은 보내지 말았으면 좋겠어요……. 내 목욕 준비를 해야 하니까."

"오늘은 목욕은 안 하시는 게 좋겠습니다……. 차차 목욕 요법도 시도해볼 생각입니다만. 200년 전 크레오판토스가 목욕의 효과에 대해서 갈파한 것이 지금까지도 통용되고 있으니까요……. 인간의 본성은 변하지 않는 법이지요. 한번 발견된 진리는 우리가 현재 은혜를 입고 있는 온갖 신약(新藥)을 가지고서도 뒤집어엎을 수는 없다는 말씀입니다……."

"노선배인 아스클레피아데스*도, 내가 듣기로는, 이 점에서는 크레오판토스의 신봉자지요."

이 쓸데없는 말은 예상대로, 아니 실은 은근히 기다리고 있었던 대로 상대방을 격분시켰다. 다만 그 어조는 극도로 억제되어 있기는 했다.

"그래요, 그 비티니아의 늙은 여우는 물이나 공기나 태양을 자기가 독점할 수 있다는 듯한 얼굴을 하고 있죠……. 하지만 나는 풋내기 의학도였던 시절에, 즉 아직 아스클레피아데스의 이름이 별로 알려지지 않았던 시절에 이미 목욕 요법과 대기 요법을 통해 충분한 효과를 올리고 있었습니다……. 물론 그를 존경하고는 있어요. 그 무렵 그가 내 치료의 성과를 눈치챘다는 사실이 없지 않아 있었다고 하더라도 말입니다. 나는 언제나 이렇게 생각하고 있어요. 우리 의사는 환자를 고치기 위해서 존재하고 있다, 누가 먼저인가 하는 것을 가지고 다툰다는 것은 도대체가 무의미한 동료 간의 시샘에 지나지 않는다, 절대로 금지

---

*그리스 비티니아 태생의 의사. 기원전 91년부터 로마에서 귀인의 시의로 일했다.

되지 않으면 안 된다, 하고 말입니다……. 의사는 자기의 경험을 충분히 성숙시키지 않으면 안 됩니다. 덮어놓고 요란하게, 내가 처음으로 시작한 사람이노라 하고 떠들 일이 아니지요. 유감스럽게도 걸핏하면 당장 떠들고 싶어 하는 이들이 적지 않지만 말입니다……. 그럴 마음만 있었다면 나는 이미 30년 전에 목욕의 효과에 대한 학설을 발표할 수가 있었어요, 하지만 그러지 않았지요……. 그런데 다름 아닌 그 늙은 아스클레피아데스가 술의 효용에 대한 논문에서 대체 얼마나 많은 해악을 끼쳤습니까? 막말로, 그가 목욕 요법을 내세운 것은 술 요법의 해독을 보상하기 위한 데에 지나지 않아요……." 갈라지는 듯한 거침없는 홍소가 그 일장 연설을 마무리 지었다. 웃음의 한 표면이 거울처럼 매끄럽게 다른 표면에 부딪치고, 그대로 잠시 그것을 넘어서 계속 미끄러져가는 듯했다.

"그럼 당신은 절대로 술을 처방하는 일은 없겠군요?"

"적당한 정도라면 얼마든지 하지요. 다만 환자를 주정뱅이로 만들 생각은 없단 겁니다……. 이 점에서 아스클레피아데스는 근본적으로 잘못되어 있어요……. 뭐, 그만 해두지요. 당신은 술을 드실 것도 아니고, 목욕을 하실 것도 아니고, 뜨거운 우유를 드실 거니까……."

"우유를? 약으로 말입니까?"

"아침 식사라고 불리든 약이라고 불리든 상관없습니다. 뭔가 다른 것을 원하시는 것이 아니라면."

갓난아기처럼 우유를 마시게 하겠다는 것이다. 의사까지도 그를 어린애 취급하려고 든다. 만만하게 시키는 대로 할 수는 없었다. 저항하지 않으면 안 되었다.

"어젯밤에는 기분이 좋지 않았어요. 너무 더워서……." 열 때문에 건조해진 손가락이 기계적으로 움직이며 물이 필요하다는 사실을 분명히 시위하고 있었다. "목욕을 해야겠어요."

하지만 저항도 별 소용이 없었다. 노예는 그의 항변을 듣지도 못한 듯 이미 그 자리에서 자취를 감추어버렸다. 배반자였던가? 오오, 술잔은 탁자에서 사라지고 없었다. 의심할 여지없이 소년은 추방된 것이었다. 무슨 일이 일어났는가? 손가락은 제멋대로 기계적인 움직임을 계속하고 있었다. 반지는 갑자기 작아진 듯 단단히 죄어들었다. 어째서 이렇게 되었는가? 어째서 그 두 사람하고만 있게 해주지 않는 것인가? 어째서 그는 인간으로 들끓는 고독 속에 몇 번씩이나 밀려 떨어지는가? 변기를 사용하는 일조차 그에게는 허용되지 않았다.

"나는 몸을 깨끗이 하지 않으면 안 됩니다. 목욕을 할 필요가 있어요."

"물론 몸을 청결히 하셔야 합니다. 당신뿐만 아니라 이 방도 깨끗이 하지 않으면 안 돼요. 나더러 당신한테 전하라는 분부셨는데, 머지않아 아우구스투스님이 기꺼이 이곳에 오셔서 인사를 하시겠다니까 하는 말이에요……. 내 조수가 곧 따뜻하게 데운 식초 물로 당신을 씻겨드릴 겁니다……."

일체의 저항을 포기하라는 말이었다. "아우구스투스님이 직접 여기까지 오시다니…… 허술한 데가 없도록 준비를 갖추어주시오."

"준비하고 있는 중입니다, 베르길리우스님. 하지만 우선 이 약부터 드셔야 해요." 투명한 액체를 가득 채운 유리잔을 의사는 그의 눈앞에 디밀었다. 액체는 뭔지 정체를 알 수 없는 것이었다.

"이것은 뭐지요?"

"석류의 열매를 달인 즙이랍니다."

"그럼 별로 해로울 것은 없겠군요."

"해로울 까닭이 없지요. 위(胃)의 활동을 다시 활발하게 촉진시키기 위한, 다만 그것뿐이니까. 당신이 보내신 괴로운 밤 다음에는 이런 것이 꼭 필요할 것 같아서 말입니다."

그 즙은 엄청나게 썼다. "손님은 주인집의 풍습을 따라야 하는 법. 나 또한 복종하지 않으면 안 되겠지요. 잘못을 저지른 자는 복종하지 않으면 안 되지요."

"아플 때는 누구나 얌전하게 복종할 필요가 있습니다. 그것이 환자에 대한 의사의 첫째 요구지요."

"물론입니다. 병이란 모두 과오니까요."

"자연적인 과오 말씀이군요."

"환자의 과오지요……. 자연은 과오를 저지르는 일이 없습니다."

"의사의 과오라고 하지 않으시는 것만도 고맙군요."

"의사는 환자를 도움으로써 어차피 공범자가 되는 겁니다. 거짓된 구원자지요."

"기꺼이 그 꾸지람을 받기로 하지요, 베르길리우스님, 당신 자신이 의사가 되려고 생각하신다면 더욱 말입니다."

"그런 말을 내가 했던가요?"

"그래요, 그리 말씀하셨습니다."

"나는 평생을 앓고 있어요. 거짓 구원자가 늘 내 속에 있었지요……. 나는 과오만을 저질러왔습니다."

"당신은 우리의 벗인 아스클레피아데스의 논문을 그야말로 지나칠 만큼 정밀하게 연구하신 것 같군요, 베르길리우스님."

"어째서인가요?"

"예컨대, 올바른 생활 태도를 가짐으로써 모든 병을 피할 수 있다고 그는 주장하고 있는데, 이 주장이 과오가 병이 되어 나타난다는 당신의 생각과 아무리 보아도 흡사해서 말입니다……. 아무리 그에게 경의를 표한다고 해도 이 의견만은 부조리, 무의미하다고밖에 말할 수가 없어요. 그렇게 되면 마술사들의 가짜 의술과 종이 한 장 차이라는 얘기가 되니까요……. 아스클레피아데스에 의하면 인체 속에는 자유로이 이곳저곳으로 이동하는 원자가 있다고 하는데, 이 원자설에 입각해서 본다면 그것도 이상할 것은 없지요……."

"왜 그렇게까지 마술을 적대시하십니까, 카롤다스님? 마술 없이 쾌유가 있을 수 있을까요? 나는 우리가 올바로 마술을 사용하는 법을 잊고 있을 뿐이라고 생각하는데요."

"내가 믿는 것은 당신의 여자 마술사가 가진 사랑의 주문뿐입니다, 베르길리우스님. 예의, 다프니스를 되부르는 주문* 말입니다."

망각 속에 가라앉아 있던 것이 기묘한 식으로 떠올랐다. 다프니스! 여자 마술사의 목가! 그것을 쓰고 있을 무렵에 이미 그는 사랑이란 일체의 마술에 선행한다는 사실을 예감하고 있었던 것 아닐까? 일체의 재앙, 일체의 과오는 결국 사랑의 결핍이라는 사실을 예감하고 있지는 않았던가? 사랑이 결핍된

---

*《전원시》 제8장.

자는 질병에 얻어맞는다. 다만 또다시 사랑에 눈을 뜨는 자만이 회복에의 길을 걷게 된다.

"카롤다스님, 참된 치유의 마술을 터득한 의사라면 누구나 환자를 그 과오에서 해방시킬 수가 있습니다. 당신도 아마 스스로는 깨닫지 못하는 가운데 그렇게 하고 계실 겁니다."

"알고 싶지도 않군요, 도통 나는 병을 과오라고는 볼 수가 없으니까요……. 동물도 어린아이들도 병에 걸려요, 하지만 그들이 과오를 범한다고는 말할 수 없겠지요……. 이 점에서도 아스클레피아데스는 그 밖의 다른 업적은 덮어두고라도 근본적으로 착각을 하고 있는 셈입니다."

갓난아기로까지 격하되고, 동물로까지 격하되고, 병에 의해 격하되고, 병의 힘을 빌려 더욱 깊이 도망치고, 동물이나 갓난아기의 세계로부터 더욱 깊이 가로누운 경계에까지 도망쳐서 그는 말했다. "오오, 카롤다스님. 다름 아닌 동물들이야말로 병으로 인한 부끄러움 때문에 대지의 구멍 속으로 숨어드는 것입니다."

"내가 수의사는 아니지만, 어쨌든 내 환자들을 보고 있노라면 거의 모두가 자신의 병을 굉장한 자랑으로 여기더군요." 턱수염의 손질을 중단할 수가 없었기 때문에 이 대답은 약간 건성으로 내던지는 듯한 투였다. 궁중의는 눈앞에 다가온 황제의 방문에 대비하여 몸치장을 하지 않을 수 없어 손거울과 빗을 들고 토가의 옷자락과 학자풍의 금빛 턱수염을 한층 아름답게 보이기 위한 작업에 몰두하고 있었다. 손을 잠시도 쉬지 않고, 아랫입술이 당겨져 올라간 입을 우물우물하면서 그는 설명을 덧붙였다. "의사들은 병에 대한 환자들의 자부심을 치료에 대한 자부심으로 그럭저럭 극복하곤 하지요."

물론 그 말이 옳았다. 어떤 병에 대한 수치심도 병에 대한 자만심에 자리를 남겨두지 않을 만큼 클 수는 없다. 의사가 가지는 병에 대한 자만심이란, 자기희생에 대한 지나친 자만심이자 환자의 얼굴로부터 일체의 욕망이나 성적인 욕구를 사라지게 하는 데 한몫했다는 자기 파괴적인 자만심이었다. 바로 그렇기 때문에, 혹은 그럼에도 불구하고.

"거울을 보여주시오."

"나중에 당신을 깨끗이 씻겨 드리고 나서요. 지금은 아직 흐트러진 모습이니까요."

"나도 병에 대한 자만심을 인정하게 해주시오. 자, 거울을 줘요."

그리고 거울이 건네졌다. 익숙하고도 생소한 자신의 얼굴이 그 속에 나타났다. 올리브와 같은 갈색의, 오랫동안 면도를 하지 않은 피부 밑에는, 층층이 겹쳐지고 시꺼먼 그늘에 에워싸인 눈이 있었다. 그 눈은 무언가를 매섭게 거부하는 듯하면서도 절실히 원하고 있었다. 조그맣게 오므라들어 입맞춤도 잊어버린 입은 좀처럼 비밀을 흘리지 않으려는 듯했다. 이 움푹 팬 얼굴은 노예처럼 공손하게 인생의 모든 얼굴을 짊어지고 있었으며, 각각의 얼굴은 차례로 과거의 심연으로 떨어져서 영원히 그 속에 저장되었다. 어머니의 맑은 눈을 이어받지 않았다 해도 어머니의 얼굴은 자식의 얼굴에 옮겨지게 마련이다. 오오, 줄지어 나타나는 그 얼굴들을 들여다보고 있노라니 마지막 얼굴이 보였다. 이 연쇄 속에 가담하여 이미 윤곽을 나타낸 희망의 얼굴, 병의 힘을 빌려 변모시키고자 했던 얼굴이었다. 그것은 아버지의 돌아가신 얼굴이었다. 찰흙을 빚던 손을 소년의 머리에 놓고 있던, 임종을 맞이한 도공의 얼굴, 이름을 부르는 소리에 대답하던 얼굴이었다. 불가사의한 위안의 느낌이 그 얼굴에서 흘러나오고 있었다. 다른 얼굴들은 희미하게 사라져갔다. 그 얼굴을 어떻게 획득하게 되었는지, 병이 그것을 획득하는 옳은 길이었는지, 그것은 지금에 와서는 아무래도 좋았다.

"당신이 의사라면 나를 죽을 수 있도록 처방해주시오."

"베르길리우스님, 당신 자신이 쓰지 않았습니까? 그 누구도 모든 것을 이룰 수는 없다, 라고. 내가 할 수 있는 것은 다만 당신을 치료해서 삶의 세계로 되돌리는 것뿐입니다. 그것을 아스클레피오스의 힘을 빌려서 해내려는 것이죠."

"그러면 아스클레피오스에게 바칠 제물로 닭을 준비시키도록 하지요."*

"신이 당신을 불멸의 세계로 일깨워주기를 바라고서 말인가요? 베르길리우스님, 당신은 새삼스럽게 불멸을 얻기 위해서 죽을 필요가 없습니다. 오히려 우리로서는 카이사르가 납시기 전에 당신의 몸을 씻기고 수염을 깎아드리고 싶습니다. 이제 시간도 별로 없고 말입니다."

"머리도 깎아야 해요."

"거울을 돌려주세요, 베르길리우스님. 그러지 않으면 당신의 자만심이 어디까지 부풀어 오를는지 알 수가 없으니까요. 물론 당신의 머리가 궁중 이발사가 손질한 것은 아니지만, 지금 깎는다고 해도 부질없을 것 같은데요."

---

*플라톤의 《파이돈》의 끝부분을 참조할 것.

"제물은 앞머리를 자르는 법입니다. 그게 규칙이에요."
 "열이 나서 하시는 말씀인가요? 아니면 마술적인 의술을 인정한다는 말씀인가요? 만일 그것이 도움이 된다면 나로서도 고마운 일이지요. 내 치료법은 결코 한쪽에 치우친 것은 아니니까요. 아니, 외람된 얘기지만 그것이야말로 내 치료법의 장점의 하나라고 자부하고 있는 터니까요……. 그러니까, 당신 말씀대로 제물을 위해서 머리를 깎으려고 하신다면 그것도 좋지요. 다만 그러려면 더욱 서둘러야 할 겁니다."
 갓난아기의 청을 들어주는 듯한 표정으로 어르고 달래는 말투였다. 제물이라는 생각이 무의미하든 아니든 지금은 따를 수밖에 없었다. 의사의 지시에 의해 자기 몸에 행해지는 일을 순순히 받아들일 수밖에. 숙달된 손이 그를 들어 올려 변기 쪽으로 운반했다. 그리고 의사는 갓난아기를 보살피듯이 그를 세세히 관찰했다. "자, 그럼" 하고 다시 목소리가 들렸다. "잠시 일광욕을 하실까요? 천천히 우유도 드시고요."
 그래서 그는 모포에 싸인 채 다시 볕이 스며드는 창가로 옮겨졌고, 안락의자에 앉아서 한 모금씩 따끈한 우유를 마셨다. 우유는 작고 따뜻한 물결이 되어서 어두운 체내로 흘러 내려갔다. 노예는 그의 곁에 서서 다 마시고 나면 그릇을 받아 들기 위해 기다리고 있었다. 그러나 노예의 눈은 창밖을 향하고 있었다. 매섭게 거부하는 듯한, 그러면서도 공손한 눈빛이었다.
 "절뚝거리는 사내가 보이냐?"
 "아니오. 어디에도 절뚝거리는 사내는 보이지 않습니다."
 방 안은 이제 활기에 넘쳐 있었다. 감미롭게 시든 냄새를 풍기면서 촛대에 축 늘어졌던 꽃들은 치워졌고, 양초는 새것으로 바뀌고, 바닥은 걸레로 닦이고 요는 내갔다. 의사는 다시 거울과 빗을 손에 들고 그의 옆으로 다가왔다. "절름발이라니요?"

"밤중의 절름발이 사내 말이오."

걱정스러운 듯이, 어떻게든 상대방의 말을 이해하려고 노력하면서 의사는 질문을 계속했다. "하하, 불카누스 얘기겠죠? 당신이 《에트나 산의 노래》에서 쓴 저 불의 신에 대한 얘기가 아닌가요?"

의사의 배려는 거의 감동적이었으나 그의 이해 수준은 우스꽝스러울 정도였다. "오오, 시에 대해서는 잊어주세요, 카롤다 스님. 내 시의 어느 하나도 기억을 번거롭게 할 만한 것이 못 되지만 특히 불완전한 젊은 시절의 그 작품은 다시 쓰지 않으면 안 될 판입니다."

"《에트나 산의 노래》는 다시 쓰고,《아이네이스》는 불살라 버린다 그 말씀인가요?"

이 말의, 그야말로 걱정하는 듯하면서도 몰이해한 투는 더 우스꽝스럽다고밖에 할 수 없었다. 하지만 어쩌면 《에트나 산의 노래》에 다시 한 번 손을 대는 일은 진정 해볼 만한 것인지도 모른다. 그 무렵에 비하면 재능도 훨씬 깊어지고 시야도 넓어졌으니, 진지하게 새삼 절름발이 대장장이*를, 그 마신이 날뛰는 청동의 심연을 살펴보는 일은 의미가 있을지도 모른다. 저승의 가혹한 빛에 눈이 멀고—오오, 시인의 맹목이여—그러면서도 그 맹목 때문에 온갖 높은 곳의 빛을 살펴보는, 불카누스로 화신한 프로메테우스를, 재앙 속에 있는 정복(淨福)을 살

---

*불카누스를 말한다.

펴 보는 일은 보람 있을 것이다."

"아니요, 카롤다스님. 내가 말한 뜻은 다만 그 시도 이 시도 다 잊어달라는 겁니다."

이해의 구름다리가 놓아지자 의사의 얼굴이 환히 밝아진 모습 또한 감동적이었다. "아아 베르길리우스님. 불가능을 바라는 일이 시인의 특권일지도 모르지만 잊으라고 한다고 그렇게 쉽게 기억이 사라지는 것은 아니지요……. 일찍이 아폴로가 노래했고, 에우로타스가 즐겁게 귀를 기울인 모든 노래, 그것을 그 사람은 노래했나니……."

"그리고 산들은 그 메아리를 하늘로 실어 갔나니" 하고 메아리가 울리는 아득한 곳에서 희미한 목소리가 뒤를 이었다. 사라져간 소년의 목소리를 반영한 그 목소리조차 하나의 메아리였다.

그 목소리는 하늘을 울리는 메아리가 되어 피어올랐다. 한낮의 술렁임, 끊임없는 노동의 술렁임. 숱한 작업장의, 가정의, 상점의 술렁임. 서로 융해되어 그을리고, 모든 도시의 냄새와 하나가 되어 피식피식 그을리는 도시의 술렁임이, 한낮의 표류하는 덤불이 하늘로 피어올랐다. 그곳엔 더 이상 불안한 느낌은 숨어 있지 않았다. 그 속에 섞여 드는 비둘기의 목구멍을 울리는 소리나 참새의 지저귐과 같은 공포의 그림자는 깃들어 있지 않았다. 까만 줄무늬가 든, 혹은 완전히 새까만 기와지붕은 희끗희끗 떠는 엷은 안개 층에 뒤덮이고, 빛깔이 없어진 햇볕 아래에서 이곳저곳 구리와 납과 청동이 반짝반짝 빛났다. 한낮의 햇볕 속에서는 하늘조차도 무색투명했고, 비록 구름은 없었지만 검푸른 빛도 사라져서 떨리는 한낮의 세계 위에 퍼져 있었다.

  다시 한 번 의사를 불안에 빠뜨리기 위해 눈에 보이지 않는 투명한 세계 속으로 사라진 별에 대해서 물어보아야 할 것인가? 어디라고 소재를 알아낼 수는 없었으나 분명히 별은 동쪽을 향해서 전진하고 있었다. 하늘을 건너면서 그러나 동시에 모든 궁륭의 저쪽에 숨어버려, 그 많은 하늘의 메아리가 그 심연 속에 세상의 종말까지 간직되어 있는 저 대양의 언어를 통해 발견할 수도 없는 빛의 화살의 뿌리가 밑의 세계에까지 닿아 있고, 일체의 언어를 통해 발견할 수 없는 시선의 빛의 가지들이 위의 세계에까지 닿아 있었다. 그러나 무릇 한없이 우리 속에 침투하여 끝 모를 눈이 되는 광망과 더불어 우리는 스스로의 궁륭의 심연으로 되돌아가지 않으면 안 된다. 대양 속에 있는 메아리의 심연에 도달할 수 있기를 바라지 않으면 안 된다. 그 깊이에서 우리의 모습은 하늘 저쪽으로, 신의 눈으로, 빛에 실려서 되던져진다. 대지에 몸을 구부리고 굴욕적인 자세로 일을 행하지 않으면 안 되는 우리, 우리의 영위는 이미 깊이를 살피는 일이 아닐까? 위에 있는 세계의 상(像)을 찾아내려는 탐지의 노력일까? 대지로 향하는 영위에 의해 우리는 저 일체의 지하 세계보다도 더 깊은 무한한 깊이, 동시에 가장 높은 하늘의 깊숙한 곳, 그 심연에 도달하는 것일까? 아니면 우리는 기다리지 않으면 안 되는 것일까? 최후의 빛의 화살과 더불어, 죽음을 가져다주는 최후의 빛의 화살과 더불어 신 스스로가 죽음으로 변하여 우리 속에 침투하고, 우리의 몰락 속에 영겁의 왕들의 층계를 마련하여 열려진 공간으로 향하면서, 그 자신이 되울리는 메아리와 함께 거룩한 스스로의 실재로 우리를 돌려 보내줄 때까지 기다리지 않으면 안 되는 것일까? 길을 인도해 주는 그 떠돌이별은 어디로 갔는가?

안락의자에 몸을 파묻은 채, 빛깔 없는 빛을 향하여, 그는 살며시 눈을 떴다. 뭔가 해서는 안 될 일을 하는 듯한 조심스러운 몸짓이었다. 고통스러운, 그러나 중도에 그만둘 수도 없는 이 깜박임, 하나의 행위이기도 하고 동시에 고분고분한 감수이기도 한 이 깜박임 속에, 기묘하게 일그러지고 그러면서도 뚜렷한 윤곽을 그리며—여기엔가 아니면 저기엔가?—손거울 속에 나타난 것과 똑같은 영상이 떠올랐다. 무뚝뚝하고 몇 겹으로 겹쳐지고 그러면서도 완결되지는 않은 희미한 반사의 또 한 번의 반사, 그것이 거울의 바닥 평면에, 그 깊이의 어둡고 아득한 광망의 밑바닥에 마치 그림자처럼 떠올라 있었다. 아무리 보아도 그것은 영겁의 층계에 실려 올라온 것은 아니었다. 아니 오히려 더없이 보잘것없는 뒤편의 작은 문으로부터 살그머니 숨어든 것처럼 생각되었다. 양심의 가책 때문에 한순간 깜박거린 듯, 아아, 아무리 보아도 그것은 화려하게 내리쬐는 빛은 아니었다.

그때 그릇을 받아서 아래에 내려놓은 노예가 말했다. "영감님, 눈을 소중히 하십시오. 햇살이 너무 부십니다."

"쓸데없는 참견 마라." 의사가 노예에게 소리를 지르더니 조수들 쪽으로 돌아섰다. "식초 물은 데워졌나?"

"네, 선생님." 방의 어두운 구석 쪽에서 대답이 들려왔다.

그는 의사의 지시대로 다시 그늘 속으로 운반되어 침대에 뉘어졌다. 그러나 그의 시선은 여전히 창틀 속 하늘에 못 박혀 있었다. 밝은 빛의 매력은 이런 말이 절로 흘러나올 만큼 강렬했다. "샘의 밑바닥에서 한낮의 하늘을 쳐다보는 자에게 하늘은 어둡다. 그리고 그는 하늘의 별을 볼 수가 있다."
 순간 의사가 옆으로 다가왔다. "시각 장애가 있으신가요, 베르길리우스님? 걱정하실 건 없습니다, 대단치는 않으니까요······."
 "아니, 시각 장애 따위는 없어요." 진정 이 궁중의는 눈이 먼 사람인가? 눈이 먼 가운데 더욱더 눈이 멀기를 바라고 있는 자가 시각 장애를 일으킬 까닭이 없다는 사실 또한 그는 모르고 있다.
 "별이 어쩌고 하시지 않았던가요?"
 "별? 아, 그렇소······ 다시 한 번 별이 보고 싶어서."
 "아직 얼마든지 볼 수 있어요······. 바로 내가, 코스 출신의 카롤다스가 보장하겠습니다. 아니, 그렇게 소심하게 생각하실 것 없습니다. 나는 아직도 여러 가지 일을 신념을 가지고 약속할 수가 있어요······. 가령 이삼일 지나면, 아니 두세 시간 지나면 기분이 썩 좋아지시리라는 것 등을 말입니다. 왜냐하면 당신이 어젯밤에 경험하신 듯한 큰 위기 다음에는 반드시라고 해도 좋을 만큼 용태가 급격히 좋아지게 마련이니까요······. 우리 의사 입장에서는 실은 그러한 위기만큼 바람직한 것은 없지요. 경우에 따라서는 그런 종류의 위기를 인위적으로 만들고 싶을 정도예요. 나의 이런 의견을 학계 전체가 지지하는 것은 아닙니다. 덕분에 나는 비주류의 위치에 놓여 있지만, 그러나 이렇게 생각하게 된 데는 그럴 만한 근거가 있기 때문에 주류에서 벗어난 것쯤 나로서는 아무렇지도 않습니다······."
 "바로 지금만 해도, 나는 아주 기분이 좋아져 있어요."
 "잘됐군요, 정말 잘됐군요, 베르길리우스님."

그렇다, 그는 완전히 기분이 좋아져 있었다. 기침 발작을 막기 위해서 놓인 몇 개의 베개에 등을 받치고, 발가벗은 채 침대에 길게 누워서, 그는 미지근한 식초 물로 정중하게 몸을 씻기우고 데워진 타월로 살짝 닦여지고 있었다. 식초 물과 타월의 부드러운 교체가 이어짐에 따라 신열로 인한 피로가 전신에서 빠져나감을 느낄 수 있었다. 일에 착수한 이발사의 면도에 턱과 목을 맡기기 위해 머리는 베개 언저리에서 젖혀져 있었다. 하는 대로 내맡기고 있는 이 수동적인 자세에서 포근한 안도감이 생겨났다. 팽팽해진 피부 위를 면도칼이 부드럽고 확실하게 미끄러져 뜨거워진 억센 수염을 깨끗이 깎는 것도 안도감을 주었지만, 뜨거운 물수건과 차가운 물수건이 재빨리 번갈아가며 깨끗이 수염을 얼굴을 감싸주자 안도감 이상의 상쾌한 자극이 느껴졌다. 그러나 그다음, 이발사가 머리를 손질하려고 들었을 때 그는 재빨리 상대방을 제지했다.

"우선 앞머리부터 잘라주게."

"알겠습니다, 베르길리우스님."

가위가 차갑게 이마에 닿아 재깍재깍 소리를 내면서 관자놀이를 향해 차갑게 전진했다. 재깍 소리는 공중에서도 울렸다. 이발사가 명인답게 한 번 가위를 들어 올릴 때마다 그야말로 기세 좋게 가윗날이 트레몰로로 재깍거렸다. 이발사의 미적 감각은 균형을 요구하기에 정수리와 뒷머리도 깎아야 했다. 그런 다음 비로소 향유와 알칼리 용액을 사용한 세척이 행해지고, 이어서 되풀이하여 찬물이 끼얹어졌다. 특별히 만들어진 세면기가 목덜미 밑으로 밀어 넣어진 채로. 이러한 모든 것이 질서정연하고 신중히 행해지는 동안 의사의 조수들은 그의 사지를 발가락 끝에서부터 차례로 조심스럽고 능숙하게 주무르기 시작했다.

머리를 씻기고 나자 이발사가 물었다. "머릿기름은 백합과 장미와 물푸레나무 중 어느 것이 좋을까요, 베르길리우스님? 아니면 용연향(龍涎香)을 좋아하시는지요?"

"아무것도 필요 없네. 빗을 주게, 기름은 바르지 말고."

"향유의 냄새조차 없는 여인이야말로 그지없이 향기롭더라, 키케로가 말했던가요?" 의사가 말했다. "하지만 그 작자는 자신도 믿지 않는 말을 멋대로 늘어놓곤 했죠. 당신에겐 물푸레나무 향유가 좋을 텐데요, 물푸레나무는 마음을 가라앉혀주니까."

"비록 그렇더라도 카롤다스님, 나는 바르고 싶지가 않습니다."

밖에서는 참새가 지저귀고 문틀 위에서는 청회색의 비둘기 한 마리가 날개를 곤두세우고 구구대면서 목을 흔들며 걸어가고 있었다. 그 주위에는 밝은 하늘의 광채가 떠돌고 환히 트인 하늘의 빛이 일대에 아득한 느낌을 주고 있었다.

의사는 웃었다. "만일 내가 머릿기름을 바르지 말라고 했으면 당신은 바르고 싶다고 말했을 테지요. 당신 같은 환자가 드문 것도 아니고, 그러한 환자를 어떻게 다루는지도 잘 알고 있습니다. 솔직히 말씀드리면, 이 점에 있어서는 지나치다고 할 만큼 연구를 쌓았지요……. 아실 테지만 나는 처음에 내 패를 모두 드러내 보이지요. 하지만 결국 승부에는 이기는 사내랍니다. 뭐 그건 그렇고, 당장은 당신 말씀이 옳다고 칩시다. 실상 지금 당신에게 필요한 것은 안정이 아니라 생기니까요. 그래서 절대적인 효력을 가진 강장제를 드릴까 생각 중이에요. 이건 농담이 아닙니다. 당신에게는 굳이 권하고 싶어요. 생기, 생활력, 활력 같은 것은 완전히라고는 할 수 없지만 어쨌든 아주 강하게—내 생각으로는 우리가 바라고 느끼는 것보다 훨씬 강하게—우리 신체 조직의 아래쪽 중심에 의해 규정되고 있습니다. 때로는 몹시 유쾌한 이 아래쪽의 중심이 쾌유에의 의지를 형성하는 데 꽤 중요한 구실을 하고 있다고 우리 의사들은 인정하지 않을 수가 없어요……. 뭐 이런 것은 당신도 알고 계실지도 모르죠. 나로서는 다만 당신의 삶과 건강에 대한 의욕이 약간 증가해도 나쁠 것이 없다는 점을 말씀드리고 싶을 뿐입니다……."

"내 삶에 대한 의지를 위해서 강장제 따위는 필요 없어요. 아무런 도움 없이도 그런 의지는 지나칠 만큼 강하니까요……. 나는 삶을 더할 수 없이 사랑하고 있습니다……."

"짝사랑을 하고 있는 것은 아닌가요? 만일 그렇다면 충분히 사랑하고 있다고는 할 수 없지요!"

"나는 그런 불평은 하지 않기로 하고 있어요, 카롤다스님."

아니, 삶에 대한 의지를 위해 강장제는 필요 없었다. 사랑하기 위해서 몸을 눕히는 자는 눈을 감는다. 마치 죽음의 자리에 눕는 자처럼 두 눈은 생소하고 다정한 손에 의해 감겨진다. 하지만 살기를 원하는 자, 삶을 향해서 일어서는 자는 하늘을 똑바로 쳐다본다. 거기에서 삶에 대한 일체의 희망, 일체의 의지가 생겨나는 활짝 트인 하늘의 광채를 향해 크게 두 눈을 부릅뜨고 있다. 오오, 언제나 되풀이하여 푸른 하늘을 바라볼 수 있고, 내일도 모레도 몇 해나 몇 해씩이나 바라볼 수 있다면 얼마나 좋으랴. 그리고 몸을 눕히지 않아도 된다면, 밝은 찬란한 감청색의 하늘이 펼쳐지고, 비둘기의 구구대는 울음소리로 가득

차 있는데, 이미 볼 수도 들을 수도 없이 흐려진 눈을 감고 얼굴을 흙빛으로 경직시킨 채 관 위에 몸을 눕히지 않아도 된다면 얼마나 좋으랴. 그날은 이랬었다. 밝고 푸른 날, 아버지가 관 위에 눕혀진 날은 이랬었다. 오오, 살아 있을 수만 있다면!

 이발사가 멋진 이발 솜씨를 뽐내기 위해 거울을 가져왔다.
"머리 모양이 마음에 드시는지요?"
"좋아요……. 굳이 보지 않더라도 당신의 솜씨를 믿고 있으니까."
"정말 근사해 보이십니다" 하고 카롤다스는 열광적으로 칭찬하면서 오른손의 세 손가락으로 왼손의 도톰한 손바닥을 가볍게 두드리면서 박수를 쳤다. "정말 훌륭합니다. 기분도 썩 상쾌해졌으리라고 생각합니다. 정말이지 체액과 맥박에 활기를 불어넣는 데는, 그 방면의 전문가가 충분한 배려 하에 행하는 전신 안마술보다 더 나은 것은 없다니까요. 이제 그 효과를 느끼셔도 될 겁니다. 아니, 벌써 효과가 나타났음을 알 수가 있습니다!"

 밖에는 별도 없이 활짝 트인 찬란한 푸른 하늘이 있었다. 오오, 언제까지나 이 하늘을 바라보고 있을 수만 있다면! 비록 영원히 계속되는 병과 피로를 대가로 치러야 한다고 하더라도! 오오, 보는 것을 허용받고 있다는 것! 저 수다스러운 의사 카롤다스는 아직도 대답을 기대하고 있는 것일까? 하지만 실상 그가 한 말은 옳았다. 진정 기분이 상쾌해짐을 느꼈다. 물론 그것은 일종의 상쾌한 피로감에 지나지 않았지만, 어쨌든 상쾌함에는 틀림이 없었다. 그것은 불안으로부터의 해방이었다. 피로한 사지에는 활기가 돌고, 그것들 고유의 삶은 불안으로부터 해방

되어 있었다. 주물러대는 손 밑에서, 보다 의식적이 되었는지
는 모르지만, 어쨌든 그것은 예전의 불안에서 벗어나 있었다.
마치 이미 하나의 사상(事象)이 아니라 다만 사상을 둘러싼 지
각에 지나지 않는 듯, 거울 속에서만 일어날 뿐 이미 자신의 몸
에서 일어나는 사상은 아닌 듯했다. 그러나 이 거울에 비치는
그림자야말로 육체 그 자체였다. 육체는 거울에 비치는 그림자
이자, 동시에 거울이었다. 거울이 되어서, 일어나는 사상뿐만
아니라 그 지각까지도 건져 올렸기 때문에, 그 결과 불안에서
해탈한 지각은 망각에 맡겨지면서도 육체의 바로 곁에 머물러
있게 되었다. 사그라질 줄 모르는, 육체적인 새로운 지각, 설사
그가, 이미 아무것도 지각하지 못하는 그가 아무리 일체의 아
득함 속으로 사라지기를 원하고, 또한 사라졌다고 하더라도 이
지각은 말짱한 상태로 존속하고 있었다. 일대는 은밀하게 되어
갔다. 은밀하게 고동치는 세계, 은밀하게 고동치는 내계와 외
계, 낮과 밤의 조수 간만, 조용히 술렁이는 크나큰 존재의 질
서, 이 질서의 밑바닥에서는 만조와 간조조차 하나의 흐름이
되어 차츰 정적 속으로 가라앉고, 밤마다의 종소리는 한낮의
햇살의 폭포와 융합하여 하나가 되었다. 은밀하게 고동치며 숨
쉬는 것, 그 숨결은 은밀하고 부드럽게, 오르내리는 가슴 속에
서 오가고, 눈에 보이지 않는 은밀한 누군가의 손에 의해 문질
러지고 어루만져져 조용히 활기를 회복해가고 있었다. 육체 속
에서의 이 체험의 소생은 고뇌를 해탈하면서도 여전히 고뇌에
넘치고, 지각을 해탈하면서도 여전히 지각에 넘치고, 소리 하
나 들리지 않는 정적으로 귀일했지만, 매끄러운 침묵을 간직한
이 정적은 그야말로 거울에 비친 그림자의 정적에 지나지 않았

고, 마치 거울 속에서처럼 방 안에서의 영위는 소리를 잃은 의사의 목소리에 인도되어 진행되었다. 노예들은 소리도 없이 바쁘게 방을 드나들었고, 청결한 리넨을 넣은 바구니가 기묘하게 가볍게 운반되고, 가볍게 들어 올려진 몸 밑으로는 이내 청결한 요가 깔리고, 청결한 토가가 몸을 뒤덮고, 싱싱한 꽃이 촛대를 장식하고, 그 향기가 식초 냄새와 뒤섞여 순식간에 스쳐가는 촉촉하고 상쾌한 향기가 되었다. 벽의 분수의 찰랑찰랑 흐르는 소리에 실려가는 향기의 여울, 한 방울씩 똑똑 떨어지는 영혼의 중얼거림이었다. 이상한 평온이 번졌다. 그야말로 이것저것 꼼꼼하게 보살펴진 그의 육체는 붕괴에 내맡겨진 육체, 지금 바야흐로 붕괴되려는 육체였다. 그러나 그것이 거울에 비치는 그림자라는 지각 때문에 이 육체는 형태를 보존하고 있었다. 과거와 미래 사이를 편안하게 떠돌며 이 양자와 아주 평화롭게 합일하는 덧없이 흔들리는 형태, 그 자체가 거울이고 평화이며, 천상의 기운 그대로의 현재이며, 숨결에 운반되면서 항구적으로 열린 푸른 하늘을 바라보고 있었다. 그야말로 이러한 일체, 여기에서 생기는 일체, 소리도 없이 분주히 행해지는 일체의 영위는 단순한 투명성을 위해서만 봉사하고 있는 듯했다. 맑고 대기처럼 걷잡을 수 없는 발판이 구축된 데 지나지 않는 듯, 가벼움 그 자체 외에는 아무것도 실을 것이 없는 발판이 구축된 듯했다. 그렇다, 마치 여기에서는 막대한 그야말로 황당무계하다고나 할 경비가 어떤 보전 사업을 위해서 지출되고 있는데, 수호해야 할 것은 아무것도 존재하지 않는 듯, 극히 몽롱하고 막막한 것 외에는, 허무의 영상 외에는 아무것도 확보할 수가 없었다. 그러나 그러한 사정을 넘어서, 바로 여기에서

몽롱하게 흐려지는 거울의 그림자, 걷잡을 수도 없이 유기되어
가는 이 거울의 영상이 스스로를 포기하려는 그 의도에도 불구
하고, 마치 기적처럼 최후의 순간, 지리멸렬하게 해체되기 직
전에 붕괴에서 구출되어 그 자신 속에 확보된 것처럼, 어떤 지
각에서 형식과 형태에 지나지 않는 듯했음에도 불구하고 한없
이 투명한 포착할 수 없는 영상을 그 보초 밑에 수용하고, 이것
을 보전함으로써 다시 한 번 그것을 현실의 형태로 귀환시킬
수 있을 정도의 지상적인 힘을 갖고 있었다. 왜냐하면 설사 그
사라져가는 최후의 광채에 있어서조차 사랑하면서 봉사하는
행위는 현실을 구축하는 힘을 갖고 있기 때문이다. 비록 이 경
우처럼 겨우 덧없는 거울의 영상이 되어서 나타날 때에도, 이
미 어떤 구제도 아닌 구제의 유희가 되어 덧없이 죽음의 입구
에 운반될 때에도, 사랑의 행위는 눈에 보이지 않는 여러 세계
의 내용을 이루고 있었다. 그것은 창조적으로 작용하면서, 지
각을 지각되는 대상으로 바꾸고, 보호하는 힘을 보호받는 대상
으로 바꾸고, 포섭하는 힘에 의해 포섭되는 대상을 낳게 하여
두드러지게 변용된 모습으로 그것을 지상의 창조에로 되돌린
다. 이 변용의 힘이 크기 때문에 지상의 창조계는—그 이상할
만큼 엄밀한 존재는 이상성(理想性)과 일상성(日常性)의 쌍방에
의해 규정되고 있지만—그 자신의 거울의 상이 되고 동시에
인간의 거울의 상이 된다. 내계와 외계의 거울의 상을 하나로
합쳐서 지니게 된다. 그가 느끼고 있는 것은 아직도 자신의 육
체일까? 아니면 거울의 상에 지나지 않는가, 혹은 감각의 거울
의 상에 지나지 않는가? 평화로운 안식에 넘쳐서 그를 에워싸
고, 게다가 그 자신과 다름없는 이 존재의 현실성은 어디에 있

는가? 대답이 주어질 까닭도 없었고 실제로 주어지지도 않았다. 그러나 주어지지 않은 대답까지도 주위의 모든 것과 마찬가지로 평화로움으로 가득 찬 존재가 되어 있었다. 단 한 번의 호흡 속에, 단 한 번의 고동 속에 숨은 실재(實在)이면서 비재(非在), 원상(原像)과 모상(模像) 속에 떠돌면서 그 어느 쪽과도 접하지 않는 이를테면 그 양자의 상징, 상기된 것과 눈에 보이는 것 속에 떠돌며 양자의 거울이 되면 그것들과 평화로운 안식 속에 합일하는, 마치 천상의 기운과도 같은 현재, 그리고 현재와 현실에 깊숙이 잠긴 거울의 밑바닥, 한낮의 아득히 어두운 밑바닥에 그 별은 빛나고 있었다.

이대로 있어서는, 언제까지나 이대로 있어서는 왜 안 되는 것일까? 아무런 노력도 하지 않고 얻은 이 행복한 상태를 어째서 바꾸지 않으면 안 되는가? 실제에 있어서는 아무것도 변하지 않았다. 실내의 영위는 그냥 계속되고 있었으나 그것조차도 아무런 변화를 보이지 않고 있다고 해도 좋을 정도였다. 그럼에도 불구하고 이 영위는 점점 더 풍성해지고 점점 더 규모가 넓어졌다. 꽃향기가 물씬하고 식초 냄새에 넘치면서 존재는 여전히 평화로운 입김을 내뿜고 있었는데, 그러나 동시에 그 숨결은 한결 더 높아지고 세계의 갖가지 서열은 따사로운 상쾌함에 넘친 속삭임으로 변했다. 그것은 나무랄 데 없는 완성이었다. 지금까지 그렇지 않았다는 것, 지금까지 이것과 다른 상태에 있을 수 있었다는 것이 이상하게 생각될 정도였다. 이제야말로 모든 것은 제 자리를 찾아 영원히 현재의 자리에 머물 것처럼 생각되었다. 거칠게 그러나 부드럽게 실내와 땅은 하나가 되고, 들에는 거칠게 꽃들이 자라서 집들보다도 높아지고, 나무들의 가지 끝을 꿰뚫고 나무들의 가지에 안겨 있었다. 식물들 사이에서 사람들은 초라하게 꿈틀거리면서 그 그늘에 모이고 줄기에 기대어 식물과 마찬가지로 무릇 이름 지을 수 없는 투명함과 명랑함에 싸여 있었다. 여전히 창문 앞에 서 있던 의사 카롤다스도 실은 거기에서 요정들의 윤무에 둘러싸여 있었다. 궁정 사람답게 우아하게 생각에 잠긴 동작으로 통통한 얼굴의 금빛 턱수염에 빗질을 하면서 거울을 이리저리 조작하고 있었는데, 그 거울 면에 모든 것이 비치고 있었다. 다시 부드러운 잠에서 깨어난 이끼에 덮인 샘, 한낮의 햇볕 속에 메말라가면서 한들한들 떨리는 작은 그림자를 던져 촉촉한 이끼를 채색하는 짙은 녹색의 참빛살나무, 이러한 모든 것이 거울 속에 있었다. 노간주나무가 비치고, 가시투성이인 열매를 주렁주렁 단 밤나무가 비치고, 서로가 서로를 반영하며 포도송이는 터질 듯이 무르익어 포도나무 어린 가지에서 늘어져 있었다—오오, 거울에 비친 것들의 가까움이여, 거울에 비친 것들의 가벼움이여. 오오, 얼마나 가깝고 얼마나 손쉬운 일처럼 보였던가. 존재하는 자들에게 가담하여 그 일원이 된다는 일이, 그들과 함께 가축 떼를 기르고 술 곳간의 돌지붕 밑에서 그들과 함께 무르익은 포도를 짠다는 일이 어쩌면 그리도 쉽게 보였던가. 오오, 투명한 존재는 투명한 존재로 옮겨가면서도 고유의 실체를 잃지 않았다. 인간의 피부와 의상은 구별하기가 어렵고, 인간의 영혼도 표층과 구별하기 어렵다. 그러면서도 생생하게 눈에 비친다. 인간 마음의 고향에서 울려오는 끝없는 고동 속에서 문득 얼굴을 내미는 것이다. 그렇게 끝없는 해후가 성취된다. 언제 끝날는지도 모르는 해후가 마음을 설레게 하면서 유인하고 있었다. 월계수의 향기, 꽃의 향기가 강을 건너 궁륭을 그리고, 숲에서 숲으로 퍼지고, 즐거운 듯이 마음을 주고받는 사람들의 작은 고함 소리를 운반하고 있었다. 그리고 아득한 빛 속에 흐려지는 거리들은 그 이름을 잃고 마치 가볍게 살랑거리는 바람과도 같았다. 노예는 아직도 우유를 손에 들고 있는가? 한 잔의 우유를 관습대로 프리아포스의 황금상에 바치려고 하고 있는가? 우유에 담겨서 빨갛게 작열하는 황금처럼 신의 모습은 거울 속에 나타났고, 그것을 둘러싸고 강기슭에 늘어선 헤라클레스에게 바쳐진 백양나무, 바커스의 도취로 유인하는 포도나무, 아폴로의 월계수, 베누스가 사랑하는 도금양(桃金孃)이 그림자를 비치고 있었다. 그러나 느릅나무들은 수면에 몸을 숙여서 잎 끝을 물에 담그고 있었고, 그 줄기의 하나에서 플로티아가 모습을 나타내어 다리를 건너서 이쪽으로 걸어왔다. 나비들과 소리도 없이 지저귀는 작은 새들을 데리고 발걸음도 가볍게 그녀는 다가왔다. 손거울의 표면을, 열렸다가는 다시 닫히는 이 매끄러운 평면을 빠져나와 금빛으로 타오르는 무지개의 아치를 지나고 상아처럼 흰 우유의 오솔길을 건너서 촛대의 느릅나무 가지에 기대고 있는 그에게서 약간 떨어진 곳에 그녀는 발길을 멈추었다. "플로티아 히에리아" 하고 그는 정중한 어조로 불렀다. 그녀와 만난 것은 어쨌든 이것이 처음이었으니까. 인사를 하듯이 그녀는 머리를 숙였고, 그녀의 머리칼에는 밤하늘의 별이 흩뿌려져서 반짝반짝 빛나고 있었다. 두 사람 사이가 꽤 떨어져 있었음에도 불구하고 그들은 손을 마주 잡았다. 두 사람의 삶의 흐름이 이쪽에서 저쪽으로, 저쪽에서 이쪽으로 흘렸을 만큼 정성이 담긴 직접적인 악수였다. 하지만 어쩌면 이것도 환각일는지 몰랐다. 확인할 필요가 있었다. "그대가 이곳으로 온 것은 우연이오?"―"아니에요." 그녀가 대답했다. "우리들의 운명은 처음부터 하나로 맺어져 있었던 거예요." 손은 하나로 맺어졌다. 그의 손은 그녀의 손 속에, 그녀의 손은 그의 손 속에 놓여 있었다. 어느 것이 그의 손인지, 어느 것이 그녀의 손인지 분명히 알 수가 없을 정도였다. 하지만 마치 그 자신이 느릅나무처럼 숱한 가지를 우거지게 하고 있기라도 한 듯이 악수를 나누면서도 여전히 손가락은 나무의 꽃이나 열매를 무심한 장난처럼 붙잡을 수가 있었으니까, 그녀의 대답은 충분한 것이라고는 할 수가 없었다. 다시 질문을 계속할 필요가 있었다. "하지만 그대는 다른 나무에서 태어났소. 그리고 이 나무에 당도할 때까지 먼 길을 지나오지 않으면 안 되었어."―"저는 거울 속을 통해서 왔어요." 그녀가 대답했다. 이 설명으로 만족할 수밖에 없었다. 그야말로 그녀는 거울 속을 통해서 온 것이었다. 빛을 배가시켜주는 거울을 통해서 온 것이다. 그리고 배가된 빛의 뿌리는 합일된 운명의 근원까지 도달했고, 이 근원에서 다시 새로운 통일의 다양성, 새로운 다양성의 통일, 새로운 창조를 향해 맥동을 시작한 것이다. 오오, 아름다운 대지의 표면이여! 그곳에는 어디나 한낮과 저녁이 동시에 있고, 상하로 흔들리는 완만한 보조로 가축의 무리가 방황하고, 동물들은 머리를 깊이 숙이고 입과 혀에서 물방울을 뚝뚝 흘리면서 찰랑찰랑 흐르는 물웅덩이 곁에 서 있었다. 그 풍성한 목장의 수풀을 헤치고 부풀어 오르는 초원을 지나 서늘함을 끼얹는 샘을 따라서 그들은 걸으려고 했다. 손에 손을 마주 잡고 걸어가려고 했다. "플로티아, 그대는 또 시를 들으려고 이곳에 왔소?" 그러자 플로티아는 미소를 지었다. 무척 느릿한 미소였다. 그것은 우선 눈에서 시작되어 아련하게 빛나는 관자놀이의 피부로 미끄러져 들어갔다. 피부 밑에 떠올라 있는 희미한 혈관까지도 그 미소에 포착되지 않을 수 없을 것 같았다. 이어서 그 미소는 아주 천천히, 조금도 깨닫지 못하는 입맞춤을 당하고 있는 듯이 떨리고 있는 입술로 옮겨 갔고, 이윽고 입술은 미소를 지으며 열려 있는 이빨의 언저리, 사자(死者)의 뼈 언저리를, 인간 속에 있는 죽음의 운명의 상아와도 같은 바위 끝을 드러내었다. 이처럼 미소는 표정 속에 머물러 있었다. 지상의 기슭의 미소, 영원한 기슭의 미소, 그리고 미소와 함께 말이 된 것은 끝없는 은빛 햇살을 받은 바다의 반짝임이었다. "언제나, 언제까지나 곁에 있을 생각이에요."—"곁에 있어주오, 플로티아. 이제 그대를 놓지 않을 거요. 언제나 그대를 지키고 있을 거요." 이것은 소원이며 맹세이며 이미 실현이었다. 왜냐하면 플로티아는 한 발자국도 내디디지 않았지만 이미 어느 정도 가까이에 다가와 있었기 때문이다. 거대한 느릅나무의 가장 바깥으로 삐져나온 가지가 그녀의 어깨에 닿아 있었다. "여기에서 마음 놓고 쉬어요, 플로티아. 내 그림자 속에서 쉬어요." 이것은 분명히 그의 입속에서 만들어지고 그의 입에서 새어 나온 말이었지만, 그런데도 나뭇가지가 말을 한 듯했고, 여성에게 닿아서 말할 힘을 얻은 나뭇가지에서 마법처럼 불려내진 듯했다. 그렇기 때문에 그녀가 초록빛 나뭇가지에 얼굴을 비벼대며 가지에게 대답을 속삭이기 시작한 것도 그야말로 당연하다고 할 수 있었다. "당신은 저의 고향, 편안하게 감싸주는 그림자는 저의 고향이에요."—"그대는 내 고향이오, 플로티아. 내 속에 그대가 휴식하고 있음을 느끼면서 나는 영원히 그대 속에서 안식을 얻는 것이오." 그녀는 고리짝 위에 걸터앉아 있었다. 비할 데 없이 가벼웠기 때문에 고리짝의 가죽 뚜껑은 불과 몇 분의 1인치도 가라앉지 않았지만, 그녀의 손만은 그의 손과 단단히 짝지어져 있었다. 소년이 그랬던 것처럼 그녀가 얼굴을 두 손에 묻었을 때, 그의 손가락은 행복감에 넘쳐 그 다정한 얼굴 윤곽을 느낄 수 있었다. 그런 자세로 그녀는 앉아 있었다. 그림자의 궁륭에 둘러싸여 앉아 있었다. 자신들의 존재가 손에서 시작되어 하나로 결합되고 불변의 세계로 뻗어가고 있음을 그들은 느꼈다. 물론 이것은 아련한 숨결에 숨은 풍요로운 예감을 간직한 감지(感知)에 지나지 않았다. 그들의 호흡과 피가 뒤얽혀 도타운 합일을 이루고 있었다. 하지만 노예는 아무런 어려움도 없이 결합된 두 사람 사이를 빠져나갈 수가 있었다. 마치 두 사람의 팔이, 엷고 희미한 대기이기라도 한듯이. 노예는 두 사람을 따로 떼어놓으려는 걸까? 만일 그렇더라도 그것은 헛수고였다. 두 사람의 손은 여전히 서로 단단히 얽혀 있었다. 서로 결합되어 영원한 하나로 변하고 있었다. 플로티아의 손가락에 끼워진 반지까지도 누구의 것인지도 모르게 하나가 된 손의 공동재산이었다. 노예를 꾸짖을 필요가 있었다. 이번에는 그의 모습을 빌린 플로티아가 힐책의 말을 입에 올렸다. "물러서요." 그녀가 말했다. "우리에게서 떨어져요. 죽음도 우리를 떼어놓지는 못해요." 그러나 노예는 그녀의 말을 듣지 않았다. 그 자리를 떠나려고도 않고 가만히 살피고 있는 그의 귓전에 몸을 굽혔다. "돌아가는 것은 금지되어 있어요. 동물들을 두려워하세요!" 어떤 동물들을? 저 샘가의 가축 떼 말인가? 저 암소들 아래 있던 불행한 파시파에가 사랑했던 눈처럼 흰 황소 말인 가? 아니면 거칠게 뛰어다니면서 암산양의 등에 올라타는 숫 산양들 말인가? 판 신이 지배하는 한낮의 정적은 꽃피는 숲 속에 은밀하게 잠겨 있었는데, 때는 이미 저녁 무렵이었다. 반수신(半獸神)들은 발굽을 울리며 거대한 음경을 직립시키고 윤무를 시작했다. 무도장 위에는 아득한 하늘의 노랫소리가 저녁 무렵답게 맑게 울리고, 물은 동굴의 썰렁하게 이끼가 낀 바위 사이를 찰랑찰랑 흐르고, 황혼의 망각 속에서 비둘기의 울음소리에 싸인 동굴 입구에는 나무들이 짙은 그림자를 만들고 있었고, 그 위에는 다시 거대한 산들의 그림자, 산들의 더욱 거대한 시꺼먼 그림자가 드리워져 있었다. 황혼, 감미로우면서 어리석고, 감미로우면서 고귀한 단순성 속에 나타나는 사랑스럽고 애절한 황혼. 이것은 퇴행인가? 아니면 귀환인가? 또다시 플로티아가 대답을 가로막았다. "저는 절대로 당신의 기억 속에 떠오르는 환각이 아닙니다, 베르길리우스님. 비록 저라는 사실을 아실 때라고 해도 당신이 저를 보시게 되면 언제나 그때가 처음입니다."—"오오, 그대야말로 귀향, 이미 귀환을 모르는 영겁의 귀향이오."—"귀향을 당신이 경험하시는 것은 목적지에 도달하신 뒤의 일입니다. 그 목적지를 향해서, 베르길리우스님, 당신은 아직도 여행을 계속하시지 않으면 안 됩니다." 노예가 그의 말을 가로막고는 구리 장식을 박은 아름답고 울퉁불퉁한 지팡이를 그에게 건네주었다. "머무는 것은 당신에게 어울리지 않습니다. 추억도 이미 당신에게는 허용되지 않습니다. 지팡이를 잡으십시오. 그것을 단단히 움켜쥐고 여행을 떠나십시오!" 이것은 가부를 묻지 않는 재촉이었다. 만일 이 재촉에 따랐다면 그는 지팡이를 손에 들고 저 어두운 골짜기에, 황량한 숲에 황금의 가지가 은밀히 싹트는 저 골짜기에 당도했으리라. 확실히 노예의 말은 엄격한 명령과도 같아서 보통 때 같으면 무조건 순종하지 않으면 안 되었겠지만, 이상하게도 지팡이는 플로티아의 가벼운 손에 머물러 있어서 노예는 더 이상 어쩔 수가 없었다. 이것 또한 기억에는 없는데 처음 만나 그것임을 아는 그 인지에서 태어나는 황홀감과 비슷했고, 또한 여성에 의해서 비로소 자신을 알게 되었다는 생각과도 흡사했다. "오오, 플로티아, 그대의 운명은 내 운명이오. 그대는 이 운명 속에 있는 나를 확인시켜주니까 말이오."—"안 돼요." 노예가 엄격한 어조로 말하면서 플로티아의 손에서 지팡이를 되찾으려고 했지만 결국 환상 같은 헛된 노력에 지나지 않았다. "마음의 미혹이에요. 여자의 운명은 과거입니다. 하지만 당신의 운명은, 베르길리우스님, 미래입니다. 과거에 사로잡혀 있는 자는 어느 누구도 당신의 운명을 가볍게 해드릴 수 없습니다." 그 경고의 말은 무겁게 울렸다. 생동하는 사상(事象)의 꽃이 피는 듯한 명랑성에 대한 그 훈계는 그의 마음 밑바닥까지 파고들었다. 남자가 짊어진 미래의 운명, 여자가 짊어진 과거의 운명. 모든 행복에의 희구에도 불구하고 그에게 있어서 지금까지 두 가지가 하나로 결합된 일은 없었으나 이제 또다시 이 괴리가 플로티아와 그를 떼어놓는 횡목(橫木)으로 가로놓이게 되었다. 진실은 어디에 있는가? 노예에게인가, 플로티아에게인가? 플로티아가 말했다. "제 운명을 받아주세요, 베르길리우스님. 과거가 당신 속에서 우리의 미래가 될 수 있도록, 지나가버린 것을 다시 되돌려주세요." 노예가 다시 "안 돼요" 하더니 플로티아를 준엄하게 꾸짖었다. "당신은 지팡이에 의지한 채 발을 질질 끌면서 가는 많은 사내들의 뒤를 벌써 여러 번 따라간 여자요."—"아아." 이 가차 없는 꾸짖음에 압도되어 플로티아는 한숨을 쉬었다. 그녀가 순간적으로 마음이 약해진 이 틈을 타서 노예는 지팡이를 빼앗았고, 그 지팡이를 휘둘러 울창한 수관(樹冠)을 갈랐다. 햇볕이 따가울 만큼 강렬하게, 한낮의 도도함과 함께 쏟아져 내렸다. 나무 위에서 잎 그늘에 숨어 방자한 자위의 즐거움에 빠져 있던 원숭이들이 노예의 지팡이에 쫓겨난 것은 말할 것도 없고, 가냘픈 비명을 지르며 허둥지둥 도망쳤는데, 그 후에는 다시 한낮의 명랑한 기운이 되살아나 있었다. 실내에 있던 모든 사람이 위를 쳐다보며 뜻밖에 기습을 당한 원숭이들에게 홍소를 퍼부었다. 의사는 손거울을 그들에게 돌려 빛으로부터 도망치는 모습을 다시 한 번 붙잡으려는 듯, 아니면 적어도 조롱을 하려는 듯했다. 동물들이 공중을 날아서 자취를 감추었을 때 그가 다음과 같이 읊조렸다. "지금은 늑대로 하여금 양 앞에서 도망치게 하라. 억센 떡갈나무에 황금의 능금을 열매 맺게 하라. 오리나무에서 수선화가 피어나고 버드나무의 껍질에서 호박(琥珀)은 방울져 떨어지라. 이제 티튜루스는 오르페우스와 같아지라. 숲을 헤매며 노래하는 오르페우스처럼, 돌고래 사이의 아리온처럼 되어지라." 그러자 플로티아도 약해진 마음을 바로잡고는, 한층 더 은밀하게 그의 손을 꼭 잡고 광활하게 퍼진 빛으로 시선을 던지며 말했다. "빛과 함께 당신의 시가 들려옵니다, 베르길리우스님."—"내 시? 그것도 이미 지나가서 돌아오지 않는 것이오."—"제게 들리는 것은 아직도 노래된 적이 없는 시입니다."—"오오, 플로티아, 그대는 절망적인 것을 들을 수가 있다는 말인가? 노래되지 않고 이루어지지 않은 것은 절망에 지나지 않소. 희망도 없고 목표도 없는 헛된 탐구에 지나지 않소. 그리고 노래란 이 공허한 탐구 외의 아무것도 아니라오."—"당신은 당신 자신 속에 숨은 어둠을, 그 빛으로 당신을 형성할 어둠을 찾고 계십니다. 그 희망이 당신을 저버리는 일은 결코 없을 거예요. 반드시 실현될 거예요. 당신이 제 곁에 계시는 한은." 느닷없이, 눈에도 띄지 않을 만큼 빠르게, 거기에 영원한 미래가 나타났다. 느닷없이 거울과 거울의 마주 비치는 빛이 거기에 반짝거리고 있었다. 그의 손은 그녀의 젖가슴에 놓여졌고, 젖꼭지는 어루만지는 손가락 밑에서 딱딱하게 굳어졌다. 그녀가 그의 손을 그곳으로 가져갔는가? 그녀의 육체의 포근한 감촉에 사로잡힌 채 그는 그녀의 말을 들었다. "당신 속에 숨어 있는 아직도 노래되지 않은 것은 이미 만들어진 시가 도저히 미칠 수 없습니다. 형성할 수 있는 힘은 형성된 것보다 훨씬 큽니다. 그 힘이 당신 자신을 형성하고 있지요. 그것은 당신으로서는 손을 뻗칠 수도 없을 만큼 먼 곳에 있습니다. 왜냐하면 당신 자신이 그 힘이니까요. 하지만 제 곁에 계시기만 한다면 당신은 당신 자신과도 접근할 수가 있고, 그 힘을 당신의 것으로 만들 수도 있습니다." 그의 손 속에서 빚어진 것은 그녀의 얼굴, 그녀의 젖가슴뿐이 아니었다. 눈에 보이지 않는 그녀의 마음까지도 애무와 포옹에 내맡겨져서 손 밑에서 나긋나긋해졌다. 그가 물었다. "그대는 다름 아닌 내가 형상화한 그 형식일까? 내 생성의 모습이 바로 그대일까?"—"저는 당신 속에 있습니다. 그런데 당신도 제 속에 들어와 계십니다. 당신의 운명이 제 속에서 성장해가고 있기 때문에 아직도 노래되지 않은 미래의 것 속에서도 저는 당신을 똑똑히 분간할 수가 있습니다." —"오오, 플로티아, 그대는 목적지요, 도달할 수도 없는 목적지요." —"저는 어둠입니다. 당신을 숨겨서 빛으로 데려가는 동굴입니다." —"고향, 어디에서도 발견할 수 없는 고향, 그것이 그대요." —"당신을 알고 있는 저의 지식이 당신을 기다리고 있습니다. 자, 오세요. 틀림없이 제가 눈에 띌 것입니다." —"발견할 수 없었던 미래를, 그대의 지식 속에서 편안하게 쉬면서 찾을 수 있다는 말인가?" —"저는 조용히 쉬면서 당신의 운명을 짊어지고 있습니다. 저의 지식 속에야말로 당신의 목표가 숨어 있습니다." —"그렇다면 나에게 그대의 미래의 운명을 건네주오. 내가 그것을 그대와 함께 짊어질 수 있도록." —"저에게는 운명이 없습니다." —"그대의 목표를 나에게 넘겨주오. 내가 그것을 그대와 함께 추구할 수 있도록." —"저에게는 목표가 없습니다." —"플로티아, 오오, 플로티아, 그렇다면 어떻게 내가 그대를 발견할 수가 있겠소? 아무것도 발견할 수가 없는 세계 속에서 어디에서 그대를 찾으면 된단 말이오?" —"제 미래를 찾으셔도 소용이 없습니다. 저의 발단을 받아주세요. 그 발단을 잘 아시게 되면 그것은 지금 우리의 현실 속에서 언제까지나 사라지지 않는 미래가 될 것입니다. 오오, 목소리, 오오, 말이여! 그들은 아직도 말을 하고 있는가? 아직도 속삭임을 나누고 있는가? 아니면 이 대화는 이미 침묵으로 변해 있는가, 서로 매혹된 두 개의 투명한 육체, 서로 매혹된 두 개의 투명한 영혼, 그 투명성 속에서만 대화를 이해할 수가 있는가? 오오, 노래되지 않고, 이룩되지 않은 것을 위해서만 사는 영혼이여, 운명이 그 속에 뚜렷이 모습을 나타내는 미래의 형식을 위해서만 사는 영혼이여! 오오, 불멸의 모습으로 스스로를 형성하면서 동반자를 구하고, 마침내는 자신 속에서 목표를 찾아내는 영혼이여! 오오, 귀향, 오오, 서로 얽힌 손 속에 가두어진, 시간을 모르는 영원한 합일이여! 여울물 소리는 더욱 희미해지고, 샘물 소리는 더욱 은밀해지고, 그의 영혼 속, 마음속, 호흡 속에 한없이 나직하게 속삭이는 목소리가 있었다. 그의 안과 밖에 한없이 나직한 속삭임이 있었다. "나는 그대를 사랑하오."―"저는 당신을 사랑하고 있습니다" 하고 귀에 들리지 않는 대답이 돌아왔다. 다만 잠자코 손을 쥐어주는 그 감촉만이 대답인가 생각될 정도였다. 손을 마주 잡고 영혼과 영혼이 서로 얽혀, 그는 나뭇가지에 기댄 채, 그녀는 고리짝 위에 앉은 채 두 사람은 꼼짝도 하지 않았다. 그 자리에 못 박힌 듯이 조금도 몸을 움직이지 않았다. 그런데도 불구하고 두 사람은 접근하고 있었다. 흔들리며 떠도는 이상한 힘이 거기에 작용하고 있어서 두 사람 사이의 거리를 좁히고, 느릅나무의 가지를, 전지하다가 만 늘어진 포도 덩굴과 함께 휘어잡아 조그마한 정자로, 금록색의 빛으로 충만한 동굴로 만들어 놓고 있었다. 두 사람 외의 다른 누구를 받아들일 여지는 거기에 없었다. 그것은 마치 디도와 아이네이아스의, 짧은, 너무나도 짧은 행복을 위해서 준비되었던 동굴을 흡사 나뭇잎으로 모방하여 만든 것 같았다. 아아, 그렇다면 이 금록색으로 빛나는 투명한 수풀은 속임수인가? 현혹인가? 금빛의 아련한 광채가 넘치고 있었다. 그러나 황금의 가지는 어디에도 보이지 않았다. 수풀 속에서 황금의 울림도 들려오지 않았다. 아아, 그리고 이 한 쌍의 영웅들에겐 다만 한순간의 행복밖에는 주어지지 않았다. 다만 한순간, 그 순간에 디도의 과거의 운명은 아이네이아스의 미래의 운명과 맺어질 수가 있었지만, 그때 과거 젊은 시절 연인의 모습, 일찍이 세상을 떠난 시카이오스*의 모습은 퇴색하고, 그 모두가 모습을 바꾸고 서로 변형시키면서 두 사람의 합일, 두 사람의 진실이 영원히 계속되는 현재의 순간으로 변한 것이다. 그러나 그것도 다만 이 한순간에 지나지 않았다. 어느새 숱한 눈을 가지고, 숱한 혀를 가지고, 숱한 입을 가지고, 숱한 날개를 가지고 밤하늘을 나는 파마**의 거대한 모습이 이 순간에 그림자를 던지고, 사랑하는 사람들을 무참하게 떼어놓고, 오욕 속으로 내모는 것이었다. 오오, 지금 여기에서도 그와 흡사한 일이 일어날 판인가? 같은 운명이 두 사람 위에 닥치고 있는가? 그런 일이 일어나도 괜찮은가? 그러한 운명에 부딪치기에 그들은 이미 너무나도 긴밀하게, 궁극의 현실을 위해서 결합되어 있지는 않은가, 대범하고도 움직임 없는 명랑한 플로티아의 미소는 거의 구슬프게 풍경 위에 펼쳐져 있었다. 그리고 풍경은 미소를 지으면서 투명해지고, 과거의 깊이로 가득 차서 미래를 잉태하고, 끊임없이 증식을 지양하면서도 낳고 또 태어나는 스스로의 생성의 모습을 드러내놓았다. 나뭇잎이나 꽃, 과실, 나무껍질 그리고 대지에 그의 손가락이 닿았다. 그런데 그가 만지고 있는 것은 언제나 플로티아였다. 풍경의 무한한 층을 꿰뚫고 미소를 전달하는 것은 언제나 플로티아의 영혼이었다. 그러나 나뭇가지 끝에서는 리사니아스의

*디도의 죽은 남편.
*소문의 여신.

목소리가 울려왔다. "최초의 미소로 돌아가세요. 옛날 당신이 그 속에 숨어 계시던 그 미소 짓는 포옹 안으로 돌아가세요!" "되돌아보시면 안 됩니다" 하고 또다시 경고하는 노예의 목소리가 들렸다. 그러자 의사의 숨죽인 듯한 목소리가 정숙할 것을 재촉했다. "잠자코 있어. 그는 이미 되돌아볼 수는 없어." 그 뒤 풍경은 다소 어두워지기는 했으나 그 투명한 명랑성은 거의 상실되지 않았다. 아련한 어둠도 전혀 마음에 걸리지 않는 듯이 플로티아는 계속 미소를 띠고 있었다. 풍경의 한가운데서 그녀가 이렇게 말을 시작했을 때 미소는 그 목소리에 무녀 같은 울림을 주고 있었다. "저는 당신에게 있어서 처음부터 목표였습니다. 결코 후퇴가 아닙니다. 그리고 저에게 있어서 당신은 이름이 없는 존재입니다. 왜냐하면 저는 당신을 사랑하고 있으니까요. 당신은 어린아이처럼 이름이 없는 존재, 태어나려는 영혼입니다."—"오오 플로티아, 그대가 내 앞에 나타난 것은 그대의 그 이름 밑에서였소. 그리고 그대를 사랑하고 있기 때문에 나는 똑똑히 그대의 존재를 인정할 수가 있었어."—"달아나세요." 노예의 목소리가 한껏, 거의 두려움을 띠었다고 해도 좋을 절박한 어조로 경고했다. 그러나 가지는 이미 포도 덩굴과 열 겹 스무 겹으로 얽혀서 짙은 동굴을 형성하고 있었기 때문에 도망친다는 일은 아무래도 가능할 것 같지가 않았다. 애당초 그에게는 도망치려는 생각도 없었다. 설사 지금 노예가 황금의 가지를 그에게 보였다고 하더라도 그것을 꺾으려고조차 하지 않았을 것이다. 플로티아를 사랑하는 것은 편안한 일이었다. 여자의 나신을 가까이에 느낀다는 일은 편안한 휴식이었다. 나뭇가지 너머로 시선을 보내어 숲에 둘러싸인 밭이나 꽃피는 수풀을 바라볼 수 있음은 편안한 휴식이었다. 그 숲이나 들에서는 늑대가 가축 떼를 남몰래 엿보는 일도 없고, 덫이 사슴을 위해서 설치되는 일도 없고, 판 신도 목자들도 물의 요정도 나무의 요정도 명랑한 기쁨에 들떠서 흥겨워하고, 젊은 암소는 황소를 그리워하며 찾다가 마침내는 갈망 때문에 지쳐서 여울물에 몸을 담그는 것이었다. 공포에 떠는 것도, 공포를 흩뿌리는 것도 거기에서는 찾아볼 수가 없었다. 녹색 섬광을 뿜으면서 나무줄기에 감겨드는 뱀의 대가리조차 우아했고, 금빛으로 빛나는 그 눈도, 더할 수 없이 가련한 그 혀도 친근함을 느끼게 했다. 사방에는 온통 사랑스러운 어스름이 자욱하게 피어올라 하늘하늘 나부끼고 있었다. 누가 여기에서 도망치려고 하겠는가! 그는 도망칠 생각이 없었다. 분명히 마음을 정하고 있었다. 그것은 사랑이라는 이름의 결단으로서 사랑의 대상보다도 더욱 위대했다. 왜냐하면 그것은 대상 속에서 눈에 보이는 것뿐 아니라 눈에 보이지 않는 것까지도 포착하여 이해하는 것이었기 때문이다. "나는 결코 도망치지 않을 거요. 결코 그대로부터 도망치지 않을 거요, 플로티아. 오오, 어떤 일이 있어도 그대를 버리지 않을 거요." 플로티아는 더욱 가까이 접근해왔다. 차가운 그녀의 입김이 느껴졌다. "당신은 제 가까이에 계십니다. 옛날이나 지금이나 결단을 내리시는 쪽은 당신입니다. 그것을 기다리고 있어요." 그렇다, 그것은 결단이었다. 갑자기 플로티아의 반지가 아주 생생하게, 틀림없는 확실성으로 그의 손가락에 느껴졌다. 자연스럽게 그의 손가락으로 옮겨 왔는지도 모르고, 혹은 그녀가 몰래 결합의 정표로, 화합의 정표로, 그칠 줄 모르는 감미로움의 정표로서 끼워주었는지도 몰랐다.

과거와 미래는 반지 속에 용해되어 언제 끝날는지도 모르는 현재가 되고, 끊임없이 새로이 되풀이되는 운명의 지각, 끊임없이 새로이 되풀이되는 재생이 되었다. "그대는 나에게 있어서 고향을 정하기 위한 결단이었소, 플로티아. 그대가 옴으로써 영원히 계속되는 우리의 고향이 역력히 나타난 것이오." — "저에게로 돌아오시겠어요? 사랑하는 이여." — "그대야말로 나의 고향, 그 고향으로 나는 귀향을 서두를 뿐이오." — "그래요." 희미한 한숨 같은 목소리였다. "그래요, 저를 갖고 싶다고 말씀하셔요." 이 노골적인 말투에 처음에는 머쓱한 생각도 들었으나 곰곰이 생각해보니 그것은 역시 옳은 말이었다. 옳아야 했다. 왜냐하면 지금은 정욕이 타오르고 과거와 미래가 서로 평형을 유지해 거의 경직에 가까운 정지 상태에 있기 때문이었다. 맑고 투명한 그녀가 대범한 사랑의 미소를 지어 보이는 것도 바로 이 정지 탓이었기 때문이다. 새삼스럽게 겉치장을 하지 않고, 있는 그대로 사물에다 이름을 붙이지 않고는 견딜 수 없는 충격, 문자 그대로 감미로운 충격도 여기에서 생긴 것이기 때문이다. 한없는 이상성과 한없는 일상성의 양면에 의해 사상(事象)의 발생이 이루어지고 있었다. 그 모두가 가면 벗겨져 노골적으로 표현되지 않으면 안 되었다. 그것은 그가 할 일이기도 했다. "그대의 생명의 흐름이 내게로 흘러드오, 플로티아. 시간을 모르고 영원히 흘러들고 있소. 진정 그대를 갖고 싶소." 그러나 베일이 나부끼듯이 그녀는 약간 그에게서 떨어졌다. 아니 오히려 바람결에 날렸다고 하는 편이 옳았다. "그렇다면 알렉시스를 물러가게 해주세요." 알렉시스를? 딴은 그렇군! 풍경의 한가운데에 음경을 곤두세우고 춤을 추고 있는 사티로스들에게 둘러싸여 알렉시스가 창가에 서성이고 있었다. 소담스러운 금발을 늘어뜨리고 흰 목덜미를 드러내고 짧은 튜닉을 몸에 걸치고 서성거리면서 아련해지는 저쪽, 지평에 걸린 햇빛을 받은 안개 위를 봉우리에 돛을 달고 달리는 아득한 산들을 꿈꾸듯이 황홀하게 바라보고 있었다. 어딘가 붉은 기가 도는 흰 꽃이 달린 가지가 그의 머리 위에 활 모양으로 휘어져 있었다. "저 애를 물러가게 해주세요" 하고 플로티아가 간청했다. "저 애를 물러가게 해주세요, 저 애를 바라보지 마세요. 당신은 자신의 눈으로 저 애를 붙들고 계신 거예요." 그를 물러가게 해? 물러가게 할 수가 있을까? 그 애의 미래의 운명을 자기 손에 떠맡고 사랑한 자신이, 그 애를 물러가게 할 수가 있을까? 만일 그렇다면 시인이 될 예정인 저 상냥한 케베스도 물러가게 해야 할 것이다. 그런 일을 해도 괜찮은 것일까? 그것은 인간의 운명을 우연으로 떨어뜨리는 것이 아닐까? 미래를 과거로 변화시키는 것이 아닐까? 그러나 생동하는 사상이 직접 노골적인 현실의 형태를 취할 때는, 어떤 주저도 고려도 하지 않는다. 바로 그런 노골적으로 투명한 솔직함으로 플로티아가 육박해왔다. "당신은 제 젖가슴보다도 사내아이의 궁둥이를 좋아하시나요?" 알렉시스는 그런 말을 듣고도 꼼짝하지 않았다. 의사가 작은 목소리로 비웃듯이 말을 꺼냈을 때도 마찬가지였다. "귀여운 애야, 너무 좋아하지 마라. 장밋빛 살결도 언젠가는 퇴색하게 마련이란다." 소년이 그 말을 들었는지, 전혀 알 수가 없었다. 소년은 그저 조용히 꿈꾸듯이 바깥 풍경을 내다보고 있을 뿐이었다. 한낮의 무더위 한가운데서 꽃을 피우는 수풀을, 너도밤나무의 가지에 드리워진 산뜻한 그림자를, 서늘한 저녁처럼 대기를 상쾌하게 만드는 그늘 짙은 골짜기를 하염없이 바라보고 있을 뿐이었다. 명랑한 부동의 투명성 속으로 소년의 꿈은 숨어들고 있었다. 하지만 깊고 감미로운 공포에 갑자기 사로잡힌 듯 플로티아가 연모하는 영혼과 연모하는 육체를 가진 사랑의 대상을 소리쳐 불렀을 때, 그녀가 "베르길리우스님!" 하고 외쳤을 때—극히 희미한 목소리였지만 그것은 불안의 외침, 그러나 동시에 승리의 외침과도 같았다—그때, 태양에 흡수되고 분해되어 천상의 영기(靈氣)로 변하기라도 한 듯 소년의 모습은 사라지고 말았다. 그리고 플로티아는 소리 없는 안도의 숨을 쉬면서 방긋이 미소 지었다. "자, 빨리요, 사랑하는 이여."—"오오, 플로티아, 오오, 사랑하는 플로티아." 그녀의 지시에 호응하듯 가지들이 서로 얽혀서 앞을 가로막고 뚫고 나갈 수도 들여다볼 수도 없는 울창한 숲으로 변했다. 그리고 그는—그녀의 손에 이끌려서 무릎을 꿇고 맥없이 그 자리에 주저앉아 있었는데—무릎을 꿇은 채 그녀의 손을 움켜쥐고 두 개의 젖꼭지에 입을 맞추었다. 표류하면서 하나로 결합되고, 표류하는 하나의 힘에 가볍게 들어 올려지고, 서로 바라보는 시선의 빛나는 힘에 의해 표류하면서 두 사람은 실려 갔다. 높은 곳으로 흩날리고, 바람결에 가볍게 떠돌다가 가볍게 침대 위에 눕혀졌다. 몸에 걸친 것을 벗어버린 것도 아니었는데, 발가벗은 살과 살이 밀착되고, 발가벗은 영혼과 영혼이 밀착되어, 서로 기댄 채 흘러가는 듯했고, 그러면서도 고조되는 욕망 때문에 꼼짝도 않고 두 사람은 누워 있었다. 이때 두 사람의 주위에서는 하늘의 별이 반짝이는 가운데 귀로 들을 수 없는, 그러면서도 점점 더 격렬하고 밝게 빛나는 태양의 함성이 세계를 가득 채우면서 고조되고 있었다. 과거의 회상도 미래의 회상도 흔적 없이 사라지고 기억을 모르는 순결함으로 돌아가 있었다. 이렇게 두 사람은 입과 입을 맞붙인 채 꼼짝도 않고 누워 있었다. 그들의 혀는 바람에 나부끼는 나뭇가지 끝처럼 굳어진 채 격렬하게 움직였다. 이렇게 두 사람은 누워 있었다. 하지만 이윽고 그녀의 입술이 떨리며 그의 입술에 가만히 속삭였다. "안 되겠어요. 의사 선생님이 우리를 보고 있어요." 그렇다면 그들은 울창하게 사방을 둘러싼 수풀에도 감싸여지지 않고 있었던가? 어떻게 그런 일이 있을 수 있는가? 어떻게 이 수풀을 시선이 꿰뚫을 수 있는가? 하지만 어차피 그것은 사실이었다. 초록의 짙은 수풀 어디에도 틈새는 없었는데, 침대는 넓은 공간에 노출되어 뭇사람들에게 둘러싸여 있었다. 시선을 막을 수가 없었다. 비웃듯이 내밀어진 손가락을 막을 수가 없었다. 숱한 반지로 장식된 손가락이 사방으로부터 이 침대로 향해졌다. 뿐만 아니라 원숭이들까지도 거칠 정도로 명랑해져서 이를 드러내면서 호두를 던졌고, 암산양들은 신바람이 나서 매매 울어대면서 역겨운 곁눈질을 보냈고, 거대한 박쥐 한 마리가 소리 내어 껄껄 웃으면서 머리 위를 스쳐 날아가고 있었다. 오오, 막을 수 없는 파마의 그림자, 보기에도 역겹고 부끄러운 거대한 그 그림자. 그 그림자는 소리 내어 웃으면서 타인의 불행에 황홀해져서 지금 일어나는 일과 일어나지 않는 일을 섬뜩하게 알려주었다. "이것들은 믿을 수가 없어, 믿어서는 안 돼. 믿어도 좋은 것은 황제 폐하뿐이야!" 오오, 막을 수 없는 소음, 막을 수 없는 빛의 울림, 막을 수 없는 현혹적인 빛의 층과 층, 그리고 이러한 모든 것에 대한 대답이 발견되기도 전에, 그가 플로티아의 시선을 포착하기도 전에, 그녀의 입에서 자기의 입을 떼기도 전에, 그녀조차도 웃음으로 변해버렸다. 돌과 같은 차가운 웃음이 되어 상아처럼 매끄럽게 그의 곁을 미끄러져서 빛의 바람에 흩날리는 한 장의 나뭇잎처럼 날아 올라갔고, 또다시 고리짝 위에 내려앉았다. 그들을 협박하는 소음을 그런 식으로 달래려는 것일까? 그것은 성공하지 못했다. 단념은 결코 충분한 희생이라고는 할 수 없으니까. 빛의 반란은 조금도 진압되지 않았고, 함성은 조금도 가라앉지 않았다. 오히려 반대로 그 울림은 더욱 더 높아졌고, 더욱 미쳐 날뛰었다. 그것이 시계(視界)를 가득히 채웠다. 숲과 산을 채우고 방과 물 위를 채웠다. 그 너무나도 맹렬한 기세에 사람들은 일체의 행위를 중단한 채 경직된 듯 서 있었고, 나아가서는 정연하게 줄까지 서서 술렁이며 다가오는 무서운 힘 앞에서 그 누구도 남보다 두드러지지 않으려고 하는 것 같았다. 오오, 접근을 기다리는 어마어마하게 압도적인 긴장, 그리고 오오, 마침내, 이 풍경의 문은 거칠게 열리고 하인들은 문 양쪽에 서서 경호를 담당하고, 그들 사이를 지나 엄숙하면서도 인간답게, 위풍당당하지만 우아하게, 그지없이 거룩한 최고의 상전인 아우구스투스가 빠른 걸음걸이로 들어섰다.

정적이 그 거룩한 사람을 맞이했다. 다만 작은 새들이 조용한 풍경 속에서 지저귀고, 창틀에서 목을 부풀리며 먹이를 쪼고 있는 비둘기가 여전히 한가롭게 구구대고 있을 뿐이었다. 반수신(半獸神)들이 춤을 추던 먼 저쪽에서는 다만 한 사람만이 남아서 동료들이 자기를 내버리고 간 것도 아랑곳하지 않고 자신의 가락만 계속 불어대고 있었다. 물론 그가 부는 피리는 금이 간 소리를 내고 있었다. 태풍은 이미 가라앉았지만, 세계는 아직도 그 화려한 채색을 되찾지 못했다. 왜냐하면 세계를, 세계의 침묵을 뒤덮는 황혼의 몽롱한 색조를 띤 구름이 마치 의연히 응고된 태풍의 잔재처럼 모든 채색을 침묵시키는 고요 속에 드리워져 있었기 때문이다. 갑자기 문이 활짝 열렸기 때문에, 어두운, 돌이 깔린 복도에서 불어온 썰렁한 바람이 잠시 천장에 매달린 램프를 뒤흔들어 놓았으나 이윽고 그것도 가라앉고 온갖 것이 아우구스투스의 말만을 기다리고 있었다.

"모두들 물러가 있거라."

군주의 위엄 앞에서는 그야말로 당연한 일이지만, 죽음의 위엄 앞에서도 어울리게 뒷걸음질을 치면서 그 자리에 있던 자들은 차례로 공손히 절을 하고는 방에서 물러갔다. 마찬가지로 풍경도 이 공손한 모습에 동조하듯이 그 영역에서 일체의 피조물을 거세시키고 있었다. 뿐만 아니라 풍경 그 자체까지도 극도로 퇴색되었다. 대개의 윤곽은 아직 존재하고 있었지만 그 견고성은 점점 무너지는 과정이어서, 마침내는 만유 속에 가볍게 그려 넣어진 선화(線畵)와도 같은 희미한 선으로 변했다. 나무들도 숲도 꽃도 동굴도 단순한 선이 되고, 보이지 않게 된 기슭과 기슭 사이에는 실처럼 가느다란 다리가 걸려 있었다. 색깔도 없고 그림자도 없고 빛도 없이. 저 황혼의 구름까지도 종이처럼 얇은, 거의 윤곽을 더듬을 수 없는 흰빛으로 변화되었기 때문이었다. 환히 열린 무색 하늘의 눈도 공허, 공허한 꿈의 슬픔 외에 아무것도 아니었다. 그와는 반대로 방 안은 아주 뚜렷해져 있었다. 벽도 가구도, 바닥도 촛대도, 천장도 램프도 선명한 색채와 견고한 형체를 다시 되찾았다. 그리고 이 육중한 명확성을 앞에 놓고 플로티아의 모습은 사라져버렸다. 현실의 무게에 짓눌려 그녀의 가벼움은 증발해버렸다. 두 번 다시 헤어지지 않을 속셈으로 여기에 온 이상 그녀는 타인이 아니었고, 따라서 그들과 함께 사라졌을 까닭도 없어서 여전히 이 방 안에 있음이 틀림없었으나 그래도 눈에 보이지 않게 되어버렸다.

그러나 아우구스투스는 의심할 여지도 없이 역력하게 보였다. 분명히 그의 앞에 서 있었다. 몸집이 지나치게 작아서 거의 귀엽다고 해도 좋았고, 그러면서도 당당한 그 체구, 어느새 희끗희끗해진 짧게 깎은 머리칼 밑의 여전히 소년 같은 그 얼굴. 그 모든 것은 충분히 눈에 익은 모습이었다. 황제가 말했다.

"그대가 나한테 오려 하지 않아 내가 그대를 찾아왔소. 우선은 이곳 이탈리아 땅에서의 인사를 받아주시오."

거는 말과 받는 대답이 서로 어긋나고 있음은 그야말로 기묘한 일이었다. 하지만 주위의 명확함이—물론 그것은 이미 병에 대한 자각을 재연(再燃)시키고 있었지만—쉽게 입을 열게 했다.

"궁중의를 시켜서 싫어하는 저를 끝내 여기까지 몰고 오셨지요, 옥타비아누스 아우구스투스님. 하지만 그 보상으로 여기까지 몸소 오셔서 저를 위로해주시는군요."

"상륙 이래 이것이 나한테 주어진 최초의 자유로운 시간이오. 그 시간을 그대한테 바칠 수 있게 되어 매우 기쁘오. 브룬디시움은 나한테도 내 심복들한테도 언제나 행운을 가져다주었지."

"브룬디시움에서 폐하께서는 신과 같은 아버님*의 유산을 계승하셨습니다. 그때 폐하는 아폴로니아에서 오신 열아홉 살의 젊은이였지요. 원수들과 화평을 맺으시고 태평성대로의 길을 트신 것도 브룬디시움에서였습니다. 불과 5년 사이에 그 일을 해내셨지요."

"그대의 《파리매》와 《전원시》 사이의 5년이지. 앞의 시는 나한테, 뒤의 시는 아시니우스 폴리오에게 헌정한 것이었어. 그러니까 폴리오는 나보다 훨씬 득을 본 셈이지.** 하긴 마에케나스가 《농경시》를 받을 자격이 있었던 것처럼 폴리오도 《전원시》를 받을 자격은 있었겠지만. 어쨌든 그 두 사람이 없었다면 브룬디시움의 화평도 그리 쉽게 이루어지지 않았을 테니까 말이오."

이렇게 말하면서 황제가 떠올린 희미한 미소는 대체 무엇을 뜻하는 걸까? 어째서 그는 헌정 운운하는 말을 꺼내는 걸까? 아무런 뜻도 없이, 속셈도 없이 황제가 그런 말을 할 리는 없었다. 화제를 시에서 다른 데로 돌리는 것이 상책이었다.

"브룬디시움에서 폐하께서는 그리스의 안토니우스를 토벌하는 군사를 진군시켰습니다. 만일 2주일만 빨리 도착하셨더라면 악티움***의 승리 기념일을 경축하실 수 있었을 텐데요."

"악티움의 해변을 트로이의 경기로써 장식한다. 그대는 분명히 《아이네이스》에서 그렇게 노래했었소. 틀리지는 않았겠지?"

"한 자 한 구도 틀리지 않습니다. 정말 훌륭한 기억력이십니다." 이야기를 시에서 벗어나게 할 수는 없었다.

---

*율리우스 카이사르를 말한다.
**《파리매》는 초기의 습작, 《전원시》는 베르길리우스의 가장 아름다운 작품으로 회자된다.
***기원전 31년 안토니우스를 무찌른 해전.

"나에게 있어서 이만큼 기억할 만한 가치가 있는 것은 없다고 해도 좋소. 그대가 나한테 서사시의 최초의 원고를 보여준 것은 내가 이집트에서 돌아온 지 얼마 안 되어서였지, 아마?"

"네, 그렇습니다."

"그리고 시의 중심, 그야말로 시의 핵심이자 절정인 부분에서 그대는 아이네이아스에게 신들의 방패를 주고 악티움 전투를 그렸소."*

"그랬습니다. 악티움의 그 하루는 로마의 정신과 도덕의 동방의 암담한 여러 세력에 대한 승리, 로마까지도 거의 겁탈할 지경이었던 암담한 비밀에 대한 승리였으니까요. 그것은 당신의 승리였습니다, 아우구스투스님."

"그대는 그 부분을 외고 있소?"

"어찌 제가! 제 기억력은 폐하에게는 도저히 미치지 못하는걸요."

오오, 이제 모든 것이 분명해졌다. 아우구스투스는 분명히 원고를 넣어둔 고리짝으로 눈을 돌리고 있었다. 거기에 시선을 못 박고 있었다. 오오, 이제는 피할 도리가 없었다. 아우구스투스는 그에게서 시를 빼앗기 위해 여기에 온 것이다!

아우구스투스는 그가 놀라는 모습을 보면서 자못 재미있다는 듯이 미소 지었다.

"어째서 그대는 자신의 작품을 외지 못하오?"

"그 대목은 생각나지 않습니다."

"그럼 다시 한 번 내가 기억을 일깨워주지 않으면 안 되겠

---

*《아이네이스》 제8장 참조.

군. 잘되었으면 좋겠소만."

"틀림없이 기억해내실 겁니다."

"글쎄 어떨까, 어디 해보지. '그러나 방패의 중앙에는 카이사르 아우구스투스가 우뚝 서서 이탈리아 민족의 해전에 명령을 내리시니 그 민족들은······'."

"실례입니다만 폐하, 그렇지가 않습니다. 그 대목은 장갑함에서부터 시작이 됩니다."

"아그리파*의 장갑함 말이오?" 황제는 분명히 불쾌한 기색이었다. "음, 어쨌든 배에다 갑옷을 입힌 것은 좋은 생각이었소. 아그리파의 큰 공로라고 해도 좋겠지. 그 덕분에 승리가 내 손에 들어왔으니까······. 그렇다면 내 기억력도 믿을 것이 못 되는군. 이제 생각이 났지만······."

"폐하께서 싸움과 방패의 중심이었으니까 자연히 폐하의 모습도 시구의 중심에 놓이게 된 것입니다. 그렇게 하는 것이 당연했습니다."

"그 대목을 낭독해주오."

낭독을? 원고를 꺼내서 펼치란 말인가? 원고가 탐이 나서, 황제는 그를 무참하게 골탕을 먹이고 있는 것이다. 이 책략으로부터 어떻게 원고를 지킬 수 있을까? 플로티아가 지켜줄 수 있을까? 절대로 고리짝을 열어서는 안 된다.

"낭독할 수 있을는지 어떨지 한번 해보겠습니다."

그의 마음속을 헤아린 듯이 황제는 그 아름다운 얼굴에 미소를 머금었다. 실은 미소가 아니라 뭔가 사악하고 잔인한 것

---

*아우구스투스의 친구이며 무장인 마르쿠스 비프사니우스 아그리파.

이었다. 게다가 그는 여전히 그 특유의 우아하고 느긋한 자세로 침대 앞에 서 있었고 앉으려고 하지는 않았다. 다음 수를 어떻게 쓸 것인지 짐작조차 할 수가 없었다. 플로티아를 고리짝 위에서 쫓아낼 심산이 아닌가, 갑자기 그런 상상이 떠올랐을 정도였다. 이것은 단순한 망상에 지나지 않았는지도 모른다. 신열 때문에 가끔 초래되는 망상의 하나였는지도 모른다. 아니, 틀림없이 그러리라고 생각되었다. 왜냐하면 여기에서는 모든 것이 선명하고 견고한 현실로 변해 있었으니까. 저쪽 선화(線畵)의 풍경에도 주의를 기울일 필요는 거의 없었다. 물론 약간 자세히 눈을 부릅뜨고 보면, 종이처럼 흰 빛이 다소 잿빛으로 그늘지면서 명확한 공간에까지 침투하고, 거기에 존재하는 모든 것에 침투하여 기묘하고 몽롱한 비현실의 색조를 자아내고 있음을 똑똑히 알 수가 있었다. 사랑스러운 유혹처럼 가냘픈 선으로 사악한 것이 갖가지 사물 속에 그려넣어져 있었다. 화환의 색조에서까지 그것은 발견되었고, 아우구스투스의 두 눈 사이의 주름에 실처럼 가늘게 아로새겨져 있었다. 하지만 그는 다음과 같이 말했다. "시작해보시오, 베르길리우스. 듣고 있으니까."

"거기에 앉지 않으시렵니까? 저는 누운 채 낭송을 해야 합니다. 폐하의 시의들이 일어나서는 안 된다고 했으니까요."

고맙게도 아우구스투스는 고분고분 이 요구에 응해주었다. 고리짝 위가 아니라 침대 곁에 놓인 의자에 앉았다. 그 모습은 그야말로 그저 낭송만을 기다리고 있는 자세였다. 도통 황제답지 않은 몸짓으로 크게 벌린 사타구니 사이에 손을 찔러 넣어 엉덩이 밑으로 의자를 끌어당겨서는 그야말로 기분이 좋은 듯이 가벼운 한숨을 쉬면서 걸터앉았는데, 그때 그의 염두에는, 마찬가지로 앉는 동작을 취한다 해도 더 위엄을 보였을 위대한 조상 아이네이아스 따위는 털끝만큼도 떠오르지 않은 듯했다. 이런 모습으로 아이네이아스의 후손은 앉아 있었다. 편안한 자세로 앉은 그에게서 다가온 노년의 첫 조짐처럼 약간의 피로감이 배어 나왔는데 그것은 어딘가 애절한, 부지불식간에 연민을 자아내는 그런 모습이었다. 고개를 뒤로 기대고 팔짱을 낀 채 귀를 기울일 준비를 하는 모습도 어쩐지 연민스러운 광경이었다. "자, 들려주게나."

　시구가 울리기 시작했다.

　"보라, 방패의 중앙에는 악티움의 싸움이 있고,

　황동으로 장비된 배의 무리, 그 너머에는 레우카테의 기슭이 누워 있다.

　햇빛이 반짝이는 바다 위에서 싸움은 바야흐로 한창이고,

　보라, 카이사르 아우구스투스의 늠름함을, 싸움에서 이탈리아인을 인도하는 모습을,

　민족의 얼과 함께 가신과 신들에게 수호되어 그는 드높은 갑판 위에 섰다. 분노한 관자놀이는 황금빛 불길을 뿜고

　선조의 별들의 광채가 그의 머리를 비추는도다.

　저쪽에서는 신풍의 은혜를 입은 분선대(分船隊)를 지휘하는 우뚝 선 아그리파의 모습, 그 이마에는 자랑스럽게,

　해전의 공로로 받은 훈장, 선수(船首)로 장식된 관(冠)이 빛나고 있다.

　하지만 두 사람의 맞은편에는,

　오랑캐 군사의 선두에 서서, 눈부신 투구로

무장한 동방의 승자 안토니우스가
동양의 종족과 이집트인, 그리고 박트리아의 민족들을
싸움으로 내모는데, 그는 곁에—오오, 치욕스런 광경이여—
이집트의 계집*을 거느렸도다."
 여전히 귀 기울이고 있는 듯 황제는 잠자코 있었다. 잠시 뒤에 그가 입을 열었다. "내일은 내 생일이라오."
 "세계의 경축일, 로마제국의 경축일이군요. 영원한 젊음을 신들이 당신께 내려주시기를."
 "고맙소, 친구. 3주가 지나면 자네의 생일도 돌아오니까 나도 그대에게 똑같은 기원을 하게 해주오. 영원한 젊음이 우리들 두 사람에게 주어지기를! 도대체 그대는 쉰한 살임에도 무척이나 젊어 보이오. 나보다 일곱 살이나 위라면 누구도 믿지 않을 거요. 물론 무리한 여행 때문에 시달림을 받았지만. 나는 곧 떠나지 않으면 안 되오. 빨리 갈 필요는 없지만 적어도 내일 밤 로마에서의 축전에는 얼굴을 내밀어야 하니까. 그대도 데려갈 수 있었으면 했는데."
 "이젠 작별입니다, 옥타비아누스님. 폐하도 아실 테지요."
 약간 불만스러운 듯한 몸짓으로 대답을 대신했다.
 "작별임에는 틀림없지만 고작 3주간의 작별이오. 그대는 그대의 생일에는 로마에 도착해 있을 테니까. 내 생일에 그대가 《아이네이스》의 한 구절을 낭독해준다면 멋질 텐데. 그야말로 지긋지긋한 축사를 잔뜩 늘어놓는 공적인 식전을 나는 참지 않으면 안 되는데, 그런 모든 것보다는 그대의 낭독이 훨씬 멋있

---

*클레오파트라를 말한다.

을 게요. 모레는 또 대대적인 행사를 거행해야 하오."

황제는 작별을 고하기 위해서 이곳에 왔지만,《아이네이스》를 손에 넣는 일이 보다 중대한 관심사였다. 딴전을 피우면서 숨기려고 애쓰고 있었지만. 이것은 현실이 비현실을 제압하는 방법인가? 아니면 비현실이 현실에 폭행을 가하는 방법인가? 오오, 황제조차도 비현실 속에 살고 있었다. 그리고 빛은—태양이 어느새 저토록 기울어 있었던가?—아득하게 희미해지고 있었다.

"폐하의 생활은 의무에 묶여 있습니다. 하지만 로마에서 폐하를 기다리고 있는 사랑이 그 속박을 보상해드릴 것입니다."

지금까지는 좀처럼 속마음을 드러내지 않았던 카이사르의 얼굴에 몹시 솔직한 표정이 나타났다. "리비아가 나를 기다리고 있소. 친구들과의 재회도 가슴 설레는 일이지."

"아내를 사랑하고 계시는 행복한 분이시여!" 어딘지 모를 아련한 한쪽 구석에서 목소리가 들려왔다. 플로티아의 목소리였다.

"하필이면 이 경축일에 그대가 우리 사이에 없다니 베르길리우스, 아마 누구나가 섭섭해할 것이오."

여자를 진정으로 사랑하는 자는 한 사람의 친구가 되고, 사람들을 위해 원조의 손길을 뻗칠 수 있다. 아우구스투스가 바로 그런 사람임에 틀림없었다.

"폐하의 우정을 받게 되는 사람은 행복합니다, 옥타비아누스님."

"우정이란 친구를 행복하게 만드오, 베르길리우스."

또다시 솔직하고 따뜻한 목소리가 되었다. 원고를 노리는 술수도 포기한 것이 아닌가 생각될 정도였다.

"고맙습니다, 옥타비아누스님."

"그런 인사는 지나쳐요. 아니, 부족하다고도 할 수 있겠소, 베르길리우스. 왜냐하면 우정은 감사로 이루어진 게 아니니까."

"폐하는 언제나 베푸시는 쪽이기 때문에 상대방은 다만 감사할 도리밖에는 없습니다."

"신들은 자비롭게도 나에게 가끔 친구들을 위해 도움이 될 수 있는 행운을 주셨소. 하지만 나에게 친구들을 발견할 수 있게 해준 그 은혜 쪽이 훨씬 더 크다고 할 수 있지."

"그래서 점점 더 친구들은 폐하께 감사를 드리지 않을 수가 없습니다."

"그대가 해야 할 일은 다만 주어진 것에 알맞은 보답을 하면 되는 것이오. 그 보답을 그대는 그대라는 존재 자체와 그대가 하는 일을 통해서 지금까지 충분히 해왔소……. 그런데 어째서 그대는 생각을 바꾸었소? 어째서 아무런 의무도 인정하지 않고 겉치레 인사만 입에 담는 거요?"

"생각을 바꾼 것이 아닙니다, 폐하. 물론 제가 지금까지 충분한 보답을 해왔다고 인정할 수도 없습니다만."

"그대는 지금까지 언제나 지나치게 겸허했었소, 베르길리우스. 하지만 결코 겸허를 가장한 적은 없었지. 그런데 나는 지금 알고 있소. 그대가 일부러 자신의 선물을 흠잡아, 몰래 우리의 눈이 미치지 못하는 곳으로 가져가버릴 생각이라는 것을."

드디어 노골적인 말이 나오고 말았다. 아아, 드디어 노골적인 말이 입 밖에 나오고 만 것이다. 준엄하고 단호한 태도로 황제는 목표를 향해 돌진하기 시작했다. 무슨 일이 있더라도 원고를 그냥 두지는 않을 태세였다.

"옥타비아누스님, 시를 제 곁에 두게 해주십시오!"

"좋소, 베르길리우스. 이제 됐소……. 루키우스 바리우스와 프로티우스 투카가 그대의 그 무서운 계획을 알려주었지만, 그들과 마찬가지로 나는 그것을 믿고 싶지가 않았소……. 그대는 진정 그대 자신의 작품을 없애버릴 생각이오?"

침묵이 방 안에 번졌다. 냉혹한 침묵, 퇴색하여 실처럼 가는 윤곽을 그리면서 그것은 황제의 걱정스럽고 엄숙한 얼굴에 집중되어 있었다. 어딘지도 모를 주위에서 매우 희미한 탄성이 울려왔는데, 그것도 물끄러미 그를 바라보고 있는 아우구스투스의 두 눈 사이의 주름처럼 가냘프고 직선적이었다.

"말을 못하는군" 하고 황제가 말했다. "정말로 자신의 선물을 철회할 생각이야……. 생각해보오, 베르길리우스. 이건 다름 아닌 《아이네이스》요! 그대의 친구들은 몹시 염려하고 있소, 그리고 나 또한. 그대도 알다시피 나도 친구의 한 사람임을 자처하고 있소."

플로티아의 희미한 탄성이 확실해졌다. 가냘프게 한 줄로 늘어선 억양 없는 말들이 들려왔다. "시를 버리셔요. 당신의 운명을 저한테 맡겨주세요. 우리는 서로 사랑하지 않으면 안 돼요."

시를 없앤다는 일, 플로티아를 사랑한다는 일, 친구에게 우정을 다한다는 일, 기묘한 설득력을 가진 유혹이 차례로 이어졌으나 이 유혹에 관여할 수 있는 것은 플로티아가 아니었다.

"오오 아우구스투스님, 저희의 우정에 관계되는 일입니다. 아무쪼록 강요는 말아주십시오."

"우정? ……그대는 마치 그대의 친구가 그대의 선물을 받을 자격이 없다는 투로 말하고 있구려."

황제의 입술은 거의 움직임이 없이 묻기도 하고 대답도 하고 있었다. 원고를 실어 가게 할 힘은 말할 것도 없고 그렇게 할 의지도 분명히 가지고 있었지만, 플로티아는 이야기의 결말을 기다리듯이 잠자코 있었다. 주위는 깨뜨릴 수도 없을 만큼 단단하고 냉혹하게 경직되어 있었다. 사태는 분명히 아우구스투스의 뜻대로 진행되고 있었으나 그의 의지 역시 이 경직 속에 얽혀 있었다.
　"오오, 아우구스투스님. 친구들에게 어울리지 않는 것은 오히려 저의 시, 저 자신 쪽입니다. 이렇게 말씀드린다고 해서 또다시 제가 겸손을 가장한다고 꾸짖지는 말아주십시오. 저는 제 작품이 위대한 시라는 것을 알고 있습니다. 호메로스의 노래에 비하면 하잘것없는 것이기는 하지만 말입니다."
　"그것을 인정하는 이상 그것을 파기하려는 계획이 죄악과도 같다는 사실을 부정할 수는 없을 테지?"
　"신들의 지시에 따라서 행해지는 일은 죄악이 아닙니다."
　"둘러대는군, 베르길리우스. 뒤가 켕기는 사람은 신들의 뜻을 방패로 삼고 싶어 하는 법이지. 하지만 나로서는 신들이 널리 인정된 선하고 아름다운 것을 파기하라고 지시했다는 얘기는 지금까지 들어본 적이 없소."
　"제 작품을 공공의 재산으로 높여주심은 분에 넘치는 영광으로 생각합니다, 폐하. 하지만 이렇게 말씀드려도 괜찮으시다면 폐하, 저는 그것을 독자를 위해서뿐 아니라 우선 첫째로는 자신을 위해서 쓴 것입니다. 그것이 이 작품의 가장 내적인 필연성입니다. 이것은 제 작품이기 때문에 신들에 의해서 정해진 제 자신의 필연성에 따라서 처리하지 않으면 안 되고, 또한 그렇게 할 자격이 있습니다."

"그렇다면 나는 이집트를 해방시켜줘도 좋겠소? 게르마니아에서 군대를 철수시켜도 좋겠소? 파르티아인들에게 다시 경계선을 양보해도 좋겠소? 로마의 평화를 다시 깨뜨려도 좋겠소? 이러한 일들이 허용될 수 있을까? 아니, 나에게는 허용되지 않아요. 설사 그렇게 하라고 신들이 명령한다고 해도 나는 그 명령에 복종할 수가 없소. 더욱이 이것은 나의 평화, 내가 쟁취한 평화인 거요, 다시 말해 나의 일이오……."

비교는 적당한 것이 못 되었다. 승리는 황제와 로마의 온 시민, 온 군대의 공동 작업의 성과였으나 시는 한 고독한 인간의 영위인 것이다. 그러나 비교에 모순이 있든 없든, 어쨌든 황제의 존재 자체가 일체의 모순을 지양해버렸다.

"폐하의 일은 국가를 위해서 유익한가 어떤가 하는 견지에서 평가되지만, 저의 일은 예술적인 완전성으로 평가되는 것입니다."

예술적인 완전성, 그 어떤 선택도 허용되지 않고 인간적이고 지상적인 일체를 초월하는 창조의 위대한 필연성!

"나로서는 그 차이점을 납득할 수가 없소. 예술 작품이라 하더라도 일반의 이익에, 따라서 국가의 이익에 봉사하지 않으면 안 되는 거요. 그리고 국가란 그 자체가, 그것을 구축하지 않으면 안 되는 사람의 손안에 있는 예술 작품인 셈이오."

좀 번거로운 듯한 피로감이 황제에게서 엿보였다. 예술 작품에 대한 언급은 그에게는 대단한 문제가 아니었다. 여기에 집착하는 일은 별로 현명하다고는 할 수가 없었다.

"설사 국가가 예술 작품이라고 하더라도 그것은 끊임없이 움직이면서 끝없는 완성에의 길로 나가는 것이 아닐까요? 그에 비해서 시는 일단 완성되어버리면 그 자체 속에 정지된 존재가 됩니다. 그래서 시를 쓰는 사람은 시가 완성되기까지는 손을 쉴 수가 없습니다. 그는 원고를 다듬고 불충분한 부분을 삭제하지 않으면 안 됩니다. 그것이 그에게 주어진 명령입니다. 설사 작품 전체가 그 때문에 파괴되는 위험을 안고 있다고 해도 그렇게 하지 않으면 안 됩니다. 작품을 재는 기준은 다만 하나밖에 없습니다. 작품의 목표입니다. 무엇이 남을 만한 자격이 있는지, 무엇이 파기되어야 할 것인지, 그것은 다만 작품의 목표를 기준으로 해서만 재어질 수 있습니다. 정말로 중요한 것은 이 목표뿐이며 이루어진 작업이 아닙니다. 그리고 예술가는……."

아우구스투스는 조바심을 내면서 말을 가로막았다.

"물론 그 누구도 예술가에게 불충분한 점을 보충하거나 혹은 말살하는 권리가 있음을 부정하려 하지는 않을 거요. 하지만 그대가 자신의 작품은 모두 불충분하다고 말한다고 해서 누가 믿으려 할 것이오……."

"사실 불충분한 겁니다."

"잘 들으시오, 베르길리우스. 그대는 그런 판결을 내릴 권리를 이미 옛날에 포기했었소. 그대가 나한테 《아이네이스》의 계획을 들려준 것은 벌써 10년 전이었소. 얼마나 놀라고 기뻐하면서 우리들이, 그 계획에 관여한 우리 모두가 그대의 의도에 찬성했는지 생각이라도 해보시오. 그 후 몇 년 동안 완성된 시의 한 구절 한 구절을 그대는 우리에게 읽어주곤 했었소. 구도의 거창함과 구성의 어려움 때문에 자신감을 상실했을 때—그야말로 한두 번이 아니었지만—그대는 우리의 찬탄에 매달려서, 아니 로마의 온 시민의 찬탄에 매달려서 다시 힘을 얻곤 했소. 생각해보시오. 이 작품의 대부분은 이미 널리 알려져 있고, 로마의 시민은 이 시의 존재를 알고 있소. 그러니 완성된 작품을 선물로 받는 것은 시민의 당연한 권리, 그것도 무조건적인 권리라고 할 수 있소. 그것은 이미 그대의 작품이 아니오. 우리 모두의 작품이오. 지금 말한 의미에서 우리는 모두 그 창작에 협력을 한 셈이오. 무엇보다도 그것은 로마의 시민과 그 위대성이 낳은 작품이란 말이오."

빛은 점점 더 창백해졌다. 일식(日蝕)이 시작되지 않았는가 생각될 정도였다.

"완성되지도 않은 것을 사람들에게 보인 것은 제 불찰이었습니다. 예술가의 철없는 허영심이었습니다. 하지만 제가 그렇게 한 것은 옥타비아누스님, 폐하에 대한 애정이기도 하였습니다."

황제의 눈 속에서 여느 때나 볼 수 있는 정다운 빛이 드러나기 시작했다. 소년과도 같은, 거의 교활하다고 해도 좋을 눈빛이었다.

"자신의 시를 불완전하다고 하는 거요? 그렇다면 손을 볼 수도 있지 않소? 아니, 손을 봤어야 하지 않았을까?"

"옳으신 말씀입니다."

"아까 나는 불확실한 기억 때문에 창피한 꼴을 당했소. 이제 명예를 회복시켜주오……. 나는 그대에게 그대 자신의 시 몇 줄을 일깨워줄 생각이오."

하찮으면서도 친밀하고 심술궂으면서도 무척 소년다운 소원이 마음속에서 끓어올랐다. 황제가 다시 실수를 해주었으면 하는 소원이었다. 그런데도 그러기를 원하는 마음 한구석에는—아아, 시인의 허영심이란 대체 무엇일까?—칭찬을 받고 싶어서 근질거리는 호기심이 멋대로 꿈틀거리고 있었다.

"어느 구절인가요? 옥타비아누스님."

손가락을 들어 박자를 맞추면서, 그 박자에 맞추어 가볍게 발을 구르면서 로마의 지배자, 전 세계의 군주가 그의 시구를 읊었다.

"다른 사람들은 황동으로 더욱 생기에 넘치는 상(像)을 빚기를 원한다,

대리석보다도 더욱 생생한 모습을 끌어내기를 원한다,

더욱 교묘하게 소송을 변호하고, 더욱 교묘하게 하늘의 운행을 붓으로 그려 떠오르는 별을 알리기를 원한다,

하지만 로마 사람들이여, 그대는 모든 민족을 다스리기를 소원해야 할지니,

그대는 평화의 관습을 마련할지어다,

받드는 자에게는 자비를 주고, 거역하는 자는 가차 없이 때려 부수면서."

박자를 맞추는 손가락은 훈계를 할 때처럼 앞으로 내뻗쳐져 있었다. 이 시구가 받아들이고 준수해야 할 교훈의 푯대인 것처럼.

"어떻소, 베르길리우스? 이것이 자승자박이 아니겠소?"

물론 이것은 순수한 예술 작품의 하잘것없음을 풍자하고 있었다. 참된 로마의 사명에 비하면 예술이란 보잘것없는 사소한 것에 지나지 않음을 누구나 알 수 있도록 암시하고 있었다. 하지만 그것은 너무나도 당연한 것이어서 구태여 논의를 필요로

하지 않았다.

"그대로입니다. 아우구스투스님. 한 자 한 구도 틀리지 않았습니다. 그것은 안키세스의 말입니다."

"그건 곧 그대의 말이 아니라는 거요?"

"저로서도 별로 이의를 제기할 생각은 없습니다만."

"어느 한구석 흠잡을 데 없는 명언이라고 생각하는데."

"설사 그렇더라도 그것이 시 전체는 아니지요!"

"그건 아무래도 좋소. 실상 나는 다른 시에 어떤 불충분한 점이 있는지 모르고 있는지도 모르겠소. 하지만 그대 자신이 로마의 정신은 사소한 형식상의 결함을 초월하는 것이라고 인정하고 있지 않소? 그리고 그런 종류의 결함 외에 다른 것이 있을 까닭이 없지 않소? ……그대의 시는 로마의 정신이오. 손끝으로 만든 잔재주가 아니오. 바로 그것이 중요한 문제요……. 그대, 그대의 시는 로마의 정신이며, 그래서 훌륭한 거요."

참된 부족함에 대해서 아우구스투스는 무엇을 알고 있는가? 모든 삶을, 따라서 말할 것도 없이 모든 예술을 압도하고 있는 심각한 부조화에 대해서 그가 무엇을 알고 있는가? 손재주 운운의 말로 무엇을 가리킬 속셈인가? 이러한 모든 것에 대해 도대체 그가 무엇을 알고 있다는 말인가? 설사 그가 이 시의 훌륭함을 칭찬한다 하더라도, 찬사로써 작가의 귀를 솔깃하게 한다 하더라도―아아, 누구도 그러한 칭찬으로부터 완전히 귀를 가릴 수는 없는 노릇이다!―그 말은 아무런 가치도 없었다. 왜냐하면 분명한 결함을 깨닫지 못한 자는 시의 은밀한 광채도 알 까닭이 없으므로!

"불완전성이라고 말씀드리는 것은, 아우구스투스님, 남들이 생각도 하지 못할 만큼 깊은 곳에 뿌리박고 있습니다."
 황제는 그런 이론을 귀담아 듣지도 않았다.
 "그대의 과업은 곧 로마요, 그대의 작품 속에 로마가 있소. 그렇기 때문에 그것은 로마의 시민과 로마제국의 재산, 우리들 모두와 마찬가지로 그대가 봉사하고 있는 그 제국의 재산인 거요……. 나아가서는 우리가 실패했거나 이루지 못한 것까지 제국의 재산이라오. 한번 진실로 이룩된 것은 만인에게 속하고 세계에 속하게 마련이오."
 "폐하, 제 일은 아직 이룩되지 않았습니다. 엄청날 만큼 미완성입니다. 하지만 아무도 그것을 믿어주지 않습니다!"
 또다시 무엇을 생각하고 있는지 알 수 없는 얼굴에 눈에 익은 정다운 표정이 떠올랐다. 이번에는 다소 고자세를 취한 듯한 느낌이 덧붙여져 있었다.
 "우리들은 모두 그대의 낙담이나 절망을 알고 있소, 베르길리우스. 병 때문에 누워 있지 않으면 안 되는 지금, 그 낙담과 절망이 한층 더 심하게 그대를 엄습하고 있음도 무리가 아니라고 생각하오. 하지만 그것뿐이 아니라 뭔가 애매한, 적어도 나로서는 아직도 까닭을 알 수 없는 목적 때문에 그대는 그것을 실로 빈틈없이 이용하려고 생각하고 있음이 분명하오……."
 "폐하가 말씀하시는 낙담은 아닙니다. 그러한 낙담으로부터는 폐하가 그동안 수없이 구출해주셨습니다. 옥타비아누스님, 제 일이 이루어지지 않았다고 해서, 이룰 수가 없다고 해서 의기소침해 있는 것이 아닙니다……. 제 생애를 돌아보고 그 속에서 이루어지지 않은 것을 발견한 것입니다."
 "그것은 단념할 수밖에 없소……. 모든 인간의 생활과 일에는 이루어지지 않고 남은 부분이 반드시 숨어 있게 마련이오. 그것은 우리 모두의 어쩔 수 없는 숙명이라오." 슬픈 어조였다.

"폐하의 과업은 완성을 향해서 영원히 계속될 것입니다. 폐하의 뒤를 계승하는 사람들에 의해서 폐하의 생각대로 계속될 것입니다. 하지만 제 일을 계승할 사람은 없습니다."

"내 뒤를 맡기기에는 아그리파가 좋지만…… 그러나 그는 나이를 너무 먹었소. 그렇지만 않다면 그가 누구보다도 적임인데."

갑자기 불안에 사로잡힌 듯 황제는 일어서서 창가로 다가갔다. 아득한 풍경을 바라보며 마음의 위안을 얻으려는 모습이었다.

인간은 번갈아 태어나고 또 죽어간다. 죽어야 할 인간의 육체는 차례로 잇따라 멸망의 길을 걸어간다. 다만 인식만은 계속 흘러간다. 끝없이 아득한 곳으로, 형용할 수 없는 만남을 향해서 계속 흘러간다.

"아그리파가 나타날 시간인데" 하며 아우구스투스는 아그리파가 지나오게 될 가로를 내려다보았다.

마르쿠스 비프사니우스 아그리파. 무뚝뚝하고 영리한 군인의 얼굴, 힘에 넘치는 수수한 모습. 저기 서 있는 노예의 속삭임 속에서 그의 모습이 생생하게 떠올랐다. 노예는, 권력을 지향하여 일체를 집어삼키려는 아그리파의 목소리가, 이윽고는 스스로도 집어삼켜 아우구스투스보다도 먼저 사라지게 될 것임을 속삭이고 있었다. 물론 아우구스투스는 그런 말을 들으려고 하지 않을 것이다. 그가 알고자 하는 것은 다른 것이었다.

"폐하는 아직도 젊으십니다, 옥타비아누스님. 아직 후계자는 정해지지 않았지만 자녀분은 여럿이니 혈통은 끊기지 않고 계속될 것입니다."

대답 대신에 지친 듯한 몸짓이 돌아왔다.

정적과 침묵이 찾아왔다. 아우구스투스는 창가에 서 있었다. 날씬하고 화사한, 죽어야 할 육체를 가진 한 인간, 사지로 분할되어 토가에 감싸인 육체. 스며드는 빛 속에서 그는 그렇게 두드러져 보였다. 날씬한 인간의 뒷등, 그 위를 가린 토가의 비스듬한 주름. 그것이 바로 앞쪽은 아닌가? 빛나는 시선으로 넘치는 얼굴까지도 그 등에 있는 것은 아닌가? 갑자기 어떻게도 판별할 수가 없게 되었다. 하물며 그 시선이 어디를 향하고 있는지 알 까닭이 없었다. 방금까지도 알렉시스가 거기에, 바로 그 자리에 서 있지 않았는가? 아니, 아니, 그야말로 그는 분명 거기에 있었다. 어린애처럼 날씬한, 거의 눈물을 자아낼 정도로 아름다운 그는 아들이라고 해도 좋았다. 그의 미래의 운명, 그 운명의 전개를 그는 스스로 떠맡고자 했다. 아버지로서뿐 아니라 어머니가 아들을 품어 기르듯이 그를 기르기를 원했으나 결국은 아버지인 자기 자신을 닮은 모습으로 만들어놓고 말았다. 얼굴을 외면한 채 알렉시스는 거기 서 있었다. 그러한 그릇된 인도와 운명에 대한 간섭에 지금도 원한을 품고 있는 듯, 그러면서도 한편 그러한 일에 별로 개의치 않는 듯이 그는 꿈과 같은 풍경에, 꽃들로 엮어진 꿈의 태양에, 월계수 향기가 스민 꿈의 평화에 도취된 채 몽상에 잠겨 있었다. 그리고 그 아름다운 소년을 위해 들판에 도취해 있던 반수신들이 피리 소리에 흥겹게 박자를 맞추면서 춤을 추고 있었다. 그를 위한 풍경이 춤에 의해 그 밑바닥까지 흔들리며 활짝 열리고, 박자에 맞춰 떡갈나무도 힘차게 가지 끝을 떨고 있었다. 그 소년을 위해서 모든 피조물의 욕망은 오로지 하나의 춤이 되어 있었다. 끊임없는 그들의 욕망은 밀려왔다가는 밀려가는 흐름에 의해 단 하나의 가시성 속에 휘말려 들어갔다. 그 욕망의 흐름은 풍요하게 인식을 잉태하면서, 눈에 보이는 것도 보이지 않는 것도 그 떨리는 파도 속에 감싸고는 마침내 명확하게 인식된 형체를 아로새겼다. 인식을 잉태한 욕망에 감싸이고, 스스로도 욕망에 불타면서 알렉시스는 그곳에 서 있었다. 그리고 그가 하나의 모습을 획득했을 때, 그의 주위에 있는 모든 것도 형체가 되고, 명확하게 인식된 총체가 되었다. 그 결과 한낮과 황혼은 용해되어 단 하나의 빛의 존재로 변할 수 있었다. 그러나 지금은 이미 그러한 모든 것의 그림자도 형체도 없었다. 한없는 아득함 속에서 쉬고 있던 밤의 구릉조차 공허 속에 용해되고, 주변 풍경의 허무함에 흡수되어 버렸다. 풍경은 이제 말없는 빈약한 선의 뒤얽힘이 되어 경직된 나머지 거의 냉혹성까지 띠며, 점점 진행되는 일식의 맥없이 썩은 희미한 갈색빛 속에 윤곽을 드러내고 있었다. 꽃은 점점 더 광채를 잃고, 타버린 종이처럼 건조한 이 광선 속에 주홍빛 황제의 토가도 거무칙칙한 보랏빛으로 변해 있었다. 모든 것은 극도로 통일성을 잃고 있었다. 문자 그대로 아무런 관련성도 없고 서로 대조를 이루지도 않았다. 창가의 날씬한 모습에서 발산되는 엄격성, 경직성, 예민성 때문에 통일이 되지 않았고, 그 표면은 매우 명료한 느낌을 줌에도 불구하고 철두철미하게 비현실적이었다. 그리고 인간적인 것조차, 아아, 인간의 관계조차도, 비밀에 싸여 떠돌면서 아무것도 감싸지 않는 이 표면의 일방적인 기운에 농락당하는 것 같았다. 기묘하게 비감각적인, 어떤 욕망에서도 깨어난 삭막

한 분위기 속에서 거의 팽창할 대로 팽창한 강렬한 긴장이, 꼼짝도 않고 서 있는 저기 깡마른 인간과 그 사이에 형성되어 있었다. 그것은 무관계 속에서의 관계이면서, 기묘하게 용해되어 사라지지 않는 관계였다. 아무것도 움직이는 것은 없었다. 작은 새들의 지저귐조차도 희미하게 그늘진 빛 속에서 끊기고 말았다. 아, 이제 두 번 다시 꿈이 되돌아오지는 않을 것이다. 하지만 플로티아는 꿈속에서, 아련히 그 입김을 느낄 수 있을 만큼 가까이에서 몸을 웅크리고 비밀을 고백하듯 가만히 속삭였다. "알렉시스가 가버렸다고 서러워하지 마세요. 제가 당신을, 아직도 노래되지 않은 미래 속에서 인정해주고 있잖아요? 지나가버린 것은 이미 당신을 붙들 힘이 없어요. 저한테로 돌아오세요, 사랑하는 사람이여." 이렇게 그녀는 속삭였다. 마치 꿈속의 부드러운 평화의 생기를, 생기 없이 퇴색한 분명한 세계에다 들리지 않게 불어넣으려는 듯이 그녀는 경직된 세계에 속삭이고, 이윽고 마치 이 비밀을 전하는 사명이 그녀의 약한 힘으로는 엄청난 부담이었다는 듯이 나직이 한숨을 쉬면서 침묵으로 되돌아갔다. 이제는 그 무엇에도 흐트러지지 않는 정적만이 지배할 뿐이었다. 창가의 사내는 똑바로 앞만 보고 있었다. 신들의 이름으로 세계를 지배하고 있는 그, 지상의 깡마른 모습 속에 신을 짊어지고 있는 그가, 점점 더 짙은 그림자를 드리우고 있는 지붕의 줄지은 풍경을 똑바로 바라보고 있었다. 조용한 평화는 아직도 계속되고 있었으나 그것은 이미 아까까지도 가볍게 떠돌고 있던 저 꿈의 평화는 아니었다. 그것은 아우구스투스의 냉혹하고도 굽히지 않는 평화였다. 다만 피어오른 월계수의 향기만이 전과 다름없이 꿈의 순결을 오가며 부드럽고 싱싱한 꽃에 대한 기억을 간직하고 있었다. 그 싱싱한 경계점은 이미 거의 굳어진 세계에 속한 듯 월계수는 지금도 변함없이 서 있었다.

뜻밖에 이상할 만큼 격렬한 기세로 아우구스투스가 이쪽으로 돌아섰다.

"분명히 말해주오, 베르길리우스……. 어째서 그대는《아이네이스》를 파기하고자 하는 거요?"

허를 찔린 느낌이어서 곧바로 대답할 수가 없었다.

"그대는 불충분하다고 말했소. 그대가 그렇다니까 그렇다고 칩시다, 나는 믿지 않지만. 하지만 적어도 베르길리우스에게 극복할 수 없는 예술적 결함 따위가 있을 까닭이 없지……. 다시 말해 그대의 말은 구실에 지나지 않소."

"저는 목표에 도달하지 못한 겁니다."

"그런 말을 한다고 해도 나는 도통 이해가 가질 않소……. 대체 어떤 목표라는 거요?"

매우 날카로운, 단도직입적인 질문이었다. 아우구스투스는 다시 침대로 다가와 있었다. 그 모습은 준엄하게 힐문하는 아버지와도 같았다. 그에게서 위압감을 느끼다니, 매우 기묘했다. 두 사람의 연령 차이를 생각해봐도 그렇지만, 아우구스투스를 일찍부터 알고 있는 사람이라면 누구나가 그의 몸에 밴 준엄한 심문 방법에 익숙하기 때문이었다. 조금의 공포도 느끼지 않을 만큼. 아마 지금의 이 위압감은 부인할 수 없는 그 질문의 정당성에서 온 것인지도 모른다. 대답할 수 없는 자는 기가 꺾이게 마련이다. 어디에 목표가 있었는가? 목표는 보이지 않았다. 너무나 분명한 이 순간의 질문 아래 그것은 날아가버리고 말았다! 아아, 어디에 목표가 있었는가? 오오, 플로티아, 오오, 무녀의 그 목소리여! 어떤 목표가 있었단 말인가?

플로티아의 목소리가 들려왔다. 그것은 회상처럼 울렸다. "저는 당신의 운명을 짊어지고 있어요. 제 지각 속에 당신의 목표가 있어요."

한편 아우구스투스는—뭔가를 손에 넣고자 할 때의 신문에서 그가 곧잘 사용하는 수법이지만—말투를 바꾸어 그에게 그야말로 잘 어울리는, 사람의 마음을 사로잡는 상냥한 어조로 말했다. "목표도 여러 가지가 있소, 베르길리우스. 나만 하더라도 꽤 여러 가지 목표를 가지고 있소. 그중에서도 그대와의 우정은 특히 중요한 것이오. 왜냐하면 베르길리우스의 친구였다는 사실이 언젠가는 내 명예의 한 부분을 차지하게 될 테니까……. 도대체 어떤 무서운 목표가 그대 눈앞에 나타나서 그런 영문도 모를 결심을 하게 했는지 가르쳐줄 수 없겠소?"

열이 다시 올랐다. 뜨거운 손가락 사이에서 열 기운이 느껴지고, 반지가 바짝바짝 죄어들었다. 그럼에도 불구하고 대답을 하지 않으면 안 되었다. "제 목표요? 지각과 진실입니다……. 모든 목표는 거기에 있습니다……. 인식입니다……."

"그런데 그 목표에 도달하지 못했다는 거요?"

"누구도 도달할 수는 없습니다."

"그럼…… 방금 말한 대로라면 그대가 왜 계속 괴로워하는지 이해할 수가 없소……. 죽어야 하는 인간이 모든 것을 이룩할 수는 없는 법이오."

"하지만 저는 인식에의 첫걸음조차 내디디지 못했습니다. 첫걸음을 내디디기 위한 준비조차 하지 못했습니다……. 모순

된 일입니다. 모든 것이 모순입니다."

"무슨 말이오? 스스로 그렇게 믿고 있진 않겠지? 이런 이야기는 그만둡시다." 아우구스투스의 목소리는 화가 나 있었다. 분명히 그는 분노한 것 같았다.

"지금 말씀드린 그대롭니다."

"베르길리우스……"

"옥타비아누스님……"

공기는 미동도 하지 않았는데 천장에 매달린 램프가 희미하게 움직였다. 은사슬이 아련하게 소리를 냈다. 일식에 다시 지진이 곁들여졌는가? 두려움은 느끼지 않았다. 육체는 희미하게 흔들리는 쪽배 같았다, 출범 준비를 끝낸 쪽배 같았다. 아우구스투스는 기슭에서 자상하게 도와주고, 저쪽에는 잔물결 하나 일지 않는 거울처럼 매끄러운 바다가 수면에 퇴색한 빛을 반영하면서, 수면 전체가 위아래로 움직이고 있었다.

그와 마찬가지로 지진에는 개의치 않는 듯 아우구스투스가 부드럽게 말했다. "잘 들으오, 베르길리우스. 나는 그대의 친구이고 그대의 작품을 잘 알고 있소. 그대의 시는 더할 나위 없이 고매한 인식으로 가득하오. 로마는 그대의 시 속에 펼쳐져 있소. 그리고 그대는 로마를 신들과 전사와 농민의 이름으로 포괄하고, 그 명예와 경건함을 포괄하고, 로마의 공간을 모든 영역에 걸쳐 포착하고 강대한 트로이의 먼 조상에서 비롯된 로마의 시간을 포착했소. 즉, 그대는 온갖 것을 확보한 셈이오……. 이것으로 충분한 인식이 아니겠소?"

"확보? 확보…… 아아, 확보……. 진정 저는 일체를 확보하려고 생각했습니다. 이미 일어났던 일체, 현재 일어나고 있는 일체를……. 성공할 수는 없었습니다."
"성공했소, 베르길리우스."
"인식을 찾으며 저는 초조했습니다. 그래서 일체를 기록하려고 했던 것입니다……. 왜냐하면 그것이 시라는 것이니까요. 아아, 시란 인식에의 조바심입니다. 그것이 시의 소원입니다. 더 이상 밀고 나간다는 것은 시로서는 불가능합니다……."
"그 의견에는 찬성하오, 베르길리우스. 그것이 바로 시라는 것이지. 시는 일체의 삶을 포괄하지. 바로 그렇기 때문에 신성한 것이오."
황제는 진실을 이해하지 못했다. 어느 누구도 이해하는 사람은 없었다. 미(美)가 얼마나 신성한 속임수인지, 신성한 외관이 얼마나 신성성과 먼 것인지 누구도 아는 사람은 없었다.
"삶을 인식하기 위해서라면 시는 필요치 않습니다, 폐하. 폐하가 말씀하시는 로마의 공간이나 로마의 시간을 알기 위해서는 제 노래보다도 살루스티우스나 리비우스 쪽이 훨씬 권위가 있을 것입니다. 설사 제가 농부라 하더라도, 아니 농부가 될 수 있었다 하더라도 존경할 만한 바로*의 저작이 저의 《농경시》따위보다 훨씬 큰 도움이 되었을 겁니다……. 우리 시인들은 그에 비하면 어느 정도의 의미가 있을까요? 굳이 동료 시인들을 헐뜯을 생각은 없지만, 찬미만 해서는 아무것도 안 됩니다. 특히 인식을 위해서는 아무 쓸모도 없습니다."
"누구나가 삶의 인식을 위해서 응분의 기여를 하고 있소. 이루어진 일은 모두 그것을 위한 기여라고 할 수 있소. 내가 이룩

*로마제국 시대에 《농업에 대하여》를 쓴 마르쿠스 테렌티우스 바로.

한 일만 하더라도 그렇소. 하지만 모든 삶을, 아까도 말했지만 단 하나의 직관, 단 하나의 작품, 단 하나의 시계 속에 총괄할 수 있다는 것이 시에 의한 인식의 위대성이고, 따라서 그대의 위대성이기도 한 거요, 베르길리우스."

기록한다는 것, 내계와 외계에서 일어나는 일체를 기록한다는 것, 그러나 그것은 아무런 성과도 낳지 못했다.

"아, 아우구스투스님. 저도 한때는 그것이, 다름 아닌 그 일이 시인 인식의 사명이라고 생각하고 있었습니다……. 그래서 제 작품은 인식에의 탐구가 되었습니다. 하지만 인식이 되지는 않았습니다. 인식 그 자체는 아니었던 것입니다……."

"그렇다면 다시 한 번 묻지 않으면 안 되겠는데, 베르길리우스. 그대의 시가 삶의 인식이 될 수는 없었다고 한다면, 그것으로 그대는 어떤 목표를 추구했다는 거요?"

"죽음에 대한 인식입니다." 이것은 마치 재발견, 재확인 같았다. 고향에 되돌아온 계시 같았다. 마치 계시를 받은 듯이 이 말은 순간적으로 입 밖으로 흘러나왔다.

잠시 동안 말이 끊겼다. 지진 같았던 희미한 진동은 아직도 계속되고 있었으나 황제는 여전히 개의치 않았다. 오히려 지금 들은 말에 충격을 받은 모습이었다. 시간이 흐르고 나서야 가까스로 그는 대답했다. "죽음은 삶에 속해 있소. 삶을 인식하는 자는 죽음까지도 인식하게 마련이오."

이것은 옳은 말일까? 마치 진실처럼 들렸지만 그러나 진실은 아니었다. 아니 이제 와서는 이미 진실이 아니었다. "옥타비아누스님, 제가 진실을 확보하려 하지 않은 때는 단 한순간도 없었습니다. 하지만 또한 죽고 싶다고 생각하지 않은 순간도 단 한 번도 없었습니다."

황제는 충격에서 벗어나 붙임성 있는 태도로 돌아오려고 애쓰고 있었다. "죽고 싶다는 소원이 아직까지 이루어지지 않은 것은, 베르길리우스, 다행이었다고밖에 할 수가 없군. 지금만 하더라도 그 소원은 고작 병에 걸리게 했을 뿐이니까. 살겠다는 그대의 소원이 신들의 도움에 의해 다시 힘을 더해 갈 것은 뻔한 일이오."

"그럴지도 모릅니다……. 확실히 저는 삶에 집착하고 있습니다. 그렇습니다, 삶에 집착하고 있음을 인정하지 않을 수가 없습니다. 죽음에 너무 굶주려 있기 때문에 저는 삶에 싫증을 느끼지 않는 것입니다……. 저는 아직도 죽음에 대해서 아무것도 모릅니다……."

"죽음이란 허무요. 거기에 대해 이러쿵저러쿵하는 것은 부질없는 일일 뿐이지."

"폐하는 숱한 죽음을 보아오셨습니다, 옥타비아누스님. 아마 그 때문에 폐하는 다른 누구보다도 삶에 대해서 잘 아실 겁니다."

"어쩌면 너무 많은 죽음을 보아왔는지도 모르겠소. 하지만 실제에 있어서는, 여보게, 삶이란 죽음과 마찬가지로 하잘것없는 것이오. 삶이 가는 곳이 죽음이오. 결국 양쪽 모두 허무란 말이오."

만일 이 말이 불쑥 던져지듯이 이야기되지 않았다면 놀라운 것이었으리라. 그것은 아우구스투스의 갖가지 견해와는 전혀 일치되지 않는 것이었으니까. 하지만 어쩌면 진지하게 받아들일 만한 것이 아니었을지도 모른다.

"폐하는 가끔 스스로를 스토아 학파라고 하셨는데, 지금의 말씀은 그 스토아의 학설과 일치되지 않는 것 같군요."

"선(善)을 행해야 할 의무가 존속하고 있다면 스토아와는 어딘가에서 일치점을 발견할 수 있을 테지. 하지만 이것은 우리에게 있어서 실은 별로 대단한 것이 아니라오. 본질적인 것도 아니고."

아우구스투스는 자리에 앉았다. 그 앉는 자세는 어딘가 나른한, 아무리 보아도 영웅답지 않은 동작이었다. 잠시 동안 그는 눈을 감았다. 뭔가 의지할 데를 찾고 있던 손은 화환으로 장식된 촛대를 붙잡았고, 손가락은 장난처럼 한 장의 월계수 잎을 짓이겼다. 눈꺼풀이 열렸을 때 그 눈동자는 흐리고 약간 공허해 보였다.

오오, 이것 또한 확보해야만 하는 것인가. 기록해두지 않으면 안 되는 것인가. 숱한 세월이 흘러 끝내 기록하지 못했던 다른 모든 것과 마찬가지로, 다른 모든 인간의 특성과 마찬가지로 기록해두지 않으면 안 되는가? 인간의 특성이란 이미 기억 속에 있는 것이 아니라, 농부나 도시인들의 갖가지 두개골과 얼굴 형상에 깃든 몽롱한 잡답(雜沓)이었다. 그 어느 것에나 털이 돋아나 있고, 피부는 주름지거나 매끄럽고, 때로는 여드름이 나 있었다. 온갖 인간 형태의 몽롱한 잡답, 남몰래 숨어서 발을 질질 끌면서 가는, 영원히 변치 않는 인간의 각양각색의 영역. 아우구스투스조차도, 지상에서 신을 짊어진 그조차도 어쩔 수 없이 이 영역 속에 속해 있었다. 돌파할 수도, 헤아릴 수도, 묘사할 수도 없는 피조물들의 잡답과 마찬가지로, 그 한 사람 한 사람과 마찬가지로, 기억 속에 되살아나는 일은 없었다.

뿐만 아니라 그들 모두에게 숨어 있는 피조물로서의 특성, 먹고 자는, 액체와 반유동체로 충만한 그 특성도, 살점에 두둑하게 감싸인 뼈대, 그것의 운동을 가능케 하는 직립한 뼈대도, 기억 속에 되살아나지는 않았다. 그럼에도 불구하고 인간의 미소 속에는 신이 깃들어 있다. 그렇기 때문에 그는 미소를 지으면서 이웃 사람에게서, 이웃 사람의 영혼 속에서 신을 발견한다―그것이야말로 인간적인 양해, 미소로부터 태어나는 인간의 언어다. 그런데 그런 인간조차 기억에 되살아나지 않았다. 하나도 파악되지 않았다. 그래서 그는 대신 호메로스가 작품 속에 구현한 인간들을 꽤 교묘하게 모사(模寫)했다. 호메로스식으로 행동하는 신들이나 영웅들로 가득 찬 공허한 허무, 그 비현실성에 비하면 여기에 앉아 있는 그 후손은 피로감조차 힘을 의미하는 것이었다. 왜냐하면 이 황제의 얼굴에 어렴풋이 빛나는 나른한 미소까지도 아직은 신을 간직하고 있기 때문이었다. 하지만 그의 시 속에 등장하는 악티움의 승자는 얼굴도 미소도 없었다. 그가 소유한 것은 장신구와 투구에 지나지 않았다. 시에는 진실이 없었다. 주인공 아이네이아스도 현실과 멀고, 아이네이아스의 후손도 현실과 멀었다. 인식 속에 있어서만 빛과 그림자가 분리되어 형식을 구축하는 법인데, 그의 시는 무엇 하나 참으로 확보하지 못하고, 그림자가 없는 퇴색한 빛 속에 머물러 있었다. 이때 하나의 목소리가 말을 했다. 플로티아의 목소리가 아니라 일찍이 들어본 적이 없는 목소리, 그것은 노예의 목소리였다. 여기에 그의 용무가 있을 까닭이 없으니 실로 수상쩍은 일이었지만, 그 목소리가 말을 했다. "당신은 이제 아무것도 파악해서는 안 됩니다."―"어째서 자네가 나한테

충고를 하는가? 어째서 플로티아가 아닌가?" 이번에는 플로티아가 대답했다. 아까와 마찬가지로 희미하게 새어 나오는 숨결 같은 다정한 목소리였다. "그의 말을 들으세요. 당신은 더 이상 쓰려고 해서는 안 돼요." 그렇다면 이것은 의무를 부과하기 위한 말인가. 하지만 플로티아가 단순히 두려움 때문에 노예에게 동조한 것은 아닐까? 어쩌면 자기 자신도 기억에 남지 않는 존재로 전락하지는 않을까 하는 두려움에서 그런 것은 아닐까? 이런 억측도 성립되지 않는 것은 아니었다. 그럼에도 불구하고 그것은 의무를 부과하는 말이었다. 어째서 의무를 요구하는 이러한 명령이 떨어졌는가? 어째서? 하지만 그럴 만했다. 아무리 때가 늦은 최후의 순간이라 하더라도 게으름에서 회복하여 시를 구제하려는 시도는 성공할 것임에 틀림 없었기 때문이다. 만일 다름 아닌 이 순간을, 지금, 이곳의 단 하나의 순간을 확보할 수만 있다면, 주위의 명확한 존재, 견고한 석벽, 바다, 집, 도시를, 이러한 모든 확고한 기반에 서서 부유하는 것, 부동(不動) 속에서 날아가는 것을, 그리고 이러한 모든 것에 침투하는 지진 같은 진동을 넘어서 사람은 마치 쪽배에 타기라도 한 듯이 퇴색한 한낮의 빛과 조응하는 거울 면을 미끄러져가는 것이지만—오오, 만일 이것을 확보할 수만 있다면, 엄격하면서도 부드러운 황제의 얼굴, 그 피부 밑에 숨은 지상의 삶의 고달픔을, 눈에 보이지 않는 사슬처럼 그에게로 걸쳐져 있던 대화의 다만 한 조각이라도 확보할 수 있다면—촉촉이 젖은 잡담 속에서 떠오른 두 개의 존재 사이에 교환되는 물음과 대답, 포착할 수 없는 양자의 의사소통, 시선의 번득임 속에 실현되는 포착할 수 없는 양자의 눈의 신성한 만남—오오, 이것을 확보할 수만 있다면, 확보가 허용되기만 한다면, 그 작업이 성취되기만 한다면, 아마도 참된 삶의 인식이 처음이자 마지막 빛을 내뿜게 되리라 생각했다. 하지만 과연 그럴까? "당신이 이 세상에서 무엇을 하시고자 해도 지상의 것은 이미 당신을 만족시키지 못할 것입니다" 하고 노예가 말했다. 플로티아에 의해 확인될 필요도 없을 만큼 이 말은 계시적이었다. 그야말로 인식하는 정신은 존재에 깊숙이 돌진할 수 있으리라. 나아가서는 존재를 근원적인 요소로 분해하여 조용히 견디는 것과 활발히 움직이는 것으로 나누어, 한쪽을 물과 땅으로 삼고, 다른 한쪽을 불과 천상의 기운으로 삼아서 사방에서 양자를 인식할 수 있으리라. 더 나아가서는 원자의 소용돌이의 비밀 속으로 헤치고 들어가 존재를 더욱 많은 구성 요소로 해체하리라. 뿐만 아니라 이 정신은 인간의, 오체로 분할된 피조물의 가장 깊은 본성까지도 발견할는지 모른다. 인간이란 존재의 한 조각 한 조각을 꼼꼼하게 검증하여 신을 닮은 특성이나 인간의 행위, 인간 언어의 자기기만을 샅샅이 파헤칠는지 모른다. 인간을 가장 깊숙한 마지막 나신에 이르기까지 노출시켜 살을 뼈에서 발라내고, 뼈에서 골수를 뽑아내고, 사상(思想)을 조각조각 흩뿌려서, 마침내는 고립되고 신의 힘에 분쇄되어서, 걷잡을 수 없는 자아 외에는 아무것도 남지 않은 상태로 만드는지도 모른다. 하지만 비록 인식하는 정신이 이러한 일체를 이룩한다고 하더라도, 한 걸음 한 걸음 탐색하면서 이러한 모든 것을 확보하고 정밀하게 기록할 수 있다 하더라도, 그것은 한 걸음도 내디딘 것이 되지는 못한다. 그 인식은 지상에 머물러 있다. 여전히 지상에 연결되어 있다. 그것은 삶의 인식이기는 하지만 죽음의 인식을 아울러 지니고 있지는 못하다. 시원(始原)의 밤의 혼돈 속에서 단편적으로 하나씩 거두어지고, 그리하여 진실의 사슬은 차례로 고리를 이어가게 되리라. 끝없는 사슬, 끝없는 진실, 그것은 삶 그 자체처럼 무한하지만 물론 삶과 마찬가지로 무의미한 것이며, 인식되면서 인식하는 죽음이, 죽음을 모르는 죽음의 빛이 그 앞에, 다시 삶 앞에 빛나게 될 때까지는 무의미함 속에 얽매여 있지 않으면 안 된다. 이 죽음의 빛이야말로 인간 존재의 가장 소박한 의미이며, 진실로서의 창조의 통일이다. 오오, 지상에 얽매여 있는 지상적인 삶의 인식은 그것 자체로는 결코 인식의 대상을 넘어서 그 대상에 통일을 부여할 수 없다. 영속적인 의미의 통일을 부여할 수는 없다. 그 의미에 입각함으로써만 삶은 창조로서 성립되고 영원히 존속되면서 영원히 상기되는 것인데.

　죽음의 지각에 의해 무한을 의식하는 사람만이, 다만 그런 사람만이 창조를 확보할 수가 있다. 창조 속에 있어서의, 개체와 개체 속에 있어서의 창조를 확보할 수가 있다. 개체는 그 자체로는 확보될 수가 없다. 관계 안에서만 비로소, 법칙에 입각한 관계에 있어서만 비로소 그것은 확실한 실체가 된다. 그리고 무한은 존재 속에 있는 일체의 관계를 지탱하고, 법칙을 지탱하고, 법칙의 형식을 지탱하고, 바로 그렇기 때문에 운명까지도 지탱한다. 한없이 은밀하게 모습을 감춘 무한, 그러나 그것이야말로 인간의 영혼인 것이다.

　아우구스투스는 한결같은 자세로 계속 앉아 있었다. 손가락 사이에서 월계수 잎을 짓이기면서 동의, 또는 적어도 대답을 기다리고 있는 자세였다.

"오오, 아우구스투스님, 폐하는 본질적이라고 말씀하셨습니다……. 삶도 죽음도 허무와 같을 수는 없다, 하물며 허무로 간주되어서는 안 된다는 사실을 폐하께서 모르신다면 폐하는 폐하가 아닐 것입니다. 또 바로 그렇기 때문에, 인식이 폐하께서 즐겨 말씀하시는 것과 정반대의 관계에 있음을 모르신다면 폐하는 역시 폐하가 아닐 것입니다……. 사실을 말씀드리면 죽음을 인식하는 자만이 삶을 인식할 수가 있습니다……."

어딘가 좀 멍한 듯한 미소가, 아무래도 좋으니 어쨌든 타협을 짓자는 내심의 움직임을 나타내고 있었다. "그야 그럴지도 모르지……."

"아니, 확실히 그렇습니다. 완결된 의미의 죽음에서만 헤아릴 수 없는 삶의 의미가 생겨나는 것입니다."

"그렇다면 그대의 시의 목표는 그런 것이라고 생각해도 되겠군. 그렇게 목표를 정했단 말이오?"

"제 영위가 진정한 시였다면 이것이 그 은밀한 목표였습니다. 그것이 모든 진정한 시의 목표이니까요. 만일 그렇지 않다면 하나하나의 사고, 하나하나의 표상(表象)이 그토록 무턱대고 죽음을 향해서 다가갈 수가 있을까요? 이 엄청난 충동, 죽음에 접근하려는 충동이 존재할 수 있을까요? 비극의 시인 아이스킬로스가 존재할 수 있을까요?"

"시인들은 시의 목표에 대해 그대와 다른 견해를 가지고 있을지도 모르오. 그들은 시 속에서 미와 지혜를 찾고 있으니까."

"그것은 덤입니다. 아무런 노고도 들지 않는 값싼 장식입니다. 물론 사람들은 다만 그것만을 찾고 있을지도 모르지요. 하지만 실은 그 이면에 숨은 진정한 목표를 느끼기도 합니다. 왜냐하면 그것이야말로 본질적인 것, 거기에 숨어 있는 것이야말로 삶의 목표 그 자체이니까요."

"그 목표에 그대는 도달하지 못했다는 거요?"

"도달하지 못했습니다."

이제야말로 똑똑히 정신을 차리고 자신의 생각을 정리하지 않으면 안 되겠다는 듯이 이마와 머리칼을 만지면서 아우구스투스가 말했다. "나는 《아이네이스》를 알고 있소. 그렇기 때문에 그대는 거기에 대해서 아무렇게나 이야기해서는 안 되오. 죽음의 모든 변용(變容)이 거기에 그려져 있소. 뿐만 아니라 그대는 죽음을 좇아서 저승의 그림자들한테까지 내려가지 않았소."

시를 제물로 바쳐야 하는 불가피한 필연을 아무래도 이 남자는 통찰하지 못했다. 해가 지고 대지가 포세이돈의 왕국처럼 흔들리고 있는 사실조차 그는 전혀 깨닫지 못하고 있다. 온갖 것 속에 대지를 덮는 업화(業火)의 조짐이 손에 잡힐 듯이 분명히 나타나고 있음도, 이윽고 창조는 종국을 맞이할 것이라는 사실도 그는 전혀 깨닫지 못했다. 제물을—《아이네이스》뿐이 아니다—바칠 필요성을 그는 끝내 인정하려 하지 않을 것이다. 태양과 성신이 그 낮과 밤의 궤도 위에서 멈추지 않도록, 다시는 일식이 일어나지 않도록, 창조는 변함없이 머물고 죽음은 재생으로, 되살아난 창조로 변용되도록 제물을 바치지 않으면 안 된다는 사실을.

아이네이아스는 죽음을 좇아 저승의 그림자들한테 내려가서 아무것도 얻지 못하고 지상으로 돌아왔다. 그 자신이 구원도 모르고 진실도 모르며 현실에 담긴 진실도 갖지 못한 공허한 비유였던 것이다. 그 결과 그의 모험은 저 불행한 오르페우스의 그것과 다름없는 헛수고에 지나지 않았다. 오르페우스처럼 연인을 찾아서 저승에 내려간 것이 아니라 법도를 전하는 먼 조상을 찾아간 것이기는 했지만—좀 더 깊이 하강할 힘 따위가 있을 까닭이 없었다. 그렇기 때문에 제물을 바칠 필요가 있었다. 덧없는 비유를 깨고 죽음의 현실이 성취되도록 시도함께 허무에 도달하지 않으면 안 되었다.

"저는 다만 죽음의 주위에 갖가지 비유를 늘어놓았을 뿐입니다, 아우구스투스님. 하지만 죽음은 시의 상징보다도 교활해서 포위망을 뚫고 도망치고 맙니다······. 비유는 인식이 아닙니다. 아니, 비유는 인식에 순종하는 것입니다. 그러나 가끔 말에 의해서만 사용되는 불법적이고 불완전한 예감처럼 비유가 인식에 앞서는 경우가 있습니다. 그러면 비유는 인식 속에 몸을 숨기는 대신 마치 어두운 갓처럼 인식을 뒤덮으면서 그 앞을 가로막습니다······."

"비유라는 것은 모든 예술에, 따라서 아이스킬로스의 예술에도 타당한 것이라고 나는 생각하는데, 모든 예술은 상징이지······. 그렇지 않소, 베르길리우스?"

물론 이것은 정당한 이론(異論)이었다.

"말하자면 우리에게는 달리 표현 수단이 없는 거지요. 예술은 비유밖에 갖고 있지 못합니다······."

"그리고 죽음은 비유에서 도망친다고, 그대는 말했소."

"어찌 그러지 않을 수가 있겠습니까······. 모든 언어는 비유입니다. 모든 예술은 비유입니다. 그리고 행위까지도 비유입니다······. 인식을 추구하는 비유, 그러지 않으면 안 되고 또 그렇게 되려고 노력하는 것입니다."

"옳아요. 그렇다면 당연히 그것은 아이스킬로스에 대해서와 마찬가지로 나한테도 해당되는 것이겠군." 아우구스투스는 미소를 지었다. "그 점에 대해서는 우리가 의견 일치를 본 셈이군. 통치는 하나의 예술, 로마인의 예술이니까 말이오."

아우구스투스의 빈틈없는 교활성을 따라간다는 일은 쉽지가 않았다. 그가 여기 침대 앞에 앉아 있다는 사실이 그가 입에 담는 말보다 이해하기가 쉬웠다. '로마인의 예술'이라는 말로 그가 로마제국을 만들어내고 지극히 교묘하게 지배하고 있다는 사실을 표현했다 하더라도—어디에서 그 현실을 발견할 수가 있겠는가? 희미한 윤곽처럼 국가 같은 형태가 저쪽에 구축되어 있었다. 풍경 속에, 풍경 사이에, 인간 속에, 인간 사이에. 그리고 이곳저곳의 경계 속에, 이곳저곳의 관계 사이에, 눈에는 보이지 않으나 뚜렷이 존재하고 있었다. 그 공간을 뚫고 들어가서 모든 것을 찾는 것은 매우 힘든 노릇이었다.

"폐하의 일은, 아우구스투스님…… 그렇습니다, 확실히 그것은 비유입니다……. 폐하의 국가는…… 그것은 로마 정신의 상징입니다……."

"우리의 삶을 이루고 있는 이러한 모든 상징, 모든 비유의 눈부신 풍성함 속에서 하필 그대가 만든 비유만이 파기되지 않으면 안 될 만큼 졸작이란 말이오? 그대만이 그 비유를 가지고 목표에 도달하지 못했다는 거요? 내 경우를 말하자면, 나는 내가 만든 모든 것이 언제까지나 존재하기를 바라고 있소……. 이 점에서도 나는 아이스킬로스에게서 배우고 싶소. 그는 자신의 작품을 결코 파기하지 않았으니까……. 그렇다면 그대는 특별한 예외가 되고 싶은 거요? 아니면 지금까지 얻은 명성이 아직도 충분하지 않아서 헤로스트라토스*의 이름 곁에 그대의 이름을 덧붙이려는 것이오?"

황제는 명성을 갈망하고 있었다. 되풀이하여 명성에 대해서 이야기했고, 명성을 얻고자 외곬으로 노력하고 있었다. 그래서 그에게, 명성은 비록 죽은 뒤에도 남겠지만 결코 죽음을 지양시켜주는 것은 아니라는 따위의 말을 늘어놓아서는 안 되었다. 물론 루키우스에게 말한 정도의 이야기도 해서는 안 되었다. 명성의 길은 지상의 길, 인식을 모르는 현세의 길이며, 가상과 역전과 도취의 길이며 재앙의 길이라는 따위의 말을 해서는 안 되었다. "명성은 신들의 선물입니다. 하지만 그것은 시의 목표는 아닙니다. 졸렬한 시인만이 그것을 목표로 삼습니다."

"물론 그대는 그런 시인들과 동류는 아니오……. 그런데 어째서 다름 아닌 그대의 상징만이 존속을 허용받을 수 없다는 거요? 그대의 시는 호메로스의 노래와 비교되고 있소. 그대가 만든 형상이 아이스킬로스의 그것보다 박력에 있어서 뒤진다고 말한다면 웃음거리가 될 거요. 그런데 그대는, 자신이 인식을 발견하는 대신 그것을 다만 덮어버렸다, 그래서 조금도 인식에 접근하지 못했다고 주장하고 있소. 만일 그렇다면 아이스킬로스에 대해서도 똑같은 말을 하지 않으면 안 될 거요."

아우구스투스를 이토록 집요하게, 거의 번거로울 만큼 이 문제에 집착케 한 것은 아마 초조였을 것이다. 그러나 그가 기대하는 대답이 주어질 까닭은 없었다. "아이스킬로스의 경우는 시종일관 인식이 시에 앞서 있었습니다. 하지만 저는 시에 의해

*자신의 이름을 불후의 것으로 남기기 위해서 신전에 방화한 그리스인.

서 인식을 구하려고 했습니다……. 그의 상징은 깊은 내면의 인식에서 생겨났기 때문에 내계와 외계에 동시에 속해 있고, 그렇기 때문에 위대한 그리스 예술의 모든 형상과 마찬가지로 불멸의 영역으로 들어서게 되었습니다. 인식에서 태어나서 영원한 진실로 변한 것입니다."

"그것과 똑같은 명예가 그대에게도 어울린다는 얘기요."

"저에게는 어울리지가 않습니다……. 단지 외계에서 실려 온 데 불과한 형상은 지상의 세계에 묶여 있고, 따라서 필연적으로 원상(原像)보다 왜소할 수 밖에 없습니다. 그것은 인식의 힘도 없거니와 진실을 포착할 힘도 없는, 내계와 외계를 겸하고 있는 것도 아닌, 단순한 표면입니다……. 저에게 있어서는 대충 이런 형편입니다."

"베르길리우스." 황제는 민첩하게, 다시 매우 젊어진 듯한 동작으로 일어섰다. "베르길리우스, 그대는 같은 말을 자꾸 되풀이하고 있소. 새로운 표현으로 매우 매력적인 말이기는 하지만. 내가 거기에서 헤아릴 수 있는 것은, 그대와 마찬가지로 내 말도 되풀이지만, 다음과 같은 사실뿐이오. 예컨대 그대가 자신의 작품에 대해서 늘어놓는 이론(異論)은—그대는 거기에 목표가 없다느니 인식이 없다느니 하고 있지만—결국 형식적인 표현의 결함에 관계되는 것에 지나지 않는 것이고, 그대 외의 누구도 그런 결함을 인정하지 않을 거요. 그대 외의 어느 누구도 그대가 만든 형상이 부적절하다고 느낄 수 있지 않소. 예술가라면 누구나가 시달리는 의혹, 자신의 작품이 과연 성공했는가 여부에 회의를 가지는 심정이 그대의 경우는 바야흐로 망상으로까지 치닫고 말았소. 그것은 아마 그대가 시인들 중에서도 가장 위대한 존재이기 때문이겠지만."

"그 말씀은 맞지가 않습니다, 아우구스투스님."

"그렇다면?"

"폐하께선 서두르고 계십니다. 때문에 군더더기 같은 설명을 늘어놓아 폐하를 붙들어두는 일은 예의가 아닐 것입니다. 하지만 《아이네이스》가 완벽한 예술 작품의 모든 특성을 갖추고 있음에도 불구하고 그 존재 가치를 정당화할 수 없는 사정을 폐하께 설명드리기 위해서는 길게 말씀드리지 않을 수가 없습니다."

"그것은 말재주에 불과하오, 베르길리우스. 그대가 표면만을 어루만지고 있었다고 했는데, 지금이야말로 그렇게 하고 있소."

"아아, 옥타비아누스님, 제발 믿어주십시오."

황제는 이곳에 서 있었으나 헤아릴 수 없는 아득한 곳에 서 있는 느낌이었다. 이미 말이 미치지 못할 곳이라는 생각이 들었다.

"구차스러운 변명은 뭔가를 감추려고 할 때의 상투적 수단이오. 특히 지금 같은 때는 분명히 그렇소, 광대한 문헌학적인 구성을 바탕으로 하려는 경우에는 특히 그렇소."

"문헌학이 아닙니다, 옥타비아누스님."

"하지만 그대가 설명하려던 것은 《아이네이스》에 대한 주석이 아니오?"

"네, 그렇게 생각하셔도 괜찮겠지요."

"베르길리우스의 자작자주(自作自註)! 누구나가 이끌릴걸! 하지만 마에케나스를 제쳐놓을 수는 없소. 뭐니 뭐니 해도 그런 종류의 문제에는 그가 가장 흥미를 갖고 있으니까. 그러니까 그대는 그 이야기를 로마에서 하는 편이 좋겠소. 서기를 그 자리에 입회시켜서 그대의 이야기를 기록하도록 할 테니까……."
"로마에서요……?" 로마를 다시는 볼 수가 없다니 얼마나 기묘한 일인가! 하지만 로마는 어디에 있었지? 그 자신은 어디에 있었지? 어디에 누워 있었지? 이곳은 브룬디시움이었던가? 길은 어디에 있었지? 그것은 무하유(無何有)의 세계를 통하고 있지는 않았는가? 종횡으로 뒤얽히고 로마나 아테네, 그 밖에 지상의 모든 도시의 길과 얼크러져 있지는 않았는가? 문, 창문, 벽, 모든 것은 그 위치를 바꾸고 끊임없이 변화하고 있었다. 창문으로부터의 조망(眺望)도, 문으로부터의 출발도 불확실한 세계로 인도할 뿐, 시골의 풍경, 도시의 풍경이라고는 다만 그림자가 없는 대지가 있을 뿐, 그리고 방향은 분간할 수조차 없었다. 동쪽이 어디인지 아무도 알지를 못했다.
"그렇고말고, 베르길리우스. 로마가 우리를 기다리고 있소." 황제가 말했다. "이제 내가 출발할 시간이 다가오고 있소. 이삼 일 지나면 그대는 완전히 건강해져서 확실한 걸음걸이로 내 뒤를 쫓아올 테지……. 하지만 그때까지는 몸의 회복뿐 아니라 그대의 원고를 위해서도 충분히 신경을 쓰지 않으면 안 되오. 그대의 몸에도 그 원고에도 무슨 일이 있어서는 안 되오. 우리에게는 양쪽 모두 필요하니까. 조심하라고 부탁한다 해서 언짢게는 생각하지 않을 테지. 몸도 원고도 양쪽 모두 잘 보관해둘 수 있으리라 믿소……. 그런데 대체 어디에 넣어두었소? 저 속이오?"
그야말로 무심한 듯이, 그러나 실은 뚜렷한 속셈을 가지고 떠나려는 자세로 황제는 원고가 든 고리짝을 가리켰다.

오오, 이것은 강청이었다. 이미 그 어떤 선택도 허용치 않는 명백한 강청이었다.

"꼭 약속을 해야만 될까요?"

"아직 베끼지 못한 부분이 꽤 많소……. 나는 이 시를, 그리고 그대 자신을, 그대가 마음에 품고 있는 성급한 조처로부터 지키지 않으면 안 되겠소. 혹은 그대가 나에게, 우리 모두에게 그대의 주석의 힘으로 자신의 의도의 정당성을 믿게 할 일이 생길는지도 모르오. 하지만 이런 경우 바쁘면 돌아가라는 속담이 통용되는 법이오. 어쨌든 우선 그대의 주석을 듣고 볼 일이지만. 만일 그대가 내 부탁에 따라 약속을 할 자신이 없다면 지금 이 고리짝을 함께 가져가겠소. 물론 충분히 주의는 하겠소. 그렇게 해서 그대가 로마에 도착했을 때 다시 찾을 수 있도록 말이오."

"옥타비아누스님…… 저는 원고를 내놓을 수가 없습니다!"

"그대가 이렇게 흥분하는 모습을 보는 일은, 베르길리우스, 나로서도 괴로운 일이오. 하지만 분명히 말하는데 그대는 망상에 사로잡혀 있을 뿐이오. 그렇게 흥분할 이유는 하나도 없소. 작품을 없애버릴 생각을 해야 할 이유가 전혀 없듯이……."

그는 침대 앞에 서 있었다. 말을 건네는 목소리는 부드러웠다.

"오오, 옥타비아누스님…… 저는 죽어가고 있습니다. 그러면서도 죽음이 무엇인지 전혀 모르고 있습니다."

멀리에서 플로티아의 목소리가 들려왔다. "고독한 자에게는 죽음의 지식이 허락되지 않아요. 둘이 있을 때 비로소 죽음을 알 수가 있지요."

아우구스투스는 손을 내밀어 그의 손을 잡았다.

"답답하고 방자한 생각이오, 베르길리우스."

"떨쳐버리려고 해도 떨쳐지는 생각이 아닙니다. 게다가 저에게는 그것을 떨쳐버리는 일이 허용되지 않습니다."

"신들의 도움을 빌어 죽음에 대한 지식을 늘릴 수 있는 시간은 아직도 충분히 그대에게는 있을 텐데……."

주위에서는 엄청난 동요가 일어났다. 많은 것이 서로 분간할 수도 없을 만큼 서로 뒤섞이고 용해되고 있었다. 아우구스투스의 다섯 손가락은 그의 손안에 있고, 하나의 자아가 다른 하나의 자아에 기울어져 있었다. 그러나 그것은 플로티아의 손은 아니었다. 죽음을 앞에 놓고서는 긴 시간도 짧은 시간도 있을 수 없다. 그러나 만일 최후의 순간이 인식을 가져다준다면 그것은 지나온 전 생애보다도 오래 계속될 것임에 틀림없다. 플로티아가 말했다. "우리의 결합은 시간을 모릅니다. 우리의 지각은 시간을 모릅니다."

"시는……."

"자, 베르길리우스……." 여전히 부드럽게 건네는 어조였다.

"시는…… 저는 지각에 도달하지 않으면 안 됩니다……. 시가 지각을 가로막고 서 있습니다. 그것이 제 길을 방해하고 있습니다."

아우구스투스는 손을 뺐다. 그의 태도는 엄격해졌다. "그것은 본질적이라고는 할 수 없는 거요."

잡고 있던 손의 감촉은 씻은 듯이 사라졌다. 다만 반지만이 다시 감지되었다. 높은 신열처럼 뚜렷이 느낄 수가 있었다. 황제의 말은 아득히 멀어져서 분명히 알아들을 수도 없었다.

"폐하는 본질적이라는 말씀을 하셨습니다, 아우구스투스

님……. 본질적인 것은 죽음입니다…… 죽음의 인식입니다…….."

"그것들 모두 의무 앞에서는 본질적이라고 할 수가 없는 거요……. 설사 그대가 시 속에서 죽음의 둘레에, 그대의 표현대로 비유를 둘러쳤다고 하더라도 말이오……."

퍼덕이면서 날아가는 것이 있었다. 다시 한 번 그것을 되부르려고 시도하지 않으면 안 되었다. "아아…… 삶을 확보하는 것은 삶 속에서 죽음의 비유를 발견하기 위해서입니다……."

"알았소, 그 이야기는 알겠소……. 그 누구도 싸우고 있는 병사에게 너는 죽음의 상징을 발견했는가, 죽음의 깨달음을 알아냈는가 하고 묻지는 않는다오. 화살을 맞으면 죽게 마련이지. 죽음에 대해서 알든 모르든 그는 스스로의 의무를 다하지 않으면 안 되는 거요……. 신들이 그대를 죽음으로부터 지켜주기를. 베르길리우스, 틀림없이 그대에게는 가호가 있을 것이오. 하지만 내가 참을 수 없는 사실은 그대가 죽음을 마지막 수단으로 사용하고 있다는 점이오. 왜냐하면 죽음은 그대의 지각이라든가 무지(無知)와 마찬가지로 사회 전체에 대한 그대의 의무와는 털끝만 한 관계도 없기 때문이오……. 그대가 생각을 고치지 않는다면 나는 그대의 작품을 그대 자신으로부터 지키지 않을 수가 없소. 그대가 그렇게 시키는 셈이오."

황제는 초조해지고 화가 났다. 양자택일이 요구되고 있었다.

"인식이란 개인적인 문제가 아닙니다, 폐하. 인식은 전체의 문제입니다."

어떤 깊이에도 그의 인식은 도달하지 못했다. 표면에, 천민들이 그 위를 기어가는 돌의 표면에 그것은 머물러 있었다. 죽음에 대한 그의 인식은 지상적인 것을 넘어서는 일이 없었다. 지상의 돌과 같은 죽음의 골격을 알고 있을 뿐이었다. 그것은 곧 아무것도 모르고 어떤 도움의 손길을 뻗칠 수도 없이 처참한 곤궁 속에 빠져들 수밖에 없었다. 하지만 이런 이유를 황제에게 늘어놓을 수는 없었다. 조금도 이해되지 못하고 다만 그의 노여움을 유발시킬 뿐, 그 자리에서 당장 매정하게 거부당할 것이었다.

"그럼 그대는 자신의 작품을 없애는 일로 사회 전체에 공헌할 생각이오? 진심으로 그렇게 생각하오? 그대의 의무는 어디에 있소? 그대의 의무감은 어디로 갔소? 제발 부탁이오, 이제 그런 속임수는 그만해두오."

화가 난 눈 속의 그 어떤 것이, 그가 정말 화가 난 것은 아니며 그의 호의는 아까와 조금도 다름이 없다는 사실을 느끼게 했다. 이 호의를 끌어낼 수만 있다면 사태는 아직도 절망적이지만은 않으리라.

"저는 의무로부터도 책임으로부터도 도망치지 않습니다, 아우구스투스님. 그것은 폐하께서도 아시리라고 생각합니다. 하지만 참으로 자기 자신의 인식에 돌입했을 때라야 비로소 저는 사회 전체에도 국가에도 참된 의미의 봉사가 가능하다고 생각합니다. 말하자면 중요한 점은 남을 돕는 의무인데 이것은 인식 없이는 이루어지지 않는 것이니까요."

아니나 다를까, 황제의 노여움은 누그러졌다. "그렇다면 그때까지 당장의 인식으로서 《아이네이스》를 소중하게 간직해둠이 어떻겠소? 그대가 그렇지 않다니까 굳이 죽음의 상징은 아니라고 해두지만, 어쨌든 로마 정신과 로마 민족의 상징으로서 말이오. 이 시는 민족의 소유인 거요. 그대가 그대의 그 상징들이 옳바르지 못하다 말하더라도, 그것들로 인해 그대는 그대 민족 최고의 조력자였고, 앞으로도 그러할 것이오."

"폐하, 폐하의 일, 폐하의 국가는 그야말로 로마 정신의 완벽한 비유지만 《아이네이스》는 그렇지가 않습니다. 그렇기 때문에 폐하의 일은 후세에 남고, 한편 《아이네이스》는 망각되고 몰락되지 않으면 안 되는 것입니다."

"이 세계에 두 가지의 완벽한 상징을 늘어놓을 만한 장소도 없다는 말이오? 그만한 장소도? 그리고 로마제국이 완벽성에 있어서는 더 뛰어난 상징이라 하더라도—그것은 나도 기꺼이 인정하는 바이지만—그렇다면 더더욱 그대는 이보다 더 포괄적인 상징에 그대의 일을 통해서 참가하고 봉사한다는 무조건적인 의무를 짊어지고 있는 셈이 아니겠소?"

노여움이 또다시 긴장된 얼굴에 번득였다. 이젠 분노에 넘친 불신의 표정이었다. "그런데 그대는 전혀 그런 일엔 신경을 쓰지 않거든. 마음의 긍지 때문에 그대는 부과된 의무에 저항하고 있소. 예술에, 즉 그대의 예술에다 국가에 봉사하는 역할을 부여하는 것만으로는 그대의 자존심은 만족하지 않소. 봉사케 할 정도라면 완전히 말살해버리는 편이 더 낫다고 생각하고 있소……."

"옥타비아누스님, 저를 오만하다고 생각하십니까?"

"여태까지는 그렇게 생각하지 않았소. 하지만 지금은 그런 생각이 드는군."

"들어주십시오, 옥타비아누스님. 사람은 애써 겸손해야 한다는 사실을 저도 알고 있습니다. 지금까지 그런 겸손을 지켜왔다고 생각합니다. 하지만 예술에 대해서만은 폐하의 생각대로 저는 오만하다고 할 수 있습니다. 저는 인간에 대한 일체의 의무를 인정합니다. 그것은, 인간만이 의무를 짊어질 수 있기 때문이지요. 하지만 예술에는 어떤 의무도 부과할 수 없습니다. 국가에 봉사하는 의무든 그 밖에 어떤 것이든 예술에 강요할 수는 없다고 생각합니다. 만일 그런 짓을 한다면 예술을 비예술로 떨어뜨리는 일이 고작일 것입니다. 게다가 만일 인간의 의무가 꼭 오늘과 같이 예술과는 다른 곳에 존재하고 있다고 한다면 전혀 선택의 여지가 없습니다. 예술을 포기할 수밖에 없습니다. 예술을 떠받들기 때문에 그런 것입니다……. 그야말로 오늘의 시대는 개개인의 한없이 깊은 겸양을 요구하고 있습니다. 그리고 한없이 깊은 겸양 속에서, 아니 나아가서는 자신의 이름조차 사라지는 상황 속에서, 인간은 병사로서든 그 밖의 무엇으로서든 이름도 없는 많은 국가의 종복 중의 한 사람으로서 봉사하지 않으면 안 됩니다. 그러나 시를 가지고 봉사할 수는 없습니다. 시가 무용지물인 자신의 존재만으로 국가의 복지에 기여할 수 있다고 생각한다면 이미 그것은 예술로서의 존재 가치가 없습니다. 오만스럽기 짝이 없는 비예술이 됩니다. 비예술이 되지 않을 수가 없게 됩니다……."

"아이스킬로스는 그 무용지물이라는 시 작품을 가지고 크레이스테네스*의 국가에 참여했소. 그렇게 함으로써 그는 아테네 국가보다도 오래 살아남았소……. 나로서는 내 작품이 《아이네이스》만큼이라도 수명이 길기를 바랄 뿐이라고."

*기원전 6세기 후반의 아테네의 정치가.

이것은 매우 솔직한 말이었다. 다만 황제가 예전부터 곧잘 우정의 표시로 삼던 상냥함은 빠져 있었다.

"아이스킬로스에게 해당되는 것이, 폐하, 저에게도 해당될 수는 없습니다. 시대가 다릅니다."

"확실히 그사이 500년이라는 세월이 흐르기는 했지, 베르길리우스. 그것은 부정할 수 없지만 그러나 다른 점은 그것뿐이오."

"폐하는 의무에 대해서 말씀하셨습니다, 아우구스투스님. 확실히 돕는다는 의무는 어느 시대에나 변하지 않을 것입니다. 하지만 필요로 하는 도움의 성질은 달라집니다. 그리고 오늘날에는 이미 예술이 그 의무를 다한다는 일은 있을 수가 없습니다……. 의무는 변하지 않습니다. 하지만 그 사명은 시대와 함께 변화합니다……. 의무가 없는 영역에서만 시대의 변화는 존재하지 않는 것입니다."

"예술은 어떤 시대에나 얽매여 있지는 않소. 아이스킬로스 이래의 500년이 시의 영원한 내용을 보증하고 있소."

"그것은 진정한 예술의 영원한 작용을 밝혀주고 있을 뿐, 그 이상은 아닙니다, 옥타비아누스님……. 아이스킬로스는 자신의 작품을 가지고 그 시대의 사명을 다했기 때문에 영원에 해당되는 작품을 쓸 수가 있었습니다. 그렇기 때문에 그의 예술은 인식이기도 한 것입니다……. 시대가 사명의 방향을 규정합니다. 이 방향을 거슬러서 행동하는 자는 좌절하지 않을 수가 없습니다……. 그러한 방향과 인연이 없는 장소에서 만들어지고, 따라서 어떤 사명도 다하지 않는 예술은 인식도 아니고 도움도 되지 않습니다. 간단하게 말하면, 그것은 이미 예술이 아니며 덧없이 사라질 운명에 있는 것입니다."

황제는 흔들리는 바닥 위를 오락가락하고 있었다. 파도가 가라앉을 때마다 뒤로 돌아섰기 때문에 항상 위를 향해서 걷는 꼴이 되었다. 마침 맨 위에 도달한 듯이 멈춰 서서는—이제야 겨우 포세이돈의 왕국 비슷한 동요를 느낀 것 같았다—그는 촛대에 매달렸다. "그대는 또다시 증명이 불가능한 말을 하는군."

"예술의 영역에서는 어디에서나 우리는 그리스의 형식을 모방하고 있습니다. 국가의 관리에 있어서 폐하는 새로운 길을 개척하셨습니다. 폐하는 시대의 사명을 다하고 계시지만 저는 그렇지가 않습니다."

"그것만으로는 증명이 되지 않소. 내 길이 새로운지 어떤지는 의논의 여지가 있을 거요. 그러나 영원한 형식은 그야말로 영원한 형식 그 자체가 아니겠소?"

"아아, 아우구스투스님. 시의 사명이 이미 존재하지 않는다는 사실을 폐하는 아무래도 인정하시려고 들지 않는군요. 귀담아 들으시려고 하지 않는군요."

"이미 존재하지 않는다고? 이미? 우리가 종국적인 단계에 와 있다는 투로군······."

"좀 더 정확하게 말하자면 아직도! 라고 해야겠지요. 왜냐하면 언젠가는 다시 예술의 사명이 존재하는 시대가 찾아올는지도 모르니까요······. 그렇게 상상하는 것도 어쩌면 우리에게는 허용되리라고 생각합니다."

"이미 없고, 아직도 없다?" 황제는 뭔가 기분이 언짢은 듯이 이 말을 천천히 되새겼다. "그 사이에는 아무것도 없는 공간이 입을 벌리고 있다······."

그렇다. 이미 없고, 아직도 없다. 사실이 그랬다. 그렇지 않으면 안 되었다. 허무 속으로 헤매어 들어간 상실된 꿈의 중간 영역—그러나 전에는 이와는 다른 말이 아니었던가? 비슷하기는 했지만 달랐지 않았는가? 그런 생각을 하기가 무섭게 소년의 목소리, 소년 리사니아스의 목소리가 들려왔다. 그 목소리가 말했다. "아직도 미처, 그러나 이미라고 했었습니다. 또 그렇게 말하게 될 것입니다."

"시간과 시간 사이의 아무것도 없는 공간" 하고 황제의 말이 다시 덧붙여졌다. 아무런 작위(作爲)도 없이 스스로 전개되어 가는 듯, 말 그 자체의 독백인 것처럼 들렸다. "느닷없이 쩍 입을 벌리는 공허한 허무, 그 때문에 일체는 너무 늦거나 너무 이르거나 둘 중에 하나일 수밖에 없는 허무, 시간 아래서 갖가지 시간 사이에 펼쳐지는 공허한 허무의 심연, 시간은 전전긍긍하면서 순간 또 순간을 차례로 이어나가고, 스스로 돌로 변하면서 다른 것까지도 돌로 변하게 하는 이 심연이 눈에 띄지 않도록 머리털처럼 가는 다리를 그 위에 걸치려 하는 거지. 오오, 형성되지 않는 시간의 심연, 그것이 눈에 비쳐서는 안 되지, 입을 벌려서는 안 되지, 시간의 중단이 일어나서는 안 되지. 시간은 끊임없이 계속 흐르지 않으면 안 돼. 순간마다 종말과 발단을 동시에 지닌, 형성된 시간은……."

이렇게 말한 것은 정말 아우구스투스였을까? 아니면 그의 마음 밑바닥에 숨은 불안이 시킨 말이었을까? 비밀에 싸여 시간은 흘러갔다. 덧없는, 기슭도 분명치 않은 도도한 강, 끊임없이 현재에 의해 나뉘고, 끊임없이 현재를 포착할 수도 없이 밀어내고, 마침내는 죽음으로 인도하는 강.

"우리는 두 개의 시간 사이에 놓여 있습니다, 아우구스투스님. 이것은 대기 상태이므로 공허라고 불러서는 안 됩니다."

"시간과 시간 사이에서 일어나는 것은 공허한 무시간이오. 형성할 수도 없고 시에 의해서 포착할 수도 없소. 그래, 그대 자신이 분명히 말했소. 더욱이 그대는 바로 이어서 이 시간을, 내가 형성하려고 애쓰고 있는 다름 아닌 우리의 시대를, 인간으로서의 성취, 따라서 또 시의 성취, 그렇지, 참된 전성시대라고 찬양했었소. 그대가 현대의 성취를 영겁의 장관이라고 말한 저《전원시》를 나는 생각하게 되오."

"지금 막 찾아오려고 하는 성취는 현재 이룩된 성취와 거의 같다고 해도 좋습니다. 기다린다는 일은 긴장한다는 것, 성취에 대해서 아는 것입니다. 그리고 기다리고 있는 우리는, 다행히도 기다리고 깨어 있는 것을 허용받은 우리는 스스로 성취를 열망하는 긴장 그 자체입니다."

시간과 시간 사이의 기다림, 게다가 또 눈에 보이지 않는 기슭 사이에서의 기다림, 도달할 수도 없는 삶의 기슭 사이에서의 기다림! 우리는 눈에 보이지 않는 두 개의 세계 사이에 가설된 다리 위에 서 있다. 우리 자신이 긴장 그 자체이며, 흐름 속에 갇혀 있다. 플로티아는 멈출 수 없는 비밀을 멈추게 하려고 했다. 어쩌면 그녀로서는 가능한 일이었는지도 모른다. 지금도 여전히 그럴 수 있을는지도 모른다. 오오, 플로티아—

황제는 고개를 저었다. "성취란 형체를 일컬음이오. 단순한 긴장이 아니오."

"우리의 등 뒤에는, 아우구스투스님, 무형의 세계로의 전락, 허무에로의 전락이 도사리고 있습니다. 폐하는 다리를 가설했습니다. 시간을 그 극도의 부패 상태에서 구출하셨습니다."

이러한 찬사를 듣자 황제는 흡족한 듯한 표정으로 끄덕였다.

"바로 그거요. 시대는 그야말로 완전히 썩어 있었소."

"인식의 상실과 신의 상실이 이 시대에 주어진 징표였습니다. 죽음이 그 암호였습니다. 몇십 년 동안이나 한없이 노골적이고 피비린내 나는 거친 권세욕만이, 내란만이 넘쳐 있었습니다. 그리고 황폐에 이은 황폐……."

"그랬었지. 그러나 나는 질서를 바로잡았소."

"바로 그렇기 때문에 폐하가 이룩하신 이 질서는 유일무이한, 완벽한 로마 정신의 비유가 된 것입니다……. 우리는 공포의 잔을 거의 찌꺼기까지 삼키지 않으면 안 될 판이었는데, 그때 마침 폐하께서 오셔서 우리를 구제해주신 겁니다. 일찍이 유례없는 깊은 참담함 속에 이 시대는 빠져 있었습니다. 일찍이 유례가 없었을 만큼 죽음으로 가득 차 있었습니다. 그런데 폐하께서 재앙의 모든 힘을 침묵케 하신 지금은 그것도 헛된 것은 아니었습니다. 더할 수 없이 깊은 허위에서 빛나는 새로운 진실이 태어날 것임에 틀림없습니다. 더할 수 없이 가혹한 죽음의 위세 속에서 구원이 나타날 것입니다. 죽음을 지양하는 구원이……."

"즉, 거기에서 그대는, 오늘날의 예술은 이미 어떤 사명도 다할 수 없다는 결론을 끌어내야 한다고 생각한다는 거요?"

"바로 그것이 제 생각입니다."

"그렇다면 생각해보시오. 스파르타와 아테네의 싸움은 우리 내란보다도 훨씬 오래 계속되었소. 그 싸움을 중단하지 않을 수 없었던 이유는 더욱 거대한 재앙, 피할 수 없는 새로운 재앙 때문이오. 말하자면 마침 그때 페르시아의 군대가 아티카의 땅을 공략하기 시작한 거요. 그리고 다시 이런 것도 생각해보시오. 그때, 즉 아이스킬로스의 시대엔 그 시인의 고향인 엘레시우스와 아테네는 잿더미로 변했었지. 그러나 그런 절망 속에서도, 바로 그런 상황 아래에서도 마치 그리스의 중흥이 다가왔음을 알리기라도 하듯이 아이스킬로스는 그의 최초의 연극에서 승리를 거두었던 것이오……. 세계의 양상은 그 이후 달라진 것이 없소. 당시에 시가 존재했던 이상 오늘날에도 그것은 존재할 수 있을 것이오."

"지상에서 폭력을 없애버릴 수 없다는 사실은 저도 알고 있습니다. 인간과 인간이 이웃하여 살고 있으면 권력을 둘러싸고 반드시 싸움이 일어나게 마련이라는 사실도 알고 있습니다."

"그러니까 다음과 같은 사실도 잊지 말아주었으면 좋겠어. 당시 살라미스와 플라테*가 그 뒤에 계속되었다는 사실도……."

"물론 잊을 수가 없지요."

"그대가 노래한 악티움은 우리의 살라미스였소. 그리고 알렉산드리아는 우리의 플라테가 되었지…….** 똑같은 올림포스의 신들에 인도되어 신들의 이름으로 우리는 그대는 신을 상실했다고 말하고 있지만, 그리스와 마찬가지로 또다시 동방의 암흑의 힘에 맞서서 승리를 거두었소."

지상에 쓰러뜨려진 동방의 힘, 오랜 굴복을 거친 뒤, 이윽고 스스로를 정화하고 시간의 흐름 속에서 스스로를 구원하고 남

---

*기원전 480년 및 479년의 전쟁을 말한다. 이 두 번의 싸움에서 페르시아군은 전멸했다.
**안토니우스를 쓰러뜨린 것을 말한다.

을 구원하면서 상승하는 힘, 모든 별들보다도 더 밝은 빛을 뿜는 단 하나의 별, 이제 일식의 그늘을 모르는 하늘.

"아무것도 변한 것은 없소. 위대한 전례(典例)는 그대로 있고, 아테네가 현명하고 외경할 만한 한 사내에 인도되어서 평화를, 페리클레스의 평화를 누리게 되었을 때, 모든 예술은 거룩할 만큼 활짝 꽃을 피웠던 것이라오."

"바로 그렇습니다, 아우구스투스님."

"죽음의 지양? 그런 것은 없소. 다만 명예만이 이 지상에 있어서 죽음을 극복하는 거요. 싸움이나 공포에서 획득된 명성조차도, 물론 그런 명성을 내 것으로 할 생각은 없지만, 그것조차도 죽음을 극복하는 힘이 있는 법이오. 내가 원하는 것은 평화의 명성이지만."

명성! 또다시 거듭 또다시! 지배자든 문사든 염두에 있는 것은 언제나 명성일 뿐, 명성 속에서의, 가소로운 죽음의 극복뿐이었다. 그렇다, 명성을 위해서 그들은 살아왔다. 명성이 그들에게 있어서 가장 본질적인 것이었다. 그들이 인정하는 유일한 가치였다. 이 문제에 있어서 그래도 위안이 되는 사실은 좀 묘한 일이기는 하지만 명성의 증거가 되는 영위 쪽이 명성 그 자체보다도 본질적일 수 있다는 점뿐이었다.

"지상을 초월한 죽음이 지양하는 지상적인 상징은 평화입니다. 폐하는 지상에 창궐하는 죽음에 대해 정지를 명령하고, 그 대신 평화의 질서를 가져오셨습니다."

"그것은 그대가 말하는 의미에서의 상징을 뜻함이오?" 아우구스투스는 원로원에서 연설할 때처럼 과장된 몸짓 손짓을 곁들여 열변을 토하고 있었으나 이때만은 한순간 멈칫 손을 의자

등받이에 늘어뜨렸다. "그런 셈이오? 아테네 시민은 페리클레스에게 반항했다, 그가 평화를 가져오기는 했으나 죽음을 멈추지는 못했기 때문에, 라고 말할 셈이오? 페스트가 그 상징 속으로 침입했으니까, 하고? 시민이 이 상징을 요구하고 있다고 말할 셈이오?"

"시민은 상징이 무엇인지를 알고 있습니다."

아우구스투스는 스스로 이 이야기를 중단했다.

"뭐 어쨌든 우리에게는 아직 페스트가 접근하진 않았소. 행복한 화합 속에 있는 로마를 무기의 힘을 빌지 않고 지배하는 일이 나한테는 허용되고 있소. 만일 신들이 앞으로도 나에게 도움을 주신다면 이 평화는 국내에서 지속될 뿐만 아니라 더욱 확산되어가겠지. 머지않은 장래에 제국의 경계를 바로잡음으로써 평화는 완성될 것이오."

"신들이 폐하를 돕지 않는 일은 없을 것입니다, 폐하."

생각에 잠긴 채 황제는 잠자코 있었다. 이윽고 그의 얼굴에 거의 소년과도 같은 깜찍한 미소가 떠올랐다. "하지만 다름 아닌 신들 때문에, 말할 것도 없이 그 영광을 찬양하기 위해서 나는 나의 제국에서의 예술을 단념할 수가 없단 말이오. 내가 가져오는 평화는 예술을 필요로 하오. 페리클레스가 그의 평화를 하늘에 우뚝 솟은 아크로폴리스의 건축으로 장식한 것처럼 말이오."

이리하여 황제는 《아이네이스》로 그럴듯하게 다시 돌아온 것이다.

"참으로 아우구스투스님, 폐하는 저를 한가하게 살도록 내버려두시지를 않는군요, 참으로 폐하는……." 살도록? 차라리

죽도록이라고 해야 옳지 않았을까? 뭔가 소름 끼치는 느낌이 어딘가에서 입을 벌렸다. 걷잡을 수도 없고 다리를 놓을 수도 없고 그 자체 속에 침체되어 괸 것이. 시간은 비밀에 싸여 흘러가고, 그러면서도 조금도 흐르려고 하지는 않았다.
"무슨 말을 하려는 거요, 베르길리우스?"
노예의 목소리가 대답을 가로막았다. "이제는 시간이 없습니다. 예술에 대해서 이야기하는 것은 더 이상 허용되지 않습니다. 예술에는 이미 아무런 힘도 없습니다. 죽음을 지향할 힘도 없습니다. 왜냐하면 내 힘 쪽이 더 크니까요." 이 목소리가 끝났을까 말까 하는 사이에 플로티아가 거들고 나섰다. "시간의 걸음은 모든 변화에서 벗어나게 됩니다. 당신이 저로 변신하시면 시간은 영원한 세계 속에 정지할 것입니다……. 저를 붙잡으세요, 그러면 당신은 시간을 멈출 수가 있습니다." 침묵한 채 그녀는 이렇게 말했다. 그리고 시간의 냉랭함 속에서 싸늘하게, 눈에 보이지 않는 세계 속에서 눈에 보이지 않은 채, 그녀의 손이 뻗쳐서 깃털처럼 가볍게 그의 손에 연결되려 했다.
황제는 그쪽으로 시선을 돌렸다. 인장 반지에 시선을 멈추었다. 아니 그는 입김처럼 아련한, 보이지 않는 플로티아의 손가락에 시선을 집중하고 있었다. 여전히 그는 미소를 담고 있었다. "내가 내 평화 속에서 만들어낸 시대는 페리클레스의 시대보다도 값어치가 떨어지는 것일까? 이것은 내 평화요, 이것은 우리들의 시대, 우리들의 평화의 시대란 말이오."
"아아, 아우구스투스님. 정말 폐하는 사람을 안일한 꿈속에 잠겨 있도록 놔두질 않으시는군요. 특히 폐하의 의견대로 폐하가 로마를 장식하기 위해서 구축하신 건축이 분명히 페리클레스의 아크로폴리스와 맞먹는 것이라고 생각하신다면 말입니다."

"벽돌로 된 도시가 대리석의 도시로 바뀐 것이지."

"진정, 아우구스투스님, 건축은 꽃을 피워서 향기가 그윽할 정도입니다. 그 호화로움, 약간 지나치다 싶을 만큼 호화롭습니다. 어쨌든 그것은 힘에 넘쳐 있습니다. 폐하가 구축하신 제국과 마찬가지로 그것 역시 공간 속에 서 있기 때문이지요. 그것은 질서의 비유이고 질서 그 자체입니다."

"그럼 건축이라면 그대도 인정하는 셈이로군?"

"질서는 시간의 변화 속에서 안정되고, 공간은 지상의 세계에서 안정됩니다. 그리고 지상에 질서를, 인간적인 참된 질서를 가져오는 데 성공한 곳에서는 어디서나 그 질서의 비유를 눈에 띄는 형태로 공간에 건설하고 싶다는 소망이 끓어오르게 마련입니다……. 아크로폴리스도, 피라미드도, 또 예루살렘의 사원도 질서의 비유로서 서 있는 것입니다……. 공간에서의 질서에 의한, 시간의 지양에 대한 노력의 확증입니다……."

"딴은, 역시…… 그런데 지금의 말을 일종의 승인이라고 부르게 해주오. 어쨌든 이것은 내가 그대에게서 획득한 최초의 승인이니까, 더욱 고맙고 소중한 승인이지. 비트루비우스*의 일을 생각하면 더더구나 그렇소. 어쨌거나 그는 기회만 있으면 자신이 만든 건축을 허물어달라고 나한테 강청하곤 하니까 말이오……. 하지만 정말이지 나는 건축과 시를 저울에 달아서 비교하려고는 생각지 않소. 비트루비우스와 베르길리우스를 비교하고 싶지는 않소. 물론 비트루비우스는 그의 건축 논문을

---

*베르길리우스의 친구이자 저명한 건축가인 마르쿠스 비트루비우스 폴리오. 그의 《건축십서》는 유럽 건축에 커다란 영향을 미쳤다.

나한테 바쳤고 한편 베르길리우스는 나한테서 《아이네이스》를 뺏으려고 하는 정도의 차이는 있지만. 이것도 진심으로 하는 말인데, 나는 그대가 잘 생각해주기를 바라오. 건축에 대해서는 그대도 부득이 부여하지 않으면 안 되었던 승인이 다른 모든 예술에 대한 승인까지도 포괄하는 것은 아닌지? 예술의 전체성은 불가분의 것이오. 그대가 건축에 대해서 생존권을 인정한다면 그다음에는 당연히 시의 생존권도 받아들여야 마땅하오. 그 증거로 나는, 새삼스럽게 다시 페리클레스를 인용할 것까지도 없겠지만, 그대의 생각과 조금도 모순되지 않게 이렇게 말할 수가 있소. 국가 협동체의 전성시대에는 반드시 모든 예술이 일제히 꽃을 피웠다, 따라서 시도 더할 수 없이 풍성하게 꽃을 피웠다고."

"아우구스투스님, 분명, 예술이란 고귀한 총체입니다."

"그대가 그렇게 선뜻 동의하는 것이 어쩐지 수상한데. 찬성이 너무 빠르면 이내 반대의 소리가 나오게 마련이니까."

"반대입니다. 저는 이 찬성을 더욱 확산시킬 생각입니다……. 예술이 어떤 형식으로 표현되더라도, 그 모든 분야에 있어서, 건축이나 음악에 있어서까지 모든 장소에서, 그것은 인식에 봉사하고 인식을 표현하는 일입니다. 인식의 총체와 예술의 총체, 그것은 자매간입니다. 모두가 아폴로를 어버이로 삼고 있습니다."

"어떤 인식? 삶의 인식 말이오, 아니면 죽음의 인식 말이오?"

"양쪽 모두입니다. 저마다가 서로 상대방의 전제가 되어 있습니다. 마치 두 개가 합쳐져 비로소 하나의 형태를 빚는 것처럼."

"그렇다면 다시 죽음에 대한 인식의 이야기가 되는 건가? 분명히 대답해주오. 아까의 승인을 취소하려는 속셈이오?"
 "물론 예술에 의한 인식의 의무가 시의 영역만큼 이유 불문하고 강제성을 가지고 엄격하게 규정되는 곳은 어디에도 없습니다. 왜냐하면 시는 언어이고 언어란 곧 인식이니까요."
 "결론은?"
 "조금 전 폐하는 영광스럽게도 안키세스의 시구를 인용해주셨습니다……."
 "그것은 내가 그대를 존경하고 있기 때문이오, 베르길리우스. 물론 지금은 좀 망설여지고 있기는 하지만. 그거야 또다시 그대가 이야기를 얼버무리려고 하기 때문이고 그러나 내가 그것을 인용한 것은 다만, 그대 자신이 사소한 형식상의 결함에 구애되어 흠잡을 데 없이 완벽하게 다듬어내는 따위의, 이를테면 장난기 섞인 성벽을 어울리지 않는다고 생각한다는 것, 로마 예술의 엄숙함과 품위를 위해서는 바람직스럽지 않다고 생각한다는 것을 그대에게 분명히 보여주려고 생각했기 때문이었소……."
 "하지만 노상 갈고닦아서 보다 좋은 것으로 만든다는 일은 얼마나 안이한 장난입니까……."
 오오, 다시 한 번 이 장난을 시작한다는 것은 얼마나 매혹적인가. 깨끗이 정서된 두루마리는 모두 저 고리짝 속에 들어 있었다. 그 원고를 한 행 한 행, 문법, 운율, 선율, 의미 등의 여러 측면에서 교열할 수 있다면, 오오, 얼마나 가슴 설레는, 얼마나 매혹적인 일이겠는가! 하지만 노예가, 지금은 바로 곁에, 침대의 가장자리에 닿을 만큼 가까이에 와 있는 노예가 한없이 나지막한 목소리로 속삭였다. "그런 생각은 하지 마십시오. 만일 실제로 그렇게 하신다면 당신은 구역질을 느끼게 될 것입니다." 그리고 플로티아의 손이 다시 떠돌며 다가왔다.

그러나 황제는 일식의 조용한, 퇴색한 빛에 감싸인 채 이렇게 말했다. "그대의 안키세스의 말은 그랬었소. 그러니까 그런 종류의 예술적 유희를 이제 와서 쉽다는 말로 형용해 보았자 아무런 도움도 안 되는 거요. 그대는 자신의 의견을 세상에서 말소할 수도 없거니와 그것을 누그러뜨릴 수도 없소."

"안키세스의 말은……." 안키세스는 그림자들 아래 있었다. 그것은 말에 지나지 않았다. 빛이 창백해졌을 뿐만 아니라 시간조차 그림자처럼 창백해져 있었다.

"안키세스의 말은 그대 자신의 말이오, 베르길리우스."

"네, 그 말은 그림자의 세계에서 피어오른 것이기 때문에 저는 거기에 좀 더 많은 의미를 부여하고 있었다고 생각합니다……."

"그렇다면……?"

"폐하가 내리신 해석은 아직도 너무 약합니다, 아우구스투스님."

"내 해석이 무력하다면 바르게 고쳐주게. 나는 자신의 무력을 한탄할 뿐이니까."

황제는 촛대에서 손을 떼고 두 손을 모두 의자 등받이에 대고 기대어 있었다. 눈과 눈 사이에는 또다시 냉혹하고 불쾌한 듯한 주름살이 나타났고, 발은 내뻗은 채 방바닥을 성급하고 세차게 구르고 있었다. 언제나 이러했다. 사소한 이의에도 느닷없이 이렇게 화를 내곤 했다.

"폐하의 해석이 무력한 것은 아니지만 다만 좀 더 신중하게 할 수도 있지 않을까 생각합니다……. 시간이 흐름에 따라 비로소 그 본래의, 처음에는 그저 막연하게 예감되는 데 지나지 않았던 의미가 획득되는 경우도 적지 않습니다."

"그 의미를 설명해주오."

"지배의 기술, 국가의 질서를 세우고 평화를 구축하는 기술, 본질적으로 로마의 것인 이 예술과 사명을 앞에 두고는 그 밖의 일체의 예술적인 표현은 퇴색하고 맙니다. 그지없이 쉬운 예술의 유희뿐만 아니라 실상 일체의 행복을 짊어지고 행복에 짊어지워진 고귀함도―그것은 예술이 단순한 삶의 장식에 지나지 않는 비예술 이상의 것이려고 하는 한, 영원히 그 기운에 싸여서 실현되지 않으면 안 되는 고귀함이지만―그렇습니다. 그러한 고귀함조차도 로마의 예술과 사명 앞에서는 퇴색하고 맙니다. 제가 안키세스의 말을 빌려 표현하려고 한 것은 이것이었습니다. 폐하의 과업, 폐하의 국가, 로마의 정신과 이 비유를 유일한 타당성을 가진 것으로서 모든 예술 활동보다 우위에 놓았을 때도, 저는 다름 아닌 그 의견을 되풀이했던 것에 지나지 않습니다……."

"그래서 나는 그대에게 이의를 제기했지……. 예술은 변천하는 시대에 관계없이 존속하는 것이라고."

은밀하게 수수께끼 같은 시간이 흘렀다. 공허한 흐름이 흘렀다.

"아우구스투스님, 폐하께서 끌어내신 결론을 더욱 진전시켜도 괜찮겠습니까?"

"말해보오."

"다름 아닌 위대한 예술, 인식의 사명을 자각하고 있는 예술만이 우리가 빠져나온 인식의 상실과 신의 상실에 대해서도 알고 있습니다. 죽음의 황폐에 대한 공포가 항상 이 예술 앞에 서 있습니다……."

"나는 조금 전 그대에게 페르시아 전쟁에 대해서도 언급한 것으로 아는데."

"……그렇기 때문에 이 예술은 다음과 같은 것도 알고 있습니다. 즉 폐하가 가져다주신 새로운 질서와 함께 새로운 인식도 꽃피지 않으면 안 된다는 것, 우리 인식 상실의 심연에서, 그 상실이 깊으면 깊을수록 점점 더 높이 성장하지 않으면 안 된다는 사실을 알고 있습니다. 왜냐하면 그렇지 않다면 새로운 질서에는 목적이 없어질 것이고, 우리가 이 질서에서 얻은 구원도 헛되이 사라질 것이기 때문입니다……."

"그것으로 끝이오?" 황제는 적잖이 만족스러워 보였다. "그것으로 그대의 결론은 나온 셈이 되는 거요?"

"그렇습니다……. 예술이, 그중에서도 특히 시가 인식에 대해서 의식하면 의식할수록, 점점 더 분명하게 그것은 스스로의 비유의 힘만 가지고서는 새로운 인식에 도달할 수 없다는 사실을 깨닫게 됩니다. 새로운 인식의 도래를 그것은 알고 있습니다. 그러나 바로 그렇기 때문에 보다 강력한 이 비유가 나타나면 자신은 물러가지 않으면 안 된다는 사실도 알고 있습니다."

"으음, 그 새로운 인식에 대해서는 나로서도 아무 할 말이 없소. 다만 내 생각으로는 그대는 인식이라는 예술의 사명을 그대의 목적을 위해서 약간 지나치게 혹사하고 있는 것 같소……."

"이 사명이 예술 정신의 중심에 존재하고 있습니다."

"그대는 정신의 전체성이 예술에도 미치고 있다는 사실을 굳이 무시하고 있소……."

"새로운 인식은 예술의 바깥쪽에, 예술의 비유의 세력권 밖에 있습니다. 그것이야말로 본질적인 문제라고 해도 좋을 것입니다."

"그대는 일부러, 국가가 흥할 때는 항상 예술뿐 아니라 인식이 꽃피는 계절임을 무시하고 있소. 아테네의 전성기에는 모든 예술과 함께 철학도 꽃피었다는 사실을 그대는 간과하고 있소. 그대가 그렇게 하는 것은, 그렇게 하지 않을 수가 없는 것은, 그 밖의 모든 현실에 밀착된 삶과 마찬가지로 철학이 그대의 이른바 도달할 수 없는, 혹은 죽음을 지양하는 인식의 목표라고 하는, 기묘한 구상 속에 도저히 수렴되지 않기 때문이오. 얼마나 자신이 잘못되어 있는지 이제 그만하면 어지간히 깨달을 만도 한데. 나로서는 우선, 철학자들이 그대가 요구하는 새로운 인식을 발견해내리라고 기대하고 있소."

"철학에는 이미 그것을 발견할 힘은 없습니다." 이 말은 저절로 입에서 튀어나왔다. 곰곰이 생각할 필요도 없었고 잠깐 동안 생각해볼 필요조차 없었다. 이 말은 그야말로 눈에서 바로 입으로 나온 것이었다. 왜냐하면 이런 말의 배후엔—이 창백한 그림자로 가득 찬 실내인지 아니면 저쪽 창백한 선화(線畵)와 같은 풍경 속인지, 아니 더 멀리, 아득히 멀리 기묘하게 시간에서 해방된 세계인지—아테네의 거리, 그리운 플라톤의 거리가 나타나고 있었기 때문이다. 이 거리에 그는 머무를 수가 없었다. 운명에 의해 거부되고 있었다. 그리고 거리 위에는 지금도 여전히 운명이 죽음의 구름처럼, 그러면서도 그림자도 없이 창백해진 채 드리워져 있었다.

"이제는 힘이 없다고……." 아우구스투스가 되뇌었다. "이젠 없다, 이젠 없다고! 처음에는 예술이 그러했지. 그리고 이제는 철학도 그렇다는 거지? 베르길리우스! 여기서도 너무 늦으면 너무 이르다는 이야기요? 철학에도 이미 힘이 없다는 얘기가 들어맞는 거요?"

저쪽, 공간 아닌 말의 공간에 거리가 솟아 있었다. 그 자체가 말의 형상 이외의 아무것도 아니며 공허한, 그림자를 떨구지 않는 군소리였다. 정처도 없이 표류하며 상징도 갖지 않고, 상징을 상실했기 때문에 의지할 곳조차 없었다. 사실 그를 그 거리에 살게 하지 않은 것은 오히려 그에 대한 운명의 보살핌이었다.

"지금은 가혹한 시대입니다, 아우구스투스님. 사고는 그 한계점에 이르렀습니다."

"인간은 신들에게까지 그 사고를 전개시킬 수가 있소. 그것으로 만족하지 않으면 안 되오."

"아아, 인간의 오성이란 끝을 모르는 것입니다. 하지만 무한에 부딪치면 무한은 가차 없이 오성을 다시 내던지고 맙니다⋯⋯. 오성은 인식을 잃고⋯⋯ 죽음의 황폐가 지상에 등장합니다. 홍소가, 무기가 맞부딪치는 소리가, 흘러내린 오욕의 피의 강이⋯⋯."

"철학과 내란은 아무런 관계도 없다오."

"하지만 시간이 무르익었습니다⋯⋯. 이제 다시 가래를 손에 들 때가 온 것입니다."

"시간은 매일 뭔가를 향해서 차오르게 마련이오."

"공통적인 인식의 기반 없이, 기반이 되는 원리 없이는 이해도 해석도 증명도 설득도 있을 수 없습니다. 모두가 한결같이 무한으로 시선을 집중하는 것이 일체의 양해의 기반입니다. 그것 없이는 아주 사소한 전달조차 불가능하게 됩니다……."

"으음, 베르길리우스. 요컨대 지금도 그대는 나에게 그 어떤 것을 전해주고 있소. 그렇다면 우리가 나눈 양해의 기반은 그다지 나쁜 편은 아니오. 어쨌든 나로서는 그것으로 충분하오."

아아, 황제의 말이 옳았다—이 모든 것에 무슨 뜻이 있다는 말인가? 그것이 황제와 무슨 상관이 있겠는가? 설명하기는 매우 어려웠으나 하지 않을 수도 없었다. 그것이 《아이네이스》의 운명을 결정지을 것처럼 생각되었다.

"철학은 학문입니다. 오성의 진실입니다. 그것은 증명이 가능하지 않으면 안 되고, 인식의 기반을 필요로 합니다. 그리고 인식의……." 어딘가에서 웃음소리가 들렸다. 뭐든지 알고 있다는 듯한 침묵의 웃음이었다.

노예인가? 아니면 마령들이 웃음으로 귀환을 알리고 있는 것인가?

"어째서 말을 하다가 그만두는 거지, 베르길리우스?"

또다시 아테네가 나타났다. 한때는 아테네였던 기묘한 환멸이 나타났다. 어디에서 웃음소리가 일어났는가? 아테네로부터인가?

"인식의 기반은 일체의 오성, 일체의 철학의 전제 조건입니다……. 그것은 제일 우선적인 전제이며, 내계와 외계의 양면에 있어서 동시에 그렇습니다……. 폐하는 저를 아테네로부터 소환하시지 않았습니까? 옥타비아누스님, 그렇지 않습니까?"

진주 빛으로 빛나면서, 하늘은 아드리아 해 위로 훤히 틔어 있었다. 배는 흔들리고 포세이돈의 백마는 그 머리를 나타냈다. 객실에는 시끄러운 웃음소리와 고함 소리가 소용돌이치고 있었다. 선미에서는 희미해진 빛 속에서 악사인 노예가 노래를 부르기 시작했다. 애처로운 소년의 목소리였다.

"그대를 아테네로부터 소환한 것은 유익하고 옳은 일이었 소, 베르길리우스⋯⋯. 어쩌면 그대는, 철학은 이제 그 의무에 서 벗어났다, 그것은 그대가 비참한 간호의 손에 내맡겨진 채 철학자의 거리에 머물러 있지 못했기 때문이다, 하고 말하고 싶은 거요?"

황제는 본래는 다른 배를 타고 있어서 여기에는 없을 것이 었다.

"철학은 인식의 기반을 상실했습니다. 기반은 한없이 깊이 가라앉아 버렸습니다⋯⋯ 깊이, 바닷속 깊이⋯⋯. 무한에 도 달하기 위해 위를 향해서 성장하지 않으면 안 되었기 때문에 뿌리는 이미 그 밑바닥에는 닿지 않게 되었습니다. 설사 아무 리 무한을 향해서 뻗는다 하더라도⋯⋯. 만일 그렇지 않다면 저는 폐하와 함께 귀국하지는 않았을 것입니다. 옥타비아누스 님⋯⋯ 뿌리가 단단히 박히지 못하는 곳에는 그림자 하나 없 는 공허가 있을 뿐입니다⋯⋯. 인식의 기반은 상실되고 배 위 에는 엄청나게 공허한 지껄임만 있을 뿐이었는데 폐하께선 그 것을 저만큼은 분명히 깨닫지 못하셨을 겁니다. 뱃멀미 때문에 냉철한 통찰력을 갖추지는 못하셨을 테니 말입니다⋯⋯. 한때 철학은 그 위에 스스로를 구축할 수 있는 인식의 기반을 갖고 있었습니다⋯⋯. 폐하와 마찬가지로 저도 그것이 상실되었음 을 똑똑히 보려고 하지 않았었습니다⋯⋯. 저는 아테네로 갔 습니다. 멀리 여행을 갔습니다⋯⋯. 하지만 오늘날 철학은 그것이 뿌리박고 있던 풍요로운 지반을 완전히 상실해버렸습니다……. 사고는 창조의 정기를 상실한 것입니다."

그렇다, 사실이 그렇다. 누구도 그것을 비웃어서는 안 되었다. 허무를 인식하고 허무를 탐내는 신조차도 비웃는 것은 허용될 수 없었다. 그리고 실제로 장소를 가리지 않는 그 웃음은 침묵하고 있었다. 웃음소리 대신 플로티아의 목소리가 들렸다. "침묵 속에서 사람의 마음은 통하게 마련입니다. 그것을 위해서는 아무런 증명도 필요가 없습니다. 입을 벌린 침묵의 조가비 속으로 돌아오세요." 이 목소리는 그지없이 상냥하게 울렸다. 배마저 속력이 느려지고 바다는 거울처럼 매끄러워졌을 정도였다. 노의 리듬은 거의 느껴지지 않았고, 돛대의 삐걱이는 소리도 들리지 않았으며, 다만 때때로 사슬이 희미하게 절그렁거릴 뿐이었다.

촛대의 돛에 기대고 한쪽 손을 월계수의 돛에 얹은 채 황제는 항해를 계속하고 있었다. 사랑하는 아내에게로, 그를 기다리고 있는 리비아 곁으로 돌아가고 있는, 사내다운 남편의 모습이었다. 시간은 배와 함께 진행되고 있었으므로 아우구스투스가 이야기를 꺼낼 때까지 얼마나 경과됐는지는 헤아릴 수도 없었으나 마침내 이렇게 말했다. "철학이 인식의 기반을 상실했다고 한다면 그것을 다시 준비하는 일이 오늘날의 철학의 의무가 아니겠소?"

황제는 역시 딴 배를 타고 있는 것이었다. 아니면 아직도 저쪽에 있음에 틀림없었다. 왜냐하면 그는 뿌리가 밑바닥까지 닿지 못한다는 말을 듣고 있지 않았으니까. 좀 더 정확한 말을 구사했더라면 이해시킬 수 있었는지도 모른다.

"느릅나무는 돛대로는 적당치가 않습니다. 돛대란 단단하고, 동시에 낭창낭창하게 탄력이 있고, 쭉쭉 뻗어가지 않으면 안 되니까요……"

"피곤하오, 베르길리우스? 다시 한 번 의사를 불러주오?" 옥타비아누스는 의자를 재빨리 옆으로 밀어놓고 침대 위로 몸을 숙였다. 얼굴이 바로 가까이에 있었다.

얼굴이 바로 가까이에 있었다. 조금 전 플로티아 얼굴이 그랬던 것 만큼이나 가까운 거리였다. 이때 안개가 걷혔다.

"아무렇지도 않습니다, 옥타비아누스님…… 아주 상쾌하다고 해도 좋을 정도입니다……. 다만 어쩌면 잠시 머리가 혼미해졌는지도 모르지요……."

"그대의 말은 무슨 소리인지 알 수가 없소……. 물론 그대한테는 가끔 그런 때가 있긴 하지만. 가만히 생각해보니 그런 데에서 지혜가 생기는 것 같구려."

"지혜가요? 저에게요? 원 당치 않은 말씀입니다! ……어쨌든 지금 저는 대답으로 적당한 예를 찾을 뿐이라는 느낌입니다. 그런데 적당한 예가 찾아지지를 않아서…… 하지만 폐하는 분명 철학의 인식의 기반에 대해서 말씀하셨지요?"

"그렇다오, 베르길리우스. 그럼 이젠 아무것도 걱정할 게 없구려."

"철학은 자기 자신의 인식의 기반을 낳을 입장에 있지 않습니다……."

"그 점은 아직도 분명치가 않소……." 아우구스투스는 뭔가 기분이 내키지 않는 눈치였다. "……게다가 우리에게 있어서 그것은 그렇게 중요한 문제가 아니오, 베르길리우스."

지진 같은 요동은 아직도 계속되고 있었으나 그 밖의 모든 것은 밝게 개어서 이상한 느낌을 간직하고 있지는 않았다. 있는 듯 만 듯한 희미한 선화와도 같은 저쪽의 풍경도 밝고 자연스러웠으며, 느릅나무 촛대도 밝고 자연스러운 모습으로 돌아갔고, 침대는 이제 거대한 배가 아니라 밝고 자연스럽게 다시 조그만 쪽배로 축소되어 있었다. 그 위에 올라타고 미끄러져 나가는 기분은 이루 말할 수 없이 상쾌했다. 다만 황제만이 그 거동은 지극히 눈에 익은 것이었는데도, 완전히 명확해지지도 않았고 자연스러워지지도 않았다. 적어도 그를 설득하여 현실로 되돌이키려는 노력을 계속하지 않으면 안 되는 한은 그렇게 되지가 않았다. "오성에는 스스로의 전제 조건을 만들어낼 힘은 없습니다. 따라서 철학에도 그 자격은 없습니다. 누구든 자기 자신을 낳을 수 있는 생식력은 갖추고 있지 못합니다." 웃음소리! 조금 전의 그것은 역시 그 자신의 목구멍에서, 그 자신의 가슴속에서 나온 것이 아니었을까? 지금은 그 웃음이 역력히 그의 체내에서 느껴졌다. 그것은 이상한 고통을 수반하고 있었다. "조상을 낳을 수는 없습니다. 전제를 낳을 수는 없습니다. 그 어떤 것, 그 어떤 인간도, 자기 자신의 한계를 넘어서는 프로메테우스적인 힘을 갖추고 있지는 못했고, 앞으로도 결코 넘어서지 못할 것입니다⋯⋯ 아니, 틀립니다!"

틀리다, 틀려—그것은 가만히 속삭여진 말이었다. 어딘지도 모를 곳에서 노예가 속삭였는지 플로티아가 속삭였는지는 자세히 알 수가 없었으나, 어느 쪽인가 하면 플로티아 같았다. 그 뒤 말을 계속한 것은 그녀의 목소리였으니까. "사랑은 항상 스스로의 한계를 깨는 법입니다."—"그대의 사랑도 그러한가, 플로티아? 오오, 그대의 사랑도?"―"지금까지도 그렇고, 지금도 그렇습니다. 사랑하는 자는 그 한계를 뛰어넘는 법입니다."―"오오, 플로티아!"―"저를 느끼시나요? 제 사랑 속에서는 당신이 아주 가까이 느껴져요."―"플로티아, 나도 그대를 가까이에 느끼고 있소. 그대를 알 수가 있소."―"그래요, 베르길리우스님, 그러게 마련이에요." 두 사람의 육체의 한계는 뒤얽혀서 하나가 되고, 두 사람의 영혼의 한계는 하나로 용해되고, 크게 성장하여 한계를 넘고, 인식하면서 인식되는 것이었다.

머쓱해져서 아우구스투스는 물었다. "무엇이 틀리다는 거요, 베르길리우스?"

"자기 자신의 한계를 뛰어넘는 수도 있습니다. 플라톤이 성공한 곳에서는 철학은 시가 되었습니다……. 그 최고의 경지에 있어서는 시는 그러한 힘을 갖고 있었습니다. 한계를 뛰어넘는 힘을 말입니다……."

약간 멍해진 듯이 황급하게 그러면서도 부드러운 긍정의 표정으로 황제가 끄덕였다. "그대의 예술가로서의 겸허한 태도는 확실히 그대 자신의 지혜를 부정할 만큼 크구려. 그러나 그대의 예술가로서의 야심은 그 지혜를 적어도 예술 그 자체를 위해서 요구하려는 것이로군……."

"지혜가 아닙니다, 옥타비아누스님. ……현자(賢者)가 시인이 되는 것은 아닙니다. 고작 지혜를 찾도록 신으로부터 부름을 받은 자…… 아니 그것은 예감 속에 숨은 일종의 사랑입니다. 그 사랑에 가끔 한계의 돌파가 허용되는 것입니다……."

"그대가 적어도 지혜를 찾아야 할 사명을 느끼고 있음을 알았으니 나는 만족스럽소……. 그러니 이제 철학에 대한 논의는 집어치우도록 하지. 차라리 그것을 시로 돌리기로 합니다. 진실로 철학이 그 자신의 전제에 돌진할 힘을 갖지 못했다면 말이오. 우리 철학에게 그 인식의 기반을 예술에서 가져가도록 요구합시다. 그대도 틀림없이 인정하리라 믿지만 예술의 미(美) 속에는 모든 지혜가 모아져 있으니까 말이오."

"겨우 몇몇의, 아주 엄격한 예술 작품, 먼 옛날의 몇몇 작품에만 그것을 인정할 수 있겠습니다만."

"그대의 《아이네이스》가 있소, 베르길리우스."

또다시 시간이 나타나 은밀한 수수께끼처럼 과거를 존재와 마주하게 한 그 작용의 신비성, 일을 야기시키는 힘의 신비성을 드러냈다. 어쨌거나 그것은 운명의 힘과도 같았다.

"다시 한 번 폐하의 기분을 상하게 해드리는 것이 됩니다만, 아우구스투스님, 저로서는 되풀이해서 말씀드리지 않을 수가 없습니다. 예술이 지닌 비유의 힘은 시대의 제약에 단단히 얽매여 있고, 새로운 인식에는 소용이 없음을 끝까지 고집하지 않을 수가 없습니다. 인식의 기반은 예술에 의해 흔히 예감되기는 합니다. 하지만 그것을 만들어내는 일은, 새로이 창조해내는 일은 예술로써는 힘에 겹습니다."

"새로운 창조 같은 것은 없소. 어떤 시대에나 독립해서 항상 존재하던 것, 설사 오늘날처럼 모습을 보이지 않는 일은 어쩌다 있다고 하더라도 어쨌든 항상 존재하고 있는 것을 다시 만들어내는 데 지나지 않소. 어느 시대를 막론하고 인간의 본질은 변하지 않소. 그와 마찬가지로 그대가 입버릇처럼 말하는 인간 인식의 기반도 언제나 같은 것임에 틀림없소. 그대의 마음에 들도록 말하자면 그것은 일체의 인식에 선행할 수 있을 만큼, 선행하는 것이 허용될 만큼 항상 일정불변한 거요. 원리의 영역에 있어서는 아무것도 변하지 않지. 변화는 있을 수가 없고, 사실 지금까지 변화된 일도 없었소."
"오오 아우구스투스님, 한때는 신들이, 인식하고 인식되면서 죽어야 할 운명의 인간들을 에워싸고 있었습니다."
"아이스킬로스의 시대를 말하고 있는 거요?"
"그것도 포함해서 드리는 말씀입니다."
"신들은 모습을 감춘 것이 아니오. 아니, 사실 그대가 한 말은 내 주장을 아주 잘 뒷받침하고 있소. 정말 그것을 확인시켜 주었소. 올림포스의 신들은 일찍이 아무런 의혹도 갖게 하는 일 없이 무제한의 힘을 가지고 지배하고 있었소. 바로 그렇기 때문에 우리는 그러한 조상의 신앙으로 되돌아가지 않으면 안 되는 것이오. 예술과 철학이 다시 저 인식의 기반을 발견하게 되기를 바라면서 그 신앙으로 되돌아가지 않으면 안 되는 것이오. 우리 민족은 예로부터 이 기반 위에 서 있었고, 바로 그렇기 때문에, 또한 이것은 유일하면서도 올바른 기반이기도 한 것이오."
끊임없이 새로운 토론이 시작되고, 끊임없이 새로운 응답이 요구되었다—대답하지 않으면 안 되는 압박감은 극단적인 짐이 되었다. "조상의 신앙…… 당시는 아직 인식의 상실로 추락하지는 않았지요……."
"그건 극복되었소."
"그렇습니다만, 그것은 다만 폐하가 오셨기 때문에 그렇게 된 것에 지나지 않습니다. 거기에 비해서 당시 조상들의 시대에는 신앙을 새삼스럽게 불러일으킬 필요가 없었습니다. 신앙은 살아 있었습니다. 우리 내면에 있어서나 외면에 있어서나 신앙은 인간 생활과 하나가 되어 있었던 것입니다."
 "오늘날에도 신앙의 생기는 결코 쇠퇴하지 않았소. 실로 생생한 모습으로 신들은 그대의 시 속을 소요하고 있지 않소, 베르길리우스?"
 "신들은 밖으로부터 시 속으로 걸어 들어온 것입니다. 아득한, 한없이 아득한 과거에서 저는 신들을 찾아내지 않으면 안 되었습니다."
 "그대는 신들을 그 근원에서, 인식의 기반의 근원에서 찾아냈소. 그렇게 함으로써 그대는 의심할 여지도 없이 신들의 현실을, 참된 신들의 인식의 현실을 다시 민족에게 선물한 거요, 베르길리우스. 그대가 그린 형상은 더할 나위 없이 생기에 넘친 현실이오. 그대 민족의 현실이오!"
 매혹적인, 행복감을 불어넣어주는 목소리였다. 더욱이 이것은 황제의 솔직한 신념이기도 했다. 그럼에도 불구하고 그것은 공허한 말에 지나지 않았다. 황제가 《아이네이스》를 찬미하면서 실은 자기 자신의 일만 변호하고 있다면 더더욱 그랬다. 그러나 그렇다면 《아이네이스》를 단념할 수도 있을 것이다.
 "오오, 폐하, 이미 말씀드린 대로 제가 그린 형상은 그야말로 표면의 것에 지나지 않습니다."
 "그러한 형상이 그대의 마음에 들지 않는 것은, 그대가 지상에서는 누구도 부여할 수 없는 죽음의 인식과 죽음의 지양을 요구하기 때문이오……. 내 일에까지도 그대는 그러한 극단적인 요구를 들이댔소."
 "제 시의 이미지들이 충분하지 않은 것은……."

"그대도 말이 막히는군, 베르길리우스. 스스로도 자신이 틀렸다는 걸 깨달았을 거요."

"시간 때문입니다, 아우구스투스님. ……은밀한 수수께끼 같은 형태로 우리는 시간의 포로가 되어 있습니다. 은밀한 수수께끼처럼 시간은 흘러갑니다……. 덧없는 흐름…… 표면의 흐름. 그 방향도 그 깊이도 우리는 모릅니다……. 게다가 이 흐름은 닫힌 순환이 되지 않으면 안 됩니다."

"그럼 어째서 그대는 예술이 시대적 과제의 방향성을 지니지 않는다고 주장할 수가 있었소? 어떤 점쟁이가 그대에게 그것을 가르쳐주었소? 아니오, 베르길리우스, 그야말로 앞뒤가 안 맞는 이야기요! 시간 속에는 비밀스런 수수께끼 같은 것은 숨어 있지 않아요. 제물의 간을 들여다보는 자는 필요 없단 말이오."

시간 속에 숨은 비밀이란 무엇인가? 덧없는 흐름은 죽음을 향해서 덧없이 흐를 뿐, 만일 목표가 상실되면 흐름도 시간도 사라지고 만다. 죽음이 지양될 때는 어째서 시간도 지양되는가? 꿈처럼 모든 것은 하나로 이어진다. 그것은 꿈의 목소리였다. "시간의 그 뱀과 같은 고리…… 하늘의 내장."

"그것이 그대 인식의 기반이란 말이오? 그것은 짐승의 내장으로 점을 치는 점쟁이의 인식의 기반이오! 무엇을 숨기고 있소, 베르길리우스?"

"우리는 시간의 포로입니다. 누구나가 그렇습니다. 인식조차도 시간에 사로잡혀 있습니다."

기묘하게도 황제는 눈에 띄게 침착성을 잃고 있었다. "그대는 시간에게 인간의 행위에 대한 책임을 지우고 있소. 인식 상실의 책임까지도 지우고 있소……. 그렇게 함으로써 그대는 인간을, 따라서 그대 자신까지도 일체의 책임에서 벗어나게 하고 있소. 그것은 위험한 일이오……. 나는 인간에게 자신이 살고 있는 시대에 대한 책임을 지우는 편이 좋다고 생각하는데."

시간이란 무엇인가? 도대체 그것은 흐름이었던가? 끊임없이 저쪽으로 나아가는 흐름이었던가? 오히려 그것은 단속적인 움직임 속에 있었던 것은 아닌가? 때로는 호수처럼, 또는 늪처럼 거의 정지된 물을 안고, 어렴풋이 밝아지다가 다시 어두워지는 어슴푸레한 구름 아래 쉬는가 하면, 미쳐 날뛰는 폭포처럼 일곱 빛깔로 빛나는 거품을 뿜으면서 온갖 것을 휩쓸며 도도히 흐르는 조수가 아니었던가?

"폐하, 인간의 책임에는 아직도 충분한 여지가 있습니다. 인간은 자기의 의무를 싫든 좋든 수행할 수가 있습니다. 그리고 설사 인간이 수행해야 할 과제의 영역을 규정하는 것이 시대라고 하더라도, 이 영역을 좌우할 힘이 인간에게는 없다고 하더라도, 의무라는 관점에서 본다면 책임은 조금도 변하지 않는 것입니다. 과제 범위의 변화와는 관계없이 인간의 의무는 언제나 변함없이 의무로서 존재하고 있습니다."

"나는 이 의무의 범위가 시대에 따라 변한다고는 도저히 인정할 수가 없다오……. 인간은 스스로 행위의 목표로 삼는 의무나 사명에 대해 책임을 지고 있소. 모든 시대를 통해서 그는 그러한 의무나 과제를 보편적인 것으로, 국가로 돌리지 않으면 안 되오. 만일 이것을 게을리하면 시대는 형식을 잃게 되오. 그러나 인간은 시대를 형성하지 않으면 안 되거든. 그래서 그는 애초부터 인간의 최고 의무인 국가 속에서 그것을 구축한단 말이오."

시간의 비밀, 그 덧없음의 비밀! 어째서 그 속에서 인간의 의무의 범위가 달라지는가? 시간을 통해서, 모든 시대를 통해서 변하는 일 없이, 사투르누스의 옥토는 한없이 펼쳐진다. 그러나 영혼은 시간의 감옥 속에 유폐되어 있다. 시간의 표면 저쪽, 하늘과 땅의 심연에 인식이, 인간의 목표가 머물러 있다.

"인식은 항상 의무로 남습니다. 그것은 언제나 신성한 인간의 과제입니다."

"인식은 국가를 통해서 실현되는 거라오." 아우구스투스는 그야말로 도전하는 듯한 시선을 던졌으나 침착성을 잃은 불안한 표정은 사라지지 않았다.

시간이란 무엇인가? 그 명령 아래 행해지는 인간의 과제 범위의 변화란 무엇인가? 시간 속에서 비밀리에 스스로를 실현하며 변화하는 요소는 무엇인가—마침내는 스스로의 근원으로 귀환하지 않으면 안 된다면, 이 변화하는 것이란 무엇인가?

여로의 끝은 어디에 있는가? 쪽배는 흔들렸다.

"인식하는 인간…… 시간 속에 끌려 들어가서……."

"그 반대요, 베르길리우스. 인간이 스스로의 수중에 시간을 간직하고 있는 거요."

오오, 이것이야말로 변화하는 인식 그 자체였다. 어떤 때는 주저하고, 어떤 때는 늪처럼 정지하고, 이윽고 다시 폭포처럼 돌진하는 일체의 존재 위에 펼쳐진 존재의 인식이었다. 무엇을 믿지 않으면 안 되는가를 인간에게 규정하는 세계의 인식망, 그 흐르는 그물코 속에 인간을 사로잡고 놓지 않는 거대한 인식망, 더욱이 인간은 끊임없이 이 그물을 짜나가고, 그것이 만유를 덮는 그물이 되도록, 찢어지는 일이 없도록 노력하지 않으면 안 된다. 은밀한 수수께끼처럼 존재와 결합하고, 존재와 함께 퍼져나가면서 변용하고, 존재하는 것을 자신의 내부에서 그 대상으로 변용시키면서 인식은 전진해 나갔다. 창조를 위해서, 창조가 현실로 변하는 시간을 위해서 인식은 전진하지 않으면 안 되었다. 왜냐하면 시간이란 인식의 변화에 지나지 않았기 때문이다.

"인간은 창조 속에 잡혀 있고, 창조를 수중에 붙잡고 있습니다……. 오오 아우구스투스님, 그것은 시간이며 그러면서도 시간이 아닌 것입니다. 시간은 인식 속에서 인간에 의해서 형성되는 것입니다."

"시간이 인간보다 강하다는 사실은 나로서는 절대 믿을 수가 없소……."

운명은 시간보다도 강했다. 운명 속에 시간의 마지막 비밀이 숨어 있었다. 왜냐하면 운명이 내리는 죽음의 법칙은 창조에도, 신들에게도 연결되기 때문이다. 되풀이하여 재생을 구하는 운명의 법칙에 의해 평형은 유지된다. 신에게도 인간에게도 돌려진 그 명령은, 인식의 그물을 찢어지지 않게 하려는, 거듭 그물코를 수선해서 인식의 내부에서 신들의 창조 작업과 나아가서는 신의 본질 그 자체까지도 인식하는 행위 속에 영원히 보존해두려는 의도에서 출발하고 있다. 인식에 대한 서약에 있어서 신과 인간은 굳게 결합되어 있다.

"시간이란 인식의 변화입니다. 그 이외의 아무것도 아닙니다, 아우구스투스님. 그리고 인식을 새롭게 하는 자는 시간을 더욱 전진시킵니다."

아우구스투스는 듣고 있지 않았다. "우리의 시대가, 예를 들면 아이스킬로스의 시대보다도 보잘것없다는 따위의 말을 나는 절대로 받아들일 수 없소. 아니, 결단코 인정할 수가 없소. 우리의 시대는 여러 가지 점에서 비교가 될 수 없을 만큼 위대하오. 그것은 어느 정도 내 공적이라고 해도 좋다고 자부하오. 우리는 그리스인보다도 대부분의 영역에서 훨씬 우수하단 말이오. 우리의 인식도 마찬가지로 끊임없이 확대되어가고 있소······."

"오오, 아우구스투스님. 우리 두 사람은 아무래도 각각 딴 얘기를 하고 있는 것 같습니다······. 표면의 인식은 확대될지 모르지만, 그 경우 인식의 핵심은 수축되어버릴지도 모르는 일입니다······."

"그렇다면 가령 내 과업도 표면뿐인 순간의 비유에 지나지 않는다는 말이오?" 황제의 불안은 이제 분명히 감정의 상처를 드러내고 있었다. "그대는 그렇게 말하고 싶은 거요?"

시간의 비밀! 사투르누스가 다스리는 세계의 인식의 비밀! 운명의 지시의 비밀! 서약의 비밀! 빛과 어둠은 밝았다가 어두워지는 어스름 속에서 용해되어 일곱 빛깔로 빛나는 지상에서의 창조로 확대된다. 하지만 존재의 변용이 만유의 인식으로까지 전진하고, 그 전체성의 힘에 의해 불변으로 변한다면 시간도 정지하게 될 것이다. 이미 정체가 아니고, 호수가 아니고, 만유를 에워싸고 흐르는 영원한 순간이 될 것이다. 그때 종말의 현실 한가운데서, 일곱 빛깔의 광채는 마지막엔 하나로 모일 것이다. 최후의 날의 상앗빛 같은 광채로 변할 것이다. 이 광채 앞에서는 온갖 지상의 빛은 창백해지고, 온갖 지상의 현실은 어둡게 흐려져서 어렴풋한 암시로, 갖가지 선의 덧없는 유희로 변해버리고 말 것이다.

"폐하의 과업은 시간에 의해 진행되고 있습니다, 폐하. 그것은 시간의 과제를 수행하고, 운명의 명령을 받아 인식의 혁신을 지향하고 있습니다. 그 혁신이 성취되었을 때 창조는 신의 광채를 띠고 또다시 존속하게 될 것입니다."

그의 말은 황제에게 별로 주목받지도 못하고 거부당했다. "인식을 지향하고 있을 뿐이라면 아직도 인식은 아닌 거요."

"폐하의 과업은 평화입니다."

"유감스럽게도 이 평화는 만일 그대의 말대로라면 비유적으로밖에 죽음을 지양하지 않는단 말이오. 그리고 설사 내가 곧 야누스 신전의 문을 닫게 할 수 있다 하더라도—틀림없이 그것은 할 수 있다고 생각하지만—그대에게 있어서는 그것도 비유에 지나지 않고 따라서 도저히 완벽한 죽음의 지양이라고는 할 수가 없소."

"로마란 곧 비유입니다. 로마란 폐하가 만드신 상징입니다, 폐하."

"로마란 선조들의 행위요. 그들이 구축한 현실은 단순한 상징을 훨씬 초월하고 있는 거요."

"또한 로마의 질서는……"

"어쨌거나 그대의 말에 따르면 비유로서의 국가에 지나지 않소. 하지만 로마제국은 내용 없는 인식의 비유 이상의 것이 되지 않으면 안 되오."

황제의 모멸적인 거부는 명료한 반감으로까지 고조되어 있었다. 금방이라도 분노를 터뜨릴 것 같은 모습으로 황제는 버티고 서 있었다. 분노 때문에 《아이네이스》조차도 이젠 염두에 없는 듯했다.
"폐하는 질서를 지상의 세계에 재건하고 구현하셨습니다. 이 질서가 곧 폐하의 인식입니다."
"어째서 비유에 지나지 않소? 어째서 그대는 그것을 고집하는 거요?"
비유, 인식, 현실—인식의 겸양을 감수하지 않는 이상, 어떻게 황제의 긍지가 단순한 비유에 만족할 수 있겠는가? 그는 결코 심연을 들여다보려고 하지 않았고, 현실은 그에게 있어서는 항상 표면에 지나지 않았다. 그러한 그가 어떻게 비유에 만족할 수가 있겠는가? 그러나 인식이란 심연에서 떠오르는 것, 격심한 통한(痛恨)에서 새로운 겸양으로 수줍게 떠오르는 것, 무로부터의 현실 귀향이다. 다시 소생하기 위해서는 현실은 일단 무로 전락하지 않으면 안 되는데, 그 현실을 다시 데려오는 것이다. 인식, 어둠을 낳은 비유로의 귀환, 심연 가운데에서 변화하는, 그럼에도 그 본질은 변하지 않는 현실의 재생.
"폐하는 천상의 세계에 신들이 정하신 법도의 질서를 인정하셨습니다. 그리고 그것을 로마의 정신 속에서 다시 발견하셨습니다. 그 양쪽을 폐하께선 통일하시고, 폐하의 국가의 힘에 의해 이 통일을 지상에, 국가 속에 실현하시고, 눈에 보이는 형태로 가져오신 것입니다. 그것은 로마 정신의 완벽한 상징, 천상적인 인식의 완벽한 질서의 상징입니다……."
"무슨 말이오? 그렇다면 《아이네이스》에 대해서도 그대로 똑같은 말을 할 수가 있잖소."
"당치 않은 말씀입니다!"
식사를 하거나 기침을 하거나 침을 뱉기 위해 활용되는 젖은 입에서 말들이 오가고 있었다. 무의미하기도 하고 추잡하기도 한 행위였다. 서로가 상대방의 말을 이해할 수 없음은 조금도 이상할 것이 없었다. 모든 것은 깨끗한 침묵을 원하고 있었다.

"당치 않아?" 기묘하게도 지금의 이 항변에 의해 아우구스투스의 조바심이 더 고조되지는 않았다. 뿐만 아니라 약간 양보의 기색조차 느껴졌다. "어째서? 그럼 어떻다는 거요?"

"이 시대의 사명은 행위이지 말이나 예술이 아닙니다. 인식의 행위만이 오늘의 과제입니다."

"다시 한 번 묻겠소만, 베르길리우스, 그렇다면 어째서 비유에 지나지 않는 거요?"

말을 한다는 일은 매우 고통스러웠다. 아아, 그리고 생각한다는 일은 더욱 고통스러웠다.

"오오, 아우구스투스님. 지상의 세계에서 천상적인 것을 인식하고, 이 인식의 힘에 의해 그것을 지상의 형태로 가져오는 것이, 형성된 일, 형성된 말, 그리고 또 형성된 행위로 변하는 것이 그야말로 참된 상징의 본질입니다. 그것은 내계와 외계에 그 원상(原像)을 아로새기고, 마치 폐하의 국가가 로마의 정신에 넘쳐서 다름 아닌 그 정신 속에 깊이 몸을 담그고 있듯이 원상을 에워싸고 원상에 감싸여 있습니다. 그리고 그 원상이 표현하는, 아니 그보다도 원상 속에 이행해온 천상적인 것에 받들어져서 비유 그 자신도 시간을 초월하여 지속하면서 성장하고, 죽음을 지양하는 진실로 성장해갑니다. 그것은 애초부터 이 진실의 상징입니다……"

"참된 비유란 그렇게 보인다는 말이렷다……." 황제는 생각에 잠긴 듯이 보였다. 물론 그 무언가를 이해하지 못하는 사람이 취하는 동작이었다. "표면의 비유 이상의 것이기를 바라는 비유라……."

"그렇습니다. 변할 줄 모르는 참된 비유입니다. 참된 예술, 참된 국가입니다……. 비유 속에서 진실이 변함없이 지속되는 것입니다."

"나로서는 그 조건에 충분한 근거가 있는지 어떤지를 확인할 수가 없소……. 그것은 너무 번잡하오."

황제는 아무것도 확인할 필요가 없었던 것이다. 이해할 수 없는 것을 확인할 필요는 없다. 비록 황제라 하더라도 순순히 받아들일 수밖에는 없다.

"폐하는 평화와 질서를 수립하셨습니다. 폐하의 사업이 정비하신 지반에는 온갖 미래의 인식이, 행위가, 죽음을 지양하면서 펼쳐질 것입니다. 지금도 이미 그 행위의 상징이 되어 있는 폐하의 사업은 미래를 향해서 성장해나가고 있습니다……. 이것으로 만족하시지 않습니까, 폐하?"

생각에 잠기면서, 그러나 반쯤 떠날 자세를 보이면서 황제는 미소 지었다.

"처음부터 끝까지 꽤나 까다로운 이야기로군……. 그것은 우리가 마에케나스를 위해서 남겨두기로 했던 주석의 일부가 아니었소?"

"그럴는지도 모르겠습니다만…… 잘 모르겠습니다……."

떠날 듯한 몸짓을 보이면서 어째서 황제는 나가지를 못하는가? 그렇다, 처음부터 끝까지 꽤나 까다로운 이야기였다. 지쳐서 늘어질 만큼 긴장을 강요하는 이야기였다. 확실히 마에케나스와 대면할 때까지는 보류해야 했을, 아니 애당초 누구한테도 털어놓지 않고 마음속에 간직해야 할 이야기인지도 모른다. 언제까지나 숨겨두어야 할 이야기인지도 모른다. 벽을 타고 샘물이 졸졸 떨어지고 있었다. 그 물소리의 메아리는 주변 일대에 방울지고, 깊은 곳으로 방울지고, 방울지면서 바다를 향하고, 밤바다의 파도를 지향하면서 이미 스스로 파도로 변하고, 어둠 속에 흰 물마루를 드러내고, 플로티아의 목소리와 살랑살랑 울리는 대화를 나누고 있었다. 플로티아의 목소리는 침묵한 채 살랑살랑 울리는 소리 속을 떠돌며, 밤을 은빛의 광채로 가득 채우면서 황제가 떠나기를 기다리고 있었다. 밤의 고요를 기다리고 있었다. 지금은 밤인 것인가? 오오, 또다시 눈을 뜬다는 일은 얼마나 어려운 일이던가! 낮이 되고 밤이 된다는 것은!

하지만 금방이라도 떠날 기색을 보이고 있었음에도 불구하고 황제는 갑자기 다시 서두를 필요가 없다는 듯한 모습으로 돌아왔다. 아직도 볼일이 남아 있다는 듯, 갑자기 그는 다시 의자에 앉았다. 여기에 언제까지고 있을 생각도 없지만 그렇다고 나가고 싶지도 않다는 듯한 모습으로, 약간 비스듬히 의자 모서리에 몸을 기대고 팔을 늘어뜨린 채 앉아 있었다. 잠시 동안 그렇게 멍하니 앉아 있다가 그가 입을 열었다.

"옳은 이야기일지도 모르오······. 그대의 말이 모두 옳을지도 모르오. 하지만 비유의 산에 파묻혀서 살 수는 없는 일이 아니오?"

"산다고요······?"

그것이 아직도 문제였구나! 아직도 삶이 문제였구나! 주위에서는 희미하게 유혹하는 듯한 물소리가 계속 들려오고 있었다. 산다, 오오, 죽을 수 있기 위해서 아직은 살아야 한다.

누가 그것을 결정하지 않으면 안 되었는가? 어떤 목소리가 지령을 내리고 있는가? 플로티아는 잠자코 있었다.
그러나 아우구스투스는 말했다. "설사 현실을 비유의 형태로밖에 표현하지 못하고 형성하지 못하는 것이 우리의 운명이라 하더라도 현실의 존재를 잊지 않도록 합시다……. 우리는 살고 있소. 그것은 현실이오. 명료하고 소박한 현실이오."
비유의 형태로밖에 삶은 포착되지 않는다. 비유의 형태로밖에 비유는 표현되지 않는다. 비유의 연쇄는 끝이 없고, 비유를 갖지 않은 것은 다만 죽음뿐이다. 비유는 죽음을 향해서 뻗어간다. 마치 그것이 최후의 고리이기라도 하듯이, 그러면서도 이미 사슬에 매여 있지는 않은 것처럼―마치 모든 비유는 다만 죽음을 위해서만 형성되고, 죽음에 대한 비유의 부재조차도 사로잡아버리려는 듯이, 뿐만 아니라 나아가서는 죽음에 있어서 비로소 언어는 그 근원적인 소박성을 회복하는 듯이, 죽음이 지상의 소박한 언어가 태어나는 자리, 더할 수 없이 지상적이고 더할 수 없이 신성한 언어라는 상징이 태어나는 자리이기라도 한 듯이, 인간의 모든 언어 속에 죽음의 미소가 숨겨져 있다. 그리고 이제, 플로티아의 목소리가 들렸다. "현실은 잠자코 있습니다. 그 침묵 속에서 우리는 살아가고 있습니다. 현실 속으로 발을 들여놓으세요. 저도 뒤따르겠습니다."
"비유의 연쇄를 뚫고 걸음을 옮겨 점점 더 고조되는 무시간의 세계로 전진하면서…… 비유 속의 비유가 됨으로써 그것은 현실로 변합니다. 불멸의 죽음으로 변합니다……."
이번에는 황제가 미소 지었다. "으음, 실로 까다로운 현실이로군……. 그대는 진심으로 현실이 그런 까다로운 조건에 속박

되어 있다고 생각하오? 그 조건과 그대가 비유에 붙인 조건 사이에 어떤 차이점이 있다고는, 나는 생각할 수가 없는데…….."
 바로 그 자리에 앉아 있는데도, 아우구스투스의 목소리는 이상하게도 헤아릴 수 없이 먼 곳에서 울려오는 듯했다. 그러나 그에 못지않게 이상한 것은 반대의 방향이기는 했으나, 어딘가 더욱 먼 곳에서 그 자신의 말이 태어났다는 사실이었다.
 "현실의 비유와 비유의 현실…… 오오, 궁극적으로는 양자가 용해되어 하나가 됩니다……."
 "나는 좀 더 단순한 현실을 믿소, 베르길리우스. 예를 들면 우리 일상의 튼튼한 현실…… 다름 아닌 일상의 소박한 현실을 말이오." 그 가장 소박한 의미에 있어서조차 인간의 말은 죽음에서 태어나는 것이다. 그러나 그것을 다시 초월해서 말은 죽음의 이중의 문 저쪽에 열려 있는, 현실을 낳는 광대한 무의 궁륭에서, 그 측량할 수 없는 세계에서 생겨난다. 그렇기 때문에 말을 받아들이는 자는, 말을 듣는 자는 이미 그 자신이 아니게 된다. 그는 자신의 몸에서 아득히 멀어져서 다른 인간이 된다. 왜냐하면 그는 측량할 수 없는 세계에 관여하고 있기 때문이다.
 "먼 조상들의 소박함, 그대의 아이네이아스의 소박함을 믿소. 그 일상의 소박함으로 그들은 로마제국을 건설한 거요……."
 일식은 하늘을 가리고, 광선은 사자의 털빛 같은 색채를 띠고, 포세이돈의 말은 물결을 박차고 달리고, 그리고 태양신의 사자는 보이지 않게 되었다—태양의 수레를 끄는 짐승들의 고삐를 모조리 끊어버렸는가? 신의 손에 의한 길들임도 잊고 바다의 말들의 무리 속으로 돌아가버렸는가? 오오, 새벽의 샛별이 떠오르고 있다. 바다의 물결에 목욕을 하고, 베누스가 따르는 가운데 반짝이는 별로 선택받은 별. 오오, 그것은 동족을 향해 거룩한 고개를 들고, 그 눈초리는 어슴푸레한 어둠을 용해시킨다—이것은 아이네이아스의 현실이었을까? 소박한 지상의 세계를 그토록 등질 수 있는 것일까? 진정 그는 그러한 영역에 발을 들여놓은 것일까? 그것이 그가 본 것일까?

"오오, 아우구스투스님, 호메로스에게 있어서는 모든 것이 소박한 현실이었습니다······. 그것이 그의 인식이었습니다."

"바로 그거야. 그대의 말은 내 주장의 확인에 지나지 않소. 먼 조상들에게 있어서 현실이었던 것은 항상 변하지 않소. 그리고 모든 예술 속에도 숨어 있는 것······."

"오오, 아우구스투스님, 대지가 흔들리고 있습니다······. 호메로스와 그가 만들어낸 인물들에게는 아무것도 흔들리지 않았습니다······. 그와는 반대로 아이네이아스에 있어서는······."

"그대는 현실에 대해서 말하고 있는 거요? 아니면 예술에 대해서 말하고 있는 거요?"

"양쪽 모두에 대해서입니다."

"양쪽 모두라, 좋소. 그럼 이쯤에서 단단히 명심해주오, 로마와 그대의 시는 하나라는 사실을. 따라서 로마의 소박한 현실도 그대의 시 속에 간직되어 있다는 사실을······. 그 속에서 동요하는 것은 아무것도 없소. 이탈리아의 대지와 마찬가지로 그대의 시도 반석 위에 안정되어 있단 말이오."

빛나는 달의 원구(圓球)도 태양의 불도 정신 속에서 양분을 얻고, 영혼은 세상의 사지를 꿰뚫어서 스스로 그 사지로 변하여 만유의 거대한 동체와 하나로 뒤섞인다—인식하고 인식되면서 별은 동쪽으로 옮겨 가는 것일까?

"오오, 아우구스투스님, 현실이라는 것은 모두 성장해가는 인식입니다."

"로마는 먼 선조의 인식이었소. 로마는 아이네이아스의 인식이었소. 그리고 이 사실을 그대 이상으로 잘 알고 있는 사람은 아무도 없소, 베르길리우스."

나라들의 위가 아니라 안식하는 대지 위를 별은 지나간다. 하지만 아우구스투스는 그것을 전혀 알려고 하지 않았다. 그러나 그렇다고 잠자코 내버려둘 수는 없었다. "먼 선조들은 로마의 질서를 세웠을 때 인식의 씨를 뿌렸습니다······."

"그것이 단순한 상징에 지나지 않았다는 얘기라면 이제 듣고 싶지 않소······. 로마의 현실은 이미 만들어졌고 계속 만들어지지 않으면 안 되오······."

"인식의 비유 속에 로마의 기반이 있습니다. 그것은 진실을 자신 속에 감추고 점점 더 현실로 퍼져나갑니다······. 성장과 생성에 있어서만 현실이 존재하는 것입니다."

"그렇다면 현재는 그대에게 있어서는 무와 같다는 것이오?"

"인식에서 태어난 로마제국은 다시 스스로를 초월해서 성장할 것입니다. 그 질서는 인식의 왕국이 될 것입니다."

"제국의 영토는 더 이상 넓어질 필요가 없소. 신들의 가호가 있다면 게르마니아의 경계를 엘베 강까지 밀고 나갈 수 있을 테지. 그렇게 되면 대양*과 흑해 사이의 방어선을 최단 거리로 그을 수가 있고, 북쪽은 브리타니아에서 다키아**에 이르기까

---
*북해를 말한다.
**현재의 루마니아.

지 견고한 수비 속에 놓이게 되어서, 제국은 자연스럽게 그 크기를 획득하게 될 것이오……."

"폐하의 나라는, 폐하, 더욱 강대해질 것입니다……."

"더 이상 강대해져서는 안 되오. 만일 더 이상 커지게 되면 로마의 도의와 질서를 전 영역에 걸쳐서 유지하는 데 이탈리아 종족의 손만으로는 부족하게 될 우려가 있소."

"폐하께서 그 존립을 위해서 진력하고 계시는 현실의 제국은, 군대에 의해서 지켜진 영역에 퍼진 단순한 국가 체제보다도 더욱 막강하게 될 것입니다."

"그야말로 그대에게 있어서는 이미 이루어진 업적은 무와 같은 것이로군……. 무와 같기 때문에 그대는 그것을 현실성을 요구할 수 없는 비유로 떨어뜨리는 것이 아니오."

호흡이 답답해지고 말을 하기가 힘들었다. 좀처럼 사그라지지 않는 황제의 불신, 상처받기 쉬운 그의 자부심과 싸운다는 것은 괴로울 뿐이었다.

"폐하께서 제국 속에 세우신 평화는 검에 의한 것이 아닙니다, 폐하. 검에 의존함이 없이, 이 평화는 전 세계를 덮어버릴 것입니다."

"옳은 얘기요……." 그렇다면 이런 설명은 마음에 드신 걸까. "나는 검에 의해서가 아니라 계약에 의해서 평화를 구축하려 노력하고 있소. 물론 계약이 파기되지 않기 위해서는 그 배후에 검이 서 있지 않으면 안 되겠지만 말이오."

"인식의 왕국에서는 검은 필요 없게 될 것입니다."

깜짝 놀란 듯이 황제가 눈을 들었다. "그렇다면 계약 파기로부터, 서약 위반으로부터 어떻게 자신을 지키겠다는 거요? 군대도 없이 어떻게 방위를 수행할 셈이오? 아직 황금시대가 시작된 것도 아닌데."

황금시대, 그것이 도래하는 날에는 청동도 황금으로 환원될 것이다. 사투르누스의 시대, 끊임없이 변화하는 그 변화의 지속성에 있어서는 그야말로 엿볼 수도 헤아릴 수도 없는 신 사투르누스의 시대—하지만 땅과 하늘의 깊이를 엿보는 자는 사투르누스가 다스리는 나라보다도 더 먼 저쪽에서 신과 인간의 융화를 예감한다.

"다만 참된 인식만이 서약을 지킬 수 있습니다."

아우구스투스는 미소를 지었다. "그럴는지도 모르지. 하지만 몇 개 군단의 원호를 받는다면 한층 더 지키기가 수월해진다는 말이오."

"이탈리아 내부의 평화를 위해서는, 폐하는 이미 군대를 필요로 하지 않습니다……."

"맞는 말이오. 그래서 나는 일부러 여기에도 수비대를 두지 않고 있소……." 일종의 장난기 어린 솔직성이 황제의 표정에 나타났는데, 친구만이 알아볼 수 있는 깜박거림이었다. "원로원과 그 앞잡이의 힘이 미치는 범위 안의 군대는 나에게 있어서 약간 무서운 현실이기도 하니까……."

"어지간히 원로원을 신용하지 않으시는군요."

"선과 악 어느 면이든 인간은 변하지 않는 법이오. 율리우스 카이사르를—아버님의 이름과 그 추억이 더럽혀지지 않기를—25년 전에 치욕스러운 수단으로 파멸에 빠뜨린 더러운 사악성은 그 무렵과 똑같이 오늘날에도 원로원 안에서 판을 치고 있소. 설사 내가 원로원 의원 임명에 지금보다 더욱 큰 압력을 넣는다 하더라도, 그 양반들은 내게 갈리아와 이릴리아*의 군단을 이탈리아에 투입할 힘이 있을 때만 얌전히 있을 거요. 나는 그들이 그 사실을 명심하도록 항상 마음을 쓰고 있소."

"폐하의 힘을 뒷받침하는 것은, 아우구스투스님, 국민이지 결코 원로원은 아닙니다……."

"그건 그렇소……. 내 휘하의 모든 관직 중에 나에게 있어서 가장 중요한 것은 호민관(護民官)이라오." 또다시 황제의 표정에 노회한 분방성이 나타났는데, 그것은 황제에게 있어서 호민관이 그토록 중요한 것은 국민을 위해서라기보다 원로원에 대한 거부권 때문이라는 점을 암시하고 있었다.

"폐하는 국민에게 있어서 평화의 상징입니다. 그렇기 때문에 국민은 폐하를 사랑하고 있는 것입니다……. 황금시대는 아직도 시작되지 않았습니다. 하지만 폐하께서 세우신 평화는 그 도래에의 약속입니다."

"평화냐 전쟁이냐?" 옥타비아누스의 얼굴에 거의 고통에 가까운 표정이 스쳐 지나갔다. "국민은 어느 쪽이나 똑같이 받아들이오……. 나는 안토니우스와 싸웠소. 그와 동맹을 맺었지만 그를 멸망시켰소. 이 눈부신 변전도 국민은 전혀 개의치 않았소. 자신들이 무엇을 요구하고 있는지도 그들은 모르고 있소. 그래서 우리는 다만 또 하나의 안토니우스가 나오지 않도록 유의할 뿐이오……. 국민은 승리자라면 누구에게나 환호를 보내지. 그들이 사랑하는 것은 승리이지 결코 인간이 아니오."

"도시에 유혹되어 단지 하나의 집단으로 변해버린 인간들은

---

*현재의 달마티아, 알바니아.

그럴 수도 있습니다, 아우구스투스님. 하지만 농민은 그렇지 않습니다. 농민들은 평화와, 평화를 가져다주는 자를 사랑합니다. 농민들은 있는 그대로의 폐하를 사랑하고 있습니다. 그리고 농민이야말로 참된 국민입니다."

한순간, 심장이 한 번 고동치는 순간, 아아, 그 가슴 아픈 한 호흡 동안 일식이 일어나, 창백한 빛과 선 같은 풍경이 사라졌다. 움직이지 않는 존재가 흔들리면서 사라졌다. 실은 사라진 것은 아니었으나 그래도 만투아의 평야의 모습에 자리를 내주었다. 햇빛을 향해 사시사철, 그리고 삶의 모든 시간을 향해 드러나 있는 평야에.

이제는 조금도 서두를 필요가 없다는 듯이 황제는 단정하게 자리를 고쳐 앉았다.

"나는 지상에서 도시를 말살할 수는 없소, 베르길리우스. 반대로 나는 도시를 건설하지 않으면 안 되오. 그것은 옛날이나 지금이나 변함없이 로마 질서의 지렛목이니까……. 우리는 도시를 건설하는 민족이오. 그리고 우선 로마의 도시는……."

"상인이나 고리대금업자의 도시는 안 됩니다. 그들의 황금시대는 화폐에 찍히고 아로새겨져 있습니다."

"그것은 잘못된 생각이오. 상인은 로마 평화의 전사들이오. 그리고 그들의 장사를 지속시켜나가자면 은행도 존속시키지 않으면 안 되오……. 그것은 모두 국가의 복지를 위한 일이오."

"잘못된 생각이 아닙니다. 제 눈에는 돈에 굶주린 거리의 혼잡이, 불손한 무신앙이 보입니다. 다만 농부만이 로마 민족의 경건함을 지니고 있습니다. 하기는 농부까지도 지금은 사방에 만연하는 금전욕에 빠질 위험에 놓여 있기는 합니다만."

"그대의 말이 옳다면 우리는 시급히, 잠시도 지체 말고 교화의 과제를 다해야 할 경고를 받은 셈이오. 도시의 군중도 시민의 권리에 따라 당연히 그래야만 할 존재가 되도록, 즉 단 하나의 로마 민족이 되도록 우리는 노력하지 않으면 안 되는 것이오."

"그들은 인식 속에서 로마 민족이 될 것입니다. 그들은 인식을 애타게 원하고 있으니까요."

"그들이 애타게 원하는 것은 오히려 투기장의 경기라오……. 물론 그것이 우리의 사명과 그 절실함을 감퇴시키지는 않지만."

"그렇습니다! 그들은 무섭도록 그것을 원하고 있습니다……. 역전(逆轉)의 길입니다!"

"무슨 길?"

"인식 속에 있지 않은 자는 그 공허함을 도취로 마비시키려 합니다. 승리의 도취로. 다만 옆에서 바라보고 있을 뿐인 승리라도 좋아하지요……. 그러나 잔인한 일임에는 틀림없습니다."

"나는 현실적으로 눈앞에 있는 사실을 문제 삼지 않으면 안 되오. 군중을 통일하는 데 적합한 것이라면 무엇이든 소홀히 할 수 없단 뜻이오. 승리의 감정으로써 군중은 결합되고, 하나의 민족이 될 것이오. 승리의 감정 속에서 그들은 국가를 위해서 힘을 다할 준비를 갖출 것이오."

"농부는 그들 땅의 깨끗한 평화를 위해서 나라를 지키는 것입니다." 오오, 저 멀리 펼쳐진 만투아의 들판이여. "농부는 언제나 민족이라 불리는 저 협동체 속에서 살아가고 있습니다. 밭에 나가 있어도 시장에 나가 있어도 그들은 그 속에 있습니다. 축제 때에도 그들은 그 협동체 속에 있습니다……."

"나는 농업을 진흥시키기 위해서 항상 배려해왔소. 조세를 경감하고, 광대한 국유지를 소작지로 세분하고, 개간 조건을 조정했소. 하지만 노병들을 개척지에 보낸 결과는 아무래도 신통치가 않았소. 이 경험은 우리 국가 경제의 존재 방식이 달라진 점을 아주 여실히 보여주는 증거였소……. 로마는 농업국으로서의 단계를 뛰어넘은 것이오. 오늘날 우리들에게 있어서는 이탈리아, 혹은 시칠리아의 곡물보다 이집트의 곡물 쪽이 더 중요하게 되었소. 이미 우리는 농부에게만 의존할 수는 없게 되었고, 더욱이나 도시의 군중을 농민으로 돌아가게 할 수는 없소. 어느 한쪽만으로는 국가 경제를, 나아가서는 국가 그 자체를 위태롭게 만드는 결과가 되오……"

"하지만 폐하가 지키고 계시는 로마의 자유는 예나 지금이나 농민에 의해서 지탱되고 있습니다."

"자유? 하긴 그렇지, 나는 로마 국민의 자유를 책임지고 있소. 안토니우스든 누구든 이 자유에는 손가락 하나 댈 수 없소. 이것은 로마제국의 사명이고, 그것을 위해서도 국가의 안전을 보전할 필요가 있소. 인간을 국가의 위력에 관여시킴으로써 국가는 인간에게 그가 찾고 있는 자유의 감정을—이 감정은 무엇보다도 인간 본성의 일부이고, 만족을 맛보지 않고는 견디지 못하는 것이지만—중개하는 것이오. 다만 국가의 평안 속에서만 이 자유의 감정은 편안하게 숨 쉴 수가 있소. 이 속에서는 누구나가 그 감정을 맛볼 수가 있소. 노예까지도 자유를 누릴 수가 있소. 바로 그렇기 때문에 이것은 그대가 말한 토지의 자유보다도 더 큰 것이오. 왜냐하면 이것은 신성한 질서의 자유이기 때문이오! 그렇다오, 베르길리우스. 바로 이것이 문제요. 그 밖의 모든 것은 현실성을 결여한 꿈과 같은 얘기지. 아무런 질서도 의무도 없는 황금시대의 덧없는 꿈에 지나지 않소. 사투르날리아* 때에는 사람들이 마치 그러한 무질서한 꿈의 자유가 존재한다는 듯이 행동하지만 그것은 나름의 위안일 뿐이오. 1년 내내 사투르날리아를 축하하려고 한다면 국가의 존립이 위태로워질 것은 뻔하오. 사투르날리아는 하나의 비유지만 국가는 어김없는 현실이란 말이오. 나에게는 황금시대를 수립할 힘도 없거니와 자격도 없소. 다만 내가 세우려는 것은 나의 것, 바로 나의 시대, 나의 국가의 시대답게 만들려는 것뿐이라오."
　이때 노예가 말했다. "자유는 우리 안에 있습니다. 국가는 가소로운 지상적인 존재입니다."
　물론 황제는 이런 말을 귀담아듣지도 않았다. 그는 일어나 있었다. 기묘하게 무감각하게, 아무 감동 없이, 그러면서도 내부로부터 충동질되어 나온 듯한 기묘한 흥분으로 그는 말을 계속해 나갔다. "그것이 국가의 평안의 일부인 한, 자유라고 하더라도 현실로 간주하지 않으면 안 되오. 가상의 현실이라고 생각되어서는 안 되오. 자유도 단순한 비유 이상의 것이 되지 않으면 안 되기 때문이오. 다만 그것은 비유로 격하되는 일이 너무나 많소. 특히 원로원 자체가 그런 일을 감히 저지르고 있지. 빨간 토가를 걸친 그들은 거짓 가상의 자유를 불러내어 국민을 현혹하고 내란을 선동하는 일에 거듭 성공해왔단 말이오! 이 무슨 치욕스러운 기만이란 말이오! 확실히 원로원 의사당의 문은 열려 있었소. 희망자는 원로원 회의를 방청할 수가 있었소. 그것이 국민에게 주어진 유일한 자유였소. 자유 중에서도 가장

*사투르누스를 모시는 동지의 제전.

음험한 자유였소. 국민을 억압하고 국민을 착취하기 위한 법률이 조금도 양심의 부끄러움을 모르는 도배(徒輩)들에 의해 결정되고 있는 걸 허락해도 좋다니! 비유든 아니든 노화된 제도는 현실을 가상의 현실로, 자유를 가상의 자유로 역전시키고 말았소. 그리고 이것이 일체의 범죄에 대한 최적의 토양인 거요. 나는 이것을 일소하지 않으면 안 되었소. 물론 그대가 생각하고 있는 그 옛날의 농업 국가라면 이 제도도 뭐 그럴 만한 의미는 있겠소. 그 무렵은 시민들도 아직 공적인 문제를 통찰할 수가 있었고, 국민의회도 진실로 정당하고 자유로운 의지를 지니고 있었으니까. 거기에 비해서 오늘날에는, 우리는 400만의 로마 시민을 상대하지 않으면 안 되오. 오늘날 우리 앞에 있는 대상은 맹목적인 거대한 군중이오. 그리고 이 군중은 눈부시게 빛나는 유혹적인 자유의 옷으로 몸을 감싸고 위용을 꾸밀 줄 아는 사람이면 누구에게나 주체성도 없이 따라가게 마련이오. 마술사 같은 교묘한 재단 솜씨로 그 옷의 닳고 해진, 무의미한 누더기를 얼마만큼 허술하게 깁고 이어서 감출 수 있는가를 알고 있는 인간이라면, 그저 아무런 분별도 없이 추종하게 마련이오. 군중의 자유란 바로 그런 것이라오. 더욱이 그들 스스로도 그것을 알고 있소! 그들은 자신들의 육체적, 정신적인 생활의 심각한 불안정성을 알고 있소. 자신들로서는 이해할 수도 좌우할 수도 없는 새로운 현실이 신변을 에워싸고 있음을 그들은 알고 있소. 그럼에도 불구하고 그들은 역시 아는 것이 없소. 그들이 알고 있는 것은 다만 자신들이 헤아릴 수 없는 힘에 내맡겨져 있다는 사실뿐이오. 엄청난 넓이를 가진 힘, 그 힘에 그들은 기근이라든가 질병이라든가 아프리카의 흉작이라든가 오랑

캐의 침입이라고 때에 따라서 이름을 붙일 수는 있지만, 그들에게 있어서 그 힘은 그 배후에 숨은, 더욱 깊고 헤아릴 수 없고 붙잡을 수 없는 위협을 표현한 것에 지나지 않소. 확실히 군중은 그들 자신의 자유에 대한 위험을 알고 있소. 자신들을 무서워 달아나고 길잡이도 없이 헤매는 짐승의 무리로 변하게 하는 가상의 자유를 알고 있소. 이 심각한 동요를 바라볼 때, 내외의 위협에 민중이 노출되어 있음을 바라볼 때 나는 몇 번씩이고 말하지 않을 수 없소. 참된 자유는 오로지 로마의 질서 속에 있다, 만인의 평안 속에, 한마디로 말해서 국가 속에 있는 것이라고. 신이 되신 내 아버님이―그 추억은 순수할지니―바라시던 국가, 내가 그의 유지를 받들어서 구출하려고 노력하고 있는 국가, 이 국가는 그 자체가 자유이며 불변의 현실이오. 로마 정신의 현실 속에 있어서의 자유요."

"정신의 왕국에 있어서만 폐하가 구축하신 국가의 현실이 성취될 것입니다."

"그 정신의 왕국은 이미 존재하고 있소. 그것이 국가고, 변경까지 포함한 로마제국이오. 국가와 정신은 하나이지 둘이 아니오."

자신의 입속에서 형성된 말인데도 불구하고 멀리서부터 들려오는 대답처럼 베르길리우스가 말했다. "자유의 왕국……인간과 인간성의 왕국……."

"로마인의 나라요, 베르길리우스! 그리스의 자유, 그리스의 정신이 로마에서 부활한 것이오. 여기에 대한 공헌이 자네만큼 큰 사람은 아무도 없소! 헬라스는 약속이었소. 로마제국은 그 약속에 대한 실현이오."

노예의 목소리가 말했다. "왕국은 영원히 번영할 것입니다. 거기에는 이미 죽음은 없을 것입니다."

황제는 또다시 연설을 시작했는가? 분명히는 알 수 없었다. 그는 말하였지만, 그럼에도 말하고 있지 않았으니까. 마치 황제의 깊은 내심의 사고처럼 말은 미동도 하지 않고 공간에 머물러 있었다. "국가는 군중에게 그들이 상실한 저 육체적 정신적인 안정을 부여하지 않으면 안 되오. 그들에게 영원한 평화를 보증하고, 그들의 신들을 지키고, 공공복지의 요구에 따라 자유를 분할하지 않으면 안 되오. 이것이, 이것만이 국가의 인간성이오. 어쩌면 유일하고 가능한, 그러나 명백히 최상의 인간성인 것이오. 물론 때로 공공의 복지가 위태로운 상황에 처하게 되면, 개개인이나 집단에 대해 꽤 비인간적인, 가차 없는 태도를 취하는 일도 있기는 하지만. 공공의 복지를 위해서는 언제 어떤 경우이든 개인의 권리는 전체의 권리 아래 희생되어도 무방하오. 아니 희생되지 않으면 안 되오. 개인의 자유는 로마 전체의 자유 아래, 이웃의 평화는 로마의 평화 아래 흡수되어야 하오. 사실 국가가 주는 것은 엄격한 인간성이오. 공공복지에 봉사하면서, 다름 아닌 그 봉사에 의해 이것을 실현하면서 국가가 개인의 보답을 요구하고, 국가 권력에 대한 개인의 완전한 종속을 요구하면 할수록 그 인간성은 점점 엄격성을 더하는 법이오. 아니 나아가서는 전체의 안전과 방어를 위해서 필요하다면 스스로가 지키고 있는 개인의 생명에 대한 반환을 요구하고, 이것을 말살할 권리까지도 수중에 넣는 법이오. 규율 있는 인간성, 그것이야말로 국가가 원하고, 국가와 더불어 우리가 구하는 것이란 말이오. 규율에 의해서 정해지고, 어떤 유약성에서도 벗어나

현실의 법도 속에 흡수된 현실 속의 인간성, 로마의 엄격한 인간성, 로마는 이 인간성에 의해 위대해진 것이오……."
 오오, 만투아의 들이여, 오오, 어린 시절의 풍경, 인간세계의 부드러운 풍경이여, 상실되는 일이 없는 어버이들의 풍경이여—밖에는 그런 풍경의 편린조차 보이지 않았다. 의연한 세계 속에서 그것은 퇴색되어 아련했다. 존재 자체는 그 어떤 움직임도 없고, 저쪽 창가에 서성이고 있는 사람도 꼼짝달싹하지 않았다. 이미 옥타비아누스가 아니고, 아련하면서도 엄격하고 기묘하게 굳어버려서 이미 인간계를 초탈한 것처럼 생각되는 형상이었다. 그리고 주변 일대에는 국가가 요괴 같은 거대한 선(線)을 그리며 전개되었다.
 "설사 지금은 아직 폐하께서 국경을 지키지 않으면 안 되지만 이윽고 국경은 존재하지 않게 될 것입니다. 지금은 아직 공적인 권리와 사적인 권리를 구별할 필요가 있다고 느끼시겠지만, 이윽고 권리는 굳이 두 가지로 나눌 필요가 없게 될 것입니다. 어떤 개인의 손해도 전체의 손해가 되고, 개인의 권리는 전체의 권리 속에서 지켜지게 될 것입니다. 설사 지금은 아직 자유를 몹시 옹졸하게 제한하지 않으면 안 된다고 하더라도, 전체의 자유를 유지하기 위해서 노예에게는 전혀 자유를 주지 않고 로마인에게도 겨우 조금밖에 주어져 있지 않다고 하더라도, 인식의 왕국에 있어서는 인간의 자유가 무제한으로 인정될 것입니다. 그리고 이 인간의 자유 위에서만 일체를 포괄하는 세계의 자유가 구축될 것입니다. 왜냐하면 폐하의 국가가 이윽고 그 개화기를 맞이할 인식의 왕국은, 참된 현실의 왕국은, 민중의 나라로는 되지 않을 것이기 때문입니다. 아니, 민족의 나라조차도 되지 않을 것입니다. 그것은 지각 속에 있는 인간에 의해 받아들여지고, 한 사람 한 사람의 영혼에 의해 받아들여지고, 신의 모습을 간직한 영혼의 특성에 의해 받아들여진 인간 공동의 왕국이 될 것입니다."

"우리가 얌전하게 모습을 감추었을 때 인식은 태어날 것입니다." 노예의 목소리가 그의 말을 받아서 매듭을 지었다.

아우구스투스에게는 아무 말도 들리지 않은 듯했다. 태연하게 그는 말을 계속했다. "로마의 현실은 지상의 것이오, 그 인간성은 지상의 것이오. 이것을 따르는 자에게는 지체 없이 냉정하게 은혜를 베풀고, 감히 질서를 어지럽히려 드는 자에게는 지체 없이 냉정하게 준엄한 벌을 주는 인간성 말이오. 내가 농민 계급에 대한 수탈을 막은 것은 이탈리아 땅에서만이 아니오. 로마제국 전역의 농민을 나는 보호해왔소. 나는 속국에 부과된 무거운 과세를 제거하고, 여러 민족에게 그 권리와 특권을 되돌려주고, 공화제를 자칭하면서 그 이름을 욕되게 한 어지러운 행정에 종지부를 찍었소. 나를 나쁘게 비난하는 자들은 이런 모든 것이 지극히 냉정한 사무적인 일일 뿐 별로 큰 사업이 아니라고 헐뜯을지도 모르오. 그렇게 말하고 싶은 자들에게는 말하게 내버려둡시다. 이 냉정한 작업에 의해서 나는 더럽혀진 공화국의 이름을 다시 명예로운 것으로 만들고, 내란에 의한 황폐에도 불구하고 국토 전역에 걸쳐서 새로운 번영을 가져왔소. 냉정성은 로마의 빛이오. 로마의 인간성은 냉정이란 말이오. 이 냉정성은 전체의 복지를 위해서만 마음을 쓸 뿐, 그 누구의 눈치도 보지를 않소. 뿐만 아니라 때로는 보다 좋은 인간성으로의 발전을 차단하거나 혹은 적어도 보류시키려는 일까지도 있소. 그래서 확실히 나는 노예의 환경이 개선되도록 마음을 쓰기는 했지만, 국가의 번영이 노예를 필요로 하는 이상 설사 피지배자에게 알맞은 권리가 있어서 그것을 고집한다고 하더라도 그들은 역시 이 현실에 순응하지 않으면 안 되는 거요. 그야말로 일체의 온정을 무로 돌리고, 실로 본의가 아니면서도 나는 노예의 해방이 정도를 넘지 않도록 법률에 의해 제한하지 않을 수가 없었다오. 가령, 그들이 이 제한에 저항한다면, 새로운 스파르타쿠스*가 등장한다면, 나 역시 크라수스처럼 수천 명의 노예를 십자가에 매달지 않으면 안 될 것이오. 민중을 위협하고 또 즐겁게 해주기 위해서라도 그렇게 하지 않으면 안 될 거요. 민중이란 언제나 잔인한 것을 좋아해서 곧 불안에 떨기 마련이지만, 국가의 절대권 앞에서는 개인은 무와도 같다는 사실을, 피에 굶주려 전율하는 그들의 마음속에 깨우쳐주기 위해서라도 말이오."

"아닙니다." 노예가 말했다. "아닙니다. 우리는 정신 속에서 되살아날 것입니다. 왜냐하면 모든 속박은 저희에게 있어서는 새로운 해방이니까요."

노예 쪽은 거들떠보지도 않고 지배자는 다시 말을 계속했다. "우리 자신도 국민의 일부로서 절대권을 가진 국가의 소유인 거요. 우리의 존재와 소유의 일체를 포함해서 국가의 것이란 말이오. 그리고 국가에 속함으로써 우리는 국민에 속하기도 하는 것이지. 국가가 국민을 구현하고 있듯이 국민은 국가를

---

*트라키아 태생의 노예. 로마에 대항하여 반란을 일으켰으나 기원전 71년 로마의 장군 크라수스에게 패하여 죽음을 맞이했다.

구현하지 않으면 안 되오. 그리고 국가가 우리와 우리의 행위에 대한 확고한 소유권을 가진다면 마찬가지로 국민에게도 그 권리가 있소. 우리의 행위가 위대한 것이든 하찮은 것이든, 그것이 《아이네이스》라고 불리든 뭐라고 불리든, 국민은 거기에 대해 스스로의 소유권을 행사할 자격과 의무가 있소. 우리는 모두 국민의 노예란 말이오. 어떤 인도의 손길도 거역하고, 그러면서도 인도를 필요로 하는, 나이도 차지 않은 주제에 오만한 어린 노예란 말이오."

"국민은 폐하를 아버지라고 부르고 있습니다. 그리고 아버지로서의 인식을 폐하에게서 기대하고 있습니다, 아우구스투스님."

"국민은 어린아이처럼 믿을 수 없는 존재라오. 궁지에 몰리면 겁쟁이가 되어서 언제라도 달아날 채비를 갖추고, 그야말로 위태롭게 다리를 후들거리고, 뭐라고 격려하든 위로하든 일절 귀를 기울이지 않고, 심사숙고는커녕 인간성의 편린도 없고, 양심도 없고, 세상 돌아가는 대로 맥락도 없이 날뛰고, 조금도 빈틈이 없고, 잔혹하오. 그러면서도 또 일단 자기 자신을 발견하면 옳은 길을 어렴풋이 예감하여 몽유 상태인 채 목표를 향해서 나가는 어린애처럼, 그야말로 위태로운 발걸음으로, 대범하고 기세 좋게 기꺼이 제 한 몸을 바칠 수가 있소. 오오, 친구여, 우리는 그 일원으로서의 삶을 부여받은 위대한 영광에 싸인 국민이라오. 스스로의 모든 행위를 통해 이러한 국민에게 봉사하는 의무를 우리는 고마운 마음으로 짊어지지 않으면 안 되오. 우리에게 주어진 지도자로서의 역할에는 더욱 감사해야만 하고, 무엇보다도 그 지도력을 실천하라고 명령하시는 신의 지시에 최대한의 감사를 바치지 않으면 안 된다오. 자신의 손에 맡겨진, 아주 어린아이다운 성질을 염두에두고 우리는 그것을 제어하지 않으면 안 되오. 거기에서 아무것도 뺏기는 일 없이 가치가 있는 모든 것을 그대로 간직하지 않으면 안 된다오. 예를 들면 어린애 같은 유희와 잔학성에의 도취 따위도 유약하게 흐를 위험을 막는 힘으로 간직하지 않으면 안 된다오. 하지만 바로 그렇기 때문에, 또한 우리는 이러한 모든 것이 자신이나 남에게 피해를 입히지 않도록, 황폐를 야기하지 않도록, 일정한 한계선 안에 그것을 억제해두기 위해 마음을 쓸 필요가 있소. 왜냐하면 국민이라는 이름의 이 어린애가 거친 광기에 사로잡히는 일처럼 위험스럽고 무서운 일은 없으니까. 그것은 버림을 받아서 어쩔 줄 모르는 어린아이의 광기라오. 그래서 우리는 어디까지나 국민이 고독감에 빠지는 일이 없도록 주의하지 않으면 안 되는 것이오. 오오, 나의 벗이여! 우리는 국민의 어린아이 같은 천진성을 지키지 않으면 안 된다오. 어버이의 집에 있는 어린아이 같은 안식을 국민에게 부여하지 않으면 안 된다오. 그렇게 해서 어버이의 자애에 넘친 엄격성을 가지고 국민을 인도할 줄 아는 자, 생활과 영혼과 신앙의 편안함을 국민에게 부여하는 자, 그 행위를 성취하는 자, 다만 그러한 자만이 국민을 국가에로 부를 운명을 짊어지고 있소. 국가의 안정 속에서 생활을 행하라고 호소할 뿐 아니라 일단 유사시에는 목숨을 국가에 바치라고 호소하는 것도 그의 임무라오. 오오, 나의 벗이여, 다만 그러한 엄격한 규율 밑에서 정도(正道)를 걷는 국민만이 자기 자신도 국가도 견고한 반석 위에 올려놓고 국가와 함께 불멸이 된다오. 즉, 그렇지 않고서는 피할 수가 없는 몰락의 운명에서, 영원히 벗어날 도리가 없을 것이오. 이것이야말로 국가와 국민에게 영원히 해당되는 목표요."

누가 대답하겠는가? 대답이 있을 수 있는가? 그러나 대답은 저절로 생겨났다. "영원한 것은 진실뿐입니다. 광기에서 해방되고 광기를 방지하는, 위와 아래의 심연에서 퍼내어진 현실의 진실뿐입니다. 왜냐하면 다만 그것만이 불변의 현실이니까요. 진실에의 부름, 찬미에의 부름, 진실된 행위에의 부름을 받을 때라야 비로소 여러 민족은 일체의 민족성을 초월하고, 인간은 미래영겁에 걸쳐 끝없이 제국에 관여하게 될 것입니다. 다만 진실된 행위로써만 죽음을 지양할 수 있습니다. 과거의 죽음도 미래의 죽음도 모두 함께. 다만 그 길을 거쳐서만 어스름 속에 가라앉는 영혼은 만유의 인식으로 깨어날 수 있습니다. 진실을 향해, 진실의 한가운데를 향해 국가는 성장합니다. 국가의 내면적인 성장이야말로 진실에 있어서 중대한 것으로, 국가는 진실 속에서 스스로의 궁극적인 현실을 발견하고, 지상을 초월하여 스스로의 근원에 귀환하는 신성한 길을 발견하면서 영겁의 순간이 멋지게 지금 이 시대에 성취되기를, 인간의 왕국이 되어서 신성한 인간성의 왕국이 되어서 모든 민족에 군림하고 모든 민족을 포섭하는 왕국이 되기를 원합니다. 이런 국가의 목표는 진실의 왕국입니다. 모든 나라들로 번져가고, 그러면서도 한 그루 나무처럼 대지의 심연에서 하늘의 심연으로 성장하는 왕국입니다. 왜냐하면 경건하게 성장하는 것 속에서만 왕국이 나타나기 때문입니다. 왕국의 평화, 진실의 풍요한 개화로서의 현실이 나타나기 때문입니다."

이번에도 아우구스투스의 마음은 동요되지 않았다. 서로가 아무 말도 듣지 않은 것처럼 또다시 대화는 아무런 움직임도 보이지 않은 채 부동의 평행선을 더듬으며 흘러가 버렸다. "신들의 사랑은 인간 개개인에겐 향해지지 않는다오. 개인은 신들에게 있어서는 하찮은 존재요. 따라서 그 생사에도 개의하는 일이 없지. 신들은 민족에게 마음을 돌리오. 신들의 영원불변의 성격은 민족의 영원불변의 성격을 향해서 작용하오. 이 성격만이 신들에겐 중요하며, 그것을 그들이 보호하는 까닭은 스스로의 영원이 민족의 영원성과 성쇠를 같이한다는 사실을 알고 있기 때문이오. 그럼에도 불구하고 신들이 개개인에 관심을 돌린다고 한다면 그것은 단지 그 인간에게 국가의 존재 형식을 구축할 힘을 부여하기 위해서요. 이 생활 형식 속에서 불변하는 민족의 존립이 영원한 사명을 부여받아 질서 지어지고, 반석의 안정 위에 놓여지지 않으면 안 된다오. 지상의 권력은 신들의 힘의 반영이오. 신의 현실과 민족의 현실 사이에, 영원한 신의 질서와 영원한 민족의 질서 사이에서 이 양쪽을 국가 속에서 실현함으로써 지배권은 그 자체가 영원한 존재로 변하게 되오. 신들과 함께, 민족과 함께 삶과 죽음보다도 거대해진다오. 이 이중의 현실 때문에 더욱 거대해지오. 신들과 민족 사이에 서서 신들의 힘의 반영이 되고 민족의 힘의 거울이 되어서 지상의 권력은, 국가는, 개개인이나 인간의 다양성에 개입하는 대신에 언제나 다만 민족 전체에만 마음을 쓴다오. 그것은 이 전체 속에 영원한 현실을 지속시키려고 하기 때문이오. 인간만을 스스로의 버팀목으로 삼으려는 지배권은 결코 그 바탕을 유지할 수가 없소. 그것은 스스로를 받쳐주는 인간들과 운명을 함께하기 마련이오. 아니 설사 아무리 풍성한 축복을 받는다고 해도 인간적인 망설임의 그림자가 조금이라도 드리워지면 그것은 당장 낙엽처럼 흩날리고 마오. 페리클레스가 수립한 평화는 바로 그러한 운명을 더듬었소. 페스트에 의한 죽음에서 아테네를 지킬 수 없었을 뿐만 아니라 자신 역시 추방의 재앙에 봉착하지 않으면 안 되었소. 3년 전에 기아가 로마를 휩쓸려고 했을 때 자칫하면 나도 같은 운명에 봉착할 뻔했소. 신들은 지상의 빵을 주고, 그들의 힘의 대행자인 나를 시켜 원로원으로 하여금 국민에게 곡식을 제대로 나눠주도록 하라는 명령을 내렸소. 바로 그 신들이 당시 나에게 과분할 만큼 자비를 베푼 덕분에 나는 알렉산드리아의 상선대에 곡물을 싣게 할 수 있었고, 순풍이 항해 시간을 줄여줘 최악의 사태는 가까스로 피할 수 있었소. 하지만 만일 나의 힘이 신들 전체, 민족 전체 위에 기반하지 못했다면 이 구원도 아무런 도움이 안 되었을 거요. 이미 곳곳에서 불길이 치솟고 있던 소요 때문에 나는 손을 쓸 새도 없이 몰락하고 말았을 거요. 그리고 일이 있을 때마다 나는 나 자신을, 아니 로마제국 전체를 여론이 자아내는 온갖 덧없는 우연에다 내맡기지 않으면 안 되었을 거요. 또한 권력의 힘이 개개인의 존재를 분산시키는 꼴을 팔짱을 낀 채 보고만 있지 않으면 안 되었을 거요. 국가란 지고의 현실이오. 지상의 모습으로는 눈에 보이지 않지만 최고의 현실이오. 그 어떤 덧없는 것도 이 현실의 세력권 안에서 지탱될 수 없다오. 덧없는 한 인간으로 나는 여기에 서 있소. 국가의 세력권, 내 힘의 세력권 안에서 나는 내게서 덧없음을 벗겨낼 수밖에 없고 불멸의 상징이 된다오. 왜냐하면 다만 상징으로서만 죽어야 할 존재는 영원한 세계에 편입할 수 있기 때문이오. 그 영원한 세계란 다름 아닌 로마제국과 마찬가지로 그 현실성 때문에 일체의 비유까지도 초월하고 있소. 이 이중의 현실을 갖춘 국가는, 신들을 상징화하지 않으면 안 될 뿐만 아니라, 신들의 영광을 찬양하기 위해서 아크로폴리스를 세우는 것만으로는 부족하다오. 그 현실의 다른 반쪽인 민족을 위해서도 마찬가지로 국가는 상징을 마련하지 않으면 안 되오. 민족이 직접 보고 싶어 하고 또 단단히 붙잡을 수 있는 강력한 영상을. 그것은 민족의 자주독립을 비쳐주는 상으로서 그 앞에서 머리를 조아리면서 민족은, 지상의 권력은, 안토니우스의 예가 보여주듯이 끊임없이 죄악에 기울기 일쑤라는 것을, 또 영원불멸의 현실의 상징을 스스로 아울러 지닌 권력자만이 그런 종류의 위험을 차단시킬 수 있음을 느끼게 된다오. 그래서 나는, 로마의 질서를 유지하기 위한 권력을 신들로부터 부여받은 봉토로서, 신과 같은 아버님의 유산으로서 물려받아 자손만대에 이르기까지 이 유산을 전해야만 하는 나는, 나의 상을 신전에 세우는 것을 허용했소. 아니 허용했다기보다도 명령했다오. 그것은 이 나라의 모든 민족이 여전히 귀의하고 있는 모든 신들의 상과는 다른, 제국의 통일을 상징하는 상, 대양에서 유프라테스 강변에 이르기까지 단 하나의 질서가 지배하는 그 질서로의 제국의 성장을 상징하는 상이라오. 우리는 우리의 제도를 누구에게도 강요하려고는 생각지 않소. 별로 서두를 필요도 없소. 시간은 충분히 있으니까 여러 민족이 자발적으로 우리의 재판, 우리의 도량형, 우리의 화폐제도의 이점을 채용할 때까지 기다리기만 하면 되오. 벌써 그러한 조짐은 이곳저곳에서 나타나고 있소. 그런데 로마적인 사고방식으로의 이러한 이행을 되도록 신속히 달성할 의무를 우리는 불가피한 명령으로 받아들이고 말았소. 어디에서든 우리는 이를 이행하기 위한 준비에 즉각 착수하지 않으면 안 된다오. 제국의 의식을, 거기에 속하는 모든 민족의 마음에 지금 당장 불러일으키지 않으면 안 된다오. 로마적인 사고를 최고로 표현하는 신들을 위해서 이 행위를 수행하지 않으면 안 되오. 그리고 이 행위가 가능한 것은 다만 상징 속에서, 상징과 상징이 눈앞에 나타나는 조상(彫像)을 통해서뿐이오. 내가 조상의 설립을 요구했을 때, 로마의 국민이 인식하고 있던 것은 바로 이것이었소. 나를 신으로서―물론 나는 신이 아니지만―미신적으로 숭배하려는 것이 아니라 신에 의해서 나에게 과해진 직무에 대해서 공손한 경의를 바치려는 것이었소. 제국의 경계 속에 있는 이민족들도 여기에는 경의를 바칠 의무가 있소. 왜냐하면 이 직무의 상에는, 이 국가의 참된 내면적인 성장이, 로마의 평화의 안정 속에 만세에 걸쳐서 질서 잡힌 제국의 통일을 위한 필연적인 성장이 나타나 있기 때문이오."

만세에 걸쳐서! 황제는 말을 끝냈다. 그의 시선은 아득한 곳에 멈춰 있었다. 공간도 없고 시간도 없는 저쪽, 그곳에 로마제국은 눈에 보이지 않는 선을 그리면서 지상의 풍경을 넘어 뻗어나가, 아직도 어둡고 빛이 없었지만 그러나 빛으로 넘치고 빛을 기다리고 있었다. 은밀한 수수께끼처럼 시간은 흘렀다. 한없이 공허했지만 그러나 그곳에는 포세이돈의 말발굽 소리가 울려 퍼지고, 물도 없고 기슭도 없이 도도히 물결쳐 굽이치는 흐름이었다. 벽을 타고 흐르는 샘은 찰랑찰랑 소리를 내고 있었으나 거의 물이 마르지 않았는가 싶었다. 세계의 모든 것이 그 무엇인가를 기다리고 있었다.

"인간의 신앙심이 성장함에 따라서 시간은 전개됩니다. 오오, 아우구스투스님. 그 신앙심 속에서 제국은 자라고, 지상의 권력이나 지상의 제도에는 영향을 주지도 받지도 않습니다. 왜냐하면 이것들은 모두 아직도 상징의 영역에서 방황하고 있기 때문입니다. 하지만 제국은 스스로 자신 속에서 실현되는 창조의 거울이 되어 현실로 변할 것입니다. 폐하가 하시는 일은 점점 더 고조되는 인간의 신앙심 속에서 현실로 변할 것입니다. 이런 심정으로 향하는 길을, 폐하는 제시하신 것입니다."
  먼 곳을 헤매고 있던 아우구스투스의 시선은 다시 가까운 공간으로 돌아왔다.
  "나는 티티우스의 사제단(司祭團)과 점성술을 재건했고, 루클루스의 향연의 혁신에 착수하고 있소. 곳곳에서 나는 그 옛날의 우아한 신앙의 형식을 민족의 기억 속에 소생시키고, 먼 조상들이 그 신앙을 장식했던 경건하고 엄숙한 제전을 부활시키려고 노력하고 있소. 이것은 신들의 마음에도 들고 민족의 마음에도 드는 일이지만, 또한 그대의 아이네이아스의, 아버지 안키세스의 추억을 흔들림 없이 정성껏 간직했던 아이네이아스의 한결같은 신앙심이기도 했소. 내가 변함없는 마음을 바쳐 온 신과도 같은 내 아버님에 대한 추억 속에, 이 민족은 나에게 지배권을 맡겼소. 내 행위 속에서 그들은 애타게 찾고 있던 어버이들의 신앙의 소산을 역력히 발견했던 것이오. 그들은 나를 그들 자신들의 화신으로, 민족의 힘의 화신으로 선택했소. 호민관 직의 위탁에 의해서뿐 아니라 지고한 사제로서의 힘, 지고의 신앙을 유지하기 위한 상징으로 충만한 직무를 위임시킴으로써 발견했던 것이오. 로마의 경건한 심정은 성장할 필요가 없소. 이 심정은 그것이 봉사하는 로마의 신들과 마찬가지로 처음부터 존재하고 있었던 거요. 문제는 다만 그것을 회복하는 데 있소."

"오오, 아우구스투스님, 폐하께선 인간의 경건한 심정을 아버님의 유지를 따르는 데서 배우시고, 그 거룩한 이름으로 신앙의 형식을 굳세게 수호하고 계십니다. 국민은 애정을 가지고 폐하를 따르고, 그 어떤 악인도 신들에 의해서 정해진 폐하의 손에 의해 재건된 질서의 침범을 감히 기도하지 못할 것입니다. 하지만 오오, 아우구스투스님, 국민들 사이에 전해져 내려온 신앙심과 폐하의 신앙심은 모든 신의 영역을 넘어서고 있습니다. 빛나는 어버이들의 계보를 넘어서는 것입니다. 왜냐하면 경건한 마음은 시원(始原)의 어버이를 향하면서 그 아득한 조상이 나타나기를, 아버지가 그 복음과 창조를 공손히 기다리는 아들에게 밝혀주기를 조용히 기다리고 있기 때문입니다……."

"아폴로는 우리 집안의 수호신이었소. 태양신과 지신을 한 몸에 아울러 지니신 이 신, 질서를 수립하면서 일체의 재앙을 막는 이 신은 우리가 복종하는 하늘이신 아버지 제우스의 아들이시오. 일체의 광명의 원천은 그분이오."

이때 노예의 목소리가 다시 들려왔다. 아득한 저쪽에서 마치 펜으로 그린 듯한 메마르고 가는 느낌의 그 목소리가 울려 왔다. "제우스님도 운명에는 공손하게 봉사합니다. 뿐만 아니라 나아가서는 무릇 헤아릴 수 없는 빛이 일체의 사고를 덮어버리는 저쪽, 경계를 넘은 저쪽에서 운명은 봉사에 이은 봉사를 거듭하고 있습니다. 시원의 미지의 존재에 대한 봉사를 계속하고 있습니다. 하지만 그 존재의 이름을 입에 올리는 것은 허용되지 않습니다."

생각에 잠겨서 황제는 저쪽 들창에 기대어 있었다. 조용했다. 아직 아무것도 움직임을 보이지는 않았으나 빛의 창백한 색조는 차츰 사라지고, 빛은 다시 제 모습을 되찾고 있었다. 그것은 마치 경계를 감시하는 태양의 사자(獅子)가 되려는 듯, 억센 앞발을 가졌으면서도 그 발을 살그머니 옮기며 다가와서 경건한 주인의 발밑에 눕는 사자가 되려는 듯했다. 대지의 흔들림은 평온해지고 포세이돈의 마음은 누그러져 있었다. 일식은 바야흐로 끝나가는 참이었다.

"모든 광명에서 새로운 경건함이 탄생하게 됩니다. 오오, 아우구스투스님."

"하지만 우리들의 경건함은 광명으로 나아가야 하오."

"경건한 인간은, 아우구스투스님, 이미 지각에 도달하고 있습니다. 시원의 아버지가 마련한 법도를 마음에 간직하고 있습니다. 그렇기 때문에 그의 기억은 아직 그 발소리를 듣기도 전에 이윽고 다가올 미래의 존재와 말을 나눌 수가 있습니다. 아직 어떤 명령도 부여받기 전에 봉사의 사랑을 담고 그 존재에 봉사할 수가 있었습니다. 불러들일 수도 없는 존재를 그는 불러들입니다. 그리고 이 부름에 의해 그 존재를 창조합니다……. 경건이란 인간이 벗어날 수 없는 자신의 고독으로부터의 탈출을 지각하는 것입니다. 경건이란 장님이 보고 귀머거리가 듣는 것입니다. 왜냐하면 그것은 단순성 속에서의 인식이기 때문입니다……. 인간의 경건 속에서 신들은 태어납니다. 신들에게 봉사하면서 그것은 신들의 저쪽에 있는 사랑의 인식, 죽음까지도 지양하는 인식이 됩니다……. 경건, 심연으로부터의 귀환…… 착란과 미혹의 지양…… 인식을 짊어지는 진실…… 그렇습니다, 그것이야말로 경건입니다."

"어디로 가려는 거요, 베르길리우스? 대체 어디로 가려는 거요? 그대의 말은 모두가 지상을 훨씬 벗어나고 있소. 거기에는 지상의 사명은 이미 조금도 들어 있지 않소. 그러나 나는, 여기에 있는 나는 지상에 발을 디디고 있소. 나는 그 자세에 만족하지 않으면 안 되오. 로마의 민족은 그 법도가 명령하는 대로 신들의 의지에 몸을 맡겼소. 그렇게 함으로써 그들은 스스로의 자유를 제약하고 자유를 개조하여 국가로 만들고, 그리하여 아폴로적인 광명과 질서에의 길을 스스로에게 제시한 거요. 이 길은 올바로 지켜지지 않으면 안 되오. 나는 그것이 올바로 지켜지도록 감시하지 않으면 안 되오. 그리고 이 길이 인간적인 경건의 지배에 의해 열렸다고 한다면 그 경건이 이 길과 길의 목표를 초탈하는 것은 허용되지 않소. 그것은 국가를 초월할 수 없고, 그 초월은 허용되지도 않소. 왜냐고? 그렇지 않으면 국가는 무의식이 되고, 그 현실은 파괴되고, 그와 함께 신들과 민족의 현실도 파괴되고 말기 때문이오. 경건이란 곧 국가를 이르는 것이고 국가에의 봉사, 국가에의 참여를 이르는 것이오. 자기의 인격 전체, 자기의 일 전체를 가지고 봉사하는 자야말로 경건이라는 이름에 어울리는 것이오……. 그 밖의 경건은 나에게는 소용이 없소. 그리고 이것은 하나의 의무이므로 그 의무로부터는 그대도 나도 벗어날 수가 없다오. 아니 그 누구도 여기에서 벗어날 수 있는 자는 없소."

아우구스투스가 말한 모든 것은 기묘하게도 믿어지지가 않았다. 게다가 가면과도 같은 그 인상은 애처롭기까지 했다. 상실 같은, 환멸 같은, 단념 같은, 어쩌면 수치 같은 애처로운 느낌이었다. 어쨌든 그것은 결국 사람의 마음을 사로잡는 것이었다. 어쩌면, 빠져나가기 어려운 우정이나 빠져나가기 어려운 죽음 같았다. 죽어야만 했던 쪽은 실은 아우구스투스가 아니었던가? 그가 말한 것은 마치 미래의 로마제국의 지도자를 위한 유언 같았는데, 그러면서도 그 자체는 생명을 지니지 못했고, 신들을 향해서도 인간을 향해서도 호소하는 힘이 없었다. 몹시 지친 듯이 아우구스투스는 다시 자리에 앉아 있었다. 혼자서 생각에 잠긴 채 약간 앞으로 수그리고 앉아 있었다. 소년처럼 아름다운 얼굴은 시선조차 던져주지 않았다. 그러나 그의 손은 사자의 머리 위에 놓여 있었다. 한없이 아득한 경계에 이르기까지 황제는 지상의 영역을 모두 헤아리고 있었다. 지상의 감옥에 갇힌 채 있었다. 지금 그는 지쳐 있었다. 그러면서도 여전히 지배자였다.

그렇기 때문에, 바로 그렇기 때문에 이 말을 하지 않으면 안 되었다. 분명히 하지 않으면 안 되었다. "신들의 저쪽에, 국가의 저쪽, 민족의 저쪽에 한 사람 한 사람의 영혼의 경건성이 있습니다. 설사 신들이 민족만을 염두에 두고 한 사람 한 사람의 일은 알려고 하지 않더라도 이 영혼은 이미 신들을 필요로 하지 않습니다. 구명할 수 없는 존재와 경건한 대화를 시작하기만 하면 저 신도 이 신도 필요로 하지 않습니다……."

신성한 존재와의 대화! 오오, 위와 아래 사이에 쳐진 눈에 보이지 않는 어스름의 막이 찢어지지 않는 한, 기도는 다만 그 자신의 메아리를 되돌릴 뿐이다. 신은 도달할 수도 없는 먼 곳에 있고 아무런 대답도 주지 않는다.

그러나 황제는 말했다. "그 경건한 대화라는 것을 음미한다는 일은 누구도, 그대조차도 할 수 없는 일이라고 생각하지만, 어쨌든 그대가 그 대화로써 국가와 민족에 대한 의무에서—이 양쪽에 대해 그대는 그대의 일로써 보답하지 않으면 안 되지만—벗어나려고 생각한다면 그 심정은 나름대로 나도 이해할 수가 있소. 다만 그대의 연설로 전통적인 신앙을 왜소화하려고 한다면, 로마의 경건을 야만인들의 그것과 동일시하려고 한다면, 그대 자신이 일찍이 이집트의 신들을 괴물이라고 부른 것을 나는 그대에게 상기시키지 않을 수가 없소……."

"경건이란 유일무이한 특성입니다. 그리고 경건을 성장이라는 의미로 받아들이고 있는 야만인 쪽이 성장에 영혼을 닫고 있는 로마인보다도 훌륭한 것입니다."

약간 따분한 투로, 어느 정도는 주의력을 더 이상 집중할 수가 없어서, 또 어느 정도는 최종적인 결말을 지어야 하겠다는 듯이 대답이 돌아왔다. "괴물을 낳는 경건성은 경건이 아니오. 괴물을 숭배하는 국가는 국가가 아니오. 아니 경건이란 신들 없이는 생각할 수가 없는 거요. 국가 없이, 혹은 민족 없이는 생각할 수가 없는 거요. 다만 전체 속에서만 그것은 의의를 지니고 있소. 왜냐하면 신들과 합일한 조국 로마의 전체 속에서만 인간은 신성과 결합할 수가 있기 때문이오."

"한 사람 한 사람의 영혼이 지상을 초월한 존재와 직접 결부되지 않는다면 전체의 질서는 결코 구축되지 않을 것입니다. 직접 지상을 초월한 존재에 봉사하려는 작업만이 지상에서의 전체성에도 봉사하게 됩니다."

"그것은 매우 위험한 혁신 사상이구려, 베르길리우스. 국가에 해로울망정 이익 될 것이 없는 사상이란 말이오."

"이 사상 속에서 국가는 왕국으로서의 완성을 보게 됩니다. 시민의 국가가 인간의 왕국이 되는 것입니다."

"그대는 국가의 구조를 파괴하고 있소. 그것을 파괴해서 무형태의 평등으로 환원하고, 그 질서를 분단하고, 민족의 굳은 결합을 깨뜨려버리고 있소." 황세의 태도에는 조금도 피로한 기색이 없었다. 방금 한 말이야말로 그의 최대의 관심사였으므로 그 어조에는 심상치 않은 정열이 담겨 있었다.

"질서는 인간의 질서가 될 것입니다……. 인간의 법도의 질서가 될 것입니다."

"법도? 마치 우리가 그 은혜를 듬뿍 입고 있지 못하다는 투의 말이로군! 악법의 제정에 있어서 원로원은 그야말로 다산을 했소……. 국민은 질서를 원하고 있소. 하지만 아무리 생각해도 음험한 법도를 바라고 있을 까닭은 없소. 법도에 의해서 국민은 국가와 함께 파괴되어버리고 말 테니까……. 그대는 이런 일을 전혀 모르고 있구려."

"성장하는 경건한 왕국은 국가를 파괴하지 않습니다. 하지만 그것은 국가를 초월해서 전진합니다. 국가의 민족성을 폐기하는 것은 아니지만 그것을 초월해서 나가는 것입니다……. 민족, 그렇습니다, 민족에게는 국가의 질서가 어울립니다. 하지만 인간에게는 인식이 어울리는 것입니다. 인식을 찾아서 인간은 경건하게 봉사합니다. 인식이 성취될 때 비로소 새로운 왕국이 탄생하게 됩니다. 인식의 법도 속에 있는 왕국, 창조를 보증하는 행복이 주어진 왕국이 말입니다."

"그대는 세계를 창조하는 일에 대해서 그것이 마치 국가의 규범으로부터 영향을 받기라도 한다는 듯한 표현을 쓰고 있소. 고맙게도 원로원은 그대의 인식의 법도를 받는다 해도 그것을 활용하지는 못할 거요……. 그것이 도움이 된다면 창조의 명맥도 알아볼 만한 것이오."

"인간이 인식을 포기한다면, 진실을 상실한다면 그는 창조까지도 잃고 맙니다. 국가는 창조를 위해서 배려할 수는 없습니다. 하지만 창조가 위기에 처할 때 국가도 위기에 처하게 됩니다."

"그 문제의 해결은 신들에게 맡겨두기로 합시다. 하지만 그건 그렇다고 치고, 내가 어쨌든 내 할 일을 다했다는 사실은 그대도 인정하지 않을 수 없을 거요. 힘이 미치는 한 나는 인간의 지식을 위해서 배려해왔고 앞으로도 그러한 배려를 게을리하지 않을 셈이오. 공립학교의 수는 이탈리아뿐만 아니라 속국에서도 늘렸소. 또한 나는 유능한 의사나 건축가, 또는 수공학자(水工學者)를 양성하기 위한 고도의 교육에도 충분한 주의를 기울이고 있소. 나아가서는 그대도 알고 있는 것처럼 아폴로 도서관과 옥타비아누스 도서관을 설치했고, 기존 도서관에 보조금을 지급하는 일도 잊지 않았소. 하지만 이러한 배려는 국민들에게 별로 뜻있는 일로 받아들여지고 있는 것 같지가 않소. 대중은 인식이 주어지기를 바라고 있지 않소. 그들은 그 뜻을 분명히 이해할 수 있는 명확하고 강렬한 형상을 보기를 원할 뿐이오."

"모든 잡다한 인식 위에 절대의 인식이 있습니다. 국민이 기대하는 것은 인식이란 행위의 크나큰 형상 속에 나타난 그것입니다."

일종의 슬픔 비슷한 아련함이 황제의 표정에 떠올랐다. "세계는 행위로 충만해 있소. 그러면서도 인식을 결여하고 있는 것 같소."

"인식의 행위란 서약에 입각한 행위를 말합니다, 옥타비아누스님."

"하지만 말이오, 베르길리우스. 내 직무도 서약에 입각하고 있소. 그리고 일단 맹세한 것은 나는 반드시 수행했소……. 이것은 그대의 이른바 인식의 행위에 해당되는 것이 아니겠소? 더 이상 무엇이 필요하다는 거요?"

자부심에 넘친 인간에게 원하는 대답을 못해줄 이유가 어디에 있을까? 그것은 아주 쉬운 일이고, 해줄 만한 일이기도 하다. 그럼에도 불구하고 그 무언가가 항변과 직언을 하도록 굳이 강요했다. "확실히 폐하의 과업은 하나의 행위입니다. 서약에 입각한 행위입니다. 그렇기 때문에 그 위에는 인식의 행위가, 인식에 의해 형성된 행위, 진실의 행위가 이어지게 됩니다. 하지만 거기에서는 인간의 영혼이 문제가 됩니다. 아우구스투스님, 그리고 영혼의 문제에 있어서는 참을성이 있지 않으면 안 됩니다." 오오, 비록 황제가 성가신 몸짓으로 떨쳐버린다 하더라도 이것은 분명히 말해두지 않으면 안 될 일이었다. 다름 아닌 인간의 영혼과 죽음을 극복하는 영혼의 각성 문제였기 때문에. "그렇습니다. 폐하의 행위로써 폐하께선 로마의 평화를 지상에 펼쳐놓으셨습니다. 폐하의 과업을 통해서 폐하는 장엄한 비유처럼 국가의 통일을 달성하셨습니다. 그리고 여기에 다시 만인에게 공통된 신성한 인식을 인간에게 선물하고, 시민을 규합하여 인간을 협동체로 만드는 진실된 행위가 첨가된다면,

그때야말로, 오오, 아우구스투스님, 폐하의 국가는 영원한 창조의 현실로 변용될 것입니다……. 그때 비로소, 그때야말로, 역력히 모습을 나타낼 것입니다…… 기적이…….”
"그러니까, 즉 그대는 오늘날 국가의 형태는 덧없는 비유에 지나지 않는다는 의견을 고집하는 거요?"
"진정한 비유입니다."
"으음, 진정한 비유라…… 하지만 그대는 이 국가가 그 본래의 현실의 모습을 장래에 가서야 비로소 획득하게 된다는 의견을 고집하고 있소……."
"그렇습니다, 폐하."
"그렇다면 대체 언제 그대가 말하는 기적이 모습을 나타낸다는 거요? 참된 현실로의 변용이 언제 시작된다는 거요? 언제?" 도전적인 악의에 넘쳐서, 아니 완전히 공격적이 되어서 아름다운 얼굴이 이쪽을 바라보고 있었다.
오오, 신들이여! 그것은 언제인가? 오오 언제인가? 형체에서 해방된, 우연을 모르는 창조가 시작되는 때는? 그것은 서약을 감시하는 미지의 신에게 맡겨져 있었다. 지금은 이미 대지도 흔들리지 않고, 쪽배는 조용히 저쪽으로 미끄러져 갔다. 폐와 목과 코 속에서 호흡은 다시 곤란해졌으나 심장은 분명히 뛰고 있었다. 그리고 심장은 알고 있었다. 그 자신 속에 끊임없이 영혼의 숨결이 물결치고 있음을. 희미하면서도 강한 숨결, 세계를 휘몰아치고 바위까지도 휩쓸 듯한 숨결. 언제, 오오, 언제? 그것을 이룩하게 될 인간이 어딘가에서 숨 쉬고 있었다. 어딘가에서 그가 이미 살고 있었다. 아직 태어나지는 않았지만 그러면서도 이미 숨 쉬고 있었다. 일찍이 창조가 있었다. 언젠가 다시 그것은 존재할 것이다. 우연에서 해방된 기적이 나타날 것이다. 사라져가는 창백한 빛 속에, 한없이 아득한 저쪽 동녘 하늘에 또다시 그 별이 나타났다.

"언젠가는 또다시 인식 속에서 사는 사람이 나타날 것입니다. 그 존재로 인하여 세계는 인식으로 구원될 것입니다."

"지상의 과제로 이야기를 한정해주었으면 좋겠소. 그대가 부과하는 것은 지상을 초월한 사명이오. 그것을 위해서는 내 생애를 다 걸어도 모자랄 거요."

"구세주의 사명을 말씀드리고 있는 것입니다."

"하지만 그대는 그 과제를 내게 견주어서 생각하고 있었소······. 그렇지 않소?"

"구세주는 죽음을 극복합니다. 평화를 가져오셨을 때 폐하는 죽음을 극복하면서 나타난 것입니다."

"그것으로는 대답이 안 되오. 왜냐하면 내가 평화를 수립한 것은 다만 지상에 있어서의 일이니까. 지상에서 나는 평화의 질서를 구축하지 않으면 안 되었소······. 평화의 본질은 지상적인 것이오······. 그대의 의견은, 나에게는 지상적인 과제를 이룩하는 일밖에 허용되지 않는다, 그런 얘기요?"

"신이 되신 분의 아들에게서 사람들은 오늘날 이미 재앙으로부터의 구원을 보고 있습니다."

"모두가 그렇게 말하고 있소. 국민은 그렇게 말하고 있지······. 하지만 그대의 말은 무슨 뜻이오, 베르길리우스?"

"벌써 20년 전, 제가 《농경시》를 쓰기 시작하고 폐하가 아직도 소년이셨을 무렵, 그 무렵 이미 저는 폐하의 모습을 황도십이궁(黃道十二宮) 속에서 바라보고 있었습니다. 왜냐하면 폐하는 시대의 전환을 뜻하고 계셨기 때문입니다."

"어떤 글귀였지?"

"그대, 걸음이 더딘 달들에 새로 끼어든 새로운 별이여. 저쪽, 처녀좌의 길이 하늘의 전갈을 유인하여 끌어들이는 곳, 불처럼 타오르는 전갈조차도 그대 앞에서는 기가 꺾여 가위를 거두어 넣고 하늘의 영토를 그대 앞에 내어주네."

"으음, 20년 전에 그대는 그렇게 노래했군……. 지금은 어떻소?"

"산양좌의 별 밑에서 폐하는 어머님의 태내에 깃드셨습니다. 험한 바위를 뛰어넘어 지상의 가장 높은 곳에 뛰어오르는 산양, 그 산양을 폐하는 스스로의 표상으로 선택하셨습니다."

"지상의 가장 높은 곳…… 그러니까 지상을 초월한 세계는 나에게는 출입 금지라는 얘기로군."

"호라티우스가 폐하께 바친 시구를 기억하지 못하십니까, 아우구스투스님?"

"어떤 시구?"

"하늘은 천둥을 치는 제우스가 다스리네. 하지만 땅에서는 그대가 바로 살아계신 신이라네. 오오, 아우구스투스님."

"자네 살짝 피하려 하는군, 베르길리우스. 먼 옛날의 작품이나 남의 작품만 인용할 뿐, 자신의 의견은 감추고만 있으니 말이오."

"제 의견이요?"

아우구스투스는 멀리 떨어져 있었다. 말은 저쪽에서 이쪽, 이쪽에서 저쪽으로 떠돌았다. 그 비상(飛翔)은 매우 기묘한 것이었으나 교량 역할을 하고 있지는 못했다.

노예가 말했다. "더는 일일이 마음을 쓰실 필요가 없습니다."
"제 의견이요?"
"바로 그것을 나는 듣고 싶소. 그대의 단도직입적인 의견 말이오."
"폐하는 죽을 수밖에 없는 운명을 짊어진 인간입니다, 아우구스투스님. 비록 살아 있는 사람들의 우두머리에 자리하고 계시기는 합니다만."
노여움과 원망이 담긴 황제의 시선은 그가 다른 의견을 듣고 싶어 함을 말해주고 있었다. "나 자신이 신도 아니고 새로운 별도 아니라는 건 알고 있소. 굳이 일부러 듣지 않아도 말이오. 나는 로마의 시민이고, 그 이외의 존재라고는 생각한 적도 없소. 따라서 아직도 내 질문은 그대의 대답을 듣지 못했소."
"구원은 언제나 지상의 길을 통해서 얻어집니다, 아우구스투스님. 구세주는 언제나 죽을 운명을 짊어진 지상의 존재입니다. 그렇지 않으면 안 됩니다. 다만 그의 목소리는 지상을 초월한 세계에서 태어납니다. 그가 구원을 바라는 인간의 불멸의 특성을 일깨울 수 있는 것도 다만 이 목소리 때문입니다. 하지만 폐하는 폐하가 하시는 일을 통해서 신의 힘에 의한 세계의 변혁을 위한 기반을 다지셨습니다. 그리고 폐하의 세계는 머지 않아 그 목소리를 듣게 될 것입니다."
"어째서 그대는 아직도 이루어지지 않은 최후의 한 걸음이 내 임무가 아니라고 하는 거요? 어째서 그대는 내 일이—기반을 다지는 준비로써 의의가 있음은 어쨌든 인정하면서도—세계의 궁극적인 구원을 이룩해야 할 사명을 짊어지고 있다는 사실을 부정하는 거요? 어째서 그대는 상징이—내 일의 상징성은 어쨌든 인정하면서도—이미 그 자체 속에 현실을 잉태하고 있다는 사실을 부정하는 거요? 어째서 그대는 스스로 최초의 행위를 이룩한 내가, 마찬가지로 인식도 이룩할 수 있을 거라는 사실을 부정하는 거요?"

"부정하지는 않습니다, 옥타비아누스님. 폐하는 신의 상징, 로마 민족의 상징입니다. 만일 폐하라는 상징이 그 원상의 특징을 갖추고 있지 않았다면 결코 폐하는 그렇게 되시지 못했을 것입니다. 다른 누구보다도 빨리, 폐하 자신 속에서 언젠가는 인식이 열매를 맺을 것입니다. 지금은 아직 시기가 무르익지 않았을 뿐입니다."

"베르길리우스, 그대는 시간에 대해서는 너무 대범한 것 같소. 물론 나와 관계된 한에서이지만. 자신의 일, 자신의 계획에 관한 일일 때는 기한을 무척 짧게 잡으면서도……. 차라리 단도직입적으로 말해주오. 주제넘게 구원의 대임(大任)을 바라는 것을 그만두라고 말이오." 명랑한 투로 말하려고 한 것이겠지만 이 말에 담겨진 원망과 노여움은 숨길 수가 없었다.

"구세주와 그 진실조차도, 구세주 자신조차도 시간의 인식의 짜임 속에 얽혀 들어 있습니다. 때가 무르익으면 그는 모습을 나타낼 것입니다."

황제는 펄쩍 뛰었다. "그대는 자신을 위해서 그 임무를 유보할 생각이로군."

아아, 황제의 말이 옳은 것은 아닐까? 스스로 상상도 못할 만큼 옳은 것이 아닐까? 시인의 가슴속에는 다른 누구와도 견줄 수 없는 거대한 꿈의 형태로 구세주가 되고자 하는 소망이 엉겨 있는 것이 아닐까? 오르페우스가 동물들까지도 손짓해 불러서 자신의 노래 속에 끌어들이려고 한 것도 그들을 인간계로 구원하고자 했기 때문이 아닐까? 그러나 그럴 수는 없다. 결단코 그럴 수는 없다. 예술은 무력한 수단에 지나지 않는다. 오르페우스까지도 그 때문에 좌절하지 않으면 안 되었다. 시인이 듣는 무녀의 예언의 목소리는 에우리디케의 목소리, 플로티아의 목소리인 것이다. 그는 결코 구원의 황금 나뭇가지를 발견할 수 없다. 신이 그러기를 바라고 운명이 그러기를 바란다.

"오오, 아우구스투스님. 기록을 하는 사람은 살고 있지 않습니다. 구세주는 그와는 반대로 누구보다도 강하게 살고 있습니다. 왜냐하면 그의 삶과 죽음은 그 인식의 행위이기 때문입니다."

격분하면서도 아우구스투스는 미소를 지었다. 그야말로 부드러운 미소였다. "그대는 계속 살게 될 거요, 베르길리우스. 그대는 다시 힘을 되찾아서 작품을 완성하게 될 것이오."

그가 아무 대답이 없자 황제가 이어 말했다. "설사 병이 완쾌된다고 하더라도…… 완성의 도를 더하면 더할수록 점점 더 시는 구원의 행위를 성취하지 못한다는 뜻이로군. 그대도 나도 구원의 행위를 성취하지는 못하고, 구세주의 손에 맡기지 않으면 안 된다는 얘기로군. 그대의 마음에 떠올라 있을 뿐, 그 존재를 그대 자신도 거의 믿을 수 없는 구세주의 손에 말이오. 어쨌든 그가 도래할 때까지 우리는 우리의 의무를 다하지 않으면 안 되오. 그대는 그대의 의무를, 나는 내 의무를……."

"우리는 그를 맞이하기 위한 준비를 하지 않으면 안 됩니다."

"그럴 테지. 내가 하는 일은 애당초 그를 위한 준비 작업이니까. 하지만 그대의 일도 마찬가지요. 그대가 《아이네이스》를 그대의 민족을 위해서 완성해야 하는 것도 그 때문이오……."

"저로서는 그것을 완성시킬 수가 없습니다. 또 허용되지도 않습니다……. 그것은 준비로서도 옳지 않은 일입니다."

"그럼 어떻게 하면 옳은 준비를 갖출 수가 있다는 거요?"

"제물에 의해서입니다."

"제물?"

"그렇습니다."

"무엇을 위해서 제물을 바친다는 거요? 누구에게 제물을 바친다는 거요?"

"신들에게요."

"신들은 뜻에 맞는 제물을 정해서 그 관리를 국가에 맡기셨소. 그래서 나는 질서가 명령하는 대로 전 영토에 걸쳐 올바르게 제사 의식이 거행되도록 마음을 쓰고 있소. 국가 통치의 테두리 바깥에는 제물이 존재하지 않으니까."

아우구스투스는 양보하지 않았다. 미지의 신이 명령하는 서약 따위는 그가 아랑곳할 바가 아니었다. 설득하려고 해도 소용이 없었다.

"오오, 폐하. 폐하께서 수호하고 계시는 신성한 신앙의 형식에 누구도 손을 댈 수는 없습니다. 하지만 손을 댈 수 없다는 것이 보완할 수 없다는 뜻이 아닙니다."

"어떻게 보완한다는 거요?"

"누구나가 신들에 의해 제물이 될 것을 요구받을는지도 모릅니다. 누구나가 신들의 마음 여하에 따라서는 자기가 제물로 선택될는지도 모른다는 점을 각오하고 있지 않으면 안 됩니다."

"내가 이해한 것이 옳다고 한다면 그대는 제사 제도의 테두리 안에서도 국민 전체를 배제하고, 그 대신 뭔가 지상을 초월한 존재와 관계를 갖고 있는 인간을 앉히려고 생각하고 있군. 한데 베르길리우스, 그것은 절대로 용납되지 않소. 용납되지 않는 정도가 아니오. 더욱이 그대는 신들의 의향을 끌어들여 마치 자신만이 이치에 닿고 책임이 있는 듯이 보이려고 하고 있소. 하지만 그것은 실로 무책임한 이야기요. 도대체 신들이 그대의 의도에 대한 책임을 그대에게서 제거시켜줄 까닭이 없소. 왜냐하면 국민에게 있어서와 마찬가지로 신들에게 있어서도 이전의 위엄이 있는 제단의 형식과 아울러 그럴듯한 제물의 규정이 바람직하게 생각되기 때문이오. 반 발짝도 거기에서 벗어나는 일은 허용되지 않소."

"무서운 일이지만 거기서 벗어나고 있습니다, 아우구스투스님! 새로운 진실이 준비되고 있다는 것을 국민은 희미하게 느끼고 있습니다. 자고이래의 형식은 이윽고 확대될 것이라고, 자고이래의 제사 의식은 이미 충분하지가 않다고 그들은 희미하게 느끼고 있습니다. 그리고 새로운 것에 대한 어수선한 동경, 어수선한 제물에의 동경에 내몰려서 그들은 처형장이나 폐하가 주관하시는 경기장으로 몰려듭니다. 부정한 속임수의 제물로 몰려들고 있습니다. 그 제물은 죽음의 형식에 있어서 피비린내 나는 잔혹성을 점점 더하면서 그들 앞에 제공되고, 마침내는 다만 피의 도취와 죽음의 도취에로만 몰고 가게 될 것입니다……."

"나는 황폐함에 규율을 가져다주고, 방자한 잔인성을 경기로 전환시켰소. 이것은 로마 국민에게 있어 불가결한 엄격성이오. 그리고 애당초 그들은 제사의 예감 따위와는 아무런 인연도 없소."

"개개인 이상으로 국민은 예감을 품고 있습니다. 왜냐하면 국민 전체의 감각은 한 사람 한 사람의 영혼의 사고보다도 더욱 몽롱하고 더욱 무겁기 때문입니다. 더욱 몽롱하고 더욱 무겁게, 거칠게 얽히고설켜서 그들 속에는 세계의 구세주를 찾는 소리가 울려 퍼지고 있습니다. 처형장이나 투기장의 모래 속에서의 소름 끼치는 잔혹성을 앞에 놓고, 그들은 전율하며 거기에서 참된 희생의 제물이 태어나지는 않을까 조바심하고 있습니다. 지상에서의 인식의 궁극적인 형식이 될 참된 제물이."

"그대 작품의 깊이는 종종 수수께끼에 차 있소, 베르길리우스. 하지만 그대가 지금 한 그 말 또한 수수께끼에 찬 이야기요."

"인간을 사랑하기 때문에, 인류를 사랑하기 때문에 구세주는 자기 자신을 제물로 바칠 것입니다. 죽음에 의해서 그는 스스로가 인식의 행위로 변할 것입니다. 그것은 자애의 도움이 넘치는 이 지고의 현실의 모습에서 새로이 창조가 열릴 것을 원하며 만유에 던지는 그의 행위입니다."

황제는 토가의 옷깃을 여몄다. "나는 내 일을 위해서, 공공을 위해서, 국가를 위해서 생애를 바쳐왔소. 제물로서는 그것으로 충분하다고 생각하오. 그대도 그렇게 하면 되리라고 생각하오."

두 사람 사이에 오가는 것은 이미 아무것도 아니었다. 공허한 말, 아니 이미 말조차도 아니었다. 그리고 그것은 이미 공간도 아닌 헛된 공간을 분주히 누비고 있었다. 모든 것은 믿을 수 없는 무(無)가 되고 어디에도 다리는 놓아져 있지 않았다.

"폐하의 생활은 행위였습니다. 공공을 위한, 공공 속에서의 생활이었습니다. 폐하께선 남김없이 자신을 바치셨습니다. 신들이 그러한 제물로서 폐하를 선정하고 명령하셨습니다. 그 때문에 폐하는 나타나셨습니다. 그래서 폐하께선 지금의 모습이 증명하듯이 다른 어떤 인간보다도 신들에게 접근해 계신 셈입니다."

"그렇다면 그대는 어떤 제물을 더 바라는 거요? 참된 과업은 반드시 한 사람의 인간 전체를, 그 생애 전체를 요구하는 법이라오. 내가 추측하는 한에서는 그대의 경우도 사정은 다를 바가 없는 것 같소. 그러니까 그대도 마음 놓고 자신의 일을 제물이라고 부르면 되는 거요."

풍성한 존재의 층은 퇴색하여 일체의 공허 저쪽에 있는 형체가 없는 영역으로 사라져갔다. 이미 어떤 윤곽도 눈에는 보이지 않았다. 한 가닥 선(線)의 아주 희미한 그림자조차도 보이지 않았다―이런 때 어디에서, 아직 만남이 가능하단 말인가?
"제 행위는 사욕이었습니다. 거의 행위라고조차 할 수 없고, 하물며 제물일 까닭이 없습니다."

"그렇다면 내 경우를 따르는 게 좋겠소. 그대의 채무를 갚도록 하시오. 국민에게 그들이 당연히 요구할 수 있는 것을 주도록 하시오. 그대의 작품을 그들에게 주시오."

"모든 작품과 마찬가지로 그것도 맹목적인 데서 생겨난 것입니다…… 거짓된 맹목에서……. 우리가 무엇을 만들든…… 맹목적인 작품 이외의 것일 수는 없습니다……. 참된 맹목에 이르기엔 우리에게 겸허함이 부족합니다……."

"그렇다면 나도 그렇단 말이오? 내 업적도?"

"이미 존재의 층들은 없고……."

"뭐라고?"

말을 해야 소용이 없었다. 앞서 한 말을 되풀이할 수밖에 없었다. "폐하가 하신 일은 국민 속에서의 일이었습니다. 국민 속에서 그것은 행위가 되었습니다. 저의 작업은 하나의 행위에 봉사하기 위해서가 아니라 인정받고 갈채를 받기 위해 국민들에게 주어지게 되는 것입니다."

"이제 그만, 베르길리우스!" 견딜 수 없을 정도의 초조한 빛이 황제의 몸짓에 나타나 있었다. "《아이네이스》의 발표가 그렇게까지 이기적인 것으로 느껴진다면 사후에 유고로 발표하구려. 그것이 내 최후의 제안이오."

"시인의 명예욕은 죽음까지도 능가합니다."

"그럼 도대체 어떻게 하겠다는 거요?"

"저보다도 먼저 이 작품이 모습을 감추지 않으면 안 됩니다."

"맙소사, 주피터여! 왜? 진짜 이유를 대시오!"

"저는 폐하처럼 자신의 생애를 제물로 바칠 수 없었습니다. 그래서 작품을 제물로 삼지 않으면 안 되는 것입니다……. 그것은 망각 속에 가라앉지 않으면 안 됩니다. 그리고 저도 그것과 더불어……."

"그것은 이유가 되지 않소. 망상에 지나지 않아요."

"저는 추잡한 기억을…… 잊고 싶습니다……. 모든 것을 잊고 싶습니다……. 그리고 모든 사람에게 잊혀진 존재이고 싶습니다……. 그러지 않으면 안 됩니다, 아우구스투스님……."

"친구에게 이 무슨 맹랑한 부탁이오! 베르길리우스, 어떻게도 할 수 없는 덧없는 소망에 탐닉하는 대신 친구를 마음속 깊이 생각한다면 그대의 기억은 맑아질 거요. 그대의 소망은 실상 덧없는, 어떻게도 할 수 없는 발뺌에 지나지 않는단 말이오."

"인식에 의한 구원의 행위가 눈앞에 다가와 있습니다. 그 행위 때문에, 그 서약 때문에 그렇게 하지 않으면 안 됩니다……. 서약 속에야말로 구원이 있습니다, 아우구스투스님……. 모든 사람에게 있어서의, 저에게 있어서의 구원이……."

"아아, 그대의 구원, 또다시 그대의 구원이란 말이오……. 그렇다고 해서 그대의 구세주가 하루 더 빨리 오는 것도 아닐 텐데. 그대의 민중으로부터, 그대의 민족으로부터 재산을 탈취하고 그것을 그대의 구원이라고 부르고 있소! 망상이오, 그야말로 망상이오!"

"인식을 결여한 진실이 망상입니다. 중요한 것은 인식의 진실입니다……. 진실이 현실화한 곳에 혼미(昏迷)는 존재하지 않습니다."

"그럼 진실에는 두 가지가 있다는 거요? 그대의 진실은 인식을 잉태하고 내 진실은 인식을 결여하고 있다는 거로군……. 그럼 그대의 진실에 따른다면 나는 헛소리를 지껄이고 있다는 거요? 그런 뜻이오? 분명히 말해주오!"

"저는 인식의 결여를 배제하지 않으면 안 됩니다…… 그것은 재앙입니다…… 유폐입니다…… 속박입니다……. 제물에 의해서, 우리는 해방을 위해 진력합니다……. 그것이 지고의 의무입니다……. 인식의 결여는 인식 앞에서 물러가지 않으면 안 됩니다…… 다만 이렇게 함으로써만 저는 민중과 민족의 구원을 위해서 실지로 봉사하는 것이 됩니다……. 진실의 법도…… 마음의 석양으로부터의 깨어남!"

거칠고 황급한 발소리—아우구스투스는 침대 앞에 서 있었다.

"베르길리우스……."

"네, 아우구스투스님."

"그대는 나를 미워하고 있소."

"옥타비아누스님!"

"미워하면서 옥타비아누스 운운하지 마오."

"제가…… 제가 폐하를 미워하고 있다니요?"

"그것도 얼마나 미워하는지!" 황제의 목소리는 절박한 나머지 쇳소리가 되었다.

"오오, 옥타비아누스님……."

"닥치시오……. 지상의 그 누구도 그대만큼 나를 미워하고 있지는 않소. 그대는 지상의 누구보다도 더 나를 미워하고 있소. 그대가 나를 누구보다도 질투하고 있기 때문이오."

"아닙니다…… 그 말씀은 사실이 아닙니다……."

"둘러대지 마시오, 사실이 그런데……."

"아닙니다…… 그렇지 않습니다……."

"사실이 그렇다니까……." 성난 손이 촛대의 화환에서 거칠게 월계수 잎을 잡아 뜯었다. "그래, 사실이 그래…… 그래, 그대는 나를 미워하고 있소. 말하자면 그대 자신이 왕자로서의 생각에 넘쳐 있는데 그 생각의 실현을 도모할 조그만 시도에도 견딜 수 없을 만큼 나약했기 때문이오. 왕자의 생각을 시 속에 담아서 그것으로나마 왕들보다 강대한 모습을 보이는 일밖에 그대로서는 어떻게 할 도리가 없었소. 그래서 그대는 나를 미워하고 있소. 그대가 바라던 모든 것을 나는 쟁취할 수가 있었고, 게다가 감히 왕관을 사절할 만큼* 그 일체를 경멸하고 있

---

*아우구스투스는 실질상의 황제였으나 명목상으로는 공화국의 원수에 머물러 있었다.

소. 그래서 그대는 나를 미워하고 있는 거요……. 이것이 그대의 증오요, 이것이 그대의 질투요…….”

"옥타비아누스님, 들어주십시오…….”

"그대의 말 따위는 듣고 싶지도 않소…….”

황제는 버럭 소리를 질렀다. 그러자 기묘하게도, 그야말로 기묘하게도 그가 거듭 언성을 높이면 높일수록 세계는 또다시 풍성함을 더하는 것이었다. 눈에 보이지 않는 세계는 그 무수한 존재의 층과 함께 또다시 떠오르고, 창백한 얼굴은 다시 생기를 띠었다. 그것은 마치 희망과도 같았다.

"옥타비아누스님, 제 말씀을 들어주십시오…….”

"무엇 때문에? 말해보오, 대체 무엇 때문에……. 우선 처음에 그대는 겉으로는 제법 겸허한 체하면서 자신의 작품을 헐뜯었는데, 그것도 다만 내 일을 쉽게 깎아내릴 수 있기 위해서였소. 다음에 그대는 내 일을 공허하고 비유적인, 게다가 맹목적인 가상으로까지 깎아내리려 했소. 뿐만 아니라 그대는 로마 민족과 그 선조들의 신앙을 비방했소. 내 일을 표상하는 이 신앙이 그대의 마음에는 들지를 않았고, 어떻게 해서든지 개혁하지 않으면 안 된다고 생각하고 있는 거요. 이러한 모든 것이 아무런 소용도 없고, 소용이 있을 까닭이 없다는 것을 알기 때문에, 내가 여전히 그대보다 강하고, 그 힘의 관계가 변할 까닭이 없다는 것을 알기 때문에, 그대의 힘으로는 도저히 나를 제압할 수 없음을 알기 때문에 그대는 마침내 지상을 초월한 세계로, 나 혹은 다른 누구도 도달할 수 없는 피안의 어딘가로 달아나서 아무 곳에도 없고, 앞으로도 나타날 까닭이 없는 구세주를 내 목덜미 위에다 올려놓고 그대 대신 나를 정복해주기를 바라고 있소……. 나는 그대를 알고 있다오, 베르길리우스. 그대는 얼핏 볼 때 얌전하게 보이오. 국민은 즐겨 그대를 더없이 깨끗하고 고결한 인물이라고 여기면서 존경하고 있소. 하지만 실은 그대의 깨끗해 보이는 영혼은 끊임없이 증오와 음모에 떨고 있소. 그래, 되풀이해서 말하지. 비열한 음모에 떨고 있소…….”

이 고귀한 인간은 분명히 비명에 가까운 고함을 지르고 있었다. 그 절규는 점점 더 격렬해지기만 했다. 하지만 이렇게 된 것은 이상할 정도로 잘된 일이었다. 이런 일이 아직도 가능하다는 것은 정말로 멋진 일이었다. 마치 눈에 보이지 않는 세계 속에, 눈에 보이지 않는 단단한 지반, 단단한 바닥이 나타나 거기에서 다시 눈에 보이지 않는 다리가 걸쳐지기라도 한 듯, 인간과 인간성의 다리가 묻고 대답하는 말을 연결시키고, 주고받는 시선을 마주 얽어매어 말도 시선도 다시 의미로 충만해지는 것 같았다. 인간의 만남의 다리! 오오, 그가 말을 계속해주기만 한다면.

아우구스투스는 말을 계속했다. 아니, 계속 고함을 질렀다. 거친 절규는 둑이 무너진 듯 그칠 줄을 몰랐다. “그대의 태도는 깨끗하고 고결하고 겸손하오. 하지만 의심을 품을 만큼 지나치게 깨끗하고 지나치게 고결하고 지나치게 겸손해……. 그대의 이른바 겸손함은 내가 줄 수 있는 어떤 직무도 굳이 받으려 하지 않았을 것이오. 나는 그대가 충분히 만족할 만한 직무를 도무지 생각조차 해낼 수가 없었소. 원로원 의원이든, 지방의 총독이든, 또는 그 밖의 직책이든 그대는 이러쿵저러쿵 평계를 댈 수 있었을 거요. 우선 그대는 나한테서 직무를 수여받는 것이 싫었을 거요. 그도 그럴 것이, 어디까지나 나를 미워하고 있으니까! 그래, 나에 대한 증오 때문에 그대는 시작에 전념하지 않을 수가 없었던 거요. 나에 대한 증오 대문에 그대는 시인이라는 독립된 허울을 날조해냈소. 결국 그대가 마음속으로부터 나에게 바라고 있는 것, 내가 은퇴하여 그대에게 자리를 물려주는 것. 나로서는 그것만은 승낙할 수가 없었소. 지금도 할 수가 없소. 단, 이것은 굳이 말할 필요가 없겠지만, 그대는 내 자리까지도 사양했을 테지. 그 임무를 다할 힘이 그대에겐 없으니까 말이오. 자신의 무능력을 자각하면서 그대는 어쩔 수 없이 이 자리를 경멸하지 않으면 안 될 테지……. 이것은 모두 증오가 시키는 일이오. 일단 그렇게 되고 나면 그대의 증오는 새로운 불길을 일으키곤 하지…….”

"폐하가 저에게 부여하려고 생각하셨을지도 모를 어떤 직무보다도 시를 쓰는 일이 더 가치가 있다고는 저는 한 번도 생각한 적이 없습니다."

"닥치시오. 그런 속임수로 더 이상 내 시간을 빼앗지 마시오……. 그대의 관심사는 언제나 다만 내가 내 직무에서 은퇴해주었으면 하는 것이었소. 그렇게 되면 이 직무를 멸시할 수 있으리라는 생각에서 말이오. 그렇기 때문에 인식이 어쩌니 하는 귀찮은 수작을 늘어놓고, 제물이 어쩌니 하는 미치광이 같은 이론을 들먹이고, 마침내는 《아이네이스》를 없애 버린다느니 하고 나온 거요. 자신의 작품을 포기하고 말살하는 방법을 나한테 가르쳐주려는 생각에서 말이오……. 그래, 나의 일을 계속 보고 있느니 차라리 《아이네이스》가 지상에서 사라지는 쪽이 더 낫다, 그렇게 그대는 생각하고 있겠지……."

존재의 모든 층이 절규와 더불어 차례로 다시 구축되었다.

그리고 아우구스투스가 잔뜩 화가 나서 서성거리고 있는 방은 다시 정상적인 지상의 방으로 되돌아와 있었다. 지상에 위치한 집의 형태를 갖추고, 지상적인 가구를 설치하고, 지상의 늦은 하오의 햇빛을 받고 있었다. 이제는 이미 눈에 보이지 않는 다리를 손으로 더듬는 일까지도 가능하게 되었다.

"옥타비아누스님, 심한 말씀을 하시는군요. 정말 심한 말씀을……."

"내가 그대한테 심한 말을 한다? 내가 그대한테? 하지만 그대는 《아이네이스》를 나에게 바치지 않아도 되도록 그것을 없앨 생각을 하고 있소! 마에케나스에게 그대는 《농경시》를 바쳤소. 아시니우스 폴리오에게는 선뜻 《전원시》를 바쳤소! 거기 비하면 증오하는 나에겐 《파리매》로 충분했소. 그대의 생각으로는 지금도 그것으로 충분할 거요. 25년 전의 나에게는 분명히 그것으로 충분했다. 그리고 옛날이나 지금이나 이보다 나은 작품을 요구할 자격은 나에게는 없다고 말하고 싶은 거요……. 하지만 이 25년 동안에 내가 나 자신의 과업을 완성하고, 이 과업을 완성함으로써 《아이네이스》를 요구할 권리를 획득했다는 것—이 권리는 나의 활동에, 로마와 그 정신의 현실에 당연한 근거를 가지고 있소. 그 현실 없이는 《아이네이스》는 결코 태어나지 않았을 테니까—바로 이 사실이 그대로서는 참을 수 없고 견딜 수 없는 것이오. 나한테 바칠 거라면 차라리 《아이네이스》를 없애버리는 편이 낫다고 생각하고 있는 거지……."

"옥타비아누스님……!"

"그대의 것이든 나의 것이든, 하나의 작품이 삶과 죽음보다도 더 위대한 것이든 어떻든, 그대에게 있어서는 그것은 아무래도 좋은 것이오. 증오 때문에 아무래도 좋은 것이 된 것이지······."

"옥타비아누스님, 이 시를 받아주십시오!"

"필요 없소. 가지고 싶지 않소. 받아봤자 소용이 없소. 그대가 가지시오······."

"옥타비아누스님, 이 시를 받아주십시오!" 종이처럼 나약하고 퇴색한 흰빛은 모두 저쪽의 빛의 세계로 사라져버렸다. 풍경 위에는 마치 상아 같은 아련한 광채만 번져 있었다.

"그대의 그런 조작 따위는 내 알 바가 아니오······. 좋도록 처리하시오. 나한테는 이제 소용이 없으니까."

"조작한 것이 아닙니다."

황제는 멈춰 서서 곁눈질로 고리짝을 훔쳐보았다. "나에게 있어서는 조작된 물건이 되어버렸소. 그대 스스로가 그것을 격하시켜버리고 만 거요."

"아시겠지만 저는 폐하께 바치기 위해서 이 작품을 쓴 것입니다. 제 마음속에는 언제나 폐하의 모습이 있었습니다. 예나 지금이나 변함없이 폐하는 폐하를 향한 이 시 속에 계십니다······."

"그대는 그런 식으로 자신을 기만하고 덩달아서 나까지도 속인 거요. 나더러 장님이라고 한 그대의 말은 옳았소. 갓 태어난 고양이 새끼처럼 눈이 보이지를 않았지. 내가 그대를 믿은 것은 처벌받아 마땅한 맹목이었소. 그대를, 그대의 속임수를 이렇게 오랫동안 신용해왔다는 사실은 그야말로 엄벌감이지!"

"저는 본심을 감추고 있지는 않았습니다."

"그렇다면, 바로 그래서 그대는 지금, 내 모습이 담긴 그대 자신의 작품을 증오하고 있는 것이겠지."

"저는 폐하를 위해서 그것을 완성시키려고 합니다."

"그 말을 믿으라는 거요?" 또다시 황제는 곁눈질로 고리짝을 훔쳐보았다. 좋은 느낌은 아니었다. 그러나 이제는 이미 태도를 바꿀 수가 없었다.

"믿으셔야만 합니다, 옥타비아누스님."

오오, 한 인간의 영혼에서 방울져 떨어져서 시간의 나락 속으로 사라져가는 보잘것없는 1초라 해도, 그 걷잡을 수 없음은 그 어떤 작품보다도 큰 것이다. 지금 황제의 영혼 속에서 쏟아진 것은 그러한 1초였다. 우정의, 호의의, 사랑의 1초, 그것이 역력히 느껴졌다. 다만 이렇게 말했을 뿐이지만. "어디 좀 생각해 보기로 합시다."

이때 스스로를 가장 곤란하게 하는 말이 입 밖으로 튀어나왔다. "원고를 로마로 가지고 가십시오, 옥타비아누스님……. 신들의 가호가 있다면 그곳에서 다시 뵙게 되겠지요."

황제는 끄덕였다. 그가 끄덕이고 있는 동안 큰 정적이 찾아들었다. 아련한 입김처럼 언제나 반드시 인간의 마음에 떠올라 눈에 보이지 않는 일체를 꿰뚫고, 언제나 반드시 인간의 마음에 당도하는 사랑의 결합의 고요와 거대한 정적의 힘이었다. 갈색 각목으로 엮은 천장은 각재가 운반되어 온 숲으로 변하고, 화환의 월계수 향기는 다시 한없이 아득한 은신처의 그림자가 되어, 햇살이 감도는 잎들의 계곡 깊숙이 가라앉고, 이끼가 낀 갈잎 피리 소리처럼 희미하면서도 부드럽게 안정되고, 떡갈나무처럼 무게가 있는 샘의 술렁임이 그 주위에 아련하게 피어올랐다. 그리고 형용할 수 없는 마음의 숨결은 영원한 화해의 숨결이었다. 이것이 마지막이라는 듯이 매달린 램프가 사슬 끝에서 은빛 소리를 내면서 흔들림을 그친 것은 이 숨결 때문일까? 곁에는 아무것도 움직이는 것이 없었다. 마치 숨을 죽이고 있는 듯 물은 잠잠해져 있었다. 항해는 휴식 상태로 들어갔다. 월계수 가지로 장식된 느릅나무 그늘에 서서 월계수 덤불에 손을 찔러 넣은 채 아우구스투스는 말했다. "그대는 생각이 나오, 베르길리우스?"—"네, 여러 가지 일이 생각납니다. 하지만 저에게 있어서는 아직도 너무나 적게만 느껴집니다."—"우리가 함께 고른 말과 개 생각도 나오?"—"생각나고 말고요. 저는 그것들이 발이 빠르지 않고 억세지 못하다고 반대했지요."—"크로토나산 암말과 수말, 그리고 이베리아의 개였소."—"수말 중의 한 마리는 절대 사지 말라고 말씀드렸는데도 굳이 사셨지요, 옥타비아누스님."—"그래, 그대는 잘 알고 있었소. 그 수말은 정말 형편없었소."—"비싼 값을 치르셨죠. 제 말을 들으셨다면 손해를 안 보셔도 되었을 텐데."—"하지만 때로는 그대의 충고를 안 듣는 쪽이 좋은 경우도 있소, 베르길리우스."—"어째서요? 하지만 먼 옛날 얘기군요."—"먼 옛날 얘기지. 그 수말은 허우대는 좋았소. 머리가 작은 청총마였지만 말이오. 아까웠소."—"그래요, 아까웠어요. 청총마로서 발목이 희고 얼핏 보고는 알 수 없지만 허리가 너무 약했습니다."—"맞아, 허리가 약했소. 하지만 흰 반점은 아무데도 없었는걸."—"아닙니다, 아우구스투스님. 발목이 희었습니다."—"나는 한 번 본 동물은 절대로 잊지 않소. 그 말에는 반점이 없었다고 분명히 말할 수 있소."—"안데스에서 말을 길렀기 때문에 그 점에 관해서는 기억력이 확실합니다. 자신 있는 분야이기 때문에 누구의 이야기도 인정할 수가 없습니다. 설사 폐하라 해도 말입니다, 옥타비아누스님."―"그대는 정말 완고한 농부요."―"농부이자 말 사육사의 아들입니다. 어렸을 때 이미 저는 말갈기에 매달려서 목장을 달리곤 했지요."―"그때 그대가 매달렸던 쓸모없는 말이 그대의 기억보다 좋지 않았다면 그렇게 자부심을 가질 것도 못 되오."―"쓸모없는 말이 아니었어요."―"그리고 그대의 기억은 기억 축에 들지 못하오. 내 기억이 훨씬 나을 거요."―"폐하가 아우구스투스든 누구든 아무튼 발목은 희었습니다. 눈처럼 희었습니다."―"화를 내고 싶으면 얼마든지 내시구려. 소용없는 일이오. 그것은 희지는 않았소."―"희었다고 말씀드리지 않습니까, 틀림이 없어요."―"그렇지 않았다고 나는 말하고 있소."―"정말이지, 옥타비아누스님, 제발 반대하지 말아주십시오. 만일 발목이 희지 않았다면 이 자리에서 죽기라도 하겠습니다!" 지금까지의 추억뿐 아니라 정적까지도 붙들어두고 싶은 듯이 머리를 숙이고 서 있던 아우구스투스가 이때 얼굴을 들었다. "이런 내기는 좋지 않소. 나는 이 내기를 사양하겠소. 나한테는 너무 비싸게 치이니까. 어쨌든 발목이 희었다니까 그렇다고 해둡시다." 그러고 나선 두 사람은 웃지 않을 수가 없었다. 두 사람 모두 소리 없는 웃음에 사로잡혔다. 소리도 없이 펄럭이는 웃음, 그것은 약간 고통스럽기까지 했는데 아마 아우구스투스도 마찬가지인 모양이었다. 황제의 몸짓이 슬퍼 보이는 것은―그의 아득한 눈에는 눈물조차 번질거리고 있는가?―그와 똑같이 웃음 때문에 목구멍과 가슴이 아프기 때문이 아닐까. 꿈속의 웃음처럼 아픈, 가슴을 답답하게 죄는 웃음. 아아, 두 사람을 감싸고 있던 행복한 정적은 꿈에서 문득 깨어난 듯 아우구스투스가 얼굴을 든 순간 애석하게도 사라지고 말았다. 정적은 이미 어디에도 없었다.

또다시 일식이 시작되는가? 또다시 포세이돈의 말에 뒤흔들리는 대지와 바다의 진동이 시작되는가? 그 때문에 정적이 사라졌는가? 아니, 그럴 염려는 없었다. 지상의 부드러움 속에서, 비둘기가 목구멍을 울리며 평온하게 창틀 위를 걷고 있었다. 그 노랫소리는 여전히 부드럽고, 빛은 상아처럼 부드럽게 빛나고, 설사 항해가 다시 시작된다 해도 쪽배가 천천히 온화하게 미끄러져가는 한 아무것도 걱정할 것은 없었다. 게다가 말발굽 소리가 들리더니 어느새 하늘을 가르고 질주하는 그 말이 소년을 태우고 나타났다. 소년은 무서워하는 기색도 없이 펄럭이는 갈기에 매달려 자랑스러운 듯 그것을 끌어당기고 있었다. 청총마는 아니고 눈처럼 흰 말인데 다만 발목만은 까맸다. 달리는 도중에 소년이 황제 앞에 뛰어내리자, 말은 그대로 달려 창문으로 뛰쳐나갔다. 하지만 소년은 황제 앞으로 다가섰다. 지난날의, 또한 지금부터의 사자(使者)로서 마치 선물을 가져온 사람처럼 머리를 화환으로 장식하고 황제에게 다가갔다. 그리고 사자답게 그는 영접을 받았다.

"어서 오게." 아우구스투스는 여전히 촛대에 기대어 월계수 잎에 손을 찔러 넣은 채 말했다.

"나에게 시를 주려 함이지? 너의 손에서 그것을 받기로 하마. 왜냐하면 너는 리사니아스이니까. 나는 안데스에 간 적은 없지만 그래도 너를 안다. 너도 나를 알고 있을 테지?"

"당신은 그지없이 어지신 황제 아우구스투스님이십니다."

"어떻게 해서 나한테 올 수가 있었지?"

그러자 소년이 읊기 시작했다.

"······보라, 저기 황제와 율리우스의 일족 모두가 천상의 기운이 감도는 궁륭으로 올라가심을.

이는 바로 그분, 운명에 의해서 약속되고 기다려지던 분

신의 아들 황제 아우구스투스. 그분이 일찍이 사투르누스가 했듯이

라티움의 땅에 거듭 황금시대를 구축했도다.

멀리 가라만테스*, 인도인의 땅에까지 국토를 넓히고

아틀라스가 거대한 어깨 위에, 별들의 반짝임을 흩뿌린

하늘의 궁륭을 짊어진 곳, 그곳에까지 황제는 명령을 내리시고 용맹스런 힘으로 해마다 태양의 순환에서 대지를 해방시키도다.

이미 카스피아**의 나라들은 떨면서 그분의 나타나심을 기다리고

신탁을 무서워하고 떨면서 마에오티아***의 땅은 기다리고

떨면서 거대한 닐루스****는 일곱 개의 하구에 거품을 일으키도다······"

이렇게 소년은 읊었다. 그러나 이 시구와 함께 떠오른, 불안하고 거의 숨을 뺏을 정도의 형상(形像)은 기억에서 생겨난 것은 아니었다. 소년의 기억에서도, 그 자신의 기억에서도 아니며, 영원히 존재하는 생소한 영역에서 찾아온 것이었다. 퇴색

---

*아프리카의 한 종족.
**카스피 해의 연안.
***러시아 남부 크리미아 지방.
****나일 강.

하고, 침묵하고, 있는 듯 만 듯한 선(線)에 희미하게 암시되고, 그러면서도 떨리는 기대에 넘치고, 그러면서도 뇌우(雷雨)를 동반한 영원에서 생겨난 것이었다.
 하지만 더 이상 생각에 잠겨 있을 여유가 없었다. 동감한다는 표정으로 귀를 기울이고 있던 아우구스투스가 이렇게 말했다. "바로 이거야. 그대는 이렇게 노래했소. 나를 위해서 노래했소……. 그런데도 마음이 달라졌던 거요, 베르길리우스?"
 "달라지지 않았습니다, 옥타비아누스님. 그 시는 물론 폐하의 것입니다……."

 그러자 아우구스투스는 손뼉을 두 번 쳤다. 그러자 삽시간에 방 안은 사람들로 넘치기 시작했다. 수많은 인간들. 그들은 문 앞에서 줄곧 신호만을 기다리고 있었던 듯했다. 프로티우스 투카와 루키우스 바리우스도 그 속에 있었다. 의사와 그 조수들도 있었다. 노예도 다른 노예들의 대열 속에 있는 것이 분명하게 눈에 들어왔다. 다만 플로티아의 모습은 보이지 않았다. 그녀가 이곳을 떠날 까닭은 없는데. 어쩌면 그 많은 사람들에게 겁을 먹고 어딘가에 숨어 있는 것인지도 몰랐다.
 황제는 말했다. "국민의 집회에 나가 말을 한다면 격조 높은 말을 사용해야 하겠지. 하지만 지금은 내가 사랑하는, 나와 한마음을 가진 친구들 앞이니까 나는 다만 내 기쁨을 함께 해달라는 것으로 그치겠소. 다름이 아니라, 즉 우리의 시인은 병이 낫는 대로, 그러니까 머지않은 날에 《아이네이스》 집필을 계속하기로 결심해주었소……."
 아우구스투스는 이 친구들을 진정 사랑하고 있는가? 그는 자기 딴에는 스스로가 이끌어가고 있는, 그러나 결코 사랑하고 있지는 않은 국민을 대할 때와 다른 말투를 사용하고 있다고 생각하고 있었다. 하지만 실은 이 말투는 처음부터 국민 앞에서의 연설과 조금도 다르지 않았다. 그야말로 모든 걸 터득한 듯한 모습으로 그는 잠시 말을 멈추었는데, 그것도 자기 말의 효과를 충분히 성숙시켜서 그 자리에 있는 사람들 입에서 대신 말이 나오도록 하기 위한 속셈이었다.

때를 놓치지 않고 루키우스 바리우스가 호흡을 맞추었다. "폐하께서라면 기필코 성공하시리라고 저희는 생각하고 있었습니다, 아우구스투스님. 축복은 모두 폐하에게서 나오게 됩니다."

"나는 단지, 우리 모두가 소속한 로마 국민의 전달자에 지나지 않소. 이들 국민의 위탁으로, 신들의 위탁으로 나는 《아이네이스》를 청했소. 그리고 베르길리우스는 국민에의 사랑 때문에 불변하고 항구적인 국민의 소유권을 인정한 것이오."

하지만 냉정하고 엄숙한 종복의 자세로 다른 사람들과 함께 서 있던 노예가 살그머니 누구에게도 들리지 않을 목소리로 그 말을 보충했다. "참된 자유에의 길은 열려 있습니다. 국민은 그 길을 걸어갈 것입니다. 영원한 길은 다만 그 길뿐입니다."

"나는 국민의 대리인이오." 아우구스투스는 좀 위장된 상냥한 어조로 말을 계속했다. 그러나 이 어조의 허물없는 친밀성으로부터 어느 누구도 완전히 빠져나갈 도리는 없었다. "단순한 대리인에 지나지 않소. 여기서든 또 다른 어디에서든 마찬가지요. 이 사실 또한 베르길리우스는 인정해주었소. 나는 이 인정을 자랑스럽게 받아들여 마땅한 것으로 생각하오. 그럼으로써 시를 소중하게 보관할 임무가 나에게 주어졌으므로 나는 매우 기쁘오……."

 "그 시는 폐하의 것입니다, 옥타비아누스님."

 "내가 로마 국민의 대리인인 한에서지요. 다른 사람들에게는 개인적인 재산이 있지만 나에게는 없소. 이 사실도 그대는 알고 있을 거요."

 화환에서 잡아 뜯은 월계수의 작은 가지를 끊임없이 움직이는 손가락 사이에 끼운 채, 아우구스투스는 서 있었다. 월계수의 흐름에 젖고, 그 술렁임에 감싸이고 그림자에 덮여서 아름답고 화사하게, 그러면서도 위용에 넘쳐서 저쪽 촛대 옆에 서 있었다. 그러나 그가 입에 담고 있는 말은―설사 그 자신은 진실이라 믿는다 해도―새빨간 거짓말이었다. 왜냐하면 그가 율리우스가(家)의 재산을 막대한 액수로 늘리기 위해 모든 힘을 기울여 착착 성과를 거두고 있다는 사실쯤은 모르는 사람이 없는 형편이었으니까. 노예의 말은 옳았다. 다행히도 그것은 누구에게도 들리지는 않았지만. "폐하의 말씀은 거짓말입니다, 폐하." 혹시 자기에게 향해진 이 말이 아우구스투스의 귀에도 들리고 있는 것일까? 시선을 원고 뭉치가 들어 있는 고리짝에 못박은 채 그는 마치 거기에 대한 대답인 것처럼 미소를 지었다.

 "설사 어떤 자격으로 받으시든 저는 폐하께 그 시를 드린 것입니다, 옥타비아누스님. 하지만 그 대신 한 가지 부탁드리고 싶은 것이 있습니다."

 "조건부인가, 베르길리우스? ……나는 생일 선물인 줄 알고 있었는데……."

 "조건부 선물은 아닙니다. 제 소원을 들어주시고 안 들어주시고는 그야말로 폐하의 자유입니다."

"그럼 그 조건을 말해보오. 무조건 나는 거기에 따를 생각이니까. 다만, 그대 자신의 말을 잊지 말아주오, 베르길리우스." 아우구스투스의 눈 속에 다정한, 그러나 교활한 빛이 다시 떠올랐다. "패자를 불쌍히 여기고 그대의 오만을 조심할지니."

"그것은 미래입니다." 사람들 속에서 노예가 말했다.

그렇다, 그 의미였다. 미래, 헤아릴 수 없는 인간과 미덕(美德)의 심오한 미래, 겸양의 미래—하지만 옥타비아누스는 교활하게도 그것을 오늘날의 피상성으로 바꾸어버렸다. 그럼에도 불구하고 《아이네이스》는 그의 것이 될 수밖에 없었다. "폐하께선 노예의 해방을 제한하셨습니다, 아우구스투스님. 그러나 저의 노예들은 자유의 몸으로 만들어주시기를 부탁드립니다."

"뭐라고? 지금 말인가?"

이 무슨 기묘한 질문인가! 지금 당장이든 당장이 아니든—그것은 마찬가지가 아닐까? "지금 당장은 아닙니다, 아우구스투스님. 다만, 제가 죽거든 그렇게 해주시기 바랍니다. 저는 유언장에도 그렇게 적어놓고 있습니다. 그래서 이 지시를 폐하께 확인받고 싶어서 부탁드리는 겁니다."

"물론 그렇게 하겠소……. 그런데 어떻소, 베르길리우스, 그대의 이복동생, 내 기억으로는 분명히 안데스에서 농장을 경영하는 것으로 아는데, 그의 양해는 미리 얻어두었소? 그에게서 한꺼번에 한 사람도 남김없이 노예를 빼앗아버리면 난처하게 되지는 않겠소?"

"이복동생 프로클로스는 그 스스로 어떻게든 해나갈 수 있을 것입니다. 게다가 그는 사람이 좋아서 노예들은 자유의 몸이 되더라도 그대로 그에게 머물러 있을 것입니다."

"으음, 그렇다면 좋소, 내가 참견할 일이 아니지……. 나는 다만 서명만 하면 되겠군……. 그런데 베르길리우스, 이것이 그대가 원하는 유일한 조건이었다면, 굳이 둘이서 그렇게 오랫동안 왈가왈부할 필요는 없었잖소!"

"그러나 어떤 의미는 있었다고 생각합니다, 옥타비아누스님."

"그래, 의미는 있었지." 다정하게, 그리고 진지하게 아우구스투스가 끄덕였다. "그대는 내 시간을 꽤 축냈지만 이야기를 나눈 것은 좋은 일이었소."

"좀 더 유언장에 대해서 말씀드리고 싶습니다만, 옥타비아누스님……."

"분명히 그대는 벌써 오래전에 유언장 한 통을 내 문서 담당자에게 맡겨둔 것으로 아는데……."

"그렇습니다. 다만 첨가하고 싶은 것이 있어서……."

"노예 문제 때문에? 급할수록 돌아서 가라는 말도 있소. 로마에 가서 처리해도 되지 않겠소."

"그 밖에도 약간 변경하고 싶은 것이 있습니다. 되도록 빨리 끝내고 싶습니다."

"그대한테는 급한 일일지도 모르지만 나한테는 그렇게 생각되지 않는데……. 하지만 그대의 기록이 그렇게 급한 것인지 아닌지는 그대가 결정할 일이고, 지금 그 문서의 작성을 말릴 권리도 말릴 생각도 나한테는 없소. 다만 나는 더 이상 여기에 머물러 있을 수가 없으니까 나중에 그것을 건네주거나 보내주었으면 좋겠소. 그러면 확인과 증명의 표시로 도장을 찍을 테니까……."

"프로티우스나 루키우스가, 아니면 그들 두 사람이 함께 폐하께 유언장을 전해드릴 것입니다. 아우구스투스님. 감사합니다."
 "시간이 촉박하오, 베르길리우스. 밖에서 기다리는 사람들의 초조함이 느껴지는 것 같소……. 비프사니우스 아그리파가 지금쯤 도착했을 것도 같고…… 이젠 가봐야겠소……."
 "가보셔야지요……."
 이상하게도 방에서 갑자기 사람들이 사라져버렸다. 두 사람뿐이었다.
 "섭섭하지만…… 가야 되겠소."
 "제 마음이 폐하를 따를 것입니다, 옥타비아누스님."
 "그대의 마음과 그대의 시가 나를 따르겠지."
 황제가 신호를 보내자 인기척도 없던 공간에서 두 사람의 노예가 마법에 이끌려 나온 듯 모습을 드러내더니 고리짝 곁에 서서 손잡이에 손을 대었다.
 "이 사내들이 그것을 가져가는 것입니까?"
 가벼운 발걸음으로 재빨리 아우구스투스는 침대 곁으로 다가왔다. 거의 느껴지지 않을 만큼 약간 침대 위로 몸을 굽혔을 때 그는 다시 옥타비아누스가 되어 있었다.
 "그대를 위해서 소중하게 보관해둘 거요, 베르길리우스. 가져가버리는 것이 아니오. 이것을 담보로 잡아두구려." 이렇게 말하면서 그는 손가락 사이에 끼우고 있던 월계수의 작은 가지를 이불 위에다 놓았다.
 "옥타비아누스님……."
 "뭔가, 베르길리우스……."
 "여러 가지로 감사합니다."
 "고맙다는 말은 내가 해야 마땅하오."

노예들은 고리짝을 둘러메고 있었다. 그리고 그들이 한 걸음 내디뎠을 때 누군가가 흐느낌 소리를 냈다. 그다지 높지는 않았으나 격렬하고 거칠게, 갑자기 인간의 삶 속에 영원이 침입했을 경우 외에는 볼 수 없는 열정에 넘쳐 있었다. 혹은 장의사의 인부들이 관을 어깨에 메고 방에서 운반하는 그 순간에, 사자(死者)의 친척들이 이제는 이미 어떻게도 할 수 없는 사태에 크게 충격을 받는 꼭 그런 경우 같기도 했다. 죽은 사람의 관을 향해서 보내지는 영원한 흐느낌, 영원한 절규, 그것은·프로티우스 투카의 다부지게 벌어진 넓은 가슴에서 터져 나온 것이었다. 선량하고 억센 그의 영혼에서, 힘차게 감동에 떨리는 그의 마음에서 원고를 넣어둔 고리짝을 향해서 보내진 것이었다. 문간까지 운반되는 그 고리짝은 어김없는 하나의 관이었다. 죽은 자식의 관, 하나의 생명을 거둔 관이었다.

또다시 일식이 시작되었다.

문간에서 아우구스투스가 다시 한 번 돌아보았다. 다시 한 번 친구의 눈이 친구의 눈을 찾고, 다시 한 번 두 사람의 시선은 하나로 맺어졌다. "그대의 눈이 언제나 나를 지켜봐주기를 바라오, 베르길리우스." 활짝 열린 문턱에 서서 옥타비아누스는 말했다. 여기서는 아직도 옥타비아누스지만 여기에서 걸어 나갈 때는 깡마른 체구에 긍지가 넘치고 위풍이 당당한 황제일 것이다. 바로 뒤를 이어서 퇴색한 금빛 사자가 무거운 발을 소리도 없이 옮겼고, 관이 뒤따랐고, 그 자리에 있던 사람들 대부분이 뒤를 따랐다.

프로티우스의 선량하고 축축이 젖은 흐느낌은 그 뒤에도 잠시 계속되었으나 이윽고 헐떡임으로 변했고, 그 사이사이에 가끔 "아아, 오오!" 하는 울부짖음이 섞이더니 햇빛이 다시 밝게 스며들고, 창틀 위의 비둘기가 다시 구구구구 울기 시작했을 때야 가까스로 멎었다.

언제나 나를 지켜봐 주기를 바라오. 이것이 옥타비아누스의 말이었다. 꼭 이대로는 아니었다고 하더라도 대충 이렇게 들렸다. 그 말의 여운은 사라지지 않고, 이 자리에 남아 있었다. 이 방 안에 아직도 머문 채 떠돌고, 자취를 감춰버린 사람과 연관되어 풍성한 의미를 잉태하면서 옮아갈 기색도 보이지 않았다. 그 결합은 부동의 것이었다. 그러나 옥타비아누스는 가버리고 말았다—어째서? 어째서 그는 가버리고 말았는가? 어째서 플로티아는 가버리고 말았는가? 아아, 그녀는 다른 많은 사람들과 함께 가버리고 말았다. 자기 자신의 운명 속으로, 일 속으로, 차츰 나이가 들고 피로를 더하고 머리칼도 희어지는 노쇠 속으로, 죽음 속으로 자취를 감추었다. 그 속으로부터는 이미 아무런 소리도 스며 나오지 않는다. 하지만 그럼에도 불구하고, 한때 영원히 변치 않는 모습으로 그곳에 놓였던 눈에 보이지 않는 다리는 남아 있었다. 눈에 보이지 않는 월계수의 다리, 눈에 보이지 않은 은사슬은 남아 있었다. 영원에 걸쳐서 구축되고 단련되어 저쪽으로 건너가는 결합의 힘은 풀 수 없는 상태로 남아 있었다—그러나 어디로 건너가는 다리인가? 눈에 보이지 않는 무의 세계로인가? 아니, 저쪽 기슭에 있는 눈에 보이지 않는 세계는 무가 아니었다. 아무리 눈에 비치지 않는다 하더라도 그것은 현실의 존재였다. 언제나 변하지 않는 옥타비아누스, 언제나 변하지 않는 플로티아였다. 다만 더할 수 없이 이상한 것은 그들이 이름과 육체를 완전히 떨쳐버리고 말았다는 사실이었다. 오오, 우리의 내면에, 그 깊숙한 곳에, 육체의 퇴락에도 접촉되지 않고, 감각의 소멸에도 손상되지 않고, 그 어떤 변화를 입지도 않고, 무릇 헤아릴 수 없이 아득한 우리 자아의, 우리 마음의, 우리 영혼의 영역 속에 불사신의 인식이 존재하고 있다. 우리 자신조차 볼 수도, 부를 수도, 찾을 수도 알 수도 없는 인식이 존재하고 있다. 그리고 이 인식은 타인의 영혼, 타인의 마음, 타인의 눈에 보이지 않는 심연 속에서 스스로의 반영을 찾는다. 자신의 거울에 비친 상을 타인으로부터의 인지 속에서 찾는다. 이 부름의 시도는 다만 그 거울에 비친 상을 바라보기 위해서, 그것이 영원에 걸쳐서 남아 있기를 원하기 때문이다. 다리도, 저쪽으로 걸쳐진 사슬도, 만남도, 일체의 변화된 모습을 통해서 영원히 남기를 바라기 때문이다. 왜냐하면 만남 속에서만 말은 풍성하게 의미를 잉태하고, 세계는 의미로 충만해지고, 인식되고 인식하는 행위가 메아리가 되어서 성취되기 때문이다. 눈을 감고 있는데도 역력히, 풍성한 의미를 잉태한 헤아릴 수 없는 존재가 저쪽 세계에 역력히 눈에 띄게 누워 있었다. 한낮의 태양의, 전율하는 모습으로 그러나 움직이지 않는 빛을 받아서 까만 줄이 들어간 적갈색의, 금방이라도 무너질 듯한 거리의 지붕들 위에, 이 세상의 것으로는 생각되지 않는 아련한 숨결 같은 금빛, 포도주 같은 금빛을 띠고 눈에 비쳤고, 그럼에도 눈에 보이지를 않았다. 그것은 그 면에 떨어지는 그림자를 기다리고 있는 거울, 떠도는 말을, 떠도는 인식을 기다리고 있는 거울이었다. 아직 계시되지는 않았지만, 이미 공간 속에 존재하며 이 인식은 미래를 일러주고 있었다. 이미 서약 위반이 되지는 않는 안락을, 참된 지각 속에서 이룩될 참여를, 또다시 법도 속에서, 서약을 지켜보는 미지의 신의 법도 속에서 살도록 허용되는 아름다움을 일러주고 있었다. 이때, 그렇다, 이때 몇 마리의 비둘기가 무겁게 날개를 펴고 창틀에서 날아올라 파란 햇빛 속에서 깃털을 번득이면서 한낮의 하늘의 끝없는 열기 속으로 사라져갔다. 시야가 미치는 가장 높은 곳으로 치솟더니 이윽고 시야에서 벗어나 그들은 자취를 감추었다. 오오, 언제나 나를 지켜주시길.

프로티우스는 통통하게 살이 찐 볼에서 눈물을 닦았다.

"바보 같군" 하고 그가 말했다. "정말 바보 같아. 베르길리우스가 마침내 미몽에서 깨어났다는 사실만으로도 이렇게 감격을 하다니······."

"자네를 감격케 한 것은 옥타비아누스의 태도였겠지."

"그렇지는 않다고 생각해······."

"자, 나는 유언장을 만들지 않으면 안 돼."

"감격한 것은 그 때문이 아닐세······. 누구나 유언장은 만드는 법이야."

"물론 자네의 감격과는 관계가 없는 일이야. 나는 지금 유언장을 만들지 않으면 안 돼. 다만 그것뿐이야."

여기에서 루키우스 바리우스가 이의(異議)를 제기했다. "아우구스투스님의 말씀이 옳아. 그런 일은 병이 나은 뒤에 천천히 해도 괜찮아. 나는 전적으로 폐하의 의견에 찬성이야. 게다가 아까 얘기로는 벌써 유효한 유언장이 한 통 돼 있다니까 더더구나 서두를 필요가 없단 말일세······."

프로티우스와 루키우스는 틀림없이 그 자리에 존재하고 있었다. 마찬가지로 리사니우스도 거기에 틀림없이 있을 것이었다. 하지만 아직도 어느 구석에 숨어 있는 듯했다. 어쩌면 지금까지 그가 말도 걸어주지 않고, 노예들만이 판을 치는 이 상황에 마음이 상한 것인지도 모른다. 그런데 노예는 어디에 있는가? 그가 아우구스투스를 따라갔다고는 생각되지 않았다. 오히려 반대로 이 방 안에 있다고 생각하는 것이 더 자연스러웠다. 여기가 이를테면 그의 본래의 자리였다. 그런데도 불구하고 지금 어디에서도 그의 모습이 발견되지 않았다. 물론 그렇게 단정을 짓는 일도 완전히 옳다고는 할 수 없었다. 왜냐하면 조금이라도, 아주 조금이라도 눈을 똑바로 뜨고 바라본다면 뚜렷하게 보이는 두 친구 곁에 있는 이런저런 어렴풋한 존재가 확인되었기 때문이다. 눈에 보이질 않는 것인가? 아니면 지금까지 눈에 띄지를 않은 것인가? 그 존재의 존재 방식이 불완전한 것인가, 아니면 보는 눈이 불완전한 것인가? 어쩌면—식별력은 거기까지 작용하지는 않을 것이다—모든 것이 뒤섞이고 어우러져 있었기 때문인지도 모른다. 특히 먼지 같은 미립자가 춤을 추는 햇살 근처에서는 어딘가 사람 비슷하지만 확실하게는 보이지 않는 것이 무수하게 무리 지어 있었는데, 황제를 따라 방에서 나갔다가 돌아온 일부가 아닐까 생각될 정도였다. 그렇다면 지금 찾고 있는 노예는 그 무리 속에 있을지도 모른다. 물론 이름을 부를 수는 없었다. 그는 자신의 이름을 밝히지 않았다.

"리사니아스······." 노예의 이름을 부를 수는 없었지만 소년을 부를 수는 있었다. 소년을 불러서 사정 이야기를 듣고 싶었다.

"자네는 노상 리사니아스라는 이름만 부르는군그래." 프로티우스가 말했다. "하지만 그는 전혀 얼굴을 보이고 있지 않잖아……. 아니면 자네가 지금 곧 작성하겠다는 유언장과 그가 무슨 관계라도 있나?"

소년도 노예도 유언장과 직접적인 관계는 없었다. 그것은 부정할 수 없는 사실이었다. 그렇다고 해서 이런 관계를 프로티우스에게 설명할 수도 없었다. 얼핏 그럴듯한 이유를 들 수밖에 없었다. "그에게 뭔가 유품을 주고 싶어서 그러네."

"그렇다면 더욱이나 얼굴을 나타내야 할 게 아닌가. 그렇지 않으면 나로서는 그가 실재하는 인물이라고는 믿을 수가 없네."

이것은 이유 없는 비방이었다. 왜냐하면 마침 그때 소년이 모습을 나타냈으니까. 그를 보려고만 하면 누구나가 볼 수 있었던 것이다. 비방은 프로티우스에게로 되돌아갔다. 그러나 리사니아스는 호출을 당하지 않은 편이 더 나았을지도 모른다. 오기는 했지만 그것은 소년과 노예가 하나가 된 모습이었던 것이다. 마치 두 사람이 같은 이름을 가지고 있어서 그 이름을 부르면 두 사람이 동시에 듣지 않으면 안 되는 것 같았다. 이것은 실은 그다지 놀라운 일이 아니었다. 오히려 더욱 놀라운 일은 이 하나가 된 두 사람의 걸음이 조금도 일치하지 않는다는 사실이었다. 소년은 침대로 다가서려고 했지만 자기보다 크고 억센 노예보다 앞에 나설 수는 없었다. 몇 번 앞으로 나서려 했으나 그때마다 길을 차단당했다. 소년 리사니아스는 그 날렵한 민첩성을 상실한 것일까.

프로티우스는 한숨을 쉬면서 아까까지 앉아 있던 안락의자를 향해 걸어가더니 말했다. "모든 사람이 자네에게 휴식을 권하고 있는데 자네는 유언 보충서니 이런저런 사람에게 유품 따위를 준다느니 하는 일에 골치를 썩이고 있어……. 폐하가 여기에 계셨던 것이 한 시간도 훨씬 넘어. 목소리만 들어도 자네가 지쳐 있음을 알 수 있네……. 하긴 고집불통인 자네한테 무슨 얘기를 한들 소용없겠지만……."

"그래" 하고 루키우스가 바짝 호기심을 나타내면서 그러나 깊이 생각하는 투로 덧붙였다. "한 시간도 훨씬 넘었어……. 그래《아이네이스》외의 다른 이야기는 하지 않았나? ……아니, 피곤하면 대답하지 않아도 돼……."

침대 앞에 다부진 몸으로 버티고 서 있는 노예는 갑자기 키가 커진 듯 보였다. 혹한의 겨울 대기 속에서 따뜻한 방 안으로 걸어 들어온 인간이 발산하는 조용한 냉랭함이 그에게서 흘러나왔다. 그 모습이 너무나도 거대했기 때문에 소년은 탁자 위로 기어 올라가 자꾸만 키가 커지는 사내의 어깨너머로 들여다보려고 했지만 아무래도 이쪽을 볼 수는 없었다.

"노예를 내보내주게……."

"응? 유언장을 만들려고?" 프로티우스는 안락의자에 앉은 채 방 안을 둘러보았다. "노예라곤 한 사람도 없어. 안심하고 착수해도 돼."

여느 때의 버릇대로 토가의 주름을 만지작거리고 있던 루키우스는 조심스럽게 침대 곁 의자에 앉아 늘씬하게 긴 다리를 제법 세상에 익숙한 사람처럼 꼬더니 손가락이 긴 손을 위를 향해 들어 올리고는 강의를 시작할 자세를 취했다. "그래, 일단 그분이 이야기를 시작하시면 흔히 걷잡을 수 없게 되는 수가 많아. 이런 표현은 좀 뭣하지만 인사치레로라도 웅변가라고는 할 수가 없지. 적어도 로마 웅변의 고전적인 시대의 산증인인 우리가 당연히 제기할 자격이 있는 여러 요구조건에 비추어 생각한다면 결코 탁월한 웅변가는 아니지……. 자네들은 옛날의 원로원 연설을 기억하고 있나? 모두들 얼마나 훌륭한 것이었나? 어쨌든 누구도 이미 웅변을 토하지 않게 된 오늘날에는 아우구스투스님의 능변으로 족한 것이고, 또한 족하다고 하지 않으면 안 되지……. 그런데 베르길리우스, 나는 뭐 굳이 고귀한 분과 똑같은 과오를 저지를 생각은 조금도 없네, 자네를 피곤하게 만들 생각은 없단 말일세…….”

어째서 노예는 움직이지 않는가? 얼음덩어리처럼, 점점 더 높이 솟을 기색을 보이는 얼음산처럼 육중하게 뿌리를 박고 꼼짝도 않은 채, 그는 그 자리에 서 있었다. 이제는 작은 리사니아스의 모습은 완전히 그 그늘에 가려지고 말았다. 영원히 그치지 않을 듯 그에게서 흘러나오는 냉랭함은 피로의 큰 물결을 몰고 오면서 점점 더 위험한 느낌을 더해주고 있었다.

"자네는 절대안정이 필요하네." 루키우스의 손이 이 선고와 함께 이야기의 결말을 짓는 선을 그렸다. "자네는 안정을 필요로 하고 있어. 의사에게 다시 한 번 물어도 그렇다고 할 것이 틀림없네. 자네를 혼자 있게 하는 편이 좋을 것 같군."

안정에의 욕구는 확실히 느껴졌다. 느껴질 뿐만이 아니라, 위태로움을 간직한 불변의 냉랭함이 몰고 온 피로의 물결에 실려서, 그야말로 유혹적이고 감미로운 안정에의 욕구가 나타났다. 오오, 이 욕구에 져서는 안 된다! 당장에 억누르지 않으면 안 된다! 루키우스가 의사를 부르게 한 것은 이런 의미에서 적절한 조치였다. 요구에 따라 갖가지 모습의 투명한 혼잡 속에서 의사가 천천히 그 살찐 모습을 드러내어 입가에 아주 상냥한 웃음을 머금고 천천히 다가왔다. "이젠 회복되셨습니다. 베르길리우스님. 이렇게 말씀드릴 수 있음이 나로서도 자랑스럽습니다. 아무리 겸손을 내세운다고 해도 이렇게 좋은 결과가 나타났음은 내 의술의 힘이 기여한 바가 크다고 하지 않을 수 없으니까요."

뜻밖이긴 했으나 반가운 소식임엔 틀림없었다. "내가 회복되었다고……"

"그 말은 좀 지나칠는지도 모르네. 다행히도 대강 그쪽에 가까운 상태일는지는 모르지만" 하고 프로티우스가 들창 쪽에서 말을 건넸다.

"내가 회복되었다고……."

"머지않아 회복되시겠지요." 노예가 그 말을 정정했다.

"그를 곁에서 물러나게 하십시오." 소년의 목소리가 가냘프게 탄식하듯이 울렸다. "그를 곁에서 물러나게 하십시오, 회복을 원하신다면. 그는 당신을 죽이려고 하는 겁니다."

흘러 들어오는 피로의 냉랭함은 그야말로 피부에 느껴질 정도가 되었다. 얼음산 같은 거인에게서 흘러나온 이 냉랭함은 그 자체가 얼음덩어리가 되고 응결된 파도가 되어, 가두고 덮어씌우고 억눌러서, 그 내부에서 불처럼 활활 타오르는 따스한 안정을 그 굳은 상태 속에 꼼짝없이 밀어 넣었다. "나는 회복됐네. 의사가 얘기한 그대로야."

"의사가 과장 아닌 진실을 말했다면 그럴는지도 모르지. 하지만 그 진실이 성립되기 위해서는 자네는 이미 완전히 회복이 되어서 병이 다시 도지는 것을 꿈에도 원치 않는 인간처럼 행동하지 않으면 안 될 걸세." 루키우스는 일어나 있었다. "그럼 우리는 물러가기로 하지."
"있어주게!"
목소리는 나오지 않았다. 이 말은 누구의 귀에도 들리지 않았다.
"보내버리세요. 모두들 보내버리세요" 하고 그지없이 달콤한 목소리로 플로티아가 속삭였지만 이 소망의 감정 뒤에 자기 자신의 불안을 숨길 수는 없었다. "당신을 부둥켜안고 있는 사내도 쫓아버리세요. 제 팔이 그의 팔보다 부드럽답니다. 정말 가슴이 답답해지는 사내로군요."
이때 작열하는 얼음의 포옹은 거인의 팔이라는 것이 분명해졌다. 거인은 그를 침대에서, 지상에서 안아 올리고 있었다. 그리고 그는 이미 심장이 고동치지도 않고 숨도 쉬지 않는 이 거인의 무변광대한 가슴에 안겨서, 무섭고 그러면서도 감미롭게 유인하는 불변의 안정을 발견하지 않으면 안 되었다.
그가 안아 올려진 대지는 찰흙으로 되어 있었다. 하지만 그를 안은 거인의 가슴도 대지와 흡사했고, 대지의 근원인 찰흙처럼 견고했다.
"목이 졸려 죽을 것 같습니다." 소년이 단말마적인 절망의 신음 소리를 냈다.
"그의 시간은 끝났습니다." 거인이 말했다. 그 목소리는 거의 미소를 품고 있는 것 같았다. "나는 아무런 짓도 하지 않았습니다. 시간의 힘입니다."
대지처럼, 거인은 튼튼했다. 대지를 짊어지고 안정을 짊어지고 죽음을 짊어지고 있었다―그렇다면 그는 시간까지도 짊어지고 있는 것일까?

"저는 시간을 갖고 있지 않아요." 플로티아가 대답했다. "저는 늙음을 몰라요. 그가 저를 죽이려 해도 그것은 헛된 일이에요."

플로티아를, 혹은 소년을 구해야 할까? 자기 자신을 구해야 할까? 그것이 유언장과 《아이네이스》에 관계되는 일일까? 포옹은 점점 더 거대해지고, 무겁고 억세지고, 점점 더 얼음처럼 되고, 점점 더 불길의 기운을 더했다. 이미 불길과 얼음은 하나로 융합되고, 존재는 비존재를 실어 나르면서 존재와 합일하고 있었다. 이미 안정은 무척이나 깊어져 그것을 폭파할 수 있을지도 모를 하나의 소리조차도 새어 나올 수 없을 정도였다. 이미 안정을 깨부술 수는 없을 듯했다. 플로티아를 위해서도 아니고 소년을 위해서도 아닌, 자기 자신의 삶을 위해서 마지막 힘을 다하지 않으면 안 되었다. "저는 살고 싶습니다…… 오오, 어머님!"

이것은 부르짖음인가? 이것이 안정의 경계를 넘은 것인지 어떤지는 알 수가 없었다. 여전히 거인의 가슴은 고동치지 않았고 호흡도 멎어 있었다. 세계는 고동치지도 호흡하지도 않았다. 그대로 오랜 시간이 경과했으나 마침내 거인이 입을 열어 말했다.

"저 여자가 부탁해도 소년이 부탁해도 당신을 놓지 않았을 것입니다. 또 설사 당신이 공포에 사로잡혔다고 하더라도 놓아주지 않았을 겁니다. 지금 내가 당신을 놓아주는 것은 당신이 지상의 임무를 수행하려고 생각하시기 때문입니다." 이것은 거의 훈계처럼 들렸다. 어쨌든 포옹의 손이 느슨해진 것이 느껴졌다. 거인이 그를 대지의 찰흙 위로 다시 돌려놓으려는 것 같았다.

"나는 살고 싶다…… 나는 살고 싶다!"

그렇다, 이번에야말로 틀림없는 부르짖음이었다. 목소리로 알 수 있고 귀로 알 수 있는 부르짖음이었다. 확실히 목쉰 소리이기는 했지만 두 사람의 친구를 놀라게 하기에는 충분히 큰 목소리였다. 프로티우스는 발소리도 거칠게 다가와서는 어쩔 줄 모르고 멍하니 서 있는 루키우스를 옆으로 밀어제치고 비난하듯이 "그건 할 말이 아냐!" 하고 외치면서 침대 곁에 섰다.

그러나 포옹의 손은 풀려 있었다. 거인은 사라지고 공포에 찬 유혹은 물러갔다. 뒤에 남은 것은 다만 여느 때와 같은 발열, 작열하는 얼음덩어리처럼 가슴을 누르고 호흡을 고통스러운 헐떡임으로 몰고 가는 발열이기는 했으나, 그럼에도 불구하고 많이 익숙해진 상태였으므로 입속에 차오르는 피비린내까지도 이미 아무런 불안도 느끼게 하지 않았다. 방은 다시 예사로운 병실이 되었다. 탁자 위에는 리사니우스가 웅크리고 있었다. 그도 지칠 대로 지쳐서 다만 걱정스러운 시선을 보내고 있을 뿐이었다.

"할 말이 아냐…… 할 말이 아냐……."

이 비난을 담은 신음 소리가 병을 향한 것인지 환자를 향한 것인지 아니면 루키우스를 향한 것인지 분명히 알 수가 없었다. 루키우스가 말했다. "의사가……."

그가 있는 곳은 예사로운 병실이었다. 리사니아스가 이곳에 있는 것은 당연했으나 두 사람의 늙은 사내들, 루키우스와 프로티우스는 여기에 아무런 볼일도 없을 것이다. 그리고 어머니가 안 계셨다. 어째서 프로티우스가 조부 대신 창가 자리에 앉아 있는가? 어쩌면 그가 조부님처럼 뚱뚱하게 살이 쪘기 때문인지도 모른다. 그 체중에 눌려서 안락의자의 다리는 찰흙의 바닥에 먼지가 나도록 균열을 일으키고 있었다. 창밖에는 한낮의 햇빛을 받으며 만투아 들판의 풍경이 펼쳐져 있었다. 주방에 계신 어머니를 부르지 않으면 안 되었다. "목이 말라요……."

루키우스가 주위를 둘러보기도 전에 프로티우스가 무거운 몸집을 민첩하게 움직여 잔을 하나 찾아내서 벽의 분수에서 물을 받아 기다리고 있는 환자의 입술에 그것을 가져가기 위해 침대 곁으로 되돌아와서 잔을 들지 않은 손으로 환자의 머리를 받쳐 들었다. "기분은 나아졌나, 베르길리우스?" 하고 그는 아직도 숨을 죽인 채 흥분한 나머지 얼굴에 온통 땀을 흘리면서 물었다.

아직도 말다운 말은 입에서 나오지 않았다. 프로티우스에게는 다만 끄덕여보임으로써 고맙다는 뜻을 표할 수밖에 없었다. 게다가 지금은 어머니의 목소리가 주방으로부터 들려오고 있었다. "곧 가마." 어머니는 명랑한 목소리로 응답했다. "아가야, 지금 곧 우유를 가져갈게." 그렇다면 어머니는 아직도 살아 계셨던 것이다. 늙지도 않고 시간을 초월하고 계셨다. 그 사실이 그의 마음을 소박한 명랑함으로 가득 채웠다. "제가 아직도 앓고 있나요, 어머님?"—"아직 조금. 하지만 곧 침대에서 일어나 놀 수 있게 될 거야." 그렇다, 그는 다시 놀게 될 것이다. 부엌 바닥에서, 어머니의 발밑에서, 문밖 뜰의 모래밭에서 그는 놀게 될 것이다. 하지만 어떻게 어머니는 이러한 놀이를 허용할 수가 있었을까? 점토질의 흙을 빚는 그 놀이는 아버지가 이룩한 일, 신이 하셨던 일을 받아 되풀이하는 일이었는데 말이다. 이 놀이는 이미 빚어지지 않은 채 있기를 원하는 흙에 대한 죄과가 아니었는가, 근원적인 찰흙에 대한 죄과, 지각을 다스리는 어머니인 여신의 혐오와 분노를 야기시키는 소행이 아니었던가? 물론 지금은 이런 일에 더 이상 매달려 있을 수가 없었다. 우선 프로티우스가 용납하지 않았다. 왜냐하면 이 사내는 여전히 침대 앞에 서 있었으므로. 그리고 그가 가져다준 것은 우유가 아니라 물이었다. 대지에서 솟아오른 투명한 물이었다.

다시 한 번 천천히 한 모금 마시고 베개에 머리를 파묻었다―그러자 다시 말을 할 수가 있게 되었다. "고맙네, 프로티우스. 훨씬 기분이 좋아졌어, 자네 덕분에 기운을 되찾았네······."

그것은 갈색 뿔로 만든 잔이었다. 토끼 모습이 그 위에 새겨져 있었다. 튼튼하고 훌륭한 농민의 잔이었다.

"의사를 불러올게" 하면서 루키우스가 문 쪽으로 걸어갔다.

"어째서 의사를?" 이상한 일이었다. 의사는 여기에 있었고, 아직까지의 안개에 싸인 듯 불확실하고 몽롱한 모습도 다시 명확한 형태로 굳어지려 하고 있는 참이었다.

"그에게 물어보려고." 프로티우스는 생각에 잠겨 말했다. "자네에게 자락(刺絡)*을 베풀 생각은 없는가 하고 말야. 나는 벌써 꽤 여러 번 위급한 경우를 당했어. 자네보다도 더했는지도 몰라. 조금만 피를 빼면 당장에 다시 되살아나서 이 거친 치료법이 건강에 얼마나 유효한지 알게 될 걸세."

의사인 카롤다스는 수염에 빗질을 하고 있었다. "로마 학파의 로마식 요법이지요. 그런 것과 우리는 관계가 없어요. 우리는 당신과 같은 증상에는 액체를 제거하기는커녕 오히려 체내

*나쁜 피를 뽑아내는 시술.

에 액체를 주입하는 쪽이지요……. 되도록 많이 마시도록 권고하고 있어요."

"다시 한 번 마실 것을……."

"술을 더 드시겠습니까?" 하고 리사니아스가 말하더니 상아로 된 잔을 들어 올렸다.

"이 바보야." 의사가 소년에게 외쳤다. "술은 안 돼. 네가 참견할 일이 아냐."

확실히, 차갑게 흐르는 물은 약이 아니었다. "나는 회복됐어. 의사가 분명히 그것을 인정했어."

"그럼 그에게 확인해보기로 하지." 루키우스가 문간에 서서 손잡이에 손을 대며 말했다.

"가벼운 재발은 항상 예상하지 않으면 안 되지요." 의사는 깔끔한 미소를 지었다. "아까의 것은 아주 가벼운 것이었어요."

"여기에 있어주게. 루키우스…… 별것도 아닌 재발로 소동을 피울 것은 없어. 나는 유언장을 작성하지 않으면 안 된다네."

루키우스는 탁자 곁으로 돌아왔다. "하다못해 밤까지만이라도 연기할 수 없겠나? 출발 전에는 꼭 처리하겠다고 약속하겠네."

아니, 당장에 처리하지 않으면 안 된다. 그렇지 않으면 거인은, 유언장이란 다만 그에게서 도망치려는 구실에 지나지 않는다고 생각할지도 모른다. 애당초 이것은 너무나도 안일한 지상으로의 귀환이 아니었을까? 치욕감이 솟구쳐 올랐다. 마음을 마비시키고 격렬하게 채찍질하는 치욕감, 열 때문에 느껴지는 얼어붙는 듯한 오한과도 같은 치욕감이었다. 별것도 아닌 재발이라고 했지만 열은 여전히 내리지 않았다.

리사니아스는 줄곧 탁자 위에 웅크린 채 이 치욕감을 몰아내려고 했다. "치욕은 우연 속에만 있습니다, 베르길리우스님. 당신의 길에는 우연은 없었습니다. 모든 것은 필연이었습니다."

"왔던 길을 되돌아가는 자는 치욕을 느끼게 마련이야."

후우 하고 한숨을 쉬며 프로티우스는 침대 모서리에 걸터앉았다. "그건 또 대체 무슨 말이지?"

"유언장이 급하단 말이네. 그만둘 수는 없어."

"고작 두세 시간 연기하는 것을 치욕이라고 느끼다니 도무지 이해할 수가 없군. 진심에서 하는 말은 아닐 테지?"

"아우구스투스님을 위해서 나는 《아이네이스》에 관한 내 희망을 단념했어……. 이제는, 자네들을 위해서 유언장도 단념하라는 건가?"

"우리는 다만 자네의 건강을 염려하고 있을 뿐이야."

"괜찮아. 괜찮기 때문에 나는 내 길을 가지 않으면 안 돼. 되돌아설 마음은 없네."

"저는 한 번도 당신을 되돌아가는 길로 인도한 적은 없습니다." 소년이 항변했다. "우리는 언제나 전진하고 있었습니다."

"그럼 지금은 어디로 가고 있는 거지?" 리사니아스는 잠자코 있었다. 대답할 바를 모르고 있었다.

"그가 길을 안내한 것은 저한테 도착할 때까지였어요" 하고 플로티아가 끼어들었다. "그 뒤는 저와 당신의 길이에요. 저와 당신의 사랑의 길이에요."

"어디를 향해서? 나는 혼자서 내가 나아갈 길을 발견하지 않으면 안 돼……."

"틀렸네, 베르길리우스." 침대 모서리에 무겁게 걸터앉은 채 프로티우스 투카가 불만을 나타냈다. 그의 허리 밑으로 요가 깊숙이 말려 들어가 있었다. "너무하는군. 어째서 그렇게 매정하게 우리의 도움과 애정을 거부해버리나……."

여느 때는 시끄러운 명령조로 다짜고짜 다그치던 프로티우스가 지금은 그야말로 어쩔 줄 몰라 하며 침대 모서리에 앉아 있었다. 그리고 평소에는 빈틈없는 처신을 자랑하던 루키우스도 지금은 어지간히 동요를 느끼고 있는 모양이었다. 그들이 고분고분 복종하려고 애쓰는 모습이 역력히 느껴졌다. 두 사람 모두가 환자에게 얌전하게 복종하려 하고 있었다. 무엇이 이런 변화를 가져오게 했는가? 지금까지는 별로 신경 쓰지 않았던 병의 명령에 복종한 것에 지나지 않는가? 아니면 병 뒤에 숨은 더욱 큰 목소리를 지금은 그들도 느끼기 시작했는가? 죽음과 삶이 하나로 결합되는 사랑을 알리는 목소리를. 오오, 그들은 그것을 느끼고 있음에 틀림없다. 그렇지 않고서야 이미 죽음을 원하고 있는 그의 최후의 의지에 이토록 거역할 까닭이 있겠는가?

루키우스가 말했다. "나는 이제 자네한테 반대하고 싶지는 않네. 하지만……."

"하지만은 필요 없네, 루키우스……. 저 구석에 내 짐이 있어. 여행 가방 속에 필기도구 일체가 들어 있어……."

플로티우스는 고개를 흔들었다. "좋아, 말릴 수 없는 이상 자네의 생각대로 하는 수밖에 없겠지……."

모처럼 두 사람이 이렇게 순종하고 있는 판에 끊임없이 육체의 고통을 호소하는 일은 때에 맞는 일도 아니었고 바람직하지도 않았다. 그러나 격심한 오한이 닥쳐오고 있었다. "이불을 한 장 더 덮어주게……."

프로티우스의 찡그린 얼굴에 걱정스러운 표정이 떠올라 한층 더 떨떠름한 표정이 되었다. "자네는 억지만 쓰는군."
"한 장 더 덮어주었으면 할 뿐일세…… 그것뿐이야."
"내가 구해 오지." 루키우스가 나섰다.
그러나 루키우스가 하인들에게 희망하는 물건을 명령하자마자 어느새 그것을 옆에 끼고 노예가 모습을 나타냈다. 무엇을 생각하고 있는지 모를 엄숙한 표정으로 이미 거인이 아니라 극히 흔해 빠진 한 사람의 시종이 되어서 정중하고 익숙한 솜씨로 두 장째의 이불을 침대에 덮고는, 그 위에 다시 아우구스투스의 손이 닿은 신성한 월계수의 잔가지를 고쳐 놓았다. 이런 모든 일이 실로 날쌔고 놀랄 만큼 솜씨 좋게 이루어졌기 때문에 이불을 달라고 한 것이 과연 부득이한 일이었는지, 옳은 일이었는지 스스로 다시 생각해보지 않으면 안 될 정도였다─ 그것은 노예를 되부르기 위한 구실에 지나지 않았던가? 아니면 노예 쪽에서 본다면 다시 이곳에 잠입할 수 있는 구실을 부여받은 셈인가? 분명하게 해둘 필요가 있었다. "자네는 방금까지도 여기에 없지 않았나?"
"저는 곁을 떠나지 말라는 명령을 받고 있습니다."
소년 리사니아스는 탁자에서 미끄러져 내려와 바로 곁으로 다가왔다. 이번만은 노예에게 밀려나지 않겠다는 행동처럼 보였다. "그런 명령을 받지 않고서도 저는 줄곧 곁에 있었습니다. 앞으로도 곁에서 떠나지 않을 것입니다."
소년이 한 말은 하찮은 것이었다. 그것은 아무리 노력해도 이해할 수 없는 망각된 언어와도 같았다. 그러나 노예의 말은 거부감을 일으키는 어조에도 불구하고 기묘한 신뢰감을 주었다.

"왜 좀 더 빨리 오지 않았지?"

"제가 당신에게 봉사하기 전에 당신도 봉사를 해야 했습니다."

프로티우스는 걱정스러운 듯이 이불 속으로 손을 넣어 차가운 다리를 붙잡았다. "얼음장 같아, 베르길리우스!"

"지금은 아주 기분이 좋아, 프로티우스."

"생각나는 대로 말을 해보게." 그동안에 필기도구와 종이 꽂이를 탁상에 늘어놓은 루키우스가 말했다. "자네가 원한 물건을 모두 여기에 갖춰놓았네."

"종이를 주게나."

루키우스는 깜짝 놀랐다. "뭐라고? 자네가 직접 쓸 참인가?"

"종이를 보고 싶네…… 이리 건네주게……."

"그렇게 서둘지 말게, 베르길리우스. 자, 여기 있네." 가죽으로 된 종이 꽂이를 열고 루키우스는 꼼꼼하고 정확하게 자른 한 묶음의 종이에서 위의 몇 장을 뽑았다.

좋은 종이였다. 펜이 좋아하는 거칠고 차가운 매끄러움이 있었다. 쓰기 시작하기 전에 손목 운동이라도 하듯이 부드러운 손가락 끝으로 종이 위를 더듬는 것은 기분이 좋았다. 광선에 비추어 보자 상앗빛 속에 그물코 세공 같은 대리석 무늬가 보였다. 오오, 깨끗한 백지 위에 처음으로 대는 펜, 창조를 위해 쓰이는 최초의 글, 불변의 세계로 들어갈 최초의 말! 이 종이를 손에서 놓는다는 일은 괴로웠다.

"좋은 종이로군, 루키우스……."

"제 살결은 희고 부드럽고 매끄러운데도" 하고 플로티아가 숨결처럼 가냘픈 목소리로 탄식했다. "그런데도 당신은 만져보려고도 하지 않으셨어요."

루키우스는 종이를 도로 말아서는 역시 그 매끄러운 표면을 조심스럽게 음미하듯이 손가락으로 쓰다듬어보고 광선에 비추어보았다. "좋군" 하며 제법 그 방면의 전문가답게 확인을 했다. "좋은 종이야." 이렇게 거듭 말하며 그는 자리에 앉아서 받아 쓸 준비를 했다.

플로티아를 만져볼 수는 없었다. 안아 올려서 운반하기에는 그녀의 운명은 너무나도 무겁고 그러면서도 솜털처럼 너무나도 가벼웠다. 깨달을 새도 없이 그녀는 인식 불가능한 세계로, 이미 어떤 만남도 성취될 수 없는 저쪽으로 사라져버렸다. 그녀의 반지는 남아 있었으나 이미 그녀의 모습은 볼 수 없었다.

프로티우스가 말했다. "유언장에 보충 사항만 기입할 거라면 다시 쓰는 것은 아니니까 아주 간단하게 처리할 수 있겠군."

플로티아의 모습은 보이지 않고, 그림자 속에 희미하게 떼지어 있는 갖가지 인간의 모습들이 나타났다. 그중 어떤 것은 이상하게도 낯익은 느낌이었으나 순식간에 사라져버렸다. 금발 가발을 쓴 창녀, 주정뱅이, 대식가, 그리고 사환이나 남창(男娼)도 섞여 있었다. 퍼뜩 알렉시스의 모습도 보였다. 그것은 뒷모습으로서 배의 난간에 기대어 온갖 종류의 쓰레기가 부침하고 있는 수면을 내려다보고 있었다. 소년이 슬픈 어조로 상기시키려는 듯이 말했다. "우리는 어느 길을 갈 때도 함께였습니다. 함께 모든 것을 헤쳐나갔습니다. 아아, 그것을 상기해주실 수만 있다면……."

"나는 많은 사람을 알고 있어……."

"이미 구술에 들어가는 건가?" 루키우스가 물었다.

"나는 많은 인간을 알고 있어……." 이제 그는 누구도 분간할 수가 없었다. 단지 한 사람만 분간할 수 있었다. 이것은 놀라운 일이었다. 왜냐하면 옥타비아누스와의 이별은 고통스럽고 결정적인 이별, 다시 되돌릴 수 없는 이별이었기 때문이다. 그런데 지금 일체의 약속을 위반하며 옥타비아누스가 다시 이곳에 모습을 나타내고 있었다. 혼잡한 그림자 속에서 벗어나 촛대 옆에 서 있는 황제의 모습은 실지로 눈에 보이지는 않았다. 하지만 황제의 어두운 눈은 노예를 응시하며 노예가 그에게 말을 허락하기를 기다리고 있었다.

"얘기를 하세요." 노예가 정색을 했다. "명령을 내려주십시오."

그러자 황제는 명령을 내렸다. 그렇다고는 하나 그것은 결코 진짜 명령은 아니었다. "나는 허가하오, 베르길리우스." 그가 말했다. "그대의 최초의 유언장에 지정된 상속인의 수를 줄여 노예들에게 재산을 남기는 것을."

"그렇게 하겠습니다. 노예들에게 물려주겠습니다. 하지만 그 밖에 《아이네이스》와 그 간행에 대해서도 규정해두지 않으면 안 됩니다."

"시에 대한 배려는 내가 하기로 하지."

"저에게 있어서는 그것만으로는 부족합니다."

"베르길리우스, 내가 누구인지 그대는 모르오?"

그러자 소년이 말했다. "보라, 별은 솟아오른다, 카이사르의 것인 아이네이아스의 별*, 들에 은총을 베풀어 즐거운 수확을 가져다주고, 양지바른 언덕에 포도송이가 까맣게 무르익게 하는도다."

*혜성을 말한다.

"알겠네." 루키우스가 말했다. "《아이네이스》의 간행에 관한 규정 말이지……. 그런데 자네는 뭐가 부족하다는 건가?"

 소년의 말은 거짓이었다. 어디에도 별은 보이지 않았다. 바야흐로 익어가려는 시간 속에서 다시 빛나게 될 약속의 별 따위가 보일 까닭이 없었다. 일체의 인식과 재인식을 관장하는 만남의 별, 시간의 헛된 흐름을 채우면서 그 은밀한 힘을 새로운 탄생으로 인도하는 거대한 계시의 비밀. 소년의 말은 거짓이었다. 그 편린조차도 엿볼 수가 없었다. 아직은 아무것도!

 "아직은 아닌, 그러나 이미!" 누가 이 말을 입에 담았는가? 소년인가 아니면 노예인가? 두 사람 모두 동쪽 하늘을 바라보고 있었다. 함께 동쪽으로 향한 시선이 두 사람을 다시 하나로 맺었다. 동쪽 하늘에서 그 별은 솟아오르는 것이리라.

 "서쪽 하늘에 율리우스가의 별이 빛나고 있소." 눈에 보이지 않는 황제가 말했다. "그런데도 그대는 그 별을 바라보려고 하지를 않소. 베르길리우스…… 그대의 증오는 사라지는 일이 없는 것이오?"

 "애정을 담고 저는 《아이네이스》를 아우구스투스님에게 바쳤습니다. 하지만 폐하보다도 훨씬 아득한 저쪽 높은 하늘에 새로운 별이 나와 있습니다."

 황제는 이제 대답하지 않았다. 침묵한 채 그는 눈에 보이지 않는 세계로 가라앉았다.

 "《아이네이스》……" 프로티우스는 가볍게 코를 킁킁거리면서 두 손으로 흘러내린 백발을 쓸어 올렸다. "그렇지, 《아이네이스》, 그 속에서 율리우스가의 별은 영원히 빛날 테지."

 "내가 이해한 한에서는 《아이네이스》를 폐하께 바친다는 것을 유언장의 첫머리에 기재하지 않으면 안 될 걸세." 루키우스가 펜을 잉크병에 담근 채 긴장한 표정으로 구술을 기다리고 있었다. 그러나 기다려도 허사였다. 왜냐하면 그가 펜을 담그고 있는 것은 잉크병이 아니었기 때문이다. 그것은 안데스의 집 앞의 조그만 늪이었다. 그리고 그가 마주하고 있는 곳은 보통의 탁자이 아니라 어느 틈엔가 그 위에 안데스의 저택 전체가 세워져 있었다. 이제 프로클로스의 것이 될 저택, 그 뒤로는 저택을 축소한 모형인 듯한 납골당이, 회색의 양철로 만들어진 사자(死者)의 감옥이 서 있었다. 그 뒤편 폴리시포의 파도는 금빛으로 빛나면서 늪에서 이는 잔물결과 하나가 되고 있었다. 의심할 여지 없이 루키우스는 그 늪 속에 펜을 담그고 있던 것이다. 펜이 담겨진 장소에서 가볍고 희미한 파문이 늪의 기슭으로 퍼져나갔고 기슭을 둘러싸고 거위나 오리가 시끄럽게 울어대고 있었다. 비둘기는 오두막의 횃대에 앉아서 구구구 구 울어댔고, 게다가 다시 탁자 위에는 유언장을 기다리고 있는 무수한 인간이 밀집해 있었다. 케베스가 유산을 노리는 이 패거리 속에 섞여 있음은 그가 이 저택에 살게 되어 있다는 점을 감안할 때 그런대로 납득이 가는 일이었지만, 알렉시스까지 차도의 두 개의 모퉁이를 돌아서 이곳으로 어슬렁어슬렁 걸어오고 있음은, 여기에서도 또 볼일이 있는 듯이 우왕좌왕하고 있음은 용서할 수 없는 짓거리였다. 유언장을 둘러싼 혼잡은 정말로 꼴불견이었다. 지나친 무례를 견디다 못해 노예가 나가서 그들을 진정시키지 않으면 안 될 정도였다. 그러나 노예가 눈에 보이지 않는 세계로 몰아내도 사람들은 미련을 못 버리는 듯 조금씩 물러설 뿐이었다. 꽤 많은 시간이 걸려서야 가까스로 몰아내는 데에 성공했다. 루키우스 앞의 탁자이 다시 깨끗하게 정리되었을 때, 루키우스는 거의 초조한 어조로 다시 말했다. "준비는 다 됐네, 베르길리우스."

그는 어지간히 애쓰지 않고서는 쉽게 제정신으로 돌아올 수가 없었다. 그 사실은, 말하지 않더라도 루키우스 스스로가 깨달았어야 했다. "조금만 기다리게, 루키우스……"

"천천히 하게…… 서두를 건 조금도 없어." 프로티우스가 말했다.

"여보게들, 시작하기 전에 들려주고 싶은 말이 있어……. 자네들은 아우구스투스님의 말씀을 기억하고 있나……?"

"기억하고말고."

"즉, 폐하는 내 최초의 유언장 내용을 알고 계셔. 그래서 지금 나를 도와주고 있는 자네들에게도 그 내용을 밝히는 것이 당연하다고 생각하는데……"

"우리만 있는 게 아니야……" 루키우스가 말을 가로막으며 노예를 가리켰다.

"노예? 그렇지, 그야……." 인식하면서 인식되는―그것은 영원한 만남이었다. 영원한 결합이었다. 사슬을 짊어진 자와의 안과 밖 양면에서의 영원한 결합이었다.

"유언장을 작성하기 전에 노예를 물리칠 생각은 없나?"

이런 말을 루키우스가 하는 것은 이상했다. 신중하지 못한 말이었다. 노예는 얼굴빛도 변하지 않고 즉시 방에서 물러갔지만, 동시에 마치 분신을 만들어내기라도 한 듯 여전히 실내에 머물러 있었다.

프로티우스 투카는 두 손의 엄지손가락을 마주 겹쳐서 배에다 대었다. "이젠 됐어, 우리들뿐이야."

플로티아가 이 말에 아주 경멸하는 듯한 어조로 대들었다. "무엇 때문에 사람을 물리치려고 하시죠? 사랑에는 자기들만의 고독이 필요해요. 하지만 당신들은 돈 이야기를 하려는 게 아닌가요?"

플로티아가 이런 말을 하는 것은 무례했다. 아무리 멀리 떨어져 있을망정 돈이나 그 소유권에 얽힌 이야기가 아니라는 것쯤은 그녀도 알고 있을 것임에 틀림없었다.

"내 돈이 아니야. 이미 내 돈이 아니야……."

"자신의 돈의 유증(遺贈)에 대해서 자네는 유언장을 만들었고, 지금 만들려고 하고 있는 것도 자네 돈에 관한 것이 아닌가?" 프로티우스가 반발했다. "자네가 입에 담는 그 밖의 모든 것은 잠꼬대에 지나지 않아."

다행히도 플로티아의 입장을 괴롭히는 일 없이 술술 대답이 나왔다. "나는 친구들의 우정과 호의에 의해서 돈을 수중에 넣었네. 따라서 친구들에게 그것을 돌려주는 일은 지극히 당연한 일이야……. 그런 뜻에서 나는 내가 최초의 유언장에 쓴 만큼 많은 것을 이복동생인 프로클로스에게 유증할 권리가 과연 있는 것인지 의심스러운 생각이 드네. 물론 그가 올바르고 선량한 인간이기 때문에 무척 사랑하기는 하지만."

"그거야말로 잠꼬대라는 것이야."

"지금까지 유래된 관습도 국가의 복지도, 재산이 가족 속에 유지되고 소중히 지켜지는 것을 요구하고 있다네." 이렇게 말하며 루키우스는 히죽이 웃었다.

"진심으로 하는 얘기네만, 베르길리우스." 프로티우스가 단호하게 말했다. "자네는 자신의 재산을 원하는 대로 처리할 수가 있고 또 그래야만 해. 자네가 손에 넣은 것은 모두가 오로지 자네 자신이, 자네가 이룩한 일이 가져다준 성과라네."

"내가 한 일은 친구들로부터 부여받은 풍성한 부(富)와는 아무래도 어울리지가 않아. 그래서 나는 우선 에스퀴리누스 언덕에 있는 로마의 집과 나폴리의 집을 폐하에게 반납하고, 또한 칸파니아의 토지는 마에케나스에게 반납하도록 유언장에 적었다네……. 또한 나는 아우구스투스님에게 벌써 몇 년째 에스퀴리누스의 집에 살고 있는 알렉시스를 그대로 그곳에서 살게 해달라고 부탁드렸고, 마찬가지로 프로클로스에게는 케베스가 늘 안데스에 거주할 수 있도록 배려해줄 것을 간청했네. 허약한 체질을 생각해서도 그렇고 시작(詩作)에 정진하기 위해서도 그렇지만 케베스에게는 원래 전원생활이 적합해. 아니 적합하다기보다 꼭 그렇게 하지 않으면 안 돼……. 그가 안데스에 약간의 경작지를 가질 수만 있다면 그보다 더 좋은 일은 없을 텐데……."

"그 두 사람은 그 밖에 아무것도 물려받지 않는가?"

"그렇지 않다네……. 내 현금 재산이 필요한 것보다 훨씬 많다는 것, 내 뜻과는 달리 친구들의 뜻으로 수백만이라는 액수에 이르고 있다는 것은 모르는 사람이 없어. 특히 자네들한테는 명명백백한 사실이지……. 그래서 이 재산 중에서 나는 케베스에게도, 알렉시스에게도 각각 10만 세스테르스씩 유증할 생각이네. 그 밖에도 몇 가지 사소한 유증을 규정하고 있지만 지금 그것을 일부러 열거할 필요는 없을 걸세. 거기에다 노예들에 대한 유증분을 추가하면 되겠네만……."

"모두 잘 되어 있군." 프로티우스가 찬성의 뜻을 나타냈다. "자네의 규정은 어차피 다시 해가 지나면 더욱 많이 변경될 걸세. 게다가 아무리 돈을 경멸하는 표정을 짓고는 있다 해도 결국 자네는 농부일세. 마음속에서는 여느 농부와 마찬가지로 신들이 그 은혜를 어쩌다가 돈이라는 형태로 부여하신 거라고 믿고 있을 거야. 그러니까 자네의 재산은 계속 자꾸만 불어날 걸세……."

"그런 걸 지금 따지지는 말자고, 프로티우스……. 하지만 어쨌든, 앞으로 어떻게 되든, 하여간에 유증분을 제외한 나머지 중에서 현금의 절반은 프로클로스에게, 4분의 1은 아우구스투스님에게, 나머지 4분의 1은 등분해서 자네와 루키우스와 마에케나스가 나누어 가졌으면 하네……. 대충 이렇게 하자는 것일세……."

프로티우스의 목에도 대머리에도 얼굴에도 보랏빛이 도는 어두운 붉은빛이 감돌았다. 루키우스는 두 손을 높이 쳐들었다. "무슨 뚱딴지같은 생각을 해낸 건가, 베르길리우스! 우리는 자네의 친구이지 상속인이 아니란 걸 모르나!"

"원하는 대로 재산을 처분하라고 한 것은 자네들이 아닌가?"

절뚝거리는 사내가 지팡이를 휘두르며 위협하듯이 침대로 다가섰다. "부자 녀석은 단물을 빨아먹지. 가난뱅이한테는 쓴 국물도 없어!" 하고 그는 고래고래 소리를 질렀다. 노예에게 무기를 뺏기고 신음하면서 다시 그는 허무 속으로 돌아가지 않으면 안 되었는데, 만일 제지당하지 않았다면 어김없이 덤벼들었을 것이었다.

"참 그렇지, 잊고 있었군. 유증분 중 2만 세스테르스는 브룬디시움 민중의 식량비로 냈으면 싶네."

"내게 준다는 유증분으로 그것을 내게." 프로티우스가 더듬더듬 말하면서 눈을 닦았다.

"자네들에게 주는 몫은 내가 자네들한테서 받은 것에 비하면 비교도 안 될 만큼 적은 것일세!"

배우처럼 눈부시게 표정을 바꾸는 루키우스의 얼굴은 야릇한 빛을 띠었다. "베르길리우스, 자네는 나한테서 막대한 돈을 받기라도 했다고 말할 셈인가?"

"그렇다면 자네는 나보다도 자네가 서사 시인으로서 한 걸음 앞섰다는 것을 부정할 셈인가? 내가 자네한테서 한없이 많은 것을 배우지 않았다고 말할 셈인가? 루키우스, 그것이 도대체 돈과 바꿀 수 있는 일인가? 자네가 돈과 인연이 없어서 언제나 쩔쩔매고 있음은 실은 나한테는 고마운 일이기도 하다네. 그 때문에 내 유산이 전혀 무익한 것은 아니게 될 테니까 말일세……"

프로티우스의 얼굴에서는 붉은 기운이 가시지 않았다. 그의 두툼한 볼은 이제 상처받은 자존심 때문에 분노를 띠고 긴장해 있었다. "나는 자네의 시에 단 한 행도 도움을 준 기억이 없네. 더욱이 자네의 돈에 눈독을 들일 필요가 없을 정도의 저축은 충분히 있다네……"

"오오, 프로티우스, 내가 자네를 이 경박한 인간 루키우스보다 한층 더 낮춰봐야 한다는 얘긴가? 30년 전부터 자네들은 내 친구였어. 그리고 자네는 루키우스가 시로써 나한테 해준 것에 못잖게 나를 격려해주고 도와주었어. 자네한테서 받은 금전적인 원조 따위는 일체 말할 생각도 없지만 말야……. 자네들은 내 가장 오랜 친구야. 언제나 자네들은 나와 함께 있었어. 따라서 유산 상속도 함께 받아주었으면 좋겠네. 제발 부탁이니까 받아주게. 받아주지 않으면 안 돼……."

"당신의 가장 오랜 친구는 저예요." 소년이 말했다.

"게다가 프로티우스. 자네 역시 말할 것도 없이 농부가 아닌가. 그러니 아까 자네가 나에 대해서 한 말은 당연히 자네한테도 해당되는 게 아닌가……." 아아, 말을 한다는 것이 또 적잖은 짐이 되었다. "하지만 나는 친구들에게 그저 숫자만으로 기억되고 싶지는 않네……. 나폴리와 로마에 있는 내 집에 가구와 그 밖의 사재도 있으니…… 프로티우스, 그리고 루키우스, 자네들뿐 아니라 호라티우스와 프로페르티우스도…… 내 집에서 마음에 드는 것이 있으면 뭣이든지 사양 말고 가져가주게. 나를 생각하는 실마리가 될 것이라면 무엇이든지 말야. 특히 내 장서(藏書)를……. 남은 것은 케베스와 알렉시스에게 줄 참이네……. 내 인장 반지는……."

프로티우스는 주먹을 불끈 쥐고 통통하게 살이 찐 넓적다리를 내리쳤다. "이제 그만해 두게……. 어쩌자고 그렇게 모조리 주겠다는 얘긴가!"

눈에 보이는 세계는 다시 멀어져갔다. 프로티우스의 주먹 소리와 고함 소리는 꽤 시끄러웠음에도 불구하고 방음 장치라도 돼 있는 듯 아득하게 들렸다. 이제는 끝내는 것이 좋을 것이다. 그러나 아직도 해야 할 말은 많이 남았다. 아아, 너무나도 많았다. "자네들에게…… 자네들에게 대신 부탁하고 싶은 일이 있어."

"저한테는 아무것도 요구하시지 않는 겁니까? 깨끗이 몰아내고 마실 건가요?" 리사니아스가 호소했다.
"리사니아스······."
"이젠 제발 말해주지 않겠나? 대체 그 애는 어디에 숨어 있는 건가······."
그렇다, 대체 어디에 숨어 있는 것일까? 하지만 프로티우스도 리사니아스보다 별로 더 똑똑히 보이는 것도 아니었고, 그의 말소리도 똑똑히 들리지 않았다. 갑자기 그도 손이 미치지 않는 세계 속으로 사라진 듯했다. 두꺼운 유리판 저쪽에 숨어버린 것 같았고, 그 유리는 납으로 된 벽이 되어가는 듯 흐려지기만 했다.
플로티아가 그녀의 반지를 돌려달라고 하지 않을까?
"그 수수께끼의 소년을 자네 대신 찾아달라는 건가?" 하고 루키우스가 농담을 던졌다. "그것이 우리한테 해달라고 하고 싶은 것이 아닌가?"
"모르겠네······."
"당신의 눈앞에 서 있답니다, 베르길리우스님. 저, 리사니아스는 바로 당시의 눈앞에 서 있어요. 손을 내밀기만 하면 됩니다. 아아, 제 손을 잡아주시면 되는데!"
손을 드는 데는 엄청나게 긴 시간이 걸렸다. 좀처럼 말을 들으려고 하지 않았다. 그리고 가까스로 쳐든 손은 헛되이 허공을 움켜잡았다. 아무것도 보이지 않는 끝없는 맹목의 어둠을 붙잡았다.
"어떤 눈이라도, 도려내어진 어떤 눈이라도 내 손에 걸리면 보기 좋게 제자리에 들어가게 마련이지요." 의사가 말했다. "내 거울을 보세요. 곧 다시 보이게 될 거예요."

3부 흙—기대

"난 이제 알 수가 없어……."

이것은 말인가? 갑자기 허무 속으로 떨어진 것은 무엇인가? 말인가 아니면 전혀 다른 무엇인가? 방금까지도 그것은 조리가 닿는, 분명 자신이 하고 있는 말이었는데, 갑자기 그 말은 존재하지 않게 되었다. 허무 속으로 굴러떨어지고, 생소한 외마디 소리가 되어 착잡한 목소리의 세계를 방황하고, 얼음과 불 속에 갇혀 있었다.

그러나 이때 절름발이 사내가 또다시 모습을 나타냈다. 이번에는 혼자가 아니라 길게 한 줄로 늘어선 그림자 같은 사람들을 거느리고 있었다. 아주 긴 행렬이어서 그 머릿수를 다 세려면 일생이 걸려도 모자랄 것으로 생각될 정도였다. 의심할 여지도 없이 거기에 나타난 것은 한 도시의 주민 전체였다. 아니, 엄청나게 많은 도시의, 지상의 모든 도시의 주민이었다. 돌바닥 위에 발을 질질 끄는 소리가 들렸다. 그리고 뚱뚱하게 살이 찐 막 굴러먹은 듯한 한 여자가 소리 질렀다. "돌아가자! 집으로 가자! 집으로 돌아가자고!"

"전진이다" 하고 절름발이가 명령했다. "너도 가는 거다. 시인이랍시고, 뭔가 대단한 것이라고 뇌까리는 너도 말이다. 앞으로 나와. 너도 우리들과 함께 가는 거다……."

"가자고. 걷는 법을 잊어먹어서 업어야만 되는 저 인간과 함께 말야!" 뚱뚱한 계집이 명령이 실천에 옮겨지도록 말을 덧붙였다.

다른 여자들의 왁자지껄한 웃음소리가 이 말에 이어졌다. 여자들은 손가락을 내밀고 행렬이 막 꺾어져 돌아가는 빈민가의 골목 쪽을 외설스러운 몸짓으로 가리켰다. 그렇다고 해서 실제로 어떤 외설스러운 일이 일어난 것은 아니었다. 그것은 층계를 내려가는 길이어서 골목의 끝은 보이지 않았다. 그만큼 아득히 밑으로 내려가는 길이었다. 그런데 염소나 사자나 말과 함께 뛰놀고 있는 어린아이들의 무리 속에, 미친 듯이 층계를 뛰어넘고 있는 리사니아스의 모습이 보였다. 횃불을 무기 삼아—불이 꺼져서 싸늘하게 탄화한 횃불을 그는 손에 들고 있었다—무척이나 즐거운 듯이, 이러한 장난 외에는 세계에 아무것도 존재하지 않는다는 듯이 리사니아스는 다른 애들과 함께 싸움 놀이를 하고 있었다.

"역시 너는 나를 다시 이곳으로 데리고 왔구나, 리사니아스. 절대로 그런 일은 하지 않겠다고 해놓고서!"

이 무슨 일인가. 리사니아스는 이제 대답조차 하지 않았다. 마치 낯선 타인을 대하듯이 힐끔 한번 바라보았을 뿐, 곧 또다시 장난에 열중하는 것이었다.

한 계단 또 한 계단 길을 내려갔다.

함께 가마를 탄 프로티우스는 가마 바깥으로 굵은 다리를 늘어뜨린 채 생각에 잠긴 듯이 말했다. "다시 데려와? 하긴 그렇지. 우리는 자네를 삶으로 데려가고 있으니까."

"이곳에서 나가세요." 플로티아가 말했다. "이곳에서는 아주 고약한 냄새가 나요."

그렇다. 악취가 물씬 풍기고 있었다. 비바람에 노출되어 있는 벽에서, 입을 벌리고 있는 모든 문에서, 집이라는 육체가 배설하는 오물의 미칠 듯한 취기가 토해지고 있었다. 컴컴한 감옥 같은 작은 방에서 죽어가는 발가벗은 노인들이 악취를 풍기고 있었다. 아우구스투스도 그 속에 누운 채 흐느껴 울고 있었다.

한 계단 또 한 계단 길을 내려갔다. 때로 멈추는 일은 있었지만 그칠 줄 모르는 하강이었다.

형상을 찾고 승리를 찾는 군중 또 군중. 그 한가운데에, 밀고 밀리는 혼잡의 한가운데에 루키우스는 앉아서 쓰고 있었다. 문자 그대로 부지런히 자기 일에 몰두한 채 그는 그곳에 앉아 있었다. 안과 밖에서 일어나는 모든 것을 그는 기록하고 있었다. 쓰면서 그는 얼굴을 들었다. "자네를 위해서 무엇을 하면 되겠나, 베르길리우스? 자네는 우리에게 무엇을 바라고 있나?"

"기록하는 일, 모든 것을 기록하는 일……."

"유언장을?"

"유언장 같은 건 필요 없어요." 플로티아의 목소리가 잔인한 모기처럼 가늘고 날카롭게 스치더니 곧 잠자리처럼 하늘하늘 날아다녔다. "아아, 유언장 따위는 필요 없어요. 당신은 영원히 살아가실 테니까요. 저와 함께 영원한 삶을 누리시게 될 테니까요." 몸집이 작은 시리아인이 항쇄*에서 떨어져 나간 사슬을 늘어뜨린 채—외눈의 한패는 어디로 가버렸는가?—사람들 사이에서 빠져나와 층계를 뛰어 올라와 환호성을 질렀다. "황금시대가 시작되었다……. 사투르누스가 세계의 왕이시다……. 위의 것이 아래가 되고 아래의 것이 위가 되는 거다……. 생각이 난 것은 잊는 거다. 잊어버린 것은 생각해내는 거다……. 내려와, 내려오라니까, 저기 저 덩치 큰 돼지 같은 놈아……. 이제부터의 세상이 옛날과 하나가 되는 거다. 언제까지나, 언제까지나, 언제까지나 그렇게 되는 거다!"

*죄인의 목에 채우던 칼.

그러는 동안에도 혼잡은 더욱 심해지고 있었다. 그 때문에 군중 위를 떠돌고 있던 가마까지도 마침내는 완전히 정지해버렸는데 이것은 뜻하지 않았던 일, 아니 뜻하지 않았던 희망의 빛처럼 느껴지기도 했다. 이 희망이 분명히 의사의 태도에 의해 부추김을 받고 있기에 더욱 그랬다. 뚱뚱하다고는 여겨지지 않을 만큼 가볍고 날렵하게 의사는 빽빽한 사람들 사이를 누비고 돌아다니며, 거울처럼 재빨리 반응하는 동작으로 환자들이 사방에서 내미는 돈을 받고 있었다. 미소를 머금은 의사의 입은 거울처럼 재빨리 가볍게 답례를 보내고 있었다. "당신은 다 나았어······. 저기 있는 당신도 완쾌야······. 음, 자네도 이제 괜찮아······. 저기 있는 저 사람도 괜찮고······. 당신들은 모두 완쾌야, 모두······. 죽음은 잔인한 거야, 하지만 당신들은 완쾌되었어······."

"잔인한 것은 삶이지." 노예가 말했다. 노예의 모습은 아까와 다름없었으나 어쩐지 아주 높은 곳에 서 있는 듯했다. 그는 가마를 내려다보고 있었다.

이제 아우구스투스가 황폐한 침대에서 일어나 나왔다. 불안정한 걸음걸이로 비틀거리면서 나온 그의 항쇄에는—마치 그가 어디론가 가버렸던 작은 시리아인의 한패이기라도 했다는 듯이—끊어진 사슬이 늘어져서 흔들거리고 있었다. 물론 그것은 은으로 되어 있기는 했지만. 그의 말도 불안하게 떨리고 있었다. "오게, 베르길리우스. 함께 가세. 나와 함께 저 침대에 눕는 게 좋겠어. 우리는 돌아가지 않으면 안 돼. 드디어 멀리로 돌아가지 않으면 안 돼. 우리를 떠받들어 온 군중 속으로 돌아가지 않으면 안 돼. 시원의 부식토 속으로 우리는 돌아가지 않으면 안 돼……."

"꺼져버려……" 하고 노예가 명령했다.

그러자 모든 것이 사라졌다. 황제까지도 당장 난쟁이가 되어 무 속으로 수축되어버렸다. 인간들의 모습은 갑자기 실이 끊어진 꼭두각시의 그림자처럼 주저앉아버렸다. 그렇다, 그야말로 세계를 받치고 있던 모든 실이 끊어진 것 같았다. 내부와 외부가 모두 한꺼번에 무너져 내렸다. 그것이 시작된 것은, 혹은 끝난 것은—너무나 어수선했기 때문에 어느 쪽인지 분명하지 않았다—침대의 쪽배인 베개 위에 머리를 떨어뜨림으로써 이루어졌고 그와 동시에 쪽배는 다시 조용히 항진하기 시작했다. 확실히 이것은 해방이었다. 내부와 외부에서 동시에 움켜쥐고 있던 손이 풀린 것이었다. 아까까지는 청동의 주먹 같았던 그 손은 이제 다정하게 위로하면서 부드러운 안정으로 변해 있었다.

"마침내 오시는 건가요?" 플로티아가 물었다. 이 물음은 거의 견딜 수 없다는 듯한 말투였으나 그와 똑같은 숨결로 낙심한 대답, 상대까지도 낙담케 하는 대답을 스스로에게 내렸다. "아아, 오시고 싶어 하지 않으시군……."

"꺼져버려……." 또다시 노예가 명령했다. "너도 도움을 가져다줄 수는 없어." 그러자—한순간 생생하게 그 모습이 눈에 띄었다—플로티아는 마치 마녀처럼 상앗빛 살결에 불꽃같은 머리칼을 나부끼면서 표류하듯 사라졌다.

누가 도움을 가져다주는가? 누구도 여기에 머무르는 것은 허용되지 않았다, 플로티아까지도. 모두가 추방되고 말았다. 하지만 그럼에도 불구하고 고독은 안식과도 흡사했다. 지금은 더할 수 없이 조용했다. 마치 약속과도 같은 정적, 스스로를 초월하여 더욱 넘치고 번져가는 정적, 그것은 꽃피는 숲이나 월계수의 그늘 아래를 거닐 수 있는 날들이 곧 찾아오리라는, 아직 태어나지 않은 앞날에 약속의 나라를 거닐 수 있으리라는 약속이었다. 이 약속 속에서 정적은 스스로 형성하는 힘으로 변하고, 스스로 아직 태어나지 않은 나라로 개화하는 듯, 방랑자의 동경의 대상인 미지의 나라, 도달할 길이 없이 은밀하게 숨은 그 나라를 그는 마음속으로부터 찾고 있었으나 이제는 이미 찾을 필요도 없게 되었다. 왜냐하면 고요히 흘러가면 그 나라는 그에게 주어질 것이므로, 그리고 이윽고 그는 탐색의 고통에서 벗어날 것이므로—존재에서 벗어나고, 이름에서 벗어나고, 고통에서 벗어날 것이므로. 피에서 벗어나고, 호흡에서 벗어난 그. 망각의 세계와 망각의 총체 속을 방랑하는 자!

"망각도 당신에게 도움이 되지 못할 것입니다." 노예가 말했다.

오오, 누가 도움을 가져다주는가, 망각 속에서도 도움이 주어지지 않는다면? 이룩한 일은 정당화되지 않고, 이룩하지 않은 일은 보충되지 않았는데, 누가 위안을 줄 수 있을 것인가? 이룩한 일도 이룩하지 않은 일도 하나같이 몰수되고 봉인이 찍히고 말았다—이제 더 어떤 노력을 바쳐서 해방하고 구원하는 도움을 구할 자가 있을 것인가? 한때는 하나의 목소리가 있었다. 그러나 그것은 일러주는 말이었을 뿐 행위는 아니었다. 이제는 그 목소리도 더 이상 들리지 않았다. 자신의 목소리가 회복 불가능한 세계 속으로 몰수되고 봉인당한 것처럼 그 목소리도 망각 속으로 가라앉고 말았다.

노예가 다시 말했다. "분명히 이름을 대면서 도움을 호소하는 자에게만 도움이 주어지는 것입니다."

도움을 호소해? 다시 한 번 호소해? 다시 한 번 숨을 헐떡이고, 다시 한 번 혓바닥의 피비린내와 싸우고, 피로 때문에 숨을 헐떡이고, 숨이 차기 때문에 지쳐서 다시 한 번 나 자신을, 나 자신의 목소리를 되불러야만 한단 말인가? 오오, 어떤 이름을 부를 것인가, 이름은 망각 속에 가라앉아 버렸는데! 그 순간, 그야말로 한순간, 잊을 수 없는 인간의 얼굴이 떠올랐다. 단단하게 굳은 갈색의 찰흙으로 빚어진, 부드럽고 강한 마지막 미소를 띠고 있는 얼굴, 임종의 안식 속에 있는 결코 사라지는 일이 없는 아버지의 얼굴이 떠올랐다. 그러나 그렇게 생각하는 순간, 그것은 또다시 잊을 수 없는 것들의 영역 속으로 사라져 버렸다.

"부르세요." 노예가 말했다.

숨 막힐 지경의 엄청난 피가 입속에 치밀고 올라왔다. 끝없이 겹쳐 쌓이는 마비의 층과 층이, 음울하게 흐리고 소리도 빛도 침투하지 못하는 외계의 모든 것 앞에, 외계에 존재하고 있기는 한데 인식할 수는 없는 모든 것 앞에 누워 있었다. 오오, 부르는 소리가 겨냥하는 목표를 인식할 수는 없었다. 이름을 인식할 수 없었다!

"부르세요!"

일체의 질식, 일체의 마비, 일체의 긴장을 꿰뚫고 부르는 소리를 쥐어짜지 않으면 안 되었다. 오오, 목소리를 찾아서 부르는 소리!

"부르세요!"

—아버님—

부른 것인가?

"당신은 불렀습니다." 노예가 말했다.

부른 것인가? 노예는 마치 자기가 그 부르는 소리를 듣게 되어 있는 존재의 중개자라도 된 듯이 불렀다고 말했다. 그 존재는 아직도 대답을 하려고 하지는 않았지만 어쩌면 이미 부르는 소리를 들은 듯했다.

"도움을 청하세요." 노예가 말했다.

되살아난 호흡 속에서 별다른 노력을 기울이지도 않고, 미리 곰곰이 생각할 새도 없이 저절로 소망의 말이 입 밖으로 튀어나왔다. "이리로 와주십시오……."

이것은 판결의 한순간이었을까? 누가 판결을 내리는가? 아니면 판결은 이미 내려져 있었는가? 어디에서 내려졌는가? 판결은 목소리가 되어서 울리는가, 귀에 들리는가? 그것은 현실의 행위가 되어서 나타나는가? 언제, 오오 언제? 유죄와 무죄를 판가름하는 선과 악 사이의 판결, 이름을 부르고 죄 없는 사람을 이름과 결부시키는 판결, 현실 속에 있어서의 법도의 진실, 궁극적으로 유일무이한 진실— 오오, 판결은 내려진 것이다. 지금은 다만 그 통고를 기다릴 뿐이다. 아무 일도 일어나지 않았다. 행위도 일어나지 않고, 목소리도 울려 나오지 않았다. 그런데도 불구하고 무슨 일이 일어나기는 할 것이다. 다만 그것을 손에 넣을 수가 없을 뿐이다. 왜냐하면 부르는 소리가 건너간 저쪽에서 사자(使者)들이 오고 있기 때문이다. 묵묵히 발굽 소리도 희미한 말을 타고 하늘을 달려 마치 메아리처럼, 혹은 메아리의 예고처럼 달려왔다. 말의 걸음은 지극히 느렸다.

게다가 다가옴에 따라 점점 더 느려졌기 때문에 미래영겁토록 여기에 도착하지 못하는 게 아닌가 생각될 정도였다. 하지만 사자들이 찾아오지 않는다는 것, 그것조차도 하나의 찾아옴이 기는 했다.

그리고, 물론 아직도, 여전히 수없이 많은 불투명한 유리판을 통해 아주 희미하게만 보일 뿐이지만 어떤 통통하게 살이 찐 선량한 얼굴이 침대 위로 수그리고 있었다. 그리고 멀리에서 울리는 듯한 희미한 목소리로 말을 꺼냈다. "어떻게 해주기를 바라지? 물이 좀 더 필요한가?"

"프로티우스, 누가 자네를 이곳으로 보냈지?"

"보내다니? ……그런 표현을 굳이 쓰겠다면 글쎄, 우리의 우정이 그랬다고나 할까……."

프로티우스는 사자(使者)는 아니었다. 그는 어쩌면 사자의 사자, 혹은 이 계열의 훨씬 뒤쪽에 속하는 존재일 것이다. 게다가 그가 지금 원하는 것은 이런저런 도움이 아니었다. 다시 한 번 물을 마시는 것이 허용된다면 무척이나 고마운 일이기는 하겠지만. 피비린내가 도무지 사라지지 않기 때문이었다. 하지만 계열의 선두에는 프로티우스를 보낸 자가 서 있다. 목마른 자에게 물을 주는 자가 서 있다. 찾아오지 않는다는 것, 그것조차도 하나의 찾아옴이기는 했다.

"목이 마르시면 마시도록 하세요" 하고 노예가 권했다. "물은 대지에서 솟습니다. 그리고 당신이 수행하는 봉사의 임무는 아직도 대지에 속하고 있습니다."

가슴속에서 뭔가가 극도로 다급하게 움직였다. 불안할 만큼 다급했는데도 그것은 기쁨과 흡사했다. 왜냐하면 팔딱거리며 움직인 것은 심장이었기 때문이다. 아직도 고동치고 있는 심장, 그렇다, 그것은 다시 한 번 무마되어 보다 평온하고 질서 있는 고동으로 이행하게 될 심장이었다. 그것은 매우 유쾌한 최후의 승리가 거의 눈앞에 다가왔음을 아는 것과도 같았다. "의무를 위해서 무마되고…… 다시 한 번 지상의 의무를 위해서……."

"자네는 다만 얌전하게 건강이 회복되기를 기다리고 있으면 되네. 그 외에는 당장에 어떤 의무도 없어."

"《아이네이스》가……."

"그것이 다시 자네의 의무가 되는 것은 완전히 건강을 회복한 뒤의 일이야……. 당장은 아우구스투스님이 그것을 소중하게 보관하고 계셔. 손 하나 대지 않은 원고를 다시 만나게 될 거야."

아우구스투스가 자신의 노쇠한 나신을 눕히고 있는 저 남루한 침대에서 빈틈없이 《아이네이스》를 보관할 수 있으리라고는 믿기지 않았다. 프로티우스의 말 어디에도 불가해한 점은 없었으나 그러면서도 이상한 울림을 내포하고 있었다. 유리판은 차츰 투명해지기 시작했으나 여전히 그 목소리는 굳은 채 둔하게 울리고 있었다. 모든 것이 부조화 상태였다. 모든 인간의 작업은 부조화였다. 《아이네이스》 또한 부조화였다.

"한마디도 바꿀 수는 없다……."

당장 이 말을 알아들은 것은 이번에는 루키우스였다. "베르길리우스의 원고에 손을 댄다니, 퇴고를 하다니, 그런 엄청난 일을 누가 감히 생각이나 할 수 있겠나. 우선 아우구스투스님이 그걸 용납하실 까닭이 없어!"

"황제는 무력할 거야. 아무런 책임도 질 수 없을 거야."

"무슨 책임을 지지 않으면 안 된다는 거야? 책임을 질 일은 아무것도 없어. 자네는 쓸데없는 생각에 머리를 앓고 있어."

여기에서 이야기되고 있는 것은 여전히 생소한 말이었다. 어쩌다 손님이 되어서 잠시 몸을 기탁한 이방인의 말, 가까스로 이해할 수 있는 말에 지나지 않았다. 그리고 한편 자신의 말은 이미 망각의 저편에 사라져버렸거나 아직도 습득되지 않았거나 둘 중 하나였다. 거기에 비하면 분명히 아우구스투스가 한 말은 비록 무참하게 시달린 것이긴 했지만 훨씬 고향에 가까운 것이었다.

프로티우스가 잔을 가지고 왔다. "자, 베르길리우스."

"잠깐…… 그 전에 베개가 하나 더 필요한데." 심장이 몹시 떨려서 자세를 바꾸지 않으면 진정되지 않을 것 같았다.

이렇게 말을 마치자마자 어느 틈에 노예가 베개를 손에 들고 나타나 익숙한 솜씨로 그것을 등에 받쳐주면서 속삭이듯이 주의를 주었다. "시간이 임박했습니다."

분수의 물은 찰랑찰랑 흘렀다. 어디서인지 축축한 찰흙의 은은한 내음, 아니 그것보다는 가벼운, 구운 도자기와 흙 항아리의 내음이 숨결처럼 흘러와 병든 폐 속으로 흡수되어 상쾌함을 자아냈다. 어디에선가 도자기를 빚는 녹로 소리가 들려왔다. 부드러운 그 울림은 마치 바람 소리처럼 높아졌다가는 다시 멈칫거리며 하강하여 조용해지고 이윽고 완전히 멎고 말았다. "시간이…… 그렇지, 시간이 임박했지……."

"조금도 서두를 게 없는데……." 프로티우스가 중얼거렸다.

"현실이 당신을 기다리고 있습니다." 노예가 말했다.

현실이 현실 저쪽에 탑처럼 쌓여 있었다. 여기에는 친구들과 그들의 말의 현실이 있고, 저쪽에는 사라지는 일이 없는 다정한 회상의, 한 소년이 놀고 있는 회상의 현실이 있었다. 다시 그 저쪽에는 아우구스투스가 살지 않으면 안 되는 빈민가의 동굴의 현실이 있고, 그 저쪽에는 존재와 세계를 모두 뒤덮고 펼쳐지는 싸늘하고 위협적인 착잡한 현실이 있고, 그 저쪽에는 꽃피는 숲의 현실이 있고, 오오, 다시 그 저쪽에는 인식할 수도 없는 참된 현실이 있었다. 일찍이 귀에 들린 적은 없었던, 먼 옛날부터 망각 속에 가라앉아 있었던, 그러면서도 먼 옛날부터 약속되어 있던 말의 현실, 볼 수도 없는 별들에 반사되어 소생하는 창조의 현실, 고향의 현실이 있었다. 한편 프로티우스는 손에 상아로 만들어진 잔을 들고 있었다.

플로티아는 노예가 여기 있다는 사실에 당혹감을 느꼈는지, 그의 강한 의지에 두려움을 느꼈는지 주뼛거렸지만, 그러면서도 자신의 지식에 확신을 가진 어조로 다시 한 번 입을 열었다. 그 목소리는 귀로는 알아들을 수 없는 한없이 먼 곳에서 울려오는 소리였다. "당신은 제 고향을 뿌리치셨습니다. 이제는 주무세요. 잠 속에서 저를 찾아주세요."

그녀는 어디에 있는가? 그의 주변에 또다시 갑자기 벽이 빈틈없이 둘러쳐져 있었다. 한없이 울창한 초목들의 벽, 일찍이 그와 플로티아를 가두려고 했던 납으로 된 감옥이 그늘진 나뭇잎 동굴로 변한 것처럼— 헤치고 들어갈 수도 없는 촘촘한 숲이 한없이 펼쳐졌다. 끝없이 아득한 곳에 이르기까지 빈틈없이 펼쳐져 있었다. 그러나 초록빛의 한가운데에는 금빛 잎을 단 관목이 빛나고 있었다. 손을 뻗치면 붙잡을 수도 있을 것 같았으나, 그러기 위해서는 의연히 소리도 없이 흐르는 큰 강을 건너지 않으면 안 되었다. 그 강은 거침없이 흐르는 비밀이었다. 거기에서, 금빛 덤불의 가지에서 플로티아의 목소리가 울려왔다. 무녀의 목소리와도 같이 수수께끼처럼 울리면서 가볍게 이별을 고하고 있었다.

아아, 그녀는 가버린 것이다! 이미 강 저쪽으로, 일체의 욕망 저쪽으로 사라져서 이제는 손에 닿지 않는 존재가 되어버렸다. "아무런 소원도 없이……."

"그게 좋은 걸세." 프로티우스가 말했다. "아무런 소망도 가지지 않는 것이 좋은 거야."

"만일 뭔가 볼일이 있으면," 루키우스가 말을 덧붙였다. "우리 두 사람이 여기에 대기하고 있네……. 아까 자네는 우리에게 뭔가 해주기를 바란다고 했는데."

덧없는 흐름의 저쪽으로! 솟아나올 원천도 없고, 흘러들 하구도 없고, 기슭도 없는 강. 우리가 어디에 떠오르든 어디로 다시 가라앉든 그 장소를 분간할 수는 없는 노릇이다. 왜냐하면 이 강은 시간을 짊어지고 망각을 짊어지고 도도히 흘러가는, 종말도 발단도 없이 영겁으로 회귀하는 피조물의 흐름이므로—이러한 강에 여울이 있을까? 여울이야 있든 없든, 아직은 강을 건너려 해서는 안 되었다. 그리고 노예가 역력히 초조한 기색을 보이며 본질적인 작업의 이행을 촉구하자 강은 흘러가버리고 사라져버렸다. "당신의 의무로 되어 있는 일을 수행하십시오."

등을 베개로 받치고 몸을 일으키고 있으면 호흡은 편했다. 기침도 뜸해지고 입도 자연스럽게 열 수 있게 되었다. 하지만 아직도 여러 가지 알 수 없는 일이 많았다. "아직도 나한테는 길잡이가 없네."

"당신은 자신의 작품을 시간 속에 내맡기고, 길잡이를 시간에 위탁했습니다. 이 작품이야말로 당신의 예지로 이루어진 기념비적인 것입니다. 왜냐하면 빛에 대한 예감이 그곳에서 당신의 것이 되었으니까요."

세심하게 마음을 쓰면서 꼼짝도 않고 침대 앞에 서 있는 노예, 그 노예가 이렇게 말했다―정말로 그가 말한 것일까? 갑자기 시작된 변화를 눈앞에 보고서는 그렇다고밖에 생각할 수 없었다. 그리고 설사 침묵 속에 머물러 있었다고 하더라도 이 말은 역시 변화를 불러일으켰을 것이다. 현실의 첫째 층은 옛날로 돌아가고, 주위의 사물도 친구들도 예로부터 낯익은 모습으로 돌아가 있었다. 이미 귀에 선 말이 오고가는 이방의 손님이 아니었다. 비록 약속된 참된 고향의 모습이 인식되지 않은 채 여전히 눈앞에 가로놓여 있었다고는 하더라도 지금 이 지상에는 잠시 동안, 어쩌면 순식간이었을 테지만 안식이 다시 찾아들었던 것이다. 루키우스가 기운을 돋우어 주듯이 말했다. "길잡이는 자네의 시가 해줄 거야. 그것이 내내 이끌어줄 거야."

"《아이네이스》가……."

"그래, 베르길리우스.《아이네이스》가……."

강은 그림자도 형태도 없었다. 나뭇잎의 동굴도 사라지고 없었다. 다만 찰랑찰랑 울리는 소리만이 아직도 들려오고 있었다. 그러나 그 소리는 벽의 분수에서 나는 듯했다.

"나는《아이네이스》를 없앨 수가 없어……."

"아직도 그런 생각을 하고 있나?" 프로티우스의 목소리에는 불쾌한 의혹이 풀썩거리면서 연기를 냈고, 금방이라도 새로운 소음을 일으킬 것만 같았다.

강은 그림자도 형태도 없었다. 그러나 들은 아직도 눈앞에 펼쳐져 있었다. 희미하게 떨리는 소리로 가득 찬 오후의 정적 속에, 귀뚜라미의 떨리는 소리 속에 펼쳐져 있었다. 아니면 그것은 도자기를 빚는 녹로 소리였을까? 녹로가 다시 한 번 부드럽고 희미한 노래를 부르기 시작한 것일까? 아니, 그렇지는 않았다—다만 물소리만이 끊임없이 계속되고 있었다.

"없앤다고…… 아니, 나는《아이네이스》를 없애려고는 생각지 않네."

"이제야말로 회복됐다고 할 수가 있겠군, 베르길리우스."

"그럴지도 모르지, 프로티우스…… 하지만……."

"하지만?"

무엇인가 아직도 제대로 풀리고 있지 않았다. 근절시킬 수도 없는, 깊이 뿌리박힌 무엇인가가 제물을 요구하고 공양의 의식(儀式)을 갈망하고 있었다. 이 저항감을 꿰뚫어 본 듯이 노예가 말했다. "증오하는 마음을 버리십시오."

"나는 아무것도 증오하고 있지 않네……."

"적어도 이제 자기 작품을 증오하는 일만은 그만두게." 루키우스가 말했다.

"당신은 지상을 증오하고 있습니다." 노예가 말했다.

여기에는 대꾸할 말이 없었다. 노예의 말이 옳았다. 순순히 머리를 숙일 수밖에 없었다. "나는 그것을 지나치게 사랑했는지도 몰라……."

"자네의 작품을 말인가……?" 루키우스가 두 팔꿈치를 탁상에 괴고 생각에 잠긴 듯이 펜대를 입술에 대면서 말했다. "자네의 작품을 말인가……? 그것을 사랑하게, 우리가 그것을 사랑하듯이."

"노력해보겠네, 루키우스……. 하지만 우선 그 간행에 대해서 좀 생각해봐야겠네."

"자네가 그것을 완성만 하면 곧 간행 준비에 들어갈 걸세……. 그때까지는 조금도 신경 쓸 필요가 없어……."

"자네들 두 사람에게 《아이네이스》의 간행을 부탁하고 싶네."

"우리가 해주었으면 했던 일이 그것이었나?"

"그래, 바로 그렇다네."

"바보 같은……." 프로티우스는 노골적으로 불쾌한 빛을 보이면서 거칠게 일어섰다. "자기의 일은 자기가 하는 것이 당연한 일 아냐? 우리라고 결코 협력을 아끼지는 않겠지만 말야."

"자네들만으로는 못하겠다는 건가……."

프로티우스는 둥글고 큰 머리를 흔들었다. "절대적으로 거절한다는 것은 아니지만…… 하지만 그 경우, 생각해보게나, 베르길리우스. 우리 두 사람은 모두 늙어서 앞날을 기약할 수가 없네. 좀 더 젊은 유고 관리인을 선정하는 게 아무래도 온당한 일이 아닐까?"

"어쨌든, 우선 자네들을 유고 관리인으로 지정하고 싶네……. 그래야 안심이 되니까. 더 이상 이 지정을 문제 삼고 싶지 않네."

"좋아, 우리도 더 이상 이의를 제기하지 않도록 하지." 루키우스가 제법 마음이 내키는 듯 찬성했다.

"자네들은 이 일을 기꺼이 맡아주지 않으면 안 되네. 나는 원고를 자네들한테 바칠 생각이니까 말야. 뭐 수고에 대한 사례의 말은 아니지만 그것이 자네들 손에 있다는 상상만으로도 마음이 놓이네……."

이 발언의 효과는 약간 놀라운 것이었다. 잠시 아연한 침묵이 흐른 뒤 깊이 헐떡이는 소리가 들려왔다. 프로티우스의 가슴에서 일어나는 소리로 또 울고 싶어 하는 것이 아닐까 생각될 정도였다. 한편 돈을 유증한다고 했을 때는 물론 감사는 했지만 어쨌든 흐트러지지는 않았던―적어도 자리에서 일어서려고는 하지 않았던―루키우스가 이번에는 격렬하게 손발을 흔들면서 벌떡 일어났다.

"베르길리우스의 원고, 베르길리우스의 원고…… 대체 자네는 자신의 선물이 얼마나 엄청난지 알고나 있는 건가?"

"의무가 따르는 선물은 선물이라고도 할 수가 없다네."

"오오, 신들이여." 프로티우스는 한숨을 쉬었다. 그런 대로 뭐라고 말을 계속할 수 있을 정도로는 제정신을 되찾고 있었다. "아아, 아니야……. 냉정하게 잘 생각해볼 필요가 있어. 무엇보다도 먼저 자네는 그것을 아우구스투스님에게 이미 건넸고 다시 반환해달라고 할 수도 없을 테니까……."

"《아이네이스》는 황제를 찬양하기 위해서 쓰인 것일세……. 따라서 정서를 한 최초의 사본을 드리면 돼. 이것이 관례라네. 이것도 나는 결정해두고 싶어. 따라서 자네들은 쉽게 원고를 되받을 수 있을 걸세……."

납득이 되는 이야기였던지 프로티우스가 고개를 끄덕였다. 그러나 아직도 그에게는 할 말이 있었다. "그리고 말이지, 베르길리우스. 아직도 생각하지 않으면 안 될 일이 있어…….

즉…… 나는 평범한 인간이야, 시인이 아니란 말일세……. 따라서 간행 작업은 루키우스가 주동이 되어서 하게 될 걸세. 그렇다면 원고도 그만의 것이 되고 마는 것이 아닐까?"

"그럴듯해." 루키우스가 말했다.

"내가 자네들에 관한 한 모든 일에 두 사람을 함께 묶어서 생각하고 있지 않다면 그럴 수도 있겠지만……. 또 나는 자네들이 이 시를, 거기에 따르는 의무와 함께 상대에게 준다는 유언을 해주길 바라네. 뒤에 남은 쪽이 의무를 이행할 수 있도록……."

"현명한 방법이로군." 루키우스가 찬성했다.

"그런데 두 사람 모두 죽어버리면 어떻게 되지? 언젠가는 결국 그렇게 될 텐데……."

"거기까지 가면 그것은 자네들의 문제이지 내가 관여할 바가 아닐세. 하지만 경우에 따라서는 케베스와 알렉시스를 상속인으로 지정할 수도 있을 테지. 한 사람은 시인이고 한 사람은 문법학자인 데다, 두 사람 모두 아직 젊으니까……."

프로티우스는 다시 가슴속 깊은 곳에서 치미는 한숨을 내쉬었다. "오오, 베르길리우스. 자네가 우리에게 주는 그 선물이 가슴에 사무쳐서 괴롭네……."

"일을 시작하게 되면 프로티우스, 점점 더 괴롭게 될 걸세. 한 행, 한 행, 한 마디 한 마디, 아니 실은 글자 하나하나까지도 조심스럽게 교정을 봐나가지 않으면 안 될 테니까 말일세……. 그러니까 그것은 자네의 일이 아니야. 나만 하더라도, 신들이 그러한 작업에서 나를 해방시켜 주고 대신 루키우스에게 떠맡기실 생각이었다면 오히려 고맙겠다고 생각할 정도라네……."

"말을 조심하게……."

"아니야, 루키우스가 짊어진다는 것은 벅찬 일일 거야. 그래서 유언장에서는 그에게 상당한 보수를 부여하도록 황제께 부탁드려둘 생각이야."

루키우스가 이의를 제기했다. "베르길리우스, 이것은 돈으로 따질 일이 아니야. 아니 오히려 반대로 그런 일을 할 수만 있다면 얼마나 멋진 일인가. 하게만 해준다면 얼마든지 돈을 내도 아깝지 않다고 생각하는 사람도 있을 걸세. 몇 사람쯤 될는지 이름을 들어볼까……. 굳이 말하지 않더라도 알고 있을 걸세."

"아니, 도무지 짐작도 할 수 없는 애길세. 왜냐하면 자네 같은 시인에게 있어서는, 루키우스, 많은 부분을 혹은 전체까지도 고칠 수 있는 힘을 갖고 있고, 조화되지 않은, 고쳐야 할 부분이 많이 있다고 생각하는 시인에게 있어서는 단순한 교정 작업에 만족하는 일은 그야말로 고역 이상의 일일 테니까……."

"베르길리우스의 시를 고치겠다는 따위의 생각은 나는 꿈에도 갖지 않을 걸세……. 단 한 마디도 덧붙이거나 빼지는 않을 거야. 이것만이 자네의 소원이라는 것을, 이렇게 함으로써만이 자네의 소원에 따르는 것이 된다는 것을 나는 똑똑히 알고 있네."

"옳은 말이야, 루키우스."

"이런 종류의 일에 시인의 재능은 필요가 없네. 필요한 것은 숙달된 문법학자의 능력이야. 주제넘은 말일는지는 모르겠지만, 그런 의미에서 나만 한 적임자도 별로 없다고 자부하고 있네……. 하지만 베르길리우스, 자네가, 그리고 우리가 '때를 기다리는 돌'이라고 부른 대목은 어떻게 하면 좋겠나?"

때를 기다리는 돌! 그렇다, 아직도 그것이 있었다. 우선은 끼워두었다가 언제든 최종적인 시구와 대체하려고 생각하고 있던 대목이었다—아아, 이제는 대체할 수 없으리라! 이 일을 생각해야만 되다니 괴로웠다. 입을 연다는 일이 다시 귀찮아졌다. "그대로 놔두게, 루키우스."

루키우스는 탐탁지 않은 표정이었다. 자기에 대해서나 《아이네이스》에 대해서는 그래서는 실례라고 생각한 것 같았다. 일에 대한 즐거움이 조금쯤 줄어들었을지도 몰랐다. "괜찮네, 베르길리우스. 뭐…… 실상 그런 이야기를 지금 할 필요는 없지. 조만간 자네가 직접 시구를 대체할 수 있을 테니까."

"내가?"

"다른 누가 한다는 건가? 물론 자네가 해야지."

"도저히 불가능하다고?" 프로티우스가 외쳤다. "자네는 그런 말을 해서 우리를 겁주려는 속셈인가? 아니면 진정 신들의 노여움을 자초하고 싶나?"

"신들……."

"그래, 신들이지. 자네가 그런 투로 멋대로 신을 모독하는 말을 입에 담는 것을 신들은 묵인하지 않을 걸세……." 이렇게 말하고 프로티우스는 팔을 뱃사공처럼 구부리고 털이 수북한 주먹을 부들부들 떨었다.

신들은 그가 시를 완성하는 것을 바라지 않았다. 그가 시에서 부조화를 제거하는 일을 바라지 않았다. 왜냐하면 모든 인간의 작품은 어스름과 맹목에서 태어나지 않으면 안 되고, 따라서 언제까지나 부조화 속에 머물러 있지 않으면 안 되기 때문이다. 그것이 신들의 의향이었다. 그러나 그럼에도 불구하고 지금 그는 분명히 깨달았다. 이 부조화에는 저주뿐 아니라 은총도 담겨져 있다는 사실을. 인간의 부족함뿐만 아니라 인간이 신 가까이에 있다는 사실. 인간 영혼은 미숙하기도 하지만 위대하기도 하다는 사실을. 맹목상태에서 태어난 인간의 작품은 그 자체가 맹목이면서도 또한 예감의 힘을 지니고 있다. 이 힘으로 인한 눈먼 전망이 없었다면 작품도 태어나지도 못 했으리라. 작품은—모든 작품에서 그 싹이 엿보이지만—스스로를 훨씬 초월하고, 작가를 훨씬 초월하여 작가를 창조주로 만들어버린다. 즉, 이루어지는 모든 현상의 우주적인 부조화가 시작된 것은 인간이 우주 속에서 활동을 시작한 뒤부터의 일이었다.—신이 하는 일이나 동물의 영위 속에는 부조화가 존재하지 않는다—부조화 속에서 비로소 인간 운명의 가공할 영광이 나타난다. 그 운명이란 곧 자기 초월의 운명이다. 동물의 침묵과 신의 침묵 사이에 인간의 언어가 있다. 황홀한 환희 속에서 스스로도 침묵에 잠기기를 열망하면서, 맹목 속에서 황홀하게 보는 힘을 획득한 눈의 빛을 받으면서. 황홀한 맹목, 그것은 헛된 것이 아니다.

"오오, 프로티우스, 신들은…… 나는 신들에게서 은총도 역정도 받아왔어. 자애도 시련도 받아왔어……. 그 어느 쪽이든 나는 감사하고 있어……."

"그렇지, 너무나 당연한 일이지……. 언제나 그런 거라네……."

"어느 쪽에도 나는 감사하고 있어……. 삶은 풍성했어……. 《아이네이스》에도 나는 감사하고 있어. 그 부조화까지도…….

부조화인 채로 그것이 보존되었으면 하네……. 하지만 바로 그렇기 때문에…… 프로티우스…… 바로 그렇기 때문에 유언장을 정리해놓지 않으면 안 되는 거야……. 신들의 영광을 위해서라도…….”

"농부를 입씨름으로는 못 당하겠군……. 그럼 아무래도 연기할 마음은 없단 말인가?"

"연기할 수는 없어, 프로티우스……. 그리고 여보게 루키우스, 내가 말한 그대로 쓸 수 있나?"

"그야 어려운 일이 아니지, 베르길리우스……. 물론 자네가 구술의 형식을 취해준다면, 그것이 정식이기는 하겠지만. 단, 《아이네이스》 간행자로서의 일에 대한 보수 문제의 기록은 일절 거절하겠네…….”

"좋아, 루키우스. 그렇다면 직접 어떻게든 적당히 황제와 의논해서 정해주게…….”

"그럼, 곧 구술을 시작하겠나?"

"구술…… 구술하지." 이 일을 해낼 힘이 과연 아직도 남아 있는가? "구술하겠네. 하지만 그 전에 물을 한 잔만 더 주게. 도중에 기침 때문에 방해받지 않도록……. 그리고, 루키우스……. 그동안에 날짜를 적어두겠나? 오늘 날짜를…….”

프로티우스가 잔을 들고 왔다. "자, 마시게, 베르길리우스……. 목소리를 아껴서 작은 소리로 말하게…….”

물이 차갑게 목구멍을 따라서 내려갔다. 한 방울도 남김없이 마셔버리자, 다시 푸우 하고 숨을 쉴 수가 있었다. 생각한 대로 목소리를 낼 수가 있었다.

"날짜를 적었나, 루키우스?"

"적었네. 브룬디시움에서, 로마 건국 737년 10월 초하루보다 9일 앞선 날…… 이것으로 됐나, 베르길리우스?"

"물론 그것으로 됐네…… 그대롤세……."

찰랑찰랑 흐르는 물소리는 쉼 없이 계속되고 있었다. 벽의 분수, 나뭇잎 그늘의 소리, 끊임없이 흐르는 강물 소리, 강폭은 물론 지금은 매우 넓어져 있었다. 맞은쪽 기슭에 도달할 수 있기는커녕 엿볼 수조차 없을 정도였다. 하지만 저쪽으로 손을 뻗칠 필요는 없었다. 왜냐하면 이미 이쪽 기슭에, 이 이불 위에, 손을 뻗으면 곧 미치는 곳에 금빛으로 빛나는 것이 존재하고 있었기 때문이다. 아우구스투스의 손에 의해, 신들의 손에 의해, 주피터의 손에 의해 이곳에 놓여진 월계수의 어린 가지! 그 잎이 금빛으로 빛나고 있었다.

"준비됐네, 베르길리우스……."

줄줄 생각대로 목소리가 흘러나왔다. "나, 푸블리우스 베르길리우스 마로, 이제 쉰하나가 넘은 나이가 되었고, 유한 없이…… 잠깐만…… 유한 없이가 아니라, 유한 없이 충족된, 일세……. 그래, 유한 없이 충족된 심신의 건강을 누린 나는, 가이우스 율리우스 카이사르 옥타비아누스 아우구스투스의 도서실에 기탁된 나의 종전의 유언장에 다음과 같이 보충 사항을 첨부하고자 한다. ……모두 썼나, 루키우스?"

"그래……."

줄줄 생각대로 목소리가 흘러나왔다. "나에게 숱한 은혜를 베풀어주신 아우구스투스의 소망에 의해 유감스럽게도…… 아니, 유감스럽게도는 지워주게, 아직 쓰지 않았으면 괜찮고…… 그래. 나에게 숱한 은혜를 베풀어주신 아우구스투스의 소망에 의해 나는 나의 시를 소각하지 못했고, 이에 나는 첫째 《아이네이스》는 아우구스투스에게 바칠 것임을, 둘째로 나의 원고는 모두 친구 프로티우스 투카와 루키우스 바리우스 루프스의 공동 소유로 돌아갈 것임을, 또한 두 사람 중 한쪽이 사망한 뒤에는 자동적으로 생존자의 자유물이 될 것임을 지정한다. 이리하여 그 소유로 돌아간 나의 유고시(遺稿詩)의 면밀한 검토를 전기(前記)한 두 친구에게 위임한다. 다만 최대한의 면밀성을 가지고 검열된 본문만이 유효함을 밝혀둔다. 본문에는 글자 하나의 삭제도 첨부도 행해질 수 없으며, 또한 사본이 요망될 때는 이 유일의 유효한 본문에 입각하여 출판용 사본을 작성해야한다. 어떤 경우에도 카이사르 아우구스투스에게는 지체 없이 깨끗하고 정확한 사본을 한 부 헌정하여야 한다. 프로티우스 투카와 루키우스 바리우스 루프스는 이 모든 일에 대해서 면밀하게 배려해야 한다. ……모두 썼나, 루키우스?"

"썼네, 베르길리우스……. 그리고 실제로 그렇게 해야 할 경우가 닥치면 이대로 집행할 테니 염려 말게."

여전히 목소리는 생각대로 흘러나왔다. "아우구스투스의 윤허에 따라 나는 나의 노예를 해방시킬 권한을 갖는다. 해방은 나의 사후 즉시 단행될 것, 그리고 노예는 각기 나에게 봉사한 1년에 대해 100세스테르스의 유증을 받는다. 또한 나는 2만…… 아니 3만 세스테르스를 브룬디시움 민중의 식량비로 분배할 것을 지정한다. 여타의 재산 분배에 대해서는 당초에 언급한 제1의 유언장에 기재되어 있고, 따라서 그 효력은 상실되지 않았다. 단, 여기에서 규정한 신규 유증에 의해 상속 재산은 축소될 것이다. 이 사실을 나의 제1 상속인, 즉 카이사르 아우구스투스, 나의 동생 프로클로스, 또한 프로티우스 투카와 루키우스 바리우스, 그 밖에 가이우스 키르니우스 마에케나스가 비우호적이라고 해석하지 않기를 바란다. ……이것이 전부일세……. 이것으로 충분하겠지……. 어떤가? 이만하면 되지 않을까?"

목소리는 이제 생각대로 흘러나오지 않았다. 마지막 말은 거대한 공허 속에서 짜내지 않으면 안 되었다. 그리고 뒤에 남은 것은 다만 이 공허뿐이었다. 피로에 의해 안겨진 사악한 공허, 한계도 없이 펼쳐져 그 크기를 잴 수도 없거니와, 구석구석 살피고 엿볼 수도 없는 공포 없는 공포의 공허, 이상하게 혹독한 망각이 방심 없이 눈을 뜨고 있는 그 망각에 넘친 공허, 이 공허 속을 피리 같은 소리를 내면서 열(熱)이 방황하고 있었다. 그러나 눈에 띄지도 않게 스치고 날아가는 것이기는 했으나 이 공허 곁에는 아직도 이야기되지 않은 그 무엇인가가 있었다. 아무래도 말하지 않으면 안 되었던 일, 그것은 지금까지의 모든 것과 관계가 있고 그러면서도 아무런 관계도 없는 일이었다. 바로 그렇기 때문에 이것을 발견하지 않으면 안 되었다. 그렇지 않으면 지금까지의 모든 것이 불충분한 것이 되고 말 것이기 때문이다. 그것은 처음엔 없애버리려고 생각했으나 지금은 소중하게 보관하지 않으면 안 되게 된 시 못지않게 중요한 것이었다.

"어디에…… 어디에 있지, 고리짝은?"

프로티우스는 근심스러운 듯이 눈을 들었다. "베르길리우스…… 아우구스투스님 곁에 소중하게 보관되어 있다네……. 걱정 말게……."

그때 루키우스가 아직도 완전하지는 않은 그 서류에 서명을 받기 위해 다가왔다. 부족한 것은 서명뿐인가? 발견하지 않으면 안 되는 것은 그것뿐인가?

"이리 주게……."

서명을 했다. 그러나 본문을 읽을 수는 없었다. 아직도 불완전했기 때문이겠지만 글자가 뒤섞여서 춤을 추고 있었다. "아직도 덧붙일 게 있어. 루키우스…… 더 추가할 게 있어……. 노래를 찢어버리는 일은 허용되지 않는다……."

"알겠네, 베르길리우스."

루키우스는 자리에 앉아서 다시 받아쓸 태세를 취했다.

"노래를…… 찢어버리는 일은 허용되지 않는다. 그리고…… 그리고 나는 여기에 단 한 마디도 덧붙이거나 빼는 일을 금한다……."

"그것은 이미 썼어……."

"써주게…… 그렇게 써주게……."

고립무원의 상태였다. 이것이 최후의 힘이었다. 공허 속에서는 아무것도 나오지 않았다. 단 하나의 소리도, 단 하나의 회상도, 생기 없이 찰랑찰랑 울리는 물소리조차도 나오지 않았다. 다만 손가락만이 멋대로 움직이고 있었다. 이불 위를 헤매고 노상 얽혔다가는 떨어지고 다시 얽히곤 했다. 노래를 찢어버리는 일은 허용될 수 없었다. 그 무엇도 찢어버리는 일은 허용될 수 없었다. 이것은 매우 중요한 일이었다. 그러나 아직도 근원적인 것은 아니었다. 암흑 속에 숨어 있는 그 무엇과는 달랐다. 오오, 공허라고 해도 그것이 그 자체에 숨기고 있는 것을 드러낼 때까지는 찢겨서는 안 되었다. 손가락은 그것을 알고 있었다. 왜냐하면 그것은 공허 속을 탐색하듯이 헤매고 있었기 때문이다. 손가락은 그 속에 감추어져 있는 것을 토하게 하려고 자신 사이에 공허를 끼고 짓눌렀다. 이 손가락이 짓누르던 공허가 마침내 절망적인 지경에 이르렀을 때, 그때 일이 일어났다. 손가락 사이, 공허의 깊은 바닥에, 하늘의 모든 안개가 멀어진 듯, 거의 분간할 수 없을 만큼 아련한 빛이 있었다. 점점 엷어지는 별의 한숨처럼 덧없는 빛, 그러나 그것은 어느새 입술 위에서 안도의 숨을 쉬고 있었다. 찾아 헤매던 끝에 마침내 기적처럼 발견된 것이었다.

"반지는 리사니아스의 소유로 한다."

"자네의 인장 반지를 말인가?"

지상에서의 일은 이것으로 충분했다. 모든 것은 빛으로 넘치고 소리도 없이 가벼웠다. "그리고 싶네…… 리사니아스에게."

"그는 아무 데도 없지 않은가" 하고 중얼거리는 소리가 들렸다. 프로티우스의 목소리 같았다.

"그 애에게……."

4부 공기―귀향

아직도 중얼거림이 계속되고 있는가? 여전히 그것은 프로티우스의 마음 착한 중얼거림인가? 마음씨 착하고 억센 보호자 같은 프로티우스의? 오오, 프로티우스, 오오, 그것이 언제까지나 계속되기를. 온화하게 마음을 진정시켜주면서 내계와 외계의 다함없는 심연에서 솟아오르는 중얼거림이 언제까지나 계속되기를. 이제 일은 이미 다 끝냈다. 끝낸 일은 그것으로 충분하고 이제 무엇 하나 첨가할 필요는 없었다. 오오, 이 중얼거림이 영원히 계속되기를! 그리고 사실, 그것은 계속되고 있었다. 중얼거림은 끊임없이 계속되고 있었다. 부드럽게 밀려왔다가는 부드럽게 밀려 나가는 중얼거림의 파도, 또 파도. 그 하나하나는 하잘것없이 작았으나 파도 전체가 형성하는 영역은 헤아릴 수 없이 넓었다. 그 존재는 그야말로 자연스러운 것이어서 일부러 귀를 기울이거나 확보하려고 노력할 필요는 조금도 없었다. 그렇다, 애당초 이 중얼거림의 현상은 한곳에 확보되지는 않는 것이었다. 왜냐하면 그것은 끊임없이 전진을 계속하며 샘의 술렁임, 물의 찰랑거림과 어우러지고, 물과 하나가 되어 안식을 실어 나르는 빛깔 없는 강대한 흐름으로 변하고 있었기 때문이다. 스스로 운반하는 힘이며, 운반을 당하는 안식이며, 흐름이며, 쪽배의 밑바닥과 옆벽을 희미한 소리를 내면서 씻기며 흘러가는 물거품이었다. 목표가 어디인지, 어느 항구로부터 나온 것인지, 일체 알지 못한 채 머물러 있었다. 어느 부두를 떠난 것도 아니고, 무한에서 무한으로 배는 전진하고 있었는데, 그러면서도 숙련된 손에 조종되어 방향은 엄밀하게 정해져 있었다. 만일 뒤돌아보는 것이 허용된다면 선미에 있는 타수의 모습이 눈에 띌 것이 분명했다. 방향 없는 세계의 길잡이, 항구의 출구를 알고 있는 수로 길잡이의 모습이 보였을 것이다. 그러나 길잡이며 또한 친구로서의 역할은 여전히 프로티우스가 수행하고 있었다. 노를 젓는 자리에 앉아 노예의 고역을 떠맡고 스스로의 품위를 떨어뜨리면서 그러나 동시에 높이고 있었다. 이제 그의 입에서 중얼거림은 나오지 않았다. 중얼거림은 침묵하고 만유로 옮겨 가고 있었다. 긴장으로부터도 고통으로부터도 해방된 이 가벼운 현상의 흐름 속에서는 그의 헐떡이는 숨소리조차 거의 들리지 않았다. 팔을 구부리고 묵묵히, 그는 침묵의 중얼거림으로 넘쳐 있는 무색의 수면을 저어 나갔다. 그에게서 예기됐던 격렬함은 조금도 없었고, 노는 거의 오르내리지도 않고 물속에 조용히 파문을 남기고 있었다. 뱃머리에는 리사니아스가 앉아 있었다. 혹은 서 있었는지도 모른다. 그는 배를 인도하기 위해 노래를 부르는 임무를 맡은 소년이었다. 그러나 프로티우스는 지상의 모든 사람들과 똑같이 뒤돌아보는 것을 금지당하고 있어 소년을 바라볼 수도, 뱃길의 목표를 바라볼 수도 없었다. 그러한 그가 지금 곁눈질도 하지 않고, 소년 따위는 전혀 개의치도 않고, 똑바로 정면에다 시선을 두고, 선객들의 머리 너머로 선미의 타수를 바라보면서 지시에 따르고, 그러면서도 다시 타수의 머리 너머로 배가 떠나온 과거의 무한 속을 들여다보고 있었다. 양쪽 기슭은 아득히 떨어졌다. 마치 그것은 기슭에 거주하며 삶을 영위하는 인간들에 대한 가벼운 이별 같았다. 변화하면서 그러나 변화를 모르는 세계와의 이별, 낯익고 정든 모든 다양한 존재로부터의 이별, 그리운 사물의 모습이나 사람의 얼굴로부터의, 특히 잿빛 안개 속으로 사라져가는 무덤으로부터의, 또한 아까와 조금도 다름없는 모습으로 계속 받아쓰고 있는 루키우스로부터의 이별이었다. 말할 것도 없이 루키우스는 탁자에 앉은 채 현실의 경계에까지 바짝 다가서 있었다. 금방이라도 높은 기슭의 암벽에서 굴러떨어질 것만 같아서 보기만 해도 아슬아슬할 지경이었다. 이별은 또한 그 기슭에서 아직도 서성거리고 있는 그 밖의 많은 사람들을 향해서도 행해졌다. 그 속에는 호라티우스나 프로페르티우스도 있어서 정답게 이쪽을 향해 손짓을 하고 있었다. 고통스러운 기색도 없이 조용히 멀어져 가면서 그리운 갖가지 영상들이 여전히 배를 따라오려 하고 있었다. 그리고 작은 배가 미끄러져가는 그 수면 위에는 온갖 종류의 배가 무리 지어 있었는데, 반대 방향으로 향하는 배, 즉 이제는 생각해낼 수도 없는 항구로 돌아가는 배는 그야말로 몇 척에 불과하고, 그에 비해 항구에서 떠나는 배는 엄청나게 많았다. 수없이 많은 선단과 선단, 무한한 바다조차도 그것들 모두를 지장 없이 항해시키기 위해서는 제2의 무한으로 넓어지지 않으면 안 될 정도로 그것은 엄청났다. 물과 하늘 사이에는 이미 그 어떤 경계도 없고, 배가 빛 속을 표류하고 있는 듯 끝없이 넓었다. 배로 뒤덮인 바다가, 헤아리기 어려운 공통의 목표를 지향하는 그러한 배들의 항해가, 이미 목표 그 자체가 아닌가 하고 생각될 만큼 앞을 내다볼 수 없이 붐비고 있었다. 짐승 떼를 방불케 하는 배의 행렬, 그 주위를 온화한 파도 소리가 눈에 보이지 않는 구름처럼 감싸고 있었다. 온갖 종류의 배의 행렬이 있었다. 상선과 군선, 그 속에는 금빛으로 빛나는 주홍빛 돛을 단 아우구스투스의 호화선도 보이고, 또한 엄청나게 많은 어선이 그 밖의 연안용 경정(輕艇)이, 무엇보다도 많은 나뭇잎 같은 쪽배가 이곳저곳에 마치 물속에서 태어나기라도 하듯이 무수히 떠오르는 것이었다. 그러한 배들 모두가 끝없는 항해에 참가했다. 그러나 또한 기묘하게도 두 개의 노밖에 없는 작은 배든, 아우구스투스의 배처럼 몇 단으로 겹친 수많은 노로 움직여지는 배든, 어느 배나 모두 똑같은 속도로 항진하고 있었다. 마치 무게가 없는 듯, 실은 원래 물속에 잠겨 있지 않은 듯, 물 위를 떠다닐 수 있다는 듯이 배들은 모두 하늘을 가르고 날았다. 그리고 배의 돛은 진공에 의해서 생기는, 그러나 그것을 느낄 수는 없는 질풍을 받고 있는 듯 팽팽하게 당겨져 있었다. 바람은 완전히 잔잔해져 있었고, 온화한 파도 소리는 어딘지도 모를 사방에서 들려오고 있었는데 말이다. 바다는 평탄하고 조용한, 거의 얇은 판자 같은 파도가 되어 아련한 잿빛을 띠었다. 이 납과도 흡사한, 그러나 한숨처럼 희미한 매끄러움 속으로 중얼거림은 용해되어갔다. 그 위에는 진주의 광채로 빛나면서도 빛깔은 바랜 하늘의 조개가 입을 벌리고 있었다. 프로티우스는 노를 젓고, 사라져가는 아득한 기슭에서 불어오던 삶의 소음은 그대로 뒤에 남겨졌다. 산들의 노랫소리는 걷잡을 수도 없는 것 속에, 그 피리 소리는 영원으로 달아나는 것 속에 남겨지고, 자기 자신의 가슴속에 울리던 소리의 메아리조차 아득한 뒤로 남겨졌다. 들을 수 있는 것은 일찍이 체험되지 않은 것들의 세계 속으로 다시 가라앉고, 중얼거림도, 중얼거림 속에 있는 일체의 과거도 그 속에 가라앉고, 그리고—아련한 금빛 광채가 되어 하늘의 빛에 감싸인 채—소년의 노래는 목소리가 되어 울리지를 않았다. 이 침묵까지도 시끄럽다는 듯 새로운 정적이 찾아들었다. 제2의 정적, 더욱 높은 평면에서 더욱 고조된 정적, 평탄하고 조용한, 얇은 판자처럼 매끄러운, 이를테면 그것은 물 위에 걸려서 그 물의 거울을 비추는 또 하나의 거울이었다. 이미 이 물의 거울은 새로운 변화를 맞이하고 있었다. 조용한 유동체로 변화하고 있었다. 질주하는 배는 그 속에 이미 어떤 이랑도 만들어내지 못했고, 또 당겨지는 노에 묻어서 떨어지는 한 방울의 물도 없을 만큼 그곳은 변해 있었는데, 이제 그 변화는 물의 거울과 그 위에 걸린 거울에, 정적과 그 위를 덮은 정적에 모두 공통적으로 일어나고 있었다. 새로운 동시성, 동일한 속도, 동시에 귀에 들리는 소리로 가득 찬 공통의 중간 상태를 이루고 있었다. 그 결과 눈에 보이고 귀에 들리고 또한 감지되는 일체는 볼 수도 들을 수도 느낄 수도 없고, 오래전에 버림받아 이미 찾아볼 수도 없는 무한 속에 남겨져 있었다. 그런데도 말짱한 채 완전한 형태를 간직하고 있었고, 이름 붙일 수도 없는 것들의 세계로 다시 떨어져 들어가 있었음에도 그 이름이나 본질을 상실하고 있지는 않았다—그것은 뒤에 처져 있기는 했지만 현재에 머물러 있었다. 뒤에 처진 것은 추월을 당했기 때문이었지만, 그 추월에 의해 현재에 머무르면서 변형된 영원으로 변모해 있었다. 어느 것 하나도 이 변화에서 제외되지는 않았다. 왜냐하면 여기에서 앞지름을 당한 것은 만유 그 자체였기 때문이다. 일체의 사물과 인간을 넘치도록 간직한 만유였기 때문이다. 따라붙으면서 인사를 보내듯이 출범한 짐승 떼와도 같은 배는, 이제 그 임무를 다한 듯 한 척 또 한 척 뒤로 처졌다. 별로 앞을 다투듯이 달리고 있다거나 속도에 차이가 있다거나 한 것도 아닌데 그렇게 되었다. 마치 자진해서 그런 것처럼 뒤에 처진 배가 속도를 늦춘 것도 아니고, 그가 타고 있는 쪽배가 속도를 빨리한 것도 아니었다. 극히 자연스럽고 쉽게 그렇게 되었다. 프로티우스의 노를 젓는 솜씨가 익숙해서 그것이 다소 도움이 됐는지는 모르지만 그도 지금은 쉬고 있었다. 노를 젓던 손을 멈추고 숨결도 온화하게 자리에 앉은 채 상체를 앞으로 수그리고 느긋하게 쉬고 있었다. 이곳을 항행하는 모든 배는 이미 현실의 도구는 필요하지가 않았다. 노는 물에서 끌어올려져 있던 것이든 물속에 잠겨 있던 것이든 모두 순식간에 사라져버리고, 그와 동시에 배는 한 척 또 한 척 자취를 감추기 시작하고, 마침내는 아우구스투스의 배까지도 존재의 세계에서 멀어져 망각 속으로 가라앉아버렸다―뒤에 남겨진 무한 속으로 가라앉아버린 것이다. 호화로운 배의 주홍빛 천개 밑에서 사령용의 짧은 채찍을 손에 들고 서 있던 아우구스투스는 아무리 속도를 내보려고 해도 소용이 없음을, 항해를 계속하려는 노력조차도 헛되다는 사실을 깨달았을 때 채찍을 손에서 떨어뜨렸다. 권력은 그에게서 미끄러져 나갔다. 이름과 함께, 지금까지 그가 몸에 지니고 있던 모든 이름과 함께 미끄러져 나갔다. 옥타비아누스라는 이름까지도 지금은 떨쳐버리지 않으면 안 되었으나 그런데도 여전히 그는 자기 자신에게서 이탈하지는 못했다. 그리고 가까스로 던져볼 수 있었던 겨우 한순간의 눈길, 이제 두 번 다시 만날 수도 없고 두 번 다시 돌아올 수도 없는 마지막 고별 속에, 아름다운 얼굴에 나타난 이 늙고 지친 고별 속에는 그래도 영원히 머무는 것이 있었다. 변용된 머무름, 상실 속에 있으면서 그러나 상실되는 일 없이 머무는 것, 그 머무름 때문에 그는 갑자기 망각의 조용함을 얼굴에 띠고, 지상의 모습도 지상의 이름도 망각의 조용함에 잠겨서 지극히 성급하게—아아, 그야말로 성급하게—부르는 소리도 미치지 않는 세계 속으로 가라앉으면서, 그러나 더욱 높은 평면에 있어서의 새로운, 고조된 정적 속에서 새로운 부름 소리에 응하는 새로운 모습을 나타내고 있었다. 왜냐하면 지금 여기에서 생긴 변용은 외계가 내계로 변용한 것이었기 때문이다. 그것은 외계의 모습과 내계의 모습의 합일, 먼 옛날부터 그 실현을 시도하면서 일찍이 성취된 적은 없고, 지금 비로소 풍성하게 성숙된 외계와 내계의 교체였다. 갑자기 무한으로의 전락과 같이 재빠르게 지금까지 아우구스투스라고 불리던 인물이 안쪽으로부터 보여지고 있었다. 내면의 시각, 그것은 다만 꿈꾸는 사람, 꿈속에 빠져 멍청해진 사람이 스스로의 지상적인 운명을 잊고—꿈을 통해 인식하면서—스스로의 비유로서 스스로를 인식할 때에만 주어지는 시각이었다. 이때 꿈꾸는 자는 떨쳐버릴 수도 없는 궁극적인 자기 특성의 투명한 주성분이, 단순한 형식이 되고, 수정처럼 선의 유희가 되고, 덧없는 수(數)가

되어 궁극적인 꿈의 세계에 계시되는 모습을 역력히 볼 수 있게 된다. 이 내면의 시각은 이제 그 자신을 넘어서 확대되어 모습을 감춘 자까지도, 그 친구까지도 포착하고 있었다—오오, 안쪽으로부터 보여지고 여지없이 노골적인 그 전체 상을 드러내는 자는 결코 상실되는 일이 없다. 오오, 종말의 발단으로의 변용, 상징의 원상으로의 변용, 오오, 우정이여! 그리고 우정에 있어서 옥타비아누스라고 부를 수 있었던 인물의 모습만큼 그리운 존재는 거의 존재하지 않았지만, 천상의 기운 같은 쪽배를 타고 항해를 함께하면서 차례로 뒤처지게 된 그 밖의 인간들 모두에 대해서도 역시 같은 말을 할 수가 있었다. 그들의 얼굴은 영원 속에 사라졌으면서도 사라지는 일이 없었다. 여기에서 행동을 같이하는 자들은 누구나 그랬다. 겨우 한순간 눈에 띄었는가 하면 당장에 자취를 감춰버리는 그자들이 어떻게 불리웠다 해도, 지금 어떻게 불리고 있다고 해도—그런데 저게 누구지? 저기에 있는 것은 티불루스가 아닌가?* 시들어가는 청춘 속에서 우울한 사랑의 노래를 부르는 알비우스 티불루스가 아닌가? 또한 격렬한 광기 때문에 준엄하고 위대했던 루크레티우스가 아닌가? 또한 저쪽에는 존경하는 스승 마르쿠스 테렌티우스 바로도 있지 않은가? 늙어서 등은 굽고 약간 몸집이 작아지기는 했지만, 사라져가는 그 노인의 얼굴에 떠오르는 부드럽고도 빈정대는 듯한 예지의 미소에는 아직도 정정한 기백이 넘치고 있었다. 오오, 우정 때문에 가벼운 고별을 하기 위해 모여든 저들이, 도움과 위안을 가져다주는 저 한 무리의 인

---

*이 시인은 베르길리우스와 같은 해에 서른다섯의 나이로 사망했다.

간들이 누구든 간에, 모두 차례로 줄지어 있는 그 얼굴과 얼굴에는, 수염이 있는 자나 없는 자나, 늙은이나 젊은이나, 남자나 여자나, 다소 빠르고 늦음은 있을지언정 한결같이 옛날의 표정을 상실해갔다. 그 이름의 마지막 흔적까지도 불러낼 수 없는 망각의 세계로 전락해가려고 하는 이때, 그들은 모두 궁극적인 변용을 그 자신 속에 받아들이고 있었다. 인간다운 표정은 모두 그들의 근원적인 본질의 말로는 다할 수 없는 표현, 말로는 다할 수 없을 정도의 투명한 표현으로 변하고, 일체의 관련에서 벗어나 끝도 모르고 이름도 모르는 자아 속에서 깊은 진실을 획득하고 있었다. 그들은 이미 지상의 중개자나 지상의 이름을 불러주는 것을 필요로 하지 않았다. 왜냐하면 그들은 모두 내부에서 보여지고 있었기 때문이다. 내부로부터 눈에 띄고, 내부로부터 인식되고, 친구의 시선 속으로 몰입하고, 친구의 시선과 함께 자기 인식의 영위 속으로 몰입하고 있었기 때문이다. 이 자기 인식이란 자기의 내면 가장 깊은 곳에서, 감각의 영역 저쪽에 있는 자기의 심연 속에서 생기는 것으로서 이미 개인이나 감각이 지각할 수 있는 비유를 보는 것이 아니라 전적으로 그 본질적 특성의 수정같이 투명한 원상, 수정과 같은 통일을 볼 뿐이었다. 본질의 근저에서 더없이 순수한 휴식을 취하고, 기억에서 해방되고, 바로 그렇기 때문에 궁극적인 연상의 대상이 되는 원상, 이 순수함과 연상 작용으로 인해 모든 친구들의 모습은 새로운 기억의 중간 상태로 옮겨졌다. 파악이 가능한 새로운 중간 상태, 거기에서는 정적이 침묵의 울림을 내기 시작하는 가운데 찬란하게 빛나는 그림자가 넘치고 있었다. 친구들은 제2의 무한 속으로 몰입해 들어 있었다.

정적 속의 정적—사방의 경계선은 열려 있었다. 그러나 후방에 버려져서 두 번 다시 찾아볼 수도 없는 영역에 머물고 있던 자의 수가 아무리 엄청나게 많다 하더라도 어느 하나도 만유의 순환이라는 조화 속에서 상실되는 일은 없었다. 사실, 아무리 후방에 버려진 자가 많다 하더라도 그것은 빈궁도 고독도 가져오는 일이 없었다. 아니, 그보다도 그것은 거의 풍요로움의 도래를 의미하고 있기까지 했다. 왜냐하면 망각 속에 가라앉은 것도 그대로 보존되어 있었으니까. 기억되지 않은 공간은 점점 더 광대한 기억의 공간을 자신 속에 병합하고 있으면서도 여전히 이 기억의 공간에 머물러 있었다. 두 개의 공간은 점점 더 밀접하게 결합되어 제1의 기억 공간 속의 제2의 기억 공간이 되고, 더욱 높은 투명성과 무한성을 갖춘 기억의 공간이 되었다. 새로운 통일로 향하는 존재의 결합의 영위가 너무나도 힘차기 때문에 납빛을 띤 어렴풋한 물의 정적과, 어렴풋한 금빛 거울의 상이 되어 그 위에 퍼져 있던 정적까지도 새로운 통일을 이루어나갈 정도였다. 기억 속에 있는 기억—그 결과로 생긴 정적은, 하프 줄을 퉁기기 전에 가인을 맞이하는 정적과 같은 것이었고, 그러한 정적 속에서 하프는 탄주되거나 기다리는 일도 없이 노래하는 자와 듣는 자, 가인과 청중을 다시 새로운 연대로 맺었다. 바야흐로 천체의 노래의 거대한 침묵이 술렁거리기 시작했다. 침묵에서 태어나고 또한 노래하는 자와 듣는 자 쌍방 속에서 태어나기도 한 침묵, 정적에서 울려 퍼지고 또한 그 쌍방 속에서도 울려 퍼지는 침묵, 일체화된 이중성, 그것이 정적과 하나가 되고, 기다림과 하나가 되고, 하프와 하나가 되고, 노래에 의해서 하나가 되어, 여기에 존재하는 것은 천상의 존재에 흡수되어버리는 것이었다. 이미 기다리는 자도 기다려지는 자도 없고, 귀 기울이는 자도 귀 기울임을 당하는 자도 없고, 호흡하는 자도 입김도 없고, 목마른 자도 마실 것도 없었다. 새로운 이중의 통일 속에는 이미 그 어떤 양분(兩分)된 것도 없고, 양분된 것은 통합되어 이미 가를 수 없는 통일의 영위가 되고, 기대 그 자체가 되고, 경청 그 자체가 되고, 호흡 그 자체가 되고, 갈증 그 자체가 되었다. 그리고 통일 속에 포함된 무한의 조수(潮水)는 기대이고, 경청이고, 호흡이고, 갈증이며, 점점 더 많아지고, 강렬해지고, 압도적인 것이 되고, 명령이 되고, 고지가 되어갔다. 프로티우스에게도 마찬가지 현상이 나타났다. 그는 일체의 지속이 지양된 것을 알고 있는 듯이, 발단과 종말이 합일된 것을 알고 있다는 듯이, 그러나 또한 모든 동일은 이중성을 띠고 그 자신도 그 운명에 굴복하지 않으면 안 된다는 사실을 알고 있는 듯이, 스스로의 존재의 통일을 포기하고 말았다. 비록 잠시 동안이기는 했지만 그는 이중의 모습으로 변했다. 그 한쪽은 노를 젓는 자리에 앉아 조용히 휴식하고 있었으나, 다른 한쪽은 자리에서 일어나 선원답게 흔들리는 다리를 용케 버티고 디디면서 다가왔다. 다시 한 번, 마지막 잔을 손에 들고 목마른 자에게—오오, 베르길리우스 그는 목말라 있는가!—다시 한 번 마실 것을 주려 하고 있었다. 그리고 베르길리우스가 그것을 마셨을 때, 오오, 마셔진 것은 물이 아니었다. 치유된 것은 갈증이 아니었다. 마신다는 행위는 관련을 가지는 것, 이중의 영상이 된 존재의 전체성에 관여하는 것, 무한의 조수와 하나가 되는 것, 눈에 보이지 않는 세계의 내면의 시각에 의해 관통되는 것, 그러나 동시에 또한 아무것도 포괄하지 않는 인식의 순환이 어디에서 닫히는지를 모르는 채 알고 있는 그런 것이기도 했다. 그것은 닫혀지는 작용 그 자체였다. 두 가지 방향을 가진 무한을 하나로 결부시키는 작용이었다. 이 무한 속에서는 미래는 과거로, 과거는 미래로 이행되고, 그 결과―오오, 이중 속의 이중, 반영 속의 반영, 불가시성 속의 불가시성―이미 여기에서는 그 어떤 중개자도 도구도 필요 없었다. 액체를 담은 잔도, 잔을 내미는 손도, 마실 것을 받는 입조차도 이미 필요가 없었다. 마신다는 영위이든 그 밖의 무엇이든, 일체의 행위는, 더 나아가서 일체의 삶은 모든 부조화의 상태를 지양하여 그 어떤 분단도 허용하려 들지 않는 긴밀한 관련의 힘에 의해 해체되고 용해되어버렸다. 이때 잔의 상아는 갈색의 단단한 뿔로 변하고, 그대로 가벼운 갈색 구름으로 사라져갔다. 이때 잔과 더불어 그때까지 존재하고 있던 모든 것도 사라졌다. 그렇다고는 해도 덧없는 꿈의 유희라는 뜻은 아니며, 이를테면 진정한 꿈이 되어 덧없이 사라질 운명에서는 벗어나 있었다. 그 때문에 프로티우스도 자취를 감추었다. 바로 그 때문에 그 또한 형태를 소멸시키는 이중화의 힘에 사로잡혀 다른 동반자들과 같은 길을 더듬고 있었다. 그들과 함께 이름의 마지막 자취까지도 영원 속에, 연상할 수도 없는 세계 속에 매몰되고, 그러면서도 연상의 세계 속에 머물러 지금까지 그의 모습을, 친구로서의 모습을 계속 간직하고 있었다. 이러한 자초지종이 경과되는 동안에 물기도 없는 액체, 맛이 없는 음료가 입술을 거쳐 목구멍을 따라 흘러내렸으나 입술도 혀도 목구멍도 조금도 적셔지지는 않았다. 이것이 프로티우스와의 이별이었다. 그의 우정의 봉사 속에 이별이 고해진 것이었다. 그리고 만유의 눈빛에 감싸이고, 만유의 눈물에, 만유의 망각의 물기에 적셔진, 순수한 진실을 담은 서로의 눈길이 마주쳤을 때, 어느 쪽에도 눈물은 없었다. 고뇌를 벗어나고, 고뇌에서 해방되어, 가벼운 기운이 떠돌 만큼 아련하고 가벼운 고별—정적 속의 정적.

　이미 아무것도 판별되지는 않았다. 판별할 필요도 없었다. 아무것도 이미 부조화가 아니었다. 그리고 마실 것을 마셔버린 그, 푸블리우스 베르길리우스 마로, 그도 이제는 이미 이름을 필요로 하지 않았다. 이름을 던져버리고 그것을 단순한 지식으로, 아련하고 이상하게 순수한 망각 속으로 사라지게 할 수가 있었다. 왜냐하면 배는 고독 속으로라고는 하지만 결코 의지할 곳도 없는 쓸쓸함 속으로가 아니라, 제2의 무한으로 진입하고 있었기 때문이다. 그 어떤 만남도 이제는 이루어질 필요가 없었다. 마찬가지로 빛도 고독해졌다. 지금까지보다도 더욱 순수하고 순결해졌다. 빛은 이미 어스름으로 변하고 있었다. 언제까지 계속될는지 알 수 없는 이상하고 유례없는 어스름으로 변화하고 있었다. 그것이 언제 시작되었는지, 언제 끝날는지 도무지 알 수가 없었다. 왜냐하면 끝없는 조류와 맞닿을 만큼 가라앉은 태양이 마치 망설이기라도 하듯이 좀처럼 조수 속으로 잠기려 하지 않았기 때문이다. 오히려 태양은 뒤쫓아 오는 전갈의 모습에 우연히 끌리기라도 한 듯이, 구름 한 점 없이 무수한 별들이 반짝이는 하늘 속에 꼼짝도 않고 희미하게 걸려 있었다. 시간은 그 지속을 잃고, 덧없는 정적을 넘어서, 부드럽게 활주하듯이 편안하게 항해해 갔다. 일체의 속도는 상실되고, 다만 겨우 느껴질 뿐 목표도 확실하지는 않았으나, 그래도 배는 별을 보며 방향을 읽고 있었다. 소년은 뱃머리에 서 있었다. 어스름에 잠겨서, 하늘을 배경으로 뚜렷이 떠올라 있었다. 하늘의 끝없이 아득한 투명성은 이미 일체의 투명성의 한계를 넘어서고 있었다. 길을 가리키려고 하는 것인지 아니면 그리움에 애타는 자의 동작인지 분명히 알 수는 없었으나, 소년은 팔을 앞으로 내밀고 목표를 찾으면서, 아무것도 붙잡지 못하는 그 팔의 움직임에 전신을 내맡기고 있었다. 이것을 아직도 항해라고 불러야 할까? 돛도 노도 필요로 하지 않는 이 활주를? 이것은 정지가 아닐까? 별이 총총한 궁륭이 반대로 움직이고 있기 때문에 이쪽도 움직이고 있는 것처럼 착각하고 있을 뿐이 아닐까? 항해이든 아니든 이것은 지각의 중간 상태였다. 지금도 여전히 그러했다. 그리고 키잡이는 뒤의 자기 자리에 의젓하게 도사리고 있었다. 그의 존재는 지금도 여전히 생생하게 느껴졌다. 지금까지와 다름없이 마음에 안식을 주는 것은 모두 그의 힘이었고 너무나도 여리고 덧없는 소년의 모습에서 주어지는 안식은 아니었다. 그렇다, 비록 배의 방향은 별의 운행에 따르고 있다 해도 방향을 정하는 쪽은 키잡이였다. 오직 그 한 사람뿐이었다. 태양은 점점 더 밑으로 가라앉고, 그 불길은 어두운 불처럼 붉은빛으로 변했다. 눈길이 닿는 한 구름 한 점 없고, 안개도 끼지 않았는데, 태양의 광채는 더욱 둔해지고, 그 때문에 밝았던 어스름은 점점 더 밤처럼 되어가고, 별의 세계는 점점 더 강하게 반짝였다. 주변은 밤처럼 보였으나 아직도 밤은 아니었다. 침묵하는 천체의 노래도 점점 더 밤다워지고, 밤답게 조용히 풍성해지고, 그 사이사이 별빛이 소리도 없이 두드리는 심벌즈의 음향이 뒤섞였다. 소리의 엷은 깁을 한 장 또 한

장 헤치며 천체의 노래가 점점 더 풍성하게 울려 퍼지면 퍼질수록 소년의 모습도 점점 더 뚜렷이 어둠 속에 부각되었다. 그와 동시에 생생하게 눈에 비치는 이 선명함은 어떤 조용한 빛이 가져다준 것이라는 사실이 분명해졌다. 그 빛은 길을 가리키는 듯한 소년 리사니아스의 손에서 흘러나와 서서히 강도를 더하면서, 여기에서 일어나고 있는 현상의 중심점으로 변해가고 있었다. 그것은 반지였다. 리사니아스에게 물려준 반지였다. 지금 그야말로 자랑스럽게 소년의 손가락에 끼워져 있는 반지가 빛을 내뿜어 소년의 어깨에 빛의 망토를 입히고 있었다. 처음 그 빛은 회색의 아침, 혹은 저녁의 어스름 속에서 바야흐로 꺼지려고 하는, 혹은 빛나기 시작하려는 외로운 별의 깜박임 정도로 생각되었으나 지금은 마치 앞장서서 길을 인도하는 반짝임 같았다. 소년의 손에 끼워져서, 빛을 내라는 듯 높이 쳐들어진 길잡이 별의 미소, 그것은 마치 지상의 망각의 공간 속 깊이에서 나타나는 기쁨의 회상처럼 떠돌고, 그리고 이 망각의 공간은 폭도 높이도 길이도 모두 흥건히 시간의 조수, 불과 얼음의 고통으로 가득 찬 조수에 잠겨 있었다. 온통 회상에 잠겨 반지의 광채에서 표류해오는 미소, 메아리처럼 희미하게, 메아리처럼 천진하게 되울리고, 아픔처럼 느껴지면서도 기쁨을 주는 곳에서 메아리처럼 뒤따라오는 미소. 지금은 이미 아무것도 이름이 있는 것은 없고 다만 소년만이 아직도 리사니아스라는 이름을 갖고 있었다. 그리고 회상은 포착할 수 없는 기쁨을 가져다주면서 지금 이곳의 기억을 상실한 시공(時空)을 꿰뚫고 있었으나, 관능을 탈피한 관능의 중간 상태 속에 있는 이 회상, 한때의 이중화와 양분의, 지금 막 망각 속으로 용해되어 들어가려는 최후의 번뜩임, 소년 리사니아스는 이름 덕분으로 아직도 그 메아리의 호소에 응할 수가 있었다. 저 이중화의 나머지 빛, 그것은 부름 소리 속으로 사라져갔다. 높여진 평면 위에서 제2의 무한한 지각 없는 지각 속으로 몰입해갔다. 그밖의 지각은 모조리 무너져버린 저쪽에서 반지의 광채로 변한 채 사라져갔다. 그러나 그것은 이 광채 속에 머물고, 리사니아스의 미소에, 이미 말하려 하지 않는 그의 목소리에, 이미 바라보려고 하지 않는 그의 시선에 잠기고, 소리 없는 음악이 되어 잠겨서 소년의 내면의 시각이 되고, 아득함과 가까움을 한꺼번에 직감하는 지각이 되어 역류하고, 어스름의 빛 속으로, 아련하게 흐려지는 조수의 빛 속으로 넘쳐흐르는 것이었다. 아득함도 가까움도 모르고 둘로 갈라진 온갖 것을 통일시키는 빛, 이 빛을 바라보는 자는 바라보면서 동시에 자기 자신을 샅샅이 그 빛 속에서 드러내었다. 오오, 어스름이여, 오오, 중간 세계여, 과거 속으로 흘러가 사라지는 세계, 넘쳐흘러서 사라져가는 영혼이여! 그러나 그동안에 진정한 밤이 찾아든 것은 아닌데도, 어스름은 지나가고 중간 세계는 소멸되어 있었다. 지나치게 밝을 만큼 광채를 더한 별들 아래에서 태양은 싸늘하고 어두운 붉은빛을 띤 채 금빛의 납 같은, 납빛의 금 같은 조수의 수평선에 아슬아슬하게 걸려 있었다. 실은 이미 물속으로 가라앉고 다만 이상한 굴절에 의해 반사광이 위에 떠올라 있음이 아닌가 하고 생각될 정도였다. 왜냐하면 아래의 세계에 사로잡혀 버린 듯, 대양의 밑을 달리는 스스로의 궤도의 반영에 지나지 않는 듯, 태양은 수평선을 따라 조용히 움직이기 시작했기 때문이다. 그 일대에 가로누운 성좌를 차례로 지나치면서 동쪽의 한 점을 향해, 아침을 가져다주며 새로이 거기에서 솟아오를 동쪽을 향해 태양은 똑바로 전진하기 시작했다. 밤 속에 체류하고 있는 태양, 그것이 반영인지 실체 그 자체인지, 반사광선이 움직이고 있는 것인지 실체가 움직이고 있는 것인지, 대지에 유폐되고 있는 것인지 천상의 자유 속에 있는 것인지 분명히 확인할 수는 없었다. 위의 세계와 아래의 세계는 일체의 지각을 소멸시키면서 선회하는 별의 궁륭의 장려한 광채 속에서 이제 헤어지는 일이 없으리라고 생각될 만큼 대범하게 하나로 얽혀 있었다. 마치 이 항해가 태양을 지향하고 있기라도 하듯이, 태양이 목표이기라도 하듯이, 그리움에 넘친 소년의 몸짓이 태양을 향해 있기라도 하듯이 키잡이는 빨갛게 작열하는 것의 궤도를 따라가고 있었다. 그리고 작은 배의 뱃머리는 극히 완만하게 회전하면서 줄곧 이 천체로 향하고, 이 천체가 인도하는 대로 회전하는가 하면 다만 회전하는 것처럼 보일 뿐인 때도 있고, 실제로 움직이는가 하면 움직이는 것처럼 보일 뿐인 경우도 있었는데, 진짜 움직임과 가짜 움직임을 구별하기는 점점 더 어려워졌다. 왜냐하면 밤 같으면서도 밤이 아닌 세계에서 일어나는 현상의 흐름에 따라서 작은 배는 터무니없이 길어지고 있었기 때문이다. 그 사실은 뱃머리에 서 있는 소년과의 거리가 멀어져가는 것으로도, 그의 등 뒤에 있는 키잡이의 기색이 느껴지지 않게 되어버린 것으로도 분명하게 알 수 있었다. 앞과 뒤로 늘어나는 배, 이 신장(伸長)의 힘은 항해 속도의 일부를 흡수하고, 속도를 증가시키고, 일체를 용서 없이 끌어들여 그 결과 마침내는 항해까지도, 밤까지도 완전히 정지시키고 주위에서 선회하면서 눈부시게 변화하는 것을 불변의 존재로 변화시킬 것임에 틀림없었다. 항해는 끝없이 완만해지고 그 정적 속에서 위와 아래의 궁륭은 별들의 광채를 비추면서 이 흐르는 듯한 정지 상태의 주위에 펼쳐져 있었다. 자기 자신을 비추는 조용한 영역의 눈초리, 물의 회색빛 눈과 그 위에 떠 있는 하늘의 더욱 깊은 회색 눈, 그 모두가 서로 용해되면서 펼쳐지고, 펼쳐지면서 맑게 빛나는 밤이 되고, 어스름이 되는 것이었다. 이 어스름 속에는 이미 시간의 지속도 없고, 생성도 없고, 이름도 없고, 우연도 없고, 기억도 없고, 운명도 없었다. 이미 누워 있음은 누워 있음이 아니었고, 서거나 앉는 것도 이미 없고, 있는 것은 다만 육체의 제약을 벗어난 관조, 배가 가는 대로 표류해가는 나부낌이 있을 뿐이었다. 몸은 아직도 작은 배의 중앙에 있었으나 이미 거기에서 해방되어 있었다. 최후의 질곡도 떨쳐버린 듯, 이미 잊혀져 기억에 떠오르는 일도 없었다. 예감이 마침내 현실로 된 듯, 예감 속에 떠돌던 자유로운 것들이 아련한 숨결이 되어 추억 속으로 되돌아온 듯했다. 떠도는 예감의 현실에 참여하려는, 스스로도 그 떠돎에 용해되어 들어가려는 소원이 점점 더 강해졌다. 추억 속에 되살아나지 않으면서 동시에 미래의 예감이기도 한 것 속에 용해되어 들어가자. 반지의 광채를 향해, 리사니아스를 향해 표류해가자. 리사니아스만이 아직도 이름과 운명과 기억을 가지고 있기에. 아아, 흔들리는 빛에 싸인 그의 곁에 당도할 수만 있다면! 리사니아스는 아직도 농가의 소년인지도 모른다. 그러나 어쩌면 9월의 냉랭한 날개를 펼치고 천상의 기운과 같은 진동에 흔들리고 있는 천사인지도 모른다. 아아, 그 날개를 만질 수 있다면, 다시 한 번 그 다정한 모습을 대하기 위해 저쪽으로 표류해갈 수 있다면, 그것을 깊이 더듬어 밑바닥에 나타나는 별의 고리의 부드러운 빛을 찾을 수만 있다면. 아아, 이 소원은 점점 더 강해졌다. 동경을 가리키는 자에 대한 동경, 과거를 간직하고 있는 부드러운 회색의 술렁임에 대한 동경이 점점 더 고조되었다. 이별에의 온갖 두려움 속에서 최후의 모습만이라도 단단히 붙잡으려 하는 그지없이 애절한 소원, 이별의 두려움에 떨면서 최후의 지각을 필사적으로 거부하는 그지없이 애절한 동경이 점점 더 고조되었다. 비록 미래를 예감하는 영혼이, 아무리 모든 것에서 해방된 궁극적인 자유를 갈망하더라도 항해라는 중간 상태를 떠나 제2의 무한 속으로 뚫고 들어간다는 것은 역시 괴로운 일이다. 그리운 과거의 무한 속으로 되돌아가는 일은 엄격하게 금지되어 있었으나 명백한 미래를 위해서 과거의 총체적인 의미를 가진 존재를 깨끗이 단념하라는 명령은 더욱 가혹했다. 설사 소년이 아무리 분명하게, 아무리 그리움을 담고 다가올 미래의 존재를 가리키고 있다고 해도, 존재하는 애매모호한 다의성은 가릴 수가 없었다. 소년을 둘러싼 광채는 모호하게 되비치고, 태양은 빨갛게 작열하고, 별들은 반짝이고, 달은 흐릿한 금빛 광선을 내뿜고, 반지의 빛은 방향을 잃고, 그 결과 과거와 미래의 존재는 오직 하나의 희미한 빛으로 용해되고, 어둡고 희미하게 빛나는 바다와 하늘의 광채는 길을 가리키는 정령의 모습에서 발산되는 광채와 복잡하고 모호하게 뒤얽혀 있었다. 그리고 설사 이 정령의 모습이 그대로 변함없이 존재한다고 하더라도, 미래를 가리키는 자세가 그대로 계속 유지된다고 하더라도 그것은 일찍이 존재하고 있던 것의 온갖 다양성, 다의성 속에 남김없이 잠겨 있었다. 끊임없이 변화되는 형태에 의해서 그 불변성을 손상당하고 있었다. 그 변화되는 모습들은 어떤 때는 케베스의 것이었고, 어떤 때는 알렉시스의 것이었고, 때로는 다른 누구보다도 덧없는 회상처럼 떠오르는 아이네이아스의 모습이기도 했다. 어느 얼굴이나 이름을 갖지 않고, 떠오를 때마다 본래의 리사니아스의 용모에 의해 가려져 있기는 했으나 바로 그렇기 때문에 과거를 미래 속에서 구하게 하려는 유혹, 앞을 향해 가리키는 것 속에 숨은 퇴행에의 유혹이었다. 그렇기는 했으나 그것은 이미 유혹은 아니었고 새로운 하나의 지각이었다. 왜냐하면 소년은 손으로 만져볼 수도 없는 영역에서 떠돌고 있었기 때문에 아무리 보아도 유혹자는 아니며, 안내자도 아니었고, 다만 길을 가리키는 자, 전방을 가리키는 자 이외의 아무것도 아니었기 때문이다. 앞으로 내밀어진 그의 손을 아래로 내려가게 하지 않으려면 절대로 그 손을 만져서는 안 되는 것이었다―그것은 고별이었다. 분명히 소년의 표정 속에 간직된 떠도는 듯한 미소에도 그와 똑같은 노골적이고 자각적인 고별이 깃들어 있었다. 그리고 이 고별은 그와 소년이 함께 자기 것으로 만든 지각, 중간 영역은 이미 사라지고, 제2의 무한이 시작되고, 그 속에서 항해는 정지했다는 지각, 배후의 뱃머리에 도사린 수로 안내인, 보호와 도움의 길을 뻗치고 안식을 가져다주는 그 인물만이 앞으로의 안내자 구실을 해주게 될 것이라는 지각이었다. 그만이 궁극적인 임무를 수행할 안내자였다. 점차 넓어지는 거리의 간격을 무릅쓰고 뛰어넘어 다만 그만이 부드럽게 보호하는 손으로 영혼을 품어 안아줄 힘을 갖추고 있었다. 그리고 영혼은 이 손길에 가까이 다가가 그 속에 눕고 기대고 그 도움을 빌어 몸을 일으키면서 사랑의 명령에 순순히 따르고, 그리하여 두려움 없이 지각에 도달할 수 있을 것이다. 안식과 동경에 둘러싸인 긴장 속에서 떠돌고, 두 개의 무한 사이에서 떠돌며, 기대 아닌 기대 속에서 지각이 찾아오기를 기다리는 영혼. 예감 속에서 떠도는 동경은 떠도는 성취가 되었다. 뱃머리에 선 소년과 마찬가지로 지각은 떠돌면서 앞을 향해서 나아가고 똑같은 떠돎 속에서 항해는 휴식을 찾아 전진했다. 그리고 이 전진이 계속되면 될수록, 밤과 밤의 작은 배가 늘어나면 늘어날수록—얼마 동안이나 그것이 계속되고 있는지, 얼마나 늘어났는지 헤아릴 수도 없고, 밤의 광채는 그림자에 묻히고 그림자로 넘치고—떠도는 소년의 모습은 점점 더 덧없이 엷어지고, 점점 더 노출되고, 별의 광채와 그림자에 기대고, 몸에 걸친 것을 벗어던지고, 몸에 걸친 것뿐 아니라 한 점의 흐림도 없이 투명해질 때까지 온갖 것을 벗어던지고 있었다. 서로 기대고 얼크러져서 떠도는 밤과 소년, 오오, 그 투명함이여. 아직은 아닌, 그러나 이미—이것은 현실의 앞뜰이 아닌가? 모든 태양과 달과 별이 광휘에 넘쳐서 돌고 있는 고향의 앞뜰이 아닌가? 소년은 저쪽으로 손을 내밀고 있었으나 그가 가리키는 것은 방향도 없이 흩어지는 광망의 세계였다. 그 가리키는 쪽으로 작은 배는 향하고 있었으나 그 움직임은 거의 정지와도 같았다. 작은 배는 길게 늘어나면서 무한의 경계에까지 접근하기 시작했다. 거기에 있는 것은 밤의 지각으로서 아직도 낮의 지각은 아니었고, 이윽고 찾아올 미래의 지각을 둘러싼 지각에 지나지 않았으나, 그러나 이미 완벽한 지각, 어떤 기운이나 물의 흐름보다도 대범하고 다정한, 도도하게 넘치는 지각의 조류였다. 물론 대기나 물의 흐름과 하나가

되어 똑같은 항구성을 지니고 같은 하늘 밑에 펼쳐져 있기는
했지만—그것은 정적이었다. 변하는 일 없이, 그러나 높여진
평면의 새로운 정적 속으로 들어가려고 하는, 새로운 정적을
맞이할 준비를 갖추고 있는 정적이었다. 그것은 지각이었다.
변하는 일 없이, 그러나 새로운 지각과 연결되려 하고 있는, 새
로운 지각을 맞이할 준비를 갖추고 있는 지각이었다. 마치 정
적과 지각에 떠받들려진 듯이, 마치 드높이 추켜올려져서 무게
를 잃기라도 한 듯이 저쪽으로 활주하고 있는 것은 이미 작은
배가 아니었다. 다만 무한 속에 떠도는 밤의 어떤 모습, 이미
물에 닿지도 않고 금방이라도 무한 속으로 용해되어 들어가지
나 않을까 싶은 형상이었다. 스스로 무한이 되고, 스스로 휴식
의 준비를 갖춘 그 형상은, 방향도 정해지지 않고 엿볼 수도 없
이 뻗어 있는 무한을 향해, 밤의 무지개를 향해 표류하며 전진
했다. 밤의 무지개 역시 똑같이 떠돌면서 휴식할 때의 떠도는
문이 되고, 일곱 가지 빛으로 물들여져서 동쪽에서 서쪽으로
걸쳐지고, 물속에 잠겼으면서 그러나 물에 닿고 있지는 않았
다. 정지한 것이라고 생각될 만큼 주저하는 태양의 걸음과도
같은 느린 동작으로 더없이 완만하여 거의 깨달을 수도 없을
만큼 슬며시 작은 배는 용해되어 사라지기 시작했고 차츰 시야
에서 자취를 감추었다. 그리고 아까까지 뱃머리의 첨단이 있던
근처, 희미하게 흐려진 아득한 앞쪽에서는 리사니아스의 모습
이 둥실둥실 떠올라서 작은 배의 앞쪽으로 날아올랐다. 밤의
세계 속에서 찬란하게 빛나며 날아오르는 안내자의 모습, 길을
가리키는 손, 빛나는 인도의 손. 이때 밤은 마치 적멸(寂滅)의 운
명을 눈앞에 두고 다시 한 번 완벽한 차안(此岸)의 장려함을 펼

쳐 보이려는 것 같았다. 이때 별들은 한층 광채를 더하며 일찍이 없었을 만큼 무수히 무리 지어 모여들었는데, 그것은 마치 최후의 인사이자 최후의 임무를 다하려는 모습 같았다. 지상 최후의 아름다움을 비추기 위해 무리 지어 모이고, 은하를 꿰뚫으며 모든 별은 하늘 가득히 한꺼번에 모습을 나타내고 있었다. 물론 지금은 이미 뒤를 돌아보는 것은 허용되지 않았지만, 그 별들은 모두 말로 다할 수도 없을 만큼 깊이 알고 있던 존재들이었다. 모든 별의 하나하나의 표정, 그 이름, 그 아름다움, 비록 그 이름은 벌써 망각의 공간에 들어갔다고 하더라도, 비록 그 아름다움이 일체의 아름다움을 초월했다고 하더라도 여기에 나타난 것은 제1의 추억 공간 속에 있는 별들의 제2의 추억 공간으로서 용(龍)의 표상*으로 지켜지는 싸늘한 천극(天極)을 돌고 있었다. 그 무수히 많은 별은 이미 모습을 감춘 별까지도 다시 한 번 조수 속에서 그 빛을 반사시키고 있는 것처럼 생각될 정도였다. 북쪽에는 반짝이는 전갈의 다리가 잘난 체 꿈틀거리고, 사수는 활에 화살을 꽂아 그것을 쫓고, 동쪽에는 뱀이 길게 누워서 불꽃을 뿜는 대가리를 치켜들고, 그리고 서쪽 하늘 멀리에는 다른 어느 별보다도 이별의 준비를 갖추고 대지를 박차 샘을 솟게 하는 발굽을 가진 천마 페가수스가 하늘의 궁륭 언저리, 눈부신 광휘의 언저리에서 쉬고 있었다. 이 눈부신 광채는 궁륭의 밑바닥까지 맑게 비추어 수정 같은 근원의 본질을 드러내고 있었다. 이상하게 낯익으면서도 미지의 모습이었다. 그 속에 깃든 일체의 것과 마찬가지로 깊은 내면의 본

*용좌. 이하 모두 성좌의 묘사이다.

질을 꿰뚫어 보는 시각만이 그것을 볼 수가 있었다. 그것은 가깝고도 멀게, 멀면서도 가깝게 기대에 찬 지각과 합일하였다. 눈부신 궁륭의 별이 반짝임에 따라 기대는 더욱더 부풀어 오르고, 만유는 그 밑바닥까지 눈에 비치고, 그 인식하면서 인식 당하는 영위는 영원히 사라지지 않고, 만질 수도 바라볼 수도 부를 수도 엿볼 수도 없는 별의 표정은 하늘 깊은 곳의 반짝임 속에 투명한 나신이 되어 날아가는 소년의 모습이 나타났다. 리사니아스의 모습, 이상하게 변용되어 앞으로 앞으로 나아가면서 그러나 그 자리에 머물러 있는 모습, 정령의 모습, 성좌의 상, 상징의 상. 그것도 마찬가지로 근원적인 본질로 변하고, 반짝이는 만유의 특성으로까지 변하고, 활짝 열린 만유의 궁륭 속을 날아서 일곱 빛깔 무지개의 문에 맞아들여지고, 문을 지나서 날아가버리는 것이었다. 그동안에, 아니 이 일이 일어나기 전에 뱀은 빨갛게 타오르고, 동쪽 수평선 전체가 타오르고, 무지개의 일곱 빛깔은 빨갛게 타오르는 빛 속에 순식간에 사라지는 상앗빛의 띠가 될 때까지 바래졌다. 이때 태양이 궤도를 벗어나 서서히 상승하기 시작했기 때문이다. 느껴지지 않을 만큼 느릿하게, 일체의 무게를 던져버린 듯, 무게에서 해방되어 떠돌고 있는 듯, 무한한 별들이 인도하는 정령의 모습에 실리고, 일어나는 일체의 현상에 떠받들려서 상승하는 것이었다. 이런 현상 속에서 온갖 것이 서로를 규정하고, 움직임은 움직임에 거역하는 힘과, 정지는 정지에 거역하는 힘과 서로 결합하고 뒤얽혀 일체의 존재의 본질을 이루는 근저에서 서로의 모습을 반영하고 있었다. 이것은 변화이자 휴식이었다. 영원한 휴식 속에 있으면서 지극히 변하기 쉽고, 영원한 변화 속에 있으면서 지극히 안온하며 다만 어느 경우에나 극도의 진동을 수반하고 있었다. 휴식하면서 변화하는 격심한 진동, 그 진동은 마침내는 천체의 침묵의 노래로 변했고, 태양이 상승하자 조용한 심벌즈의 음향이 울려 나왔고, 그 불길의 원반을 향한 정령의 모습에서는 상아의 하프 소리가 울려 나왔다. 그리고 술렁이는 별들은 이 침묵의 소리에 끌려서, 바라보며 귀를 기울이는 만유 속에서 상승하는 지각으로 변했다. 점점 밝아지는 새벽의 광선 속에서 별빛은 차츰 희미해져갔으나 어느 하나도 사라지는 것은 없었다. 하나도 빠짐없이 궁륭 속에 머물고 있었다. 말로는 다할 수 없이 밝은 표정을 띤 별의 얼굴, 그 정령의 모습은 수정의 세계로 날아가고 태양을 향해 달리면서, 일찍이 작은 배였던 몽롱하게 떠도는 형상에서 지금은 완전히 떨어져 나가 있었다. 이미 최후의 이별을 고하고 있었다. 스스로의 광채로 엮은 빛의 망토에 감싸이고, 최후의 변용과 궁극의 행복을 가져다줄 주위를 비추면서, 점점 더 억세어지고 점점 더 사랑스러워지면서, 무명 속으로 멀어져간 소년의 얼굴은, 그 얼굴 그대로, 그러나 이름을 바꾸어 플로티아 히에리아의 모습으로 바뀌었다. 소년이 플로티아와, 플로티아가 소년과 하나가 되었다. 희미하게 사라지며 떠도는 듯한 안내자의 몸짓을 소년에게서 물려받은 플로티아는, 반지를 낀 손으로 동쪽을 가리켰다. 그녀를, 이 새로운 안내자를 맞이하기 위해 뱀은 몸뚱이 마디마디를 번득이면서 붉게 타오르는 하늘을 더욱 높이 기어오르고 태양의 불에 상기되어 빛나면서 동쪽을 지배하고 있었다. 한편 서쪽에서는 한낮의 빛에 쫓긴 날개 달린 천마가 퇴색하면서 가라앉고, 말 잔등에 올라탄 채 키잡이의 모습도 사라져갔다. 그의 가혹한 임무는 끝나 사슬은 부서지고 말았다. 태양을 향해서 그는 배를 몰고 있었으나, 지금 그 태양 앞에서 그는 물러가고 있었다. 오오, 최후의 변용! 정령의 모습, 그것은 애초에는 제1의 무한에서 위안을 주는 회상으로서 이곳에 파견되어, 이제 제2의 무한 속에서 길을 안내하는 희망으로 변해 있었는데─밤이 지난 지금에 와서는 그 모습조차도 사라져야만 하지 않을까? 그것조차도 미지의 영역으로 귀환해야 하지 않을까? 높여진 평면의 높여진 지각 속으로 귀환해야 하지 않을까? 상아 같은 미소를 발산하며 정령은 앞으로 날아갔다. 그 육체는 형체 없는 빛 속에 몰입하고, 별이 총총하게 박혀 있는 휘날리는 그 머리칼은 차갑고 고운 불길이었다. 그와의 거리는 더욱 벌어졌다. 길을 안내하는 반지 낀 손은 이미 도달할 수 없는 경계에 닿아 하늘의 궁륭을 만지고 있었다. 그럼에도 불구하고 이것은 실종은 아니었다. 체류였다. 한낮의 그것으로 변한 빛 속에 얽혀 들고 결박되어 이곳에 계속 머물고 있는 정령의 모습, 마치 이 변용과 아까까지 전방에서 떠돌고 있던 소년이 거친 저 최초의 변용이 하나의 것이듯, 서로가 상대를 규정하고 서로가 상대 속으로부터의 탄생을, 상대 속으로부터의 개화를 경험하고 있는 듯했다. 한낮은 꽃을 피우며 분명히 거기에 존재했고, 그 태어난 원천인 승천의 불이 꺼져버린 뒤에는 다시 계속 꽃을 피우며 다정한 결박의 영역으로 들어가 자신의 빛 속에서 쉬며 스스로의 내면에 변용을 맞이하고 있었다. 그리고 한낮과 더불어 눈에 보이는 세계도 다정한 변용의 힘에 결박된 채 그곳에 머물러 있었다. 부드러운 금빛 광선은 푸른 하늘 한가운데서 변용하고, 부드러운 힘에 사로잡혀 그 광채로써 수정과 같은 한낮의 궁륭을, 사랑스럽고 다정한 무한의 수정을 짊어지고 별의 얼굴을 녹여 빛이 없는 어렴풋한 것으로 변화시켰다. 그 결과 눈부신 무수한 별은 그것들 모두를 감싸는 밝은 푸르름에 압도되어 빛을 뿜지도 못했다. 그리고 별은 은빛 단백석(蛋白石)처럼, 달의 희미한 원반은 은빛 우유처럼, 밤의 광채의 추억인 듯 하늘에 매어진 고리는 상앗빛의 한숨처럼—, 그리고 지금은 플로티아의 손에 끼워진 반지에서 뿜어지는 빛도 용해되어 사라져서 광채를 잃어 하늘의 상앗빛보다 더욱 희미한 한숨이 되어 있었다. 순식간에 사라지는 그 숨결이 떠도는 플로티아의 모습을 감싸자 사랑스러운 그 모습도 한숨처럼 엷어지고, 한숨 속으로 흘러드는 한숨이 되어서 끝없이 투명한 궁극적인 형태로 높여지는 것이었다. 그것은 진줏빛 하늘에 아련하게 떠오르는 단백석의 빛이었다. 여행은 끝났는가? 이제 이것으로 끝이 났는가? 배는 이미 필요가 없었다. 그는 공중을 떠돌며 물결을 건너서 전진했다. 주변에는 변천을 모르는 봄날 아침의 정적이 있고, 휴식과 휴일의 숨결이 자욱했다. 물의 거울에서 하늘로 토해지고, 하늘에서 금빛으로 물들여진 물로 토해지는 숨결, 입김을 주고받는 위의 세계와 아래의 세계, 다함없는 봄의 숨결 속에서 일체가 된 태양의 휴식, 별의 휴식, 바다의 휴식, 그리고 이 궁륭 밑에 궁륭에 의해서 올려지고 그 힘에 의해 만들어진 동시에 이 궁륭을 만들어내고 그것과 힘을 합쳐 조수 속에서 솟아나 드높이 구축된 기슭이 있었다. 그것은 어떤 비유로부터도 해방되고 상징의 그림자도 간직하지 않는 현실, 기대 아닌 기대 속에서 기다려지던 진실의 여로의 끝이었다. 가벼운 미풍이 불어와서 떠돎은 더욱 가벼워지고, 아주 순조롭게 미풍의 나부낌을 따라 실려 갔다. 기슭에는 아침의 빛에 감싸여 플로티아가 서 있었다. 떠돌던 동작을 멈추고 그 기슭에 내려서는 뒤따라오는 그를 선 채로 기다리고 있었다. 그리고 그녀의 머리 위에는 그녀와 하늘 양쪽에 속하는 하나의 별이 단백석 같은 따스한 빛을 반짝이고 있었다. 아침 햇살에 잠겨 아련하게 반짝이고 있었다. 만일 이 별의 반짝임이 존재하지 않았다면, 이 외톨이 별의 다정한 반짝임이 궁륭에 집요하게 퍼지지 않았다면—다시 깨어나서 점점 더 밝음을 더하는 금빛 광선 속에서 이 집요함은 이상하리만큼, 그러나 한편 아무것도 이상할 것 없다는 당연한 표정이었다—만일 그렇지 않았다면, 이것은 거의 지상의 봄날 아침이라고 해도, 밝고 맑은 빛 속에 조용히 다시 눈뜬 삶이라고 해도 좋았을 것이다. 플로티아의 얼굴도 지상에 있었을 때와 거의 변함이 없었다. 빛의 망토도 이제는 어깨에 걸쳐져 있지 않았고, 손에는 반지도 없고, 따라서 거기에서 내뿜는 빛도 없었다. 그러나 그녀의 길잡이로서의 몸짓은 아직 끝나지 않고 있었다. 그녀는 하늘을 가리키고 있었다. 마치 광채를 퍼붓고 있는 저 별에게 반지를 내맡겨버린 듯했다. 그리고 그녀의 반지의 광채는 별의 광채에 흡수되어 별의 눈길과 하나가 되어 영원하고 조용한 각성으로 변한 듯했다.

나무들이 기슭을 에워싸고 있었다. 그 사이를 누비며 육지쪽으로 향하는 완만한 경사의 오솔길은 나뭇잎의 그림자에 점점이 얼룩져서 빨리 오라고 손짓하고 있었다. 물은 영원한 거울 속에 조용히 넘실거리면서, 그러나 날쌔고 가볍고 흰 물마루로 기슭을 씻으며 희미한 거품이 이는 소리를 뒤에 남겼다.

그것은 마치 알아들을 수도 없는 침묵의 세계에서 울리는 소리 같아 중얼거리면서 밀려올 때도, 찰랑찰랑 흐르듯이 빠져나갈 때도 다정한 부드러움에 넘쳐 있었다. 유동하는 세계는 그의 등 뒤에 있고, 단호하게 움직이지 않는 세계가 앞에 있었다. 그 모두가 한이 없었고, 그러나 또한 서로가 경계를 무시하고 융합되어 있었다. 상륙임에는 틀림없었으나 아직도 여로의 끝은 아니었다. 왜냐하면 이전의 세계는 이미 존재하지 않았고, 그렇다고 이후의 시간이 시작된 것도 아니었기 때문이다. 딱딱한 대지를 발밑에 느끼기는 했으나 서 있는 것도 걷고 있는 것도 아니고 오히려 운동의 중간 상태에 있었다. 미풍에 실려 가는 자세 그대로 거기에 머물며 한계가 없는 한계 속에 포착되고, 끝을 모르는 존재의 중심점에 사로잡혀 있는 상태였다. 온갖 것을 끌어당기고 온갖 것을 확보하여 내계와 외계를 통일시키는 중심점, 그 중심점의 침묵—그것이 도달한 곳은 과연 존재의 중심점인가? 여기에는 한 그루의 나무가 높이 솟아 있었다. 느릅나무 같기도 하고 물푸레나무 같기도 한 그 나무는 금빛 과일을 매달고 있었다. 그 성긴 가지를 통해 별이 빛났다. 그 빛 속에서 플로티아의 눈길, 그녀 눈길의 메아리, 그녀의 환영의 인사가 용해되고 있는 지금, 위의 세계와 아래의 세계의 묵계는 추억에서 벗어난 새로운 서로의 인식이 되고, 어떤 인사보다도 깊이 마음에 스며들어 휴식과 운동이 혼연일체가 되었다. 내계와 외계는 이미 구별할 수가 없고, 어디에서 이 모든 현상이 일어나고 있는지, 숲이 이쪽으로 다가오고 있는지, 아니면 그가 숲을 향해서 실려 가고 있는지 전혀 확인할 수도 없는 채, 머무름과 전진 사이의 경계는 하나로 용해되어 있었다.

확실히 상륙은 하고 있었으나 이 상륙이라는 행위에는 끝이 없었다. 발로 밟기에는 너무나도 가볍다고 느껴지는 대지 위를 걷는, 거의 아무런 변화도 볼 수 없는 줄기찬 활주, 다만 그 대지도 플로티아의 가벼움에 비해서는 무거웠으나 이쪽으로 향해서 표류하려는 이 활주에 그만이 아니라 플로티아까지도 말려들고 있었다. 두 사람 모두 그렇게 하지 않을 수 없었지만, 그러나 그것은 자발적인 행위이기도 했으며, 조심스럽게 망설이곤 하는 플로티아의 걸음은 그의 걸음과 마음을 하나로 모으고 있었다. 그녀는 아무 거리낌 없이 사랑스러운 나신을 드러내고 있었다. 그야말로 당연하다는 듯한 모습에 싸여서 그녀의 전신(前身)이었던 소년의 천재성은 발가숭이가 되어 있었다. 그리고 발가벗지 않은 나신의 귀여운 청순성은, 침묵의 천체의 노래를 맞이하면서 그 노래의 마중을 받고 그 천상의 울림, 침묵 속에 영원히 울리는 그 음향 속에 용해되어 들어가 있었다. 나신? 그렇게 말하면 그 자신도 발가숭이였다. 그 사실을 깨닫기는 했으나 실은 깨달았다고도 할 수가 없었다. 그만큼 이 발가벗은 상태에는 수치심이 따르지 않았다. 플로티아 또한 조금도 부끄럽다고 생각지 않는 것 같았다. 그녀의 매력은 충분히 느껴지기는 했지만 이미 그는 그녀를 여자로 볼 수는 없었다. 다만 가장 내면적인 본질을 바라보고 있을 뿐이었다. 그녀를 육체로 보지 않고 더할 수 없는 투명한 실체로 바라보고 있었다. 이미 여자로서가 아니라, 처녀로서가 아니라, 인간적인 일체의 것에 생기를 부여하는 미소로서, 미소가 되어 열린 인간의 표정으로서 보고 있었다. 이 얼굴은 수치심에서 해방되고, 스스로를 넘어 언제 충족될지 모를 성취를 위한 고생스러운 준비를 위해 아득한 세계로 사람의 마음을 유인하면서, 스스로도 아득히 멀어져가는 사랑으로 높여지고 있었다. 처녀의 서늘한 빛 속을 떠도는 별을 웃으면서 가리키는 사랑스러운 모습은 기이하게 감동스럽고 기이하게 싸늘하였다. 끝없이 아득한 천상의 그지없는 밝음을 향한 이 동경은 성에서 해방된 처녀다운 그 투명성 때문에 기묘하게 싸늘한, 아니 거의 순진무구한 느낌까지도 지니고 있었다. 더욱이 이 동경에 찬 행위는 동시에 성취이기도 했다. 왜냐하면 위의 세계와 아래의 세계를 가르는 투명한 어스름의 층이 모든 지상의 것들을 차단하고, 지상의 동경의 노래가 무한한 천상계로 침투하는 것을 거부해 노래는 꿰뚫을 수도 없는 벽에 부딪쳐서 메아리로 변했기 때문이다. 그 영혼의 메아리, 침묵의 내면에 있어서는 말할 것도 없이 불완전한 메아리, 그 동경하고 희구하는 천상의 노래는 더욱 불완전한 메아리로 변한다. 천상과 지상을 가로막고 있는 이 메아리의 벽은 초지상적인 기적이 일어날 때, 내부와 외부가 융합될 때, 자기와 만유가 합일할 때 당장에 해체되어 사라지고 만다. 동경이 충족되고 천상의 노래가 내부와 외부에서 동시에 울려 퍼지는 이때, 이미 어떤 지상의 노래도, 동경의 노래도, 사랑의 노래도, 어쩌면 하늘을 가리키는 몸짓조차도 필요하지 않는 이때, 플로티아 내부의 본질은 만유의 특성으로 변하고, 이 지상과 세속적인 우연한 발생을 지양하고, 또한 아득한 세계로 초월하게 하는 저 일체를 포섭하는 타당성으로 변하고 있었다. 우연과 우연의 형태에 얽힌 치욕을 지양하고, 우연에서 해방되고 치욕에서 해방된, 아득한 원초적인 무구(無垢)가 지닌 위엄을 드러내고 있었다. 궁극적인 동시성 속에 숨은 무구 속을 그들은 걸어 나오고 떠돌며 나왔다. 궁극적인 본질의 무구, 그것은 아무리 형태의 변화가 일어난다고 해도 변함없이 머무는 동일성, 아무리 실질이 변화하고 오류의 변전이 빈번하더라도 변하는 일이 없는 영원한 진실이었다. 그들은 무구 속을 걸어서 빠져나갔다. 아무런 척도도 지니지 않고, 애당초 척도를 가지고 잴 줄도 모르는 다정하고 그러면서도 무서운 무구, 그 척도를 지니지 않았다는 점에서도 거기에 담겨진 동시성의 정밀함에 있어서도 다정하고 무서운 무구—진실하기 때문에 다정하고 무섭게, 아침 녘의 명랑한 고요도 헤아릴 수 없는 별이나 인간이나 동물이나 식물의 얼굴의 메아리도 모두 끝없이 거기에 펼쳐져 있었다. 이곳, 헤아릴 수 없는 무한한 정원의 한가운데에 그 사랑스럽고도 무서운, 무섭고도 사랑스러운 것 속으로 그들은 돌진해 나갔다. 무구한 나신을 축복받으며 나신의 죄에서 해방되어 걸어 들어갔다. 숲은 어슴푸레한 그늘을 펼치고, 꽃은 나무보다도 높이 자라고, 꽃들 사이에는 왜소한 나무들이 늘어서 있었다. 어떤 종류의 식물이든, 떡갈나무든, 너도밤나무든, 양귀비든, 육계든, 수선이든, 흰 오랑캐꽃이든, 백합이든, 풀이든, 덤불이든, 마음먹은 대로의 크기로 자랄 수 없는 것은 하나도 없었다. 조용한 동시성 속에는 헤아릴 수 없는 것들이 서로 연결되어 있고, 송악에 휘감긴 단단한 풀 줄기는 탑처럼 높이 솟아오르고, 그 옆에는 샘물에 젖은 이끼가 덤불처럼 퍼져 있고, 그 하나하나가 독자적인 존재이면서도 그 주위에 넘치고 있는 어슴푸레하고 명랑한 정적 때문에 서로 용해되어 있었다. 돌처럼 싸늘하게 찰랑찰랑 흐르는 숨결이 되어 걸어가는, 둘을 감싸고 있는 조용한 푸르름 속에는 그 깊은 뿌리

밑바닥에 어둠이 괴어 있었다. 식물을 높게 세워주고, 그 섬유의 말단에 이르기까지 모두 잠기게 하는 뿌리의 캄캄한 심연, 마지막에 나타난 얼굴의 반영, 그 속에는 별이나 인간이나 동물이나 식물의 얼굴이 다시 한 번, 이번에는 지상 쪽에서 반영되고 굳게 결합하여 지상의 삶의 궁극적인 통일을 형성하고 있었다. 그것은 더할 수 없이 깊은 지상의 얼굴과 어머니의 그림자에 뒤덮인 그 편안한 되비침이었다. 이때 저쪽으로 가는 방랑의 걸음, 방황하는 표류는 휴식으로 변하고 안식 속에 흘러가는 모습이 되었으며, 조용한 미소를 머금은 만유 속으로, 월계수의 향기가 그윽한 희망으로 용해되어갔다. 그리고 주위에는 동물들이 쉬고 있었다. 지상의 휴식, 식물 같은 휴식 속에 있었다. 그 휴식은 끝이 없었고, 그 광경은 끝이 없었고, 대충 훑어보아도 자세하게 들여다보아도 그들의 모습은 헤아릴 수가 없었고, 모두가 암흑에 잠긴 채 깊이깊이 잠들어 있었다. 깨어나자 그들의 눈은 지나가는 자들의 뒤를 쫓았다. 두려운 빛도 없이 사자 옆에 누워 있던 소는 크게 눈을 부릅떴지만 두 사람을 위협하는 기색은 없었고, 아치 모양으로 늘어진 거대한 두꺼비 같은 너도밤나무의 가지 사이에서 긴 목을 늘이고 노란 용의 눈을 멀뚱거렸고, 늑대의 모습을 한 두꺼비 비슷한 것이 수련과 아칸서스 사이에서 눈을 끔벅거렸고, 독수리 같은 머리를 가진 작은 새가 흰 꽃을 피운 쥐똥나무 위에서 날카로운 눈을 번뜩이면서 수상쩍다는 듯이 몸을 흔들어댔고, 몇 자나 되는 긴 관 같은 다리를 가진 곤충은 갑각에 뒤덮인 몸을 구부려 걸어가는 두 사람을 눈꺼풀이 없는 눈으로 꿈쩍도 하지 않고 바라보고 있었다. 그들 중에는 일부러 몸을 일으켜 두 사람을

따라오는 놈까지 있었다. 다만 뱀만은 길게 꿈틀거리고 몸을
녹색으로 번뜩이면서 풀이나 잎 무더기가 금빛으로 빛나는 풀
숲 사이로 미끄러져 들어갔다. 멋대로 무성한 덤불숲에는 붉은
빛을 띤 포도송이가 매달려 있었고, 딱딱한 떡갈나무의 껍질에
서는 꿀 같은 진이 흥건히 흘러내리고 있었다. 잿빛을 띤 녹색
의 마르멜로, 밤, 밀랍처럼 노란 자두, 그리고 황금빛의 사과가
온 숲 속에 매달려 있었는데, 허기를 채우기 위해 그러한 과일
에 손을 댈 필요도 없었고, 기분을 상쾌하게 하기 위해 물 위에
몸을 굽힐 필요도 없었다. 눈에 보이지 않게 표류해오는 것이
저절로 허기를 채워주고, 기분을 상쾌하게 만들어주었는데, 그
것은 마치 수치심에서 해방된 무구가 보내는 어떤 미소의 힘
같았다. 뜰의 대범한 미소에서, 헤아릴 수도 없이 엄청난 뜰의
깊이에서 보내는 이름도 없고 말도 없고 얼굴도 없는 미소, 그
것이 조용히 자기 자신 속에 머물며 휴식을 취하고 있었다. 강
위에 아치를 그리고 있는 꽃향기는 햇살이 쏟아지는 가운데 나
무에서 나무로 걸쳐져 있었다. 두 사람이 어디로 걸음을 옮기
든, 강을 따라 전진하든, 황금빛으로 나부끼는 발을 빠져나가
든, 눈에 보이지 않는 다리를 건너가든, 또한 두 사람이 어디에
당도하든 머리 위에는 항상 부드러운 아침 녘의 별, 샛별이 동
녘 하늘에 축복을 가져다주는 태양의 전조로서 빛나고 있었다.
빛을 싣고 오는 다정한 별, 그 자신의 빛은 없어도 그러나 무한
한 빛을 예감케 하는 별, 그리고 일곱 빛깔 무지개의 아련한 되
비침은 진주 빛으로 물들고, 만유의 궁륭 속으로 그 최후의 메
아리가 울려 퍼지고 있었다. 봄의 아득함과 봄의 평화로움으로
산들이 솟고, 웃음의 형상을 지었다. 발가벗은 채 미소 짓는 바

위들이 조용히 아직 녹색으로 뒤덮이지 않은 골짜기의 회백색 암벽과 더불어 하늘을 향해 치솟으려고 몸부림을 치고 있었다. 그러나 아득히 높은 앙상한 바위의 산정에는 풀밭이 금빛으로 빛나면서 파릇파릇했고, 다시 그 위에는 단백석 같은 별이 무수히 박힌 투명한 하늘이 펼쳐져 있었다. 그곳을 천천히 선회하는 독수리나 매는 풀을 뜯고 있는 어린 양이나 숲 언저리에서 느긋하게 나뭇잎을 먹고 있는 어린 염소를 덮치려고 하지도 않았다. 숲 언저리에서는 어둡게 나무 그늘에 덮인 경사면이 녹색의 골짜기를 형성하고 있었다. 그리고 이곳, 시냇물이 목장과 녹색 갈대 기슭 사이를 싱그럽게 누비면서 희미한 물소리를 내며 흘러가고 숱한 못이 하늘의 별을 비치고 있는 이곳에서는, 온화한 흐름 속에 동그란 눈을 가진 물고기들이 움직이지 않고 쉬고 있었다. 투명한 깊은 물속에 그들의 그림자가 어른거리고 있었으나 그 위 하늘 높이 날고 있는 왜가리가 그들을 덮치는 일은 없었다. 햇빛이 있고 그림자가 있었다. 그러나 여기에 있는 것은 빛과 그림자만이 아니었다. 단백석의 빛깔로 그늘진 상공의 밝고 둥근 궁륭은 다만 하늘이라기보다 그 이상의 것이었고, 아래의 뜰은 땅 이상의 것이었기 때문이다. 그리고 위의 세계도 아래의 세계도 끝없이 펼쳐져 있기는 했지만, 궁륭도 뜰도 끝이 없기는 했지만, 어느 것도 한계가 없는 것은 아니었다. 양쪽 모두 진실의 무한, 제2의 무한에 감싸여 있었다. 사물의 모습을 빛과 그림자가 아니라 전적으로 그 내부의 본질에 의해서 구별한 결과, 어둠과 빛은 서로 용해되어 별과 그림자를 동시에 겸하고 있지 않은 것은 위에서나 아래에서나 하나도 찾아볼 수가 없었다. 인간의 정신까지도 별로 변하여 이제는 언어라는 그림자를 던지는 일도 없었다. 정신은 휴식 속에 있었다. 그리고 이곳을 방황하는 두 사람은 별이기도 하고 그림자이기도 했다. 그들의 영혼은 언어에서 해방되어 손에 손을 잡고 나아갔다. 언어에서 해방된 차분한 휴식 속에서 그들의 마음은 서로 통하고, 뒤를 따라온 동물들도 이런 의사소통을 느끼고 있었다. 휴식을 취하며 그들은 걸었고, 이윽고 저녁이 되자 걸으면서 쉬었다. 그것은 휴식 속에서의 휴식이었다. 동물들에게 둘러싸여 휴식하면서 그들은 서쪽을 향해 선회하는 궁륭 저쪽의 눈에 보이지 않는 제2의 무한을 예감하고, 태양이 다시 어스름의 언저리로 가라앉을 때까지 지그시 하늘을 쳐다보고 있었다. 마치 아름다움 그 자체를 바라보고 있는 것처럼. 하지만 물론 미(美)의 영역은 이미 저쪽에 있었다. 설사 아무리 사랑스럽고 가볍고 깊이 있게 균형을 유지한다 하더라도, 지금 아주 쉽게 그들을 향해 광채를 뿜고 있는 것은 결코 미의 무지는 아니었기 때문이다. 아니 그것은 일체의 존재의 안과 밖의 경계에서 솟구쳐 나온 앎이었다. 경계의 단순한 상징이 아니라 존재의 본질 그 자체였다. 여기에 관련을 가진다는 것은 지금은 아주 쉬운 일이었고, 이미 생소한 것은 아무것도 없었고, 모든 것이 친숙한 모습을 나타낼수록 온갖 지점은 아득함 속에 잠겼고, 온갖 아득한 것은 가까운 것으로 변화하였다. 모든 것은 멀고 가까운 것을 초월한 직접성을 획득하여 그들의 공통적인 소유물로 변하고 영혼의 내부와 조화를 빚어내는 것이었다. 그러나 황혼이 점점 더 짙어져서 스스로도 휴식을 찾아 밤 속으로 뚫고 들어갔을 때, 그리고 휴식하는 자인 그 자신이 또다시 단백석 빛깔의 광채를 뿜기 시작한 별 밑에서 이미 이 별빛 외에는 아무것도 보지 못하고, 옆에서 쉬고 있는 동반자도 주변에서 쉬고 있는 동물들도 보이지 않게 되었을 때, 그를 별로 끌어당기는 힘은 점점 더 전체에, 그 자신과 생동하는 현상의 양쪽 모두에게 갖추어진 내면의 시각이 되었다. 그것은 이미 그 자신에게만이 아니라 하늘이나 별이나 그림자나 동물이나 식물과도 결합시키는 힘이 되고, 여러 층을 이룬 내면의 시각에서 나온 인식과 자기 인식에 있어서의 플로티아와의 이중의 결합이 되었다. 영혼과 동물과 식물이 서로를 반영하고, 전체가 전체 속에, 존재의 근원 속에 그림자를 반영하고, 그 스스로의 모습도 플로티아의 어두운 근원에 반영되고 있던 순간, 그녀 속에서 그는 아들과 어머니를 보았다. 어머니의 미소 속으로 도망친 자기 자신을, 아버지와 아직도 태어나지 않은 아들을 보았다. 플로티아 속에서 그는 리사니아스를, 노예를 보았다. 노예는 그 자신이었다. 플로티아의 손에서 하늘로 날아올라가 빛의 근원을 그대로 낚아채버린 반지가 형성하는 고리 속에 조상과 후손이 함께 갇혀 있음을, 그는 보았다. 운명의 피안에서 용해되는 일체를, 존재의 모든 층, 모든 사지가 찬란히 빛나면서 용해되는 것을, 그는 보았다. 존재의 근원의 통일, 그것은 무릇 더할 수 없이 그에게 고유한 것이면서도 그의 것만이 아니라 플로티아의 영혼의 통일이기도 했다. 오오, 그 대단함이여, 다른 뿌리에서도 싹트고, 다른 줄기에서 갈라지고, 다른 동물의 특성에서 태어났는데도 이 영혼은 그에게로 도달하지 않으면 안 되었던 것이다. 엄청나게 많은 거울의 면을 지나, 층층이 겹친 거울과 거울 사이를 누빈 끝에, 그는 자기 영혼의 거울에 비친 상이 되고, 다시 그 속에 자신의 모습을 비추어서 풍성하고 대범하게 일체의 존재가 평형을 이루었다. 모든 거울의 그림자에 덮여 자신의 거울에 모습을 비추면서 그는 잠에 빠져들었다. 그러나 잠에 빠져서도 인식의 행위는 계속되어 이 영혼의 융합 상태가 그치지 않고 지속되고 있음을, 플로티아가 그의 자아 속으로, 자신의 모습을 비추면서 미끄러져 들어오고 있음을 그는 느꼈다. 감지가 가능한 영역에도 불가능한 영역에도 똑같이 침투하는 플로티아, 그의 삶 전체 속으로 미끄러져 들어오는 전체, 오뚝하게 솟은 바위 같은 뼛속으로, 뿌리처럼 대지에 밀착한 식물 속으로, 그 나무의 심층 속으로, 살과 피부의 동물질 속으로 미끄러져 들어오는 삶, 플로티아가 그의 자아, 내면 깊숙이 숨어서 관조하는 그의 영혼의 일부분이 됨을 느꼈고, 그 자신 속에서 쉬는 그녀의 눈, 그녀 속에서 쉬는 그의 눈과 마찬가지로, 내부에서 바라보고 있음을 느꼈다. 그의 잠은 조상 대대로 내려오는 고리였고, 동시에 앞으로 올 후손들과의 고리이기도 했다. 이미 지나온 존재의 계열과 씨앗이, 그가 아직도 자신 속에 간직하고 있는 일련의 피조물들이, 잠 속에서 응축된 자아가 되어 더 이상 이름을 갖지 않은 플로티아와 함께 그의 내부로 용해되어 들어왔다―잠의 내부에 구축된 일체의 생성의 거울에 비친 상, 모든 생성에서 나타나는 공간 없는 거울의 모습, 그것은 잠의 내부를 향해 다시금 공간으로 펼쳐지면서 반사되었다. 그때 거기서 그는 깨어났다. 그 펼쳐진 영역은 대낮이 되고 대낮의 한가운데서 눈을 뜬 그의 주변에는 일체의 존재의 영상이 이어지고, 태양은 반사하고, 별의 광채는 머리 위에 있었다. 물론 그렇다고는 해도 플로티아가 이미 없는 이상 여기에 펼쳐지는 조화는 단일한 형태로 변하고 있었다. 그녀를 잃었다는 느낌은 없었지만 그러나 그녀는 사라지고 없었다. 제2의 기억의 공간에 남겨진 채 끝없는 망각 속에 가라앉으면서도 그러나 잊지는 않고 있었다. 아무것도 변한 것은 없었다. 왜냐하면 아무것도 상실되지 않았고, 상실될 수도 없었기 때문이다. 그리고 그 자신을 변화시키는 일도 없이 플로티아는 그의 일부분으로 변해 있었다. 머무르지 않았는데도 그녀는 머물러 있었다. 침묵하는 천체의 노래가 울리는 가운데. 지금은 혼자서 헤매고 있는 이 뜰에서 빼앗긴 것은 다만 미소뿐이었다. 다만 미소만이 사라졌다. 왜냐하면 오직 안정 속에서만 미소 지을 수 있기 때문이다. 그를 계속 떠돌게 한 것은 아마도 불안감이거나 안정감의 결여이리라. 아니면 이토록 침착성을 잃은 것은 동물들 탓이었을까? 동물들로부터 초조감을 물려받은 것일까? 점점 더 엄청난 수의 동물들이 그의 곁으로 모여들고 그의 방랑길을 뒤따랐다. 사방에서 모여드는 그들의 발걸음 소리는 귀에 들리지 않는 발장단에 지나지 않았음에도 불구하고 정연하게 박자를 맞추었다. 더 정확하게 말하면, 뭔가 무섭도록 불안스러운 걸음걸이와 조심스러움이 하나가 되어 그의 걸음 소리까지도 귀에 들리지 않는 동물의 걸음 속으로 휘감겨 들어갔다. 그리고 시간이 지나면 지날수록 그의 걸음은 점점 더 동물의 그것과 비슷해졌고, 점점 더 심하게 동물로의 변형이 강요되었다. 아래에서, 대지에서, 걸어가는 두 발에서 이 변용의 힘은 치밀어 올랐다. 앞으로 나가는 몸속으로 올라왔다. 점점 더 동물적인 요소가 그를 가득 채워서 이제는 자기가 다만 직립한 동물에 지나지 않는 것이 아닌가 하는 느낌까지 들었다. 아래에서 위까지, 위에서 아래까지 완전한 동물, 물어뜯으려고 하지는 않지만 딱 벌어진 거대한 입, 찢어발기려고 하지는 않지만 날카롭게 뾰족한 발톱, 찌르려고 덤비지는 않지만 깃털로 뒤덮인 갈고랑이 모양의 부리, 그리고 자신 속에 있는 동물의 말과 동물의 침묵을 들었다. 그들과 함께 그 지껄이는 말 속에서, 자신 속에서, 침묵하는 천체의 노래가 여전히 울리고 있음을 느꼈다. 한없이 깊은 대지의 암흑의 메아리에 뒷받침된 천체의 노래, 그것은 동물성의 어두운 근원으로 인해 침착성을 잃고 잠들어 침묵의 말을 엮어내는 피조물 이전의, 창조에 이르기 이전의 존재와의 묵계였다. 지금까지의 그의 인식이 특성의 인식이었다고 한다면, 늑대와 같은, 여우와 같은, 고양이와 같은, 앵무새와 같은, 말과 같은, 상어와 같은 존재의 인식이었다고 한다면, 여기에 대해서 이제 분명해진 것은 아직도 태어나지 않고 형성되지 않고 이제부터 간신히 생성될, 특성 속에 있는 아무런 특성도 갖지 않은 동물성이었다. 내부에서 바라보면 입을 활짝 벌린 심연 속에 동물 이하의, 동물 배후의 밑바닥이 인식 앞에 노출된, 온갖 피조물이 뿌리박은 가장 심오한 곳이었다. 주변 일대에서 너무 무거운, 또는 너무 가벼운 혀를 놀려 뭐라고 말을 하려고 애쓰고 있는 것들, 아직 태어나지 않은 안타까움 때문에 이빨을 드러내고 창조에 참여하고자 발버둥치고 있는 것들, 그것은 수도 없이 많은 온갖 동물들이기는 했지만, 그러면서도 동물 그 자체의 본체였고, 그 많은 것이 마치 빗방울처럼 제각기 나뉘어 있기는 했지만 그러면서도 하나의 전체를 형성하고 있었다. 비구름에 싸인 물방울이 땅에 떨어지는 습기가 되었다가는, 다시 얽히고설킨 뿌리의 세계에서 상승하여 합쳐지는 것과도 같았다. 눈에 보이지 않는 투명한 이 동물의 전체성이야말로 그의 인식과 어울렸다. 투명한 채 걸음을 옮기는 자기 육체의 동물성에 의해 스스로가 동물의 전체성에 귀속하고 있음을 그는 알았다. 빛은 투명했으나 더욱 투명한 것은 하늘의 궁륭 저쪽에 있는 인식의 광채였다. 광채 속에 있는 인식, 그것은 머리 위에 정지한 저 별에 의해 알려지고, 투명하게 떠도는 경계가 되어서 떨어지고, 동물들까지도 그 힘에 사로잡힌 듯했다. 정처도 없고 휴식도 모르는 방랑은 종일토록 무변광대한 평야 속에 머물러 있었다. 그리고 일몰과 함께 불안감은 한층 더 고조되었다. 산이나 골짜기를 넘어 경계를 모르는 근처까지 이르는 그 광활한 전 지역을 통해서 뜰은 조급한 불안에 넘치기 시작했다. 그리고 태양이 가라앉아 빨갛게 불타면서 낮은 지평에 가로누웠을 때, 밤은 상상을 초월한 현상을 빚어냈다. 갑자기 동물들의 걸음이 목표를 정하고, 갑자기 통일을 획득하고, 일체를 포괄하는 보편성까지 갖추게 되었다. 모든 경사면에서, 모든 숲에서, 사방팔방에서, 그들은 일제히 나타나 강을 따라 바다를 향해서 전진하기 시작했다. 물고기들까지도 불안도 초조도 모른 채 이 단 하나의 행진에 참가했다. 그렇다고는 하나 이 행진은 어떤 상황 아래 이루어진 것이기는 했다. 동물들의 대열 바로 뒤로 강의 양쪽 기슭이 하나로 닫혀지고, 대지는 멋대로 번져가는 식물의 뿌리에 의해 솟아오르고, 일체의 식물은 상상할 수도 없는 높이로 성장하고, 가지라는 가지는 서로 뒤얽혀서 울창한 수풀로 변해버렸기 때문이다. 대지는 엄청난 근원의 싹에서 자욱하게 증기를 뿜어내고, 그 속에서는 이미 도롱뇽이나 두꺼비류밖에는 서식할 수가 없고, 그리고 수풀은 새들에게조차도 너무 조밀하여 가까스로 맨 꼭대기의 나뭇가지에 둥우리를 칠 수 있을 뿐이었다. 숱한 짐승 떼 중의 어떤 동물도 이 행진에서 낙오하는 일은 없었다. 한 마리도 죽은 것은 없었다. 그들은 다만 모습을 감춘 데에 지나지 않았다. 밤의 바다 속으로, 밤의 기운 속으로 모습을 감추고, 밤과 낮의 바다에 모여드는 비늘에 덮인 것들, 밤과 낮의 대기 속에 모여드는 깃털에 덮인 것들의 대열에 가담하는 것이었다. 그리고 그, 그 행진을 함께하고 있던 그, 직립한 동물, 눈꺼풀을 잃고 잠을 잃고 물고기의 눈과 물고기의 마음을 갖춘 그는 해안의 늪지대에 서 있었다. 해초에 덮이고, 비늘에 덮이고, 두꺼비처럼 식물에 얽혀서 식물처럼 그는 그곳에 우뚝 서 있었다. 다만 천상의 노래는 여전히 그에게 노래를 보내는 일을 그치지 않았다. 그는 계속 들었고 노래는 마냥 계속되었다. 말하자면 그는 여전히 인간이었다. 아무것도 그에게서 상실된 것은 없었다. 대범한 나그네의 감정은 조금도 사라지지 않고 그의 내부에서 작용을 계속했으며, 동방의 별은 머리 위에서 계속 빛나고 있었다. 이렇게 그는 아침을 기다렸다. 버티고 선 괴물, 그러나 그는 아침을 기다리는 인간이었다. 이윽고 다시 아침이 돌아왔다. 태양은 습기를 머금은 안개 위에 떠올랐다. 자욱한 증기가 되어서 안개는 광대무변한 녹색 평면에서 피어오르고, 이 녹색은 마치 헐떡이면서 숨 쉬는 단 하나의 식물적인 존재처럼 산보다도 높이 성장하여 지금까지 뜰이었던 곳을 완전히 뒤덮었다. 그 위쪽에는 회색의 새벽빛 속에 광채를 뿜는 구름 한 점 없는 하늘이, 아래에 펼쳐진 녹색 평면을 비추며 한들거리는 거울이 녹색과 똑같이 헐떡이며, 차츰 짙어지는 안개에 덮이고 마침내는 구름이 되어서 낮게 드리워지는 것이었다. 단백석 같은 별의 광채는 회색 속으로 사라져갔다. 그 광경은 곧 비가 내릴 것처럼 생각되었다. 그러나 비는 내리지 않았다. 그런데도 새들은 지상을 스칠 듯이 날고 있었다. 구름처럼 떼 지어 모여든 새들, 그리고 그 밖의 새와 비슷한 생물들, 그것들이 소리가 안 되는 소리를 지르면서 꼼짝도 않고 서 있는 그의 머리 주위를 날며 때로는 어깨 위에 내려앉기도 하였다. 발치에서는 물고기들이 득실거리는데 그는 물속을 밟으면서 강어귀를 따라갔다. 무엇인가를 찾고는 있었으나 무엇을 찾고 있는지는 그 자신도 확실히는 알 수가 없었다. 플로티아가 아닌 것만은 확실했고, 어쩌면 그녀의 마중을 받으면서 상륙할 지점을 찾고 있는 것인지도 몰랐다. 그러나 아무것도 찾을 수가 없었다. 전에 있었던 그 무엇과도 다시 만날 수는 없었다. 한결같은 녹색의 깔개 속에는 다른 나무들보다 두드러지게 높이 솟은 나무는 하나도 없고, 모두 똑같은 높이로 늘어서 있었다. 얼마나 지속되었는지 시간의 단위로는 잴 수가 없는 이 방랑의 한가운데서 그는 다시 기슭 가까이에 서 있었다. 지금 있는 이 장소가 말할 수 없는 어떤 방법으로 그를 붙잡아두고 있기 때문인지, 아니면 뭔가 설명할 수 없는 식물적인 피로가 그를 엄습한 때문인지 어느 쪽이라고도 말할 수가 없었다. 그의 생각은 양쪽 날개와도 같아서 어느 쪽이라고도 말할 수가 없었다. 그의 팔은 날개와도 같아서 생각만 있으면 녹색의 나무 위를 넘어서 날 수도 있었겠지만, 그러나 그는 움직이려 하지 않았다. 그것은 마치 머지않아 찾아올 정지 상태의 예감 같았다. 이름 지을 수도 없는 것이 위에서 날고 아래에서 헤엄치고 있었다. 어딘가 용 비슷한 터무니없는 존재가 새들과 함께 날고 물고기들과 함께 헤엄치고 있었다. 그 수는 엄청나게 증대하고 그 모습은 엄청나게 확장되어, 위의 세계는 아래의 세계와 뒤섞이고, 노상 새로운 물고기 떼가 퍼덕이면서 물에서 날아오르고, 노상 새로운 새 떼가 물속으로 들어가 모두 용의 모습으로 변신하면서 눈부신 비늘과 깃털을 서로 교환하고 있었다. 어느 쪽이나 알에서 태어나는 존재이다. 나는 것과 헤엄치는 것의 구별은 점점 더 어려웠다. 그것은 마치 구별을 모르는 무리의 세계로의 회귀를 외곬으로 지향하고 있는 듯했다. 거대한 녹색의 깔개 속에 이미 하나하나의 풀이나 나무가 두드러지는 것을 허용하지 않는 식물 세계의 통일과도 같은, 구별을 모르는 통일 속으로 들어가는 것이 그들의 소원인 듯했다. 설사 그것들이 아직도 하늘을 날거나 물을 헤엄치거나 혹은 이미 식물처럼 되어서 해저에 엉겨 붙거나 설사 그 하나하나의 특성이 여전히 유지되고 있어도—혹은 깃털에, 혹은 비늘에, 혹은 갑각에, 혹은 피부에 뒤덮이고, 혹은 발을, 혹은 발톱을, 혹은 지느러미를, 혹은 부리를 갖추고 있어도—그들의 눈에는, 눈이라고도 할 수 없는 뱀 같은 눈초리가 깃들어 있었다. 이 뱀의 특성이야말로 그들이 외곬으로 찾아 헤매었고 찾아 들어갔던 목표였지만 그것은 마치 그들 모두에게 고유한 최후의 피조물성, 말하자면 그들이 공유하는 최후의 특성과도 같은 것이었다. 식물적이며 동시에 동물적이고, 근원적이며, 창조 이전의 것이 아닌가 하고 생각될 만큼 궁극적인 특성의 바탕이 되고, 갖가지 존재는 이 바탕에서 삶의 세계로 창조되고, 또한 이 바탕만이 삶과 창조의 세계에서의 머무름을 그러한 존재들에게 보장해주는 것이었다. 날고 또는 헤엄치는 동물들은 점점 더 빈틈없이 밀집하여 덩어리 모양이 되고, 점점 더 괴물의 그림자가 많이 섞여서 스스로 괴물로 변하고, 아직도 태어나지 않은 창조 이전의 힘에 위협을 받으며, 하늘과 바다는 끝없이 깊고 투명한 그 밑바닥에 이르기까지 그러한 것들의 모습으로 충만해져 있었다. 그야말로 여기에서 모든 것이 합류하고 있었다. 그가 멈춰 선 다름 아닌 이 장소야말로 피조물의 세계에서 일어나는 현상을 사방에서 끌어당겨 응집시키는 강력한 중심점이었다. 이러한 일들이 점점 더 분명해졌다. 이때 바닷물이 솟아오르는 원천도 역력히 눈에 보이게 되었다. 바다의 심오한 원천, 원천 속의 원천이 눈에 보였다. 그리고 그 밑바닥에는 무지개처럼 일곱 빛깔로 물들여지고, 그러면서도 얼음처럼 투명한 뱀이 시간의 순환을 닫은 채 가로누워 있었다. 중심인 무의 둘레에 몸을 사린 뱀이었다. 그것은 스스로는 변화하지 않고, 그 영원성에 의해 변화를 일으키는 힘이었다. 이 뱀의 고리에 일체를 가두지 않으면 안 되겠다는 듯이 원천은 분화구처럼 크게 입을 벌렸다. 그리고 그 근처에 다가가는 것은 모두 꼼짝도 할 수 없는 경직 상태에 빠져들었다. 헤엄치는 것도 나는 것도 모두 움직임을 잃고 무 속에서 분출되고 무를 분출하는 의연한 뱀의 녹색 시선 앞에 굳어져 있었다. 도대체 이러한 존재들은 아직도 동물인 것인가? 최후의 변용 속에서 그들은 최후의 본체조차 상실하지 않으면 안 되었는가? 하늘 역시 경직되어 있었다. 일대에 널린 회색의 구름도 응고하여 한 방울의 비도 떨어질 것 같지 않았다. 그 배후에서 태양은 생기 없이 둔한 무형의 빛 한 점이 되어 응고된 궤도를 그리고 있었다. 그리고 그, 아무리 창조 이전의 존재와 동일한 굴레에 맺어져 있었다고 하더라도 여전히 인간이었던 그, 알에서 태어난 동물과 씨앗에서 발아한 식물과의 연대 속에 던져져 양쪽 모두에 속하고 있던 그, 투명한 깃털을, 지느러미를, 잎을, 수초를 스스로에게 장식하고 그 자신 속에 간직하고 있던 그, 그러한 그는 경직 속에 갇혀서 기대 아닌 기대 속에 꼼짝도 못하고 무감각한 채 사라져가는 피조물에 지나지 않았지만, 그럼에도 불구하고 인간인 그의 눈은 조금도 판별력을 잃고 있지 않았다. 구름 저편에 별들의 존재가 깃들어 있음을 그는 알고 있었다. 밤의 어스름에 싸여서 태양의 반점은, 붉은 기운이 감도는 회색의 미광은, 이제 하루의 하한선에 도달했고, 별들은 밤의 강한 힘에 의해 안개의 장막을 찢어버리고 이윽고 또다시 빛나는 모습을 드러냈다. 물론 위뿐이 아니라 아래에서도 그것은 나타났다. 거기에서 그것은 제2의 별들의 하늘, 거울 속에 나타나는 별들의 하늘이 되어 시커먼 물 밑 시커멓게 젖은 축축한 식물이 깔린 바닥에서 반짝이면서 단 하나의 검은 거울 속의 모습, 별을 흩뿌린 단 하나의 궁륭으로 변화되었다. 이제 식물의 물결과 바다의 물결은 구별할 수 없었다. 모든 기슭을 넘어서 바다는 식물계로 흘러들고, 식물은 바다로 흘러들어 위의 별 하늘과 아래의 별 하늘 사이에는 공기와 물의 세계의 동물들이 경직된 채 떠돌고 있었다. 아래의 궁륭은 별의 메아리였다―그렇다면 위의 궁륭은 식물의 메아리인가? 위의 통일과 아래의 통일, 그 모두가 이중의 하늘에 받쳐지고, 이중의 바다에 받쳐지고, 합일하여 단 하나의, 식물과 별을 융합시킨 전체를 이루고, 세계를 포괄하면서도 제 자신 속에 틀어박히고, 그 공간에는 이제 어떤 개별화도 있을 수 없고, 허용되지 않고,

모두가 그 개체로서의 특성을 포기해버렸다. 독수리든 왜가리든 용이든, 상어든 고래든 헤엄치는 도마뱀이든, 그들은 다만 하나의 전체, 동물로 된 단 한 장의 덮개에 불과했고, 공간을 채우는 단 하나의 존재에 지나지 않았다. 또한 이 존재는 점점 더 투명의 도를 더해 나부끼는 동물의 안개로 변하고, 마침내는 눈으로는 볼 수 없는 것 속으로 증발하고, 별의 세계 속으로 용해되고, 식물의 세계에 흡수되어버리고 말았다. 동물계 전체가 밤 속으로 용해되고, 동물 같은 호흡은 사라지고, 심장은 이미 고동치지 않고, 그리고 얼음 같은 뱀은 잘려버렸다. 시간의 뱀은 잘려버렸다. 이때 갑자기 밤은 한낮으로 이행하고, 시간에서 해방되어 순식간에 태양은 한낮의 높이로 솟아오르고, 그 주위에는 단백석의 빛을 뿜는 별들이 하나도 빠짐없이 무리 지어 있었다. 거기에는 희끄무레한 달까지도 보이고 동녘에는 하나의 별이 정지한 채 밝음 속에서 더욱 빛나고 있었다. 위의 세계는 이런 형편이었고, 한편 아래 세계의 거울 속에서는 위에 못지않게 당돌하고 터무니없는 식물의 성장이 시작되고 있었다. 그것은 뿌리와 줄기에 의해 대지에 속박당하고 있는 스스로의 처지에서 벗어나려는 싸움인 듯했고, 자기 자신을 넘어서서 식물성을 깨뜨리려는 시도인 듯했고, 이 시도에 의해 엄청난, 무한한 세계 속에서 문자 그대로 동물적인 개별성과 운동을 획득하고자 하는 듯했다. 왜냐하면 갑작스러운 빛에 의해 따뜻해지고, 자신 안으로 흡수한 모든 동물성에 의해 내몰리기도 하면서 무릇 동물로서는 상상도 할 수 없는, 될 대로 되라는 식의 자포자기적인 태도로 녹색 초목들이 끝없이 합일된 그 뿌리의 뒤얽힘에서 뻗어 올라 자신의 몸을 넘어 무성해졌기 때문이다. 시원(始原)의 모습을 연상시키며 자꾸만 번져가는 존재의 부식토, 끊임없이 교체되고 끊임없이 새로이 시작되는 그 발아(發芽), 그 활동, 분명 아직도 활처럼 굽은 줄기에 받쳐지고 뱀처럼 구불구불한 줄기에 억눌려 있기는 했지만, 그러나 그것은 이미 나무가 아니고, 이미 풀이 아니고, 이미 꽃이 아니고, 죄어들면서도 매끄럽게, 소용돌이를 치면서도 무릇 상상도 할 수 없이 무섭고 거칠게 도달할 수 없는 세계를 향해 곧바로 치솟았다―그리고 식물 속에 섞여든 이 동물성을 볼 수 있었던 그, 보지 않을 수가 없었던 그, 그는 식물의 성장에 관여하고 있었다. 스스로 식물로 변하고 있었다. 내부에 있어서도 외부에 있어서도 식물로 변하고, 대지에서 올라오는 자양분으로 고동치고, 뿌리를 내리고, 가죽에 감싸이고, 관 모양이 되고, 목질로 변하고, 수피에 뒤덮이고, 무성한 잎을 달고, 그러면서도 여전히 인간으로 머물러 있었다. 눈은 여전히 변하지 않고 있었다. 모든 특성이 차례로 상실되어가고, 모든 본질이 차례로 노화되어가고, 창조의 세계에서 탈락되어간다고 해도 앞을 바라보고 있는 한, 눈은 인간의 것이었다. 온갖 변화를 통해 망각 속에 있으면서도 잊혀지는 일 없이, 존재는 그곳에 머물러 있었다. 제2의 무한에 내맡겨진 채 더욱 활동을 계속해 나가는, 상실되는 일이 없는 별이었다. 그는 보는 힘을 갖춘 식물이었다. 그러나 그 무엇을 향해서도, 동물계를 향해서도 그는 귀환하려고 하지는 않았다. 이미 시간이라고는 할 수가 없는 시간이 흐르고, 하루에는 끝이 없었다. 다만 줄기차게 끝이 없는 하루가 계속되고 있었다. 그리고 성좌의 회전은 빠르지도 더디지도 않았고, 태양의 운행은 끝이 없었고, 주변 생물의 성장도 한계가 없었다. 모든 것을 휘감아버리는 영겁의 식물의 성장, 그도 식물로서 거기에 관여하고 있었지만, 그 영겁의 끝없음으로 하여 정지와 운동은 하나로 용해되고, 시간에서 해방되고, 차별이 없는 흐름 같은 휴식으로 변했다. 그 영겁의 용해 현상 때문에 느닷없이 밤은—한낮의 시작과 마찬가지로 당돌하게—성좌의 회전 한가운데, 무한히 움직이는 그 정지의 한가운데서 나타났다. 그것은 가장 아득한 별의 궁륭 저쪽에 숨어 있던 캄캄한 근원으로서 이젠 변화하는 빛과는 관계가 없이, 뿐만 아니라 모든 빛의 어느 하나도 꺼버리는 일 없이 존재의 궁륭을 분간할 수도 없는 검은빛으로 가득 채웠다. 세계의 심오한 암흑이 나타났다. 단순한 빛의 상실, 혹은 단순한 빛의 결핍, 빛의 부재 따위와는 무릇 비교조차도 할 수 없는 저 아직 태어나지 않은 암흑, 그것은 그 어떤 태양 광선의 힘에 의해서도 한낮의 지고의 힘에 의해서도 침투당하지 않고, 빛을 내지 못하게 하는 그런 암흑이었다. 물론 태양은 한낮의 빛을 조금도 잃지 않고 여전히 부동의 모습으로 여전히 하늘 한가운데 걸려 있고 그 주위에는 모든 별이 가득 반짝이고 있었다. 태양은 밤의 방패 속에 파묻힌 밤의 형상이었다. 그리고 별들과 함께 태양은 위의 암흑에서 아래의 암흑에다 자신의 모습을 비추어 그곳에서 이중의 형상이 되었다. 아래 세계의 태양, 아래 세계의 천장, 그것이 중심에 있는 원천의 깊이에 사로잡혀, 넘치는 그 깊이에 빛을 감돌게 하고, 창조의 물에 의해 또다시 높여지는 것이었다. 흐르는 동시성 속에 흘러나오는 검은 물로 뒤덮인 메아리였다. 위에도 별의 얼굴, 아래에도 별의 얼굴, 그리고 이중이 된 밤의 궁륭의 두 배가 된 검은 빛깔 속에, 물결치는 식물의 녹색은 두꺼비 같은 창백한 미광으로까지, 식물 자체에 갖추어진 고유의 빛으로까지 퇴색하고, 그 결과 식물은 태풍처럼 요란하게 성장하고 가지가 생기고 뒤얽혔다. 그 마지막 가지에 이르기까지 거의 투명한 모습이 되어 눈에 비치는 것이었다. 땅속의 뿌리, 물 밑의 뿌리도 그에 못지않은 광채 속에서 눈에 비치고, 줄기나 가지와 함께, 태풍처럼 자란 모든 것들과 함께 순식간에 무섭도록 창백한 모든 조직을 형성하고, 이 조직은 밤의 궁륭의 사방으로 퍼져나가는 것이었다. 사방을 향해 기어 나가고, 사방을 향해 뻗어나가고, 사방을 향해 뒤얽혀서, 그 방향을 헤아릴 수 없는 무한의 공간 그 자체와 같이 방향을 잃고, 제 자신 속에 머물며 매달리는 영기의 수풀, 그런데도 이 수풀은 여전히 높은 곳으로 향하고 상부의 광채에 의해, 눈에 보이지 않는 하늘의 광망의 윤곽 속에 마치 원상처럼 그려지고, 모든 메아리는 그곳으로 퍼져가는 것이었다. 이제는 중심의 샘도 위와 아래를 향해서 뻗어나가고, 유동하는 요소에 의해 성장하고, 그 스스로가 지닌 빛을 받아 투명해지고 식물적이 되고, 이미 깊은 수직갱이 아니라 오히려 투명한 한 그루의 나무, 가지를 치고 태양의 메아리를 뿌리 깊이에 간직하고 성장하는 식물과 별의 헤아릴 수 없는 광채에 뒤얽혀서, 과연 아직도 식물과 별 사이에 경계가 존재하는지 분명하게 분간해 낸다는 일은 이제는 도저히 불가능했다. 아니 별과 식물은 이미 원상의 세계에 있어서 합일되기 시작한 것은 아닐까? 별의 메아리와 식물의 메아리는 서로 뒤얽히고 서로 유착되고 서로 용해되어 저 거울의 깊이에까지 도달하고 있었던 것은 아닐까? 위와 아래의 창공이 그 한계를 넘어서 서로 넘쳐흘러 우주의 구형을 형성하는 저 깊이에까지 도달했던 것은 아닐까? 창공에서 일어나는 일은 눈에 보이고 또한 보이지 않았다. 눈에 보이면서도 인식할 수는 없었다―그러나 그, 바라보는 자, 모든 성숙한 것들에 의해 묶여 있다고 하지만, 사로잡히고, 식물로 조직된, 동물로 조직된 그, 그도 또한 창공에서 창공으로 퍼지며 만유 속에 가득 찼다가 빠져나가는 별을 헤치고 뻗어나가고 있었다. 동물의 뿌리를 내리고, 동물의 줄기를 세우고, 동물의 잎을 무성케 하며 지상에 서 있으면서, 동시에 그는 끝없이 아득한 별의 세계에도 서 있었다. 그리하여 그의 발밑에는 뿌리에 얽힌 일곱 개의 별을 거느리고 서쪽 하늘 낮게 뱀의 성좌가 누워 있고, 그의 심장 근처에는 그 모양을 본떠서 이중의 3화음(三和音)을 번득이면서 하프의 형상이 빛나고 있었고,* 그의 머리는 헤아릴 수 없을 만큼 높게 궁륭의 절정에까지, 동쪽 별에 이르기까지 치솟아 있었다. 그 무한한 광채로 그의 길에 항상 수반되어 있던 약속의 별, 그것이 지금 바로 가까이에 있었다. 점점 더 가까워졌다. 이미 인간의 얼굴은 갖지 않고, 겨우 눈만을 갖춘 나뭇가지의 끝, 그는 머리 위의 별을 바라보고 하늘의 얼굴을 쳐다보았다. 이 얼굴에는 일체의 피조물의 표정이 응집되고 변형되어 인간의 얼굴과 동물의 얼굴이 하나가 되어 있었다. 그는 태양을 짊어지고 태양을 향해서 투명하게 빛나는 중심의 깊이를 바라보았다. 이 깊이는 나무처럼 내뻗은 가지 속에 대양의 바닷물을 채우고 대양처럼 진동하면서 미래의 통일을 위한 준비라도 하는 듯이 우주의 둥근 꼴을 휘감아 안고 있었다.

*거문고좌의 여섯 개의 별을 비유하고 있다.

그리고 심장은 이 진동에 사로잡히고 대양 속에 갇혀서 그것과 하나로 진동하고 물결처럼 넘쳐흘렀다. 이미 심장이라고는 할 수가 없고, 다만 하프, 하프가 되어, 별들로 된 그 줄에서, 이제야말로 약속의 소리를 울리려는 듯, 아직도 노래 그 자체는 아니었으나 이미 노래의 예고, 노래의 시간, 탄생과 부활의 시간, 기대 아닌 기대 속에 기다려진 이중의 방향을 가진 시간, 순환이 닫힌 곳에서 노래가 터져 나오는 시간, 이때 만유의 최후의 입김 속에서 세계의 총체가 울려 나온다—이것이 준비였다. 심한 긴장을 내포한 힘찬 준비였다. 그러나 하프는 울리지 않았다. 울릴 수가 없었고 허용되지도 않았다. 왜냐하면 지금 여기서, 존재가 창공에서 창공으로 대양처럼 진동하며 하나로 결합되어 형성한 그 통일은 식물의 성장력을 바탕으로 한 통일이었기 때문이다. 식물의 무언과 별들의 침묵은 깨뜨릴 수 없었고, 그러면서 이루어지는 모든 것은 움직이지 않고 조용해졌다. 합일을 성취하는 엄청난 힘의 작용조차 이 정적을 깨뜨릴 수는 없었다. 이때 식물은 최후의 성장력을 다하여 궁극적인 신장(伸長)을 노렸고, 거기에 깃든 대지의 힘은 창백하게 빛났다. 긴장은 창백하게 타오르고, 그 긴장 속에서 투명한 가지 끝은 어두운 궁륭의 가장 아득한 높이의 언저리를 향해 돌진했다. 있는 힘을 다하여 성장하는 힘, 그 돌진, 그것은 일체를 제압하고 별을 제압하고 하늘을 제압했다. 그 너무나도 억센 기세 때문에 하늘조차도 이 돌진을, 식물의 힘을 막으려는 듯이 최후의 힘을 다하여 불타올라 태양의 명을 받들어 태양에 향해진 하늘의 얼굴이 최후의 황홀한 광채로 변하는 것이었다. 피조물의 특성을 갖춘 이 얼굴에서 일찍이 볼 수 없었던 순수하고 대범하고 온화하고 경건한, 이상한 광채에 젖은 투명한 인간의 모습이 빛나고 있었지만, 그러나 그것은 사라질 운명이어서, 성장하는 식물의 돌진에 의해 결정적으로 패배하여 어둡고 창백한 땅속 뿌리의 흡인력에 의해 빨려 들어가고 말았다. 천상의 기운의 숲에 덮인 하늘의 얼굴은 사라지고, 별은 하나 또 하나 그 앞에 걸린 자신의 거울 속에서 결합했는데, 결국은 두 갈래로 나뉘어 소멸되었다. 소멸에도 불구하고 모든 별빛은 그대로 보존되었다. 승리로 빛나는 식물에 간직된 고유의 빛 속으로 그 모든 별빛은 흘러들고, 모든 빛을 그 반사광으로 전환시키고, 그 반사광을 터무니없는 정도까지 팽창시키고, 점점 더 농도를 더하고, 점점 더 증대하여, 마침내는 태양조차도 그 거울 속의 모습으로 바뀌어 세계의 수직갱 속에서 투명하게 불타오르는 큰 가지에 얽혀 들어갔다. 태양조차도 거울 속의 모습 속으로 사라지고, 그 모습과 함께 중심에 우뚝 솟은 느릅나무 불꽃 튀기는 가지 속으로 빠져드는 것이었다. 한순간, 태양이 전락하는 한순간, 느릅나무 가지는 그지없이 장려하게 하늘 가득히 자라서 퍼지고, 모든 창공을 뒤덮은 그 관(冠)은 금빛 태양의 열매를 주렁주렁 매달고 있었으나 별안간에 소리도 없는 한숨처럼 피어올라 별과 그 거울 속의 상, 태양과 그 메아리와 함께 사라지고, 별에 넘쳐서 하늘을 채운 식물의 그 끝에 이르고, 뻗어가는 성장은 일체의 공간을 뒤덮고, 일체의 하늘을 뒤덮고, 별은 모조리 그 속으로 흡수되고, 솟아 넘치면서 생기를 뿜어내고 있던 중심의 샘은 고갈되어 그 형태를 잃고 싸늘한 광채로 변하고 있었다. 이미 절정을 넘어서고 있었다. 그리고 식물의 세계는 돌진으로 소비한 엄청난 노력에 의해 지칠

대로 지쳐서 최후의 광채를 뿜은 뒤에는 숨조차 제대로 쉬지 못하고 푸우 하고 탄식을 내뿜으며 침묵 속으로 가라앉았다. 창백한 빛의 수풀이 되어 식물은 암흑 속에 걸려 있었다. 어둠을 밝게 하지는 못했으나 어쨌든 어둠 속에서도 눈에 띄었다. 하지만 성장력이 고갈됨과 동시에 그 빛도 다했다. 차츰 그 밝음은 어둠에게 자리를 양보하며, 어둠의 제2의 무한 속에서 끝없이 증발하고 흩어졌다. 세계의 우물과 그 가지가 무한 속으로 증발한 듯 생기를 잃고 시야에서 멀어지며 식물의 광채는 어둠 속에서 쇠퇴하고 어둠 속으로 사라져갔다. 근원의 어둠이 아직도 존재를 지배하고, 어둠과 침묵에 그 존재가 내맡겨져, 식물의 호흡이 끊어진 이상에는, 이제 어떤 식물의 광채도 어떤 별의 광채도 용해되는 일은 없었다. 시간의 저울은 부동의 상태에서 떠돌며, 그 형평은 미동도 하지 않았고, 근원의 침묵에 둘러싸인 무풍의 검은 빛깔 속에서 내부도 외부도 숨을 죽이고 있었다. 무한에 그림자를 드리우고 아직 그 속으로 들어가지는 않은 채 근원의 밤이 떠돌았는데 물론 최종의 밤은 아니었다. 감각적으로 인지할 수 있는 모든 것들이 그렇듯이 이 어둠은 그 반대되는 고유한 것을 품지도 않으면서 하늘의 시간, 심장의 시간을 죽여놓고 있었다. 어둠에서 성스러운 빛이 다시 한 번 새어 나왔다. 그것은 이 어둠의 본질을 하나로 결합시키고 있는 것 같았다—식물도, 별도 근원적인 돌의 세계에서는 암흑을 잉태한, 같은 본질의 바탕을 갖고 있다. 다시 한 번 어둠은 후퇴하고 공간을 무언가 불안정한 밝음에 내맡겼다. 이 밝음은 낮을 연상시켰으나 낮은 아니었고, 오히려 낮 이상의 것, 별의 숨결도 식물의 숨결도 동물의 숨결도 통하지 않는,

호흡을 박탈당한 세계의 낮이었다. 그림자를 만들지 않는 세계의 빛 아래서 밤처럼 시꺼멓게 조수의 물이 움직이지 않고 퍼져나가며, 더 이상 태양을 비추지 않았다. 그림자를 만들지 않는 빛 속에서 밤처럼 창백하게, 녹색을 회복하지 못한 채 높이 솟은 뿌리의 숲이 광대무변한 대지의 들을 한없이 뒤덮고 또한 시들어져갔다. 그러나 그, 동물의 특성을 벗어던지고 식물의 특성을 벗어던진 그는, 찰흙과 흙과 돌로 구축되고, 산 높이 솟은 추악하고 괴상한 모양의 탑, 손도 발도 없는 찰흙의 바위, 기형인 채 우뚝 솟은 돌의 거인이었다. 그러면서도 광대무변한 대지의 방패에 비하면 없는 것과 같은 존재였다. 그럼에도 불구하고 그는 하늘의 방패 아래서, 서로 마주하고 있는 대지의 방패와 똑같이 뼈와 뿔로 만들어진 방패 아래서, 높직이 솟은 광대무변한 땅의 방패, 그 뼈와 같은 바위를 밟고 넘어갔다. 아니 그보다도 떠밀려서 실려 갔다. 모습을 갖지 않은 돌과 같은 존재인 그는, 그럼에도 불구하고 하늘의 궁륭 저쪽에 있는 빛이 예감 속에 보였다. 확실히 보였다. 그럴 것이 저 아침의 별, 샛별이 그의 머리에 닿자마자 바위의 이마에 묻혀서 눈이 되었기 때문이다. 돌에 갇히고 돌에 의해 장님이 된 두 개의 눈 위에 있는 제3의 눈, 멀어버린 두 눈 위에 있으면서 똑똑히 보이는 눈, 식별력을 갖춘 신성한 눈, 더욱이 그것은 인간의 눈이었다. 창백하고 거대한 숲은 점점 더 듬성해지고, 뱀 같은 가지의 뒤얽힘은 점점 더 쇠퇴해지고, 시들어가는 줄기는 점점 더 생기를 잃고, 한때는 요란한 기세로 성장한 대지 속으로 시들고 오그라들어서 되돌아가고 조락(凋落)하는 도중에 이미 죽어 있었다. 이렇게 하여 투명한 식물이 여지없이 시들어서 대지로 돌아가고, 지금은 세계 속에 번진 발가숭이 돌 이외에는 아무 것도 남지 않고, 나무뿌리는 그 투명한 섬유의 마지막 한 줄기에 이르기까지 돌에 먹히고 말았다. 바로 이때 어둠은 다시 세계의 중간에 찾아와 또다시 밤이 되었다. 호흡을 박탈당하고 호흡을 잃은 세계의 밤, 이미 밤이 아니고 밤 이상의 것인 무서운 밤, 그러면서도 급격한 공포 속으로 사람을 내모는 일은 없는, 점점 더 짙어지는 암흑의 엄청난 힘, 시간의 지속과 관계없는 이 자리에서 아무런 변화도 없이 밤은 성취되었다. 물론 아직도 궁극적인 밤은 아니고 아직도 볼 수 있고 느낄 수 있는 데에 머물러 있었으나, 그러나 동시에 이미 그것을 초월하여 밤과 밤이 아닌 공포의 저쪽에 있었다. 이런 일이 경과하는 동안에 그는 느꼈다. 유지될 수 있는 확고한 모든 것이 용해되고 발밑의 대지가 함몰해감을 느꼈다. 헤아릴 수 없는 영역으로, 망각 속으로, 망각의 무한, 기억 아닌 기억 속에서 도도히 흐르는 무한 속으로 함몰하고 있음을 그는 느꼈다. 이 무한의 물살은 모상과 원상을 합일시키고 도도히 흐르면서 대지의 암흑을 흐르는 세계로 환원시켰다. 하늘의 거울과 바다의 거울에 용해되어 단 하나의 존재로 변하고 대지는 빛으로 변했다. 그러나 이것은 일찍이 있었던 일의 회상이 아니었고, 돌과 흙은 잊혀졌으며, 일찍이 그가 밟고 넘은 것, 일찍이 그의 모습을 형성하고 있던 것은 망각 속으로 가라앉은 채였다. 거대한 그 무형의 모습은 투명한 빛과 마찬가지로 포착할 수 없고, 주위에 유동하는 궁륭과 마찬가지로 포착할 수 없는, 무릇 투명하기 그지없는 그림자였다. 그는 지금 다만 눈으로만, 이마의 중앙에 있는 눈으로만 형성되어 있었다. 이리하여 그는 흐르는 거울 속에서 떠돌고, 흐르는 위의 세계의 안개, 흐르는 아래의 세계의 물결 사이에서 떠돌았다. 안개의 배후에 숨어 있던 영원한 빛은 물 위에 반영되어 합일을 구축하고 합일을 짊어지고 있었다. 다정하고 부드러운 안개, 다정하고 부드러운 물, 그 모두가 빛의 다정함과 결합되어 있었다. 그리고 그는, 한없이 큰 손이 마치 구름처럼 그를 싣고 이중으로 다정한 어스름 속을, 이중으로 다정한 존재 속을 싣고 가는 것처럼 생각되었다. 그 손의 부드러움은 어머니같이, 그 손의 조용함은 아버지같이 그를 품에 안고 점점 더 먼 곳으로 영원으로 싣고 갔다. 그리고 위와 아래의 부드러운 합일을 더욱 다정하게 하나로 녹이려는 듯이, 위아래의 촉촉한 물기의 마지막 분리까지도 없애버리려는 듯이 비가 내리기 시작했다. 처음에는 보슬비처럼, 그러다가 차츰 더욱 줄기차게 마침내는 공간을 꿰뚫는 단 한 줄기의 물기둥이 되었는데, 모든 것을 덮어버리는 그 부드러움, 무한한 넓이를 가진 그 암흑의 부드러움에는 거의 완만하다고 해도 좋을 느낌이 있었고, 일대를 덮어버리는 물줄기 때문에 그것이 과연 밑으로 떨어지고 있는 것인지 아니면 위로 올라가고 있는 것인지 이미 구별할 길이 없었다. 어둠은 완성되었고 합일은 완성되었다. 그 속에는 방향도, 발단도, 종말도 없었다. 합일! 끝날 줄 모르는 합일, 어둠이 완전히 성취된 뒤 또 한 번 거기에서 빛이 새어 나왔다. 그때에도 합일은 깨지지 않았다. 왜냐하면 지금 어둠의 중앙에, 마치 가볍게 두들기기라도 한 듯이, 살그머니 입김을 불기라도 한 듯이 하늘의 궁륭의 장막이 걷혀졌기 때문이다. 장엄한 광채에 넘쳐서 장막은 갑자기 열려져 있었다. 그것은 천구(天球) 속에서 빛나는 단 하나의 거대한 별처럼 그의 눈을 비추는 단 하나의 눈이었고, 동시에 위와 아래의 세계였고, 동시에 내부와 외부의 하늘이었고, 동시에 안과 밖의 극한이었고, 합일의 수정을 자신 속에 감싸고 있었으며 그 투명한 수정 속에는 일체의 물기가 응집되어 있었다. 이때 수정의 광휘는 우주의 총체가 되고, 하늘과 땅 모두는 수정에서 뿜어지는 광망에 감싸이고, 무한히 굴절하고 반사하는 빛 속에 이미 상실될 수 없는 무한의 모습을 간직하고 있었다. 왜냐하면 존재의 총체는 이 근원의 빛이었기 때문이며, 단 하나의 존재인 광휘가 되는 빛나는 원초의 빛이었기 때문이다. 그것은 시작이고 끝이며 다시 시작이었고, 별의 얼굴은 수정 속에서 황홀했다. 하지만 이 우주의 어디에 그 자신의 얼굴이 있는가? 모든 천체로 된 수정의 그릇이 이미 그를 건져 올렸는가, 아니면 그는 일체의 내부와 외부에서 쫓겨나 무 속에 머무르고 있는가? 오오, 그는 보았고 기다렸기에 열광했다. 하지만 보는 그는 동시에 수정 그 자체였다. 그의 기다림은 투명한 현과 모든 이의 가슴을 잡고 있는 동경 자체였다. 이 기대 아닌 기대는 동시에 수정 그 자체의 기대였다. 스스로의 성장을 아는 수정의 앎이었다. 분명한 앎으로 더욱 완전한 정적으로 고조되려는 수정의 의지, 아직 울려 나오지 않는 미래의 천체의 노래가 재빨리 되돌려 보낸 메아리, 대기가 재빨리 되돌려 보낸 메아리, 그 큰 격렬함 때문에 안간힘을 다하여 타오르는 만유의 한가운데, 안간힘을 다하여 불타오르는 창조의 한가운데서 다시 한 번 빛이 어둠 속에 떨어졌을 정도였다. 그러나 그때 동시에 또다시 어둠은 열려서 빛과 어둠은—떨어지는 것과 그것을 맞받는 것은—하나로 결합되어 합일을 이루었다. 이 합일은 이미 수정이 아니었고, 다만 지극히 어두운 광망, 이미 어떤 특성도 아니고, 수정의 특성조차도 아니고, 다만 특성의 소멸 그 자체, 끝없는 우주의 심연, 일체의 특성의 탄생의 자리였다. 별의 중심이, 순환의 중심이 열려 있었다. 그것은 눈을 갖지 않은 자의 눈을 위해서 열린 일체를 낳는 무였다—오오, 보는 힘을 가진 맹목.

이때 그는 뒤돌아보는 것이 허용되었다. 돌아보라는 명령이 내려졌다. 그래서 그는 뒤를 돌아보았다.

다시 볼 수 있게 된 그의 눈앞에 또다시 무는 한없이 변형되어 현재와 과거의 존재로 변하고, 또다시 끝없이 전개되어 시간의 순환이 되고, 무한하게 된 이 순환을 다시 한 번 닫으려고 했다. 끝없는 하늘의 구체(球體), 다시 궁륭을 형성한 끝없는 세계의 방패, 또다시 빛과 어둠이 있고, 낮과 밤이 있고, 밤들과 낮들이 있고, 또다시 무한은 높이와 폭과 깊이에 따라 질서를 이루고, 하늘의 방향은 활짝 열린 네 개의 변에 따라 규정되고, 위와 아래의 세계가, 구름과 바다가 태어났다. 그리고 바다의 중앙에는 다시 육지가 솟아올랐다. 녹색을 이룬 세계의 섬, 식물에 뒤덮이고 동물에 뒤덮인, 변천하지 않는 것 속에서의 변형이었다. 태양은 동쪽에서 떠올라 세계의 구체를 떠도는 여로에 오르고, 그 뒤를 따라서 밤에는 별이 떠올라 북쪽의 극까지 층층이 겹쳐졌다. 별 그림자 하나 없는 그 극의 중앙에는 빛나는 북녘의 십자성에 싸여 정의의 여신이 천칭을 손에 들고 군림하고 있었다. 아침 햇살을 받으며 독수리와 갈매기는 하늘 높이 날아올라 섬을 에워싸고 떠돌며, 돌고래는 침묵의 천체의 노래에 귀를 기울이면서 떠올랐다. 서쪽으로부터는 한 떼의 동물들이 돌고 있는 태양과 별을 맞이하기 위해 행진해왔다. 황야의 동물과 목장의 동물이 다투지도 않고 평화 속에 결합되고, 사자와 황소와 어린양, 그리고 젖이 팽팽하게 불은 암염소가 모두 동쪽을 향하여 동방의 목자를 찾아, 인간의 얼굴을 찾아 행진하고 있었다. 그리고 세계의 방패 중앙에, 그 끝없이 깊은 곳에 그것이 보였다. 끝없이 인간적인 존재와 인간의 집 한 가운데에 그것이 보였다. 이 마지막 광경, 그러면서도 그것이 보인 것은 이번이 처음이었다. 싸움이 없는 평화, 그 평화 속에 있는 인간의 얼굴, 그것은 어머니의 품에 안긴 소년의 모습, 애틋한 미소를 머금은 사랑 속에서 어머니와 하나로 맺어진 소년의 모습이었다. 그가 본 것은 이 얼굴이었다. 이렇게 그는 소년을 보았고, 이렇게 그는 어머니를 보았다. 그리고 두 사람은 그지없는 그리움을 느끼게 했다. 두 사람의 이름을 부를 수도 있을 것 같았으나 물론 이름을 찾아낼 수는 없었다. 아이와 어머니는 웃음으로 친숙하게 맺어져 있었다. 이 미소 속에는 이미 무한한 생성의 모든 의미가 포함되어 있는 듯했고, 뜻깊은 법도가 이 미소 속에 고지되어 있는 듯했다— 말(言)에 의해서 태어난 인간 운명의 부드럽고도 무서운 영광, 그것은 탄생의 시간에 이미 말의 의미였고, 말의 위안이었고, 말의 은총, 말의 주선, 말의 구원이었다. 또한 말의 법도를 세우는 힘이었고, 말의 부활이었고, 인간의 행위라는 부적절한, 그러나 지금은 단 하나의 적절한 지상의 형상 속에 다시 한 번 생생하게 비쳐지고, 그 속에서 영원토록 고지되고, 유지되고, 반복되는 것이었다. 사랑에 의한 인식 속으로 말은 가슴의 동경과 사고의 동경을 받아들여 거대한 연대를 형성하고, 자신 속에 숨은 필연적인 힘에 의해 유효성의 보증을 획득하고, 아들이 되기를 원하는 나그네의 동경을 받아들여 그 과제를 성취시키고 있었다. 이리하여 말의 호소에 따라 크고 작은 강은 찰랑찰랑 흐르기 시작하고, 파도는 다정하게 술렁이면서 기슭으로 가고, 바다는 강철처럼 푸르고 가볍게 남쪽 하늘 낮게 타오르는 불길에 흔들리며 도도히 흐르고 있었다. 모든 것은 동시성이라는 심연에서 한꺼번에 눈에 띄고 한꺼번에 귀에 들렸다. 일찍이 버렸던 무한을 통해 그는 지금 이곳의 무한을 보고 있었다. 그는 앞과 뒤를 동시에 보고, 앞과 뒤에 동시에 귀를 기울였다. 눈에 보이지 않는 망각의 세계에 가라앉았던 옛날의 술렁임이 다시 피어올라 현재가 되고, 흐르는 동시성이 되고, 그 속에는 영원의 존재가, 온갖 형상의 원상이 깃들어 있었다. 이때 전율이 그를 휩쓸었다. 거대한 전율, 그 궁극성 때문에 거의 자유롭기까지 한 전율이. 시간의 순환은 이미 닫히고 종말은 발단이 되었다. 그 형상은 가라앉았다. 들판이 그것들을 보이지 않게 간직한 채 가라앉았다. 술렁임이 멈추었다.

헤아릴 수 없는 앎의 불안 속에서 눈에 보이지 않게 빛나면서 솟구쳐 오르는 중심의 샘. 무(無)는 덧없는 공간을 채우고 만유로 변하고 있었다.

술렁임은 그칠 줄 모르고 계속되고 있었다. 그것이 소리가 되어 빛과 어둠이 교차되는 곳에서 울리고 있었고, 빛과 어둠은 고조되기 시작한 그 울림에 자극을 받아 물결치고 있었다. 지금 비로소 낭랑하게 울리기 시작한 소리, 그것은 노래 이상의, 하프 줄의 떨림 이상의, 온갖 가락 이상의, 온갖 목소리 이상의 것이었다. 동시에 이것들 모두를 합친 소리, 무와 만유의 한가운데서 모든 의사소통을 초월한 의지의 소통이 되어서 용솟음치고, 모든 이해를 초월한 의미가 되어서 용솟음치고, 일체의 소통과 이해를 초월한 그야말로 순수하기 그지없는 말이 되어서 용솟음치고, 종말과 발단을 인도하여, 힘차게 지시하듯, 그리고 공포를 자아내듯 하면서 또 보호의 손길을 뻗치고, 다정하게 그러면서도 천둥처럼 울리는 구별의 말, 서약의 말, 순수한 말―이렇게 술렁임은 밀어닥치고, 그를 넘어서 울려 퍼지고, 부풀어 오르고, 더할 수 없이 강렬해지고, 그 너무나도 억센 힘 때문에 이제 아무것도 여기에 대항할 수는 없었다. 만유는 말 앞에서 사라지고, 말 속에 용해되어 소멸하고, 그러면서도 거기에 보존되고 유지되고 있었다. 영원에 걸쳐서 멸망되고 그러면서도 새로이 창조되고 있었다. 그도 그럴 것이 무엇 한 가지도 상실되는 일은 없었으니까, 종말은 발단으로 이어져서 새로운 탄생을 맞이하고 새로운 탄생을 끌어내고 있었으니까. 말은 만유 위에서 떠돌고, 무위에서 떠돌고, 표현할 수 있는 것과 표현할 수 없는 것의 저쪽에서 떠돌았다. 그리고 말의 술렁임이 그를 감싸면 감쌀수록 말은 점점 더 도달할 수 없게 장대해지고, 점점 더 무게를 더하고, 게다가 떠도는 것처럼 아련해지기만 했다. 떠도는 바다, 떠도는 불, 바다처럼 무겁고 바다처럼 가볍고 그러면서도 여전히 그것은 말이었다. 이 말을 고정시킬 수는 없었다. 고정시킨다는 것은 허용되지 않았다. 포착할 수도 없고, 입에 올릴 수도 없었던 그 말, 그것은 인간 언어의 피안에 있었다.

해설

시와 구원
_베르길리우스를
이해하기 위하여

김주연(숙명여대 석좌교수)

유럽 시의 아버지라고 한다면 호메로스의 이름이 우선 떠오른다. 베르길리우스의 필생의 대작 《아이네이스》는 호메로스의 《일리아스》를 이어받아, 《일리아스》에서는 노래되지 않았던 트로이 전쟁의 결말, 즉 그리스군에게 공략되어 전화에 휩싸인 트로이에서 탈출하여 새로운 국토를 찾아 방랑하는 영웅 아이네이아스의 모험담을 세밀하게 서술하고 있다. 그 모험 여행의 서술은 분명히 그리스의 영웅 오디세우스의 유랑담을 모방하고 있다. 즉, 《아이네이스》는 《일리아스》의 후일담이라는 성격과 호메로스의 《오디세이아》의 모작이라는 성격을 아울러 지니고 있는 것이다. 그렇다면 베르길리우스가 비록 고대 로마 제1의 시인이라고 하더라도 고대 그리스 제1의 시인 호메로스 앞에서는 그 그림자가 희미해진다고 생각할 수 있다.

그러나 자세히 살펴보면, 적어도 근대(대략 18세기 후반)이전에는 모작자 쪽이 원작자보다 존중되었다고도 할 수 있다. 왜냐하면 모작 쪽이 오히려 직접적인 영향력을 갖고 있었기 때문이다. 유럽 문명은 고대 그리스·로마 문명과 기독교의 융합에 의해 성립되었다고 일컬어지며, 물론 그 설의 일반적인 타당성을 의심할 이유는 없다. 하지만 이 경우, 고대 그리스·로마라고 한마디로 불리는 것이 분명 통설이기는 하지만, 다음 시대의 눈에 직접적으로 비쳤던 것은 어디까지나 로마의 영광이며, 그리스는 그 배후에 희미한 후광처럼 흐려져 있었을 뿐이다. 무엇보다도 다음 시대의 언어가 로마의 말, 즉 라틴어의 속화(俗化)에 의해서 성립되었다는 사실이 결정적이다. 언어는 문명을 지배한다, 아니 지배한다기보다 문명 그 자체이다. 베르길리우스의 언어는 라틴어를 저마다의 방식으로 계승한 후대의 문명에 있어서 고대문명 그 자체의 찬란한 현현(顯現)이었다고 할 수 있다. 중세에 있어서, 베르길리우스는 과거 최고 시인이라는 데에 머물지 않고, 현세와 내세의 사정에 통달한 전설적인 강대한 마술사로서 숭앙받게 되었다. 단테의《신곡》에서 베르길리우스가 지옥과 연옥의 안내자로 되어 있는 사실은 결코 우연만이 아니다.

　베르길리우스의 영광이 그늘지기 시작한 것은 모방보다도 독창을 중시하고, 전통보다도 개성을 존중하는 기풍이 일어난 것과 때를 같이한다. 그 기풍을 근대라고 해도 좋지만 구체적으로는 라틴어를 모어(母語)로 하지 않는 언어민족, 특히 게르만계 민족의 힘이 이 기풍을 진작시켜 근대의 지배적인 정신으로 만든 것이다. 구세력을 타도하기 위해 신흥세력이, 구세력이 거점으로 삼았던 권위보다도 더욱 오랜 권위를 스스로의 신으로 숭상함은 신구 교체를 노리는 작전의 변함없는 이치이다. 영국인이나 독일인이 "베르길리우스보다도 호메로스를" 하고 말하며 "호메로스의 태양은 언제나 우리들 위에 빛나고 있다" (실러)라고 주창했을 때, 그 고대 그리스의 재발견은 라틴 문명의 지배에 대한 과감한 도전까지도 동시에 뜻하고 있었음에 틀림없다.

〈유럽의 아버지 베르길리우스〉, 이 표제를 가진 독일의 철학자 테오도르 헤커(Theodor Haecker)의 베르길리우스 연구가 발표된 것은 1931년의 일이다. 그 표제는 근대가 달성한 혁신의 의미에 대한 중대한 의문을 제기하고 있다. 헤커는 여기에서, 베르길리우스는 호메로스를 모방한 데 지나지 않는다는 의견에 대해, "확실히 그는 모방했다. 그러나 그의 경우 모방은 무능자의 궁여지책이 아니었다. 오히려 모방에 의해서 그는 호메로스보다도 더욱 풍부한, 정신적으로 높은 작품을 만들어내었다", 대충 이렇게 반론하고 있다. 이것은 개성의 표현을 무엇보다도 우위에 두는 근대의 발상에 대한, 전통주의 입장에서의 강력한 반론이다. 헤커는 다시 말한다. 베르길리우스는 기독교가 성립되기 전에 이 세상을 떠났으므로 그런 점에서는 확실히 고전적인 고대의 교양 범주에 속하는 인물이다. 그러나 그는 교의(敎義)로서의 기독교를 모름에도 불구하고, 이를테면 '선천적으로 기독교인의 정신'을 지니고 있었다. 호메로스의 주인공 오디세우스가 스스로의 지모와 책략을 구사하여 운명의 함정을 교묘하게 뚫고 나갔다고 한다면, 베르길리우스의 아이네이아스는 거대한 운명의 힘에 어디까지나 순순히 따르며, 그 힘이 이끄는 대로 스스로의 행로를 정해나가는 경건한 마음의 소유자이다. 자랑스러운 인지(人智)에의 신뢰 대신에 베르길리우스에게는 지상의 존재의 덧없음에 대한 인식과 이 덧없는 존재가 개체를 초월한 거대한 전체의 질서 속에서 구원되어야 할 필연성에 대한 인식이 있었다. 눈물로 가득 찬 고통스러운 세상은 영겁의 기쁨 속에서 지양되지 않으면 안 된다는 신념, 그 신념의 소유자야말로 '선천적인 기독교인'이라고 하겠다. 헤커의 이 의견을 계승하여 T. S. 엘리엇은 1944년 베르길리우스협회에서의 강연 〈고전이란 무엇인가〉에서 베르길리우스야말로 참으로 보편성을 갖춘 고전 중의 고전이라고 역설했다. 엘리엇에 의하면 고전의 조건은 우선 무엇보다도 '성숙'이다. 성숙이라고 말하면 개인의 자질이나 재능이 훌륭하게 한 사람 몫이 되었다는 정도로 생각되겠지만, 엘리엇이 이 말을 사용했을 때의 의미는 개인의 차원에 있는 것이 아니다. 하나의 문명이 성숙되고 문명 속의 언어와 문학이 성숙되었을 때 비로소 거기에 속하는 문학인의 개인적인 심성도 성숙되고 보편적인 표현을 획득할 수 있다는 것이다. 개체의 성숙은 전체의 성숙과 분리시켜 생각할 수 없다. 그리고 개인의 심성의 성숙이란 전체의 역사를 아는 것이며, 역사의식과 불가분의 관계에 있다. 베르길리우스는 《아이네이스》에서 두 개의 위대한 문명이 서로 싸우다가 모든 것을 포괄하는 운명의 힘 아래 용해되어가는 과정을 그렸다. 그것을 그리게 한 것은 그의 역사의식이지만, 이 경우 역사의식이란 개체를 초월한 보다 높은 전체의 운명에 스스로의 의지를 맡긴다는 것을 뜻한다. 운명에의 순종을 통해 로마제국의 건설자가 된 영웅 아이네이아스는, 개체를 초월한 전체로서의 로마의 상징이며, 그것을 그림으로써 베르길리우스는 다른 어떤 시인에게서도 바랄 수 없는 유럽 문명의 중심에 몸을 둔 유일무이한 고전의 중심성을 획득할 수가 있었다. 왜냐하면, "로마제국과 라틴어는 임의의 제국도 언어도 아니고, 우리들과의 관련으로 이루어진 유일무이한 운명을 짊어진 제국이며 언어이기 때문이다. 또한 이 제국과 이 언어를 의식과 표현에 초래케 한 이 시인이야말로 유일무이한 운명을 짊어진 시인이기 때문이다."

말할 것도 없이 이러한 의견의 배후에는 전체적인 조화와 질서의 테두리를 벗어나 멋대로 자기주장에 빠져드는 개체의 행동(정치적으로는 국가주의, 문학적으로는 전통의 경시와 개성의 존중)을 못마땅하게 여기는 비판의 눈이 있다. 현대에 있어서 베르길리우스의 이름이 들먹여지는 것은 대략 그런 종류의 비판, 유럽을 거대한 문명의 한 통일체로 보려는 반근대적인 전통주의의 입장에 기초하고 있기 때문으로 생각해도 무방하다.

이제 문제는 헤르만 브로흐의 《베르길리우스의 죽음》이다. 이 작품은 그리스로 여행한 베르길리우스가 로마 황제 아우구스투스에게 되불려 가서 고생스러운 배 여행 끝에 상륙한 이탈리아 반도 동남부의 항구도시 브룬디시움(지금의 브린디시)에서 생애를 마치는, 그 상륙에서 죽음까지의 1주일, 정확하게는 최후의 18시간을 다루고 있다. 다루고 있다고는 하지만 보는 바와 같이 외면적 객관적인 사실에 대해서는 거의 즉물적(卽物的)인 보고의 형태로 서술되어 있지는 않다. 죽음에 임박한 시인의 병상에 친구들이, 나아가서는 황제 아우구스투스가 찾아와서 대화를 나누는 3부를 제외하고는 시인 자신의 상념과 환각이 끝없는 독백의 형식으로 엮어져나갔을 뿐이라고 해도 좋다.

그 상념의 중심에 있는 것은 '죽음'이다. 그것은 개인의 육체적인 죽음으로 그치지는 않는다. 그것을 계기로 죽음을 눈앞에

두고 스스로의 생애를 돌아볼 때 그 생애의 심혈을 쏟은 행위, 즉 언어에 의한 표현의 행위가 그에게는 더할 수 없이 의심스러운 장난으로밖에 비치지 않게 된다. 현실에 대해 보다 적극적인 행위로 나아가는 일 없이 다만 그 표층을 채색하는 데 지나지 않는 언어의 속임수, 그것은 미(美)라는 가상적인 이름 아래 영혼을 영겁의 죽음으로 이끌어가는 불길한 유혹 외의 아무것도 아니라고, 육체의 죽음을 눈앞에 둔 열병의 환각이 집요하게 속삭인다.

언어가 인식의 수단이기는커녕 반대로 인식을 저해하고 삶의 근저에의 깊은 통찰을 방해하는 역할을 갖는다. 그러한 생각은 예로부터 있어온 문학에 대한 회의의 한 정설이 되어 있는데, 어쨌거나 그의 베르길리우스가 죽음의 침상에서 말의 허구성에 대해서 괴로워하는 그 이면에는 작가 자신의 이러한 시대인식이 숨어 있다. 육체의 죽음은 영혼의 죽음으로 통하고, 그리고 영혼의 죽음은 개인을 초월한 하나의 문명의 죽음으로 이어진다. 베르길리우스의 '죽음'이란 복합적인 구조를 가진 규모가 큰 죽음이라고 하지 않으면 안 된다. 게다가 거기에 작가 자신의 생활에 있어서의 죽음의 공포가 덧붙여진다.

여기에서 이 작품이 완성되기까지의 내력을 간단히 살펴보면, 최초에 쓰인 것은 〈베르길리우스의 귀향〉이라는 제목의 10페이지 안팎의 극히 짧은 소품으로서 1937년에 라디오 방송의 낭독용으로 집필된 것이다. 완성고 《베르길리우스의 죽음》 전반부 모형이라고도 할 수 있는 작품인데, 한 번 쓴 것에 되풀이 손질을 하고 추고에 추고를 거듭하는 것이 작가로서의 브로흐의 성벽, 아니 성벽이라기보다 거의 악습으로서 이 첫 번째 원고는 그 뒤 몇 차례 손질이 가해진다. 악습이라고 한 것은, 고쳐진다 해도 때로는 사소한 일로밖에 여겨지지 않는 어구의 수정 등에 지나치게 구애되는 일도 드물지 않기 때문인데, 표제까지도 '신의 소설' '데메테르' '유혹자' 따위로 전전한 대작의 개작인 경우 특히 그 흔적이 뚜렷하다. 그것은 여하간에, 〈베르길리우스의 귀향〉다음에 쓰인, 표제가 없는 수십 페이지에 이르는 초고는 거의 완성고 전체의 윤곽을 나타내고 있음을 알 수 있다. 세 번째 원고는 '죽음의 이야기'라는 표제를 가졌고, 이것은 대략 완성고의 1부와 2부에 해당되는 부분에 다시 손질을 가하고 있다. 다만 주목해야 할 것은 여기에서 처음으로 표제에 "죽음"이라는 말이 등장했으며, 또한 이 세 번째 원고의 마지막 부분이 감옥 속에서 쓰였다는 사실이다. 1937년에 '베르길리우스' 소설을 쓰기 시작했을 때, 유럽 문명의 위기는 이미 나치스의 대두라는 눈에 보이는 형태로 그 불길한 모습을 브로흐 앞에 들이대고 있었으나, 다음 해인 1938년 나치스 독일이 오스트리아를 병합함과 동시에 빈의 유대계 문인이었던 브로흐는 당장 체포 구금되어 강제수용소에서의 죽음의 공포에 직면하게 된다. 그 구금의 나날 속에서 쓰여진 것이 '죽음의 이야기'의 마지막 부분이 된다.

제임스 조이스, 에드윈 뮤어 등 영국인 친구들의 적극적인 도움으로 이윽고 감옥에서 해방된 브로흐는 우선 영국으로 망명하고, 그해 말에는 영국에서 다시 미국으로 건너간다. 그리고 이 망명의 땅에서 네 번째 원고 〈베르길리우스의 고향으로의 여행〉이 계속 집필되고, 1945년, 즉 나치스 멸망의 해에 마침내 완성고(다섯번째의 원고) 《베르길리우스의 죽음》이 간행되기에 이르렀다. 미국 망명 후에는 재단의 원조 등도 받게 되어 일단 생활에 대한 불안은 없이 작품의 완성을 위해 정진할 수 있었다. 그러나 한때 직면했던 죽음의 위협이 마음속에서 사라지는 것은 아니었다. 완성고를 발표한 직후 올더스 헉슬리에게 보낸 편지(1945년 5월 10일)에서 브로흐는 다음과 같이 쓰고 있다.

베르길리우스의 주제는 가끔 나를 찾아오곤 했지만 그 작업을 계속하고 있는 동안 나는 실지로 죽음에 의해서, 즉 나치스에 의해서 위협을 받았던 것입니다. 그리고 그 순간부터 나는 이 책을 다만 내 자신을 위해서(일부는 감옥에서) 썼습니다. 어떤 의미에서는 죽음에 대한 개인적인 마음의 준비인 셈으로 독자 따위는 염두에 없었습니다. 그것은 상상력의 도움을 빌려 나 자신으로 하여금 가능한 한 가까이에서 죽음을 경험하게 하기 위한 기도였습니다.

작품이 작가의 자기구원의 시도로 사용되고 있음은 어떤 경향의 문학에 대해서나 흔히 이야기되는 일이고, 또한 그것이 문학 본래의 존재양식에서 볼 때 우습지 않은가 하는 비판적인 불신의 눈도 드물지는 않다. 확실히 문학이 자위를 위한 슬픈 도구로 타락하고 있는 듯한, 특히 우리의 근대문학의 세계에서 흔히 볼 수 있는 이러한 광경은 비참하고 안타까운 생각을 자아낼 뿐일는지도 모른다. 브로흐의 경우는, 정상적인 생활궤도에서는 도통 생각할 수 없는 어떤 극한적인 상황에서의 일이기는 하지만, 지금 인용한 편지의 말투에서 다소나마 그런 안타까움 비슷한 인상을 느끼게 됨은 부정할 수 없는 사실이다.

그러나 개인적, 사적인 동기가, 사적인 생활의 영역으로 작품을 수렴케 하는 대신에, 반대로 그것이 없으면 단순한 상상화에 지나지 않을 작품을, 내부로부터 충실하게 하고 활기를 불어넣는 힘이 될 수도 있음은 문학에 주어진 행복이다.

《베르길리우스의 죽음》에 있어서도 그러한 느낌이 전혀 없지는 않다. 그뿐만 아니라 보기에 따라서는 너무나 농후하다고도 할 수 있을 것이다. 하지만 여기에서 설사 베르길리우스가 브로흐의 분신이라고 하더라도 그것은 일방통행식의 관련으로 끝나고 있지는 않다. 그 뒤집힌 관계 또한 성립될 수 있다. "브로흐가 베르길리우스의 분신이기도 한 것이다"라고 말하지 않으면 안 되는 것이다. 즉, 작자가 자기의 인식을 베르길리우스라는 가공의 인물을 통해서 나타낸 것이라고 할 때, 그러나 이 가공은 그 자체가 지니고 있는 실질적인 무게 때문에 단순한 가공의 상태에 머물러 있을 수가 없다. 반대로, 작가 역시 가공적인 입장을 이용하면서 그 가공의 힘에 의해 지탱되고 있다고 하겠다.

이 관계는 브로흐가 존경하는 조이스의 《율리시스》의 경우를 연상시킨다. 알려진 대로 《율리시스》는 현대도시의 평범한 주민의 하루 생활기록을 호메로스의 《오디세이아》의 뼈대를 맞추어서 그리려고 한 소설이다. 고대영웅의 모험담의 틀을 빌려서 현대 소시민의 생활을 포착하려는 것은 말할 것도 없이 패러디의 효과를 노린 것이라고 생각된다. 과거의 위대함에 대한 현재의 사소함, 그것이 과거의 위대함에 빗댄 형식으로 표현될수록 한층 대비적(對比的)으로 강조되어 우스꽝스럽고 비참한 양상을 한층 더 두드러지게 나타낼 수 있다고 말할 수 있다. 하지만 그것만을 위해서라면 슬쩍 빗댄 기지(機智)의 장난으로 이룩할 수 있는 일이다. 《율리시스》가 참으로 뛰어난 현대소설인 점은 패러디의 기능을 최대한으로 살리고 그것을 더욱 심화했기 때문이라고 말하지 않으면 안 된다. 패러디는 원작을 왜곡시키고 개조시킨다. 당연한 일이지만, 그 개조된 새로운 표현에 원작의 모습이 지워지지 않고 남아 있고, 그 양쪽이 이중영상의 형태로 겹쳐서 보일 때 패러디의 맛은 가장 미묘해진다. 이 중층적인 구조로 하여 《율리시스》는 얼핏 보면 지극히 첨예한 전위적인 현대의 실험소설이면서 낡은 유럽 문학의 영예로운 전통을 나타내고 있다고도 하겠다.

《베르길리우스의 죽음》은 《율리시스》에 비하면 작품의 구조는 훨씬 단순하고 브로흐 또한 조이스의 그로테스크한 유머나 기상천외한 공상의 묘기를 시도할 재능을 갖고 있지 못하다. 그는 역시 독일문학의 '엄숙'한 정신의 소유자이다. 따라서 《베르길리우스의 죽음》에 패러디라는 관사를 붙이는 것도 어울리지 않는다. 그런데도 불구하고 뛰어난 패러디가 지니고 있는 미묘한 이중성의 맛이 이 작품의 깊이를 더해주고 있는 것만은 확실하다.

여기에서 다시 처음에 서술한 현대에 있어서의 베르길리우스에 대한 평가문제로 돌아간다. 헤커나 엘리엇처럼 고전의 전통에 대한 한결같은 신뢰를 유지하기에는 브로흐는 문명의 명맥에 대해 너무나도 회의적이었다. 문명을 믿기에는 그가 처했던 환경이 너무나도 가열했다는 사실도 있을 수 있고, 또한 유대인 특유의 암담한 종말론적인 사고의 경향이 그에게도 현저히 나타났다는 사실도 생각할 수 있겠다. 어쨌든 그의 베르길리우스는 고대문명의 정수를 한 몸에 터득한 행복한 시인의 얼굴이 아니라 낡은 신앙의 쇠퇴, 낡은 정치형태의 해체에 기인하는 시대의 불안정한 동요를 민감하게 감지하면서 그 동요 속에서 심하게 흔들리고 있는 처절한 영혼의 수난상을 나타내고 있다. 그러나 헤커 등이 본 것과 다른 것을 그가 보고 있었다는 뜻은 아니다. 다만 그들이 삶의 모습에서 본 것을 브로흐는 말하자면 죽음의 모습에서 보았다. 다른 사람들이 빛에서 본 것을 그는 그림자에서 보았다. 그러나 말할 것도 없이 빛이 있음으로써만 그림자도 생기는 것이며, 삶과 죽음은 서로 대립하면서 보완하는 하나의 총체이다. 이 총체를 브로흐는 확실히 탐지하고 있었다.

브로흐는《베르길리우스의 죽음》을 위해 거듭 자작자주(自作自註)의 문장을 기록하고 있었는데, 그것은 때로 역겨울 정도로 고집스럽게 보인다. 작자가 스스로 그렇게 유난을 떨지 않더라도 독자는 독자 나름으로 소화시킬 수 있는 것이라고 한마디해 주고 싶을 정도이다. 그러나 선의로 해석하면 제멋에 겨운 자기선전이라기보다 그런 정도로까지 자기 작품이 지니는 사명에 대한 책임감이 강했고, 이 작품의 표면상의 난해성이 일반에게 올바로 이해되지 않지는 않을까 하는 염려가 그만큼 컸기 때문이었다고 생각해야 할는지도 모른다. 그러한 문장 가운데 다음과 같은 구절이 있다.

베르길리우스는 종교 해체의 시대에 살고 있었다. 낡은 로마 농민의 신앙은 이미 견고한 받침이 되지는 못했고, 아시아의 영향은 시간과 더불어 점점 더 광범한 지반을 잠식하고, 무신론으로 기운 갖가지 철학이 해체의 과정을 촉진했다. 베르길리우스만큼 이 사태를 통절하게 의식하고 있던 인물은 한 사람도 없었다고 해도 좋지만 바로 그 때문에 그는 시대의 가장 탁월한 정신이라고 불릴 자격이 있는 것이다. 조상의 신앙을 소생시키려는 아우구스투스의 (국정상의) 노력을 확실히 그는 호의적으로 바라보기는 했다. 그러나 시간이 흐름에 따라 점점 더 명료해지는 예감이 그에게, 새로운 것의 준비가 이루어지고 있음을 알리고 있었다. 베르길리우스를 기독교정신의 선구자로 보는 중세의 견해는 완전히 옳았다. 그것은 단테라고 하는 동등한 정신에 의해 확증되었다.

하나의 죽음은 새로운 삶을 준비하고, 종말은 발단과 이어진다. 그 순환의 인식이야말로 전통의식의 핵심일 것이다. "종말은 발단 앞에, 발단은 종말 뒤에 있다." "나의 발단 속에는 나의 종말이 있다"라고 엘리엇은 노래했다. 개인적, 사적인 고뇌의 계기가 개체를 초월한 전통의 순환 속에서 용해되고 해소된다. 빌려온 가공의 힘에 의해 반대로 받쳐진다고 아까 쓴 것은 결국 그것을 뜻하지만, 그렇게 되었을 때는 물론 가공은 가공이 아니다. 브로흐는 베르길리우스의 힘을 빌림으로써 스스로 원했든 원하지 않았든 이 강대한 마술사의 손이 이끄는 대로 깊고 어두운 전통의 비의의 자리에 당도한다.

다소 난해한 듯한 소설 문장은, 그러나 완전히 독자적인 발상과 어법에 의해서 조립된 것은 아니다. 뜻밖에도 오히려 전통적인 쪽에 가깝다. 같은 시대의 문학인들 속에서 바라본다면 브로흐는 릴케나 카프카, 또는 무엇보다도 게오르게나 호프만슈탈에 가깝다고도 할 수 있겠다. 작가 자신이 인정하고 있듯이 《베르길리우스의 죽음》에는 베르길리우스의 작품에서 숱한 인용이 숨바꼭질하듯 삽입되어 있다. 야심적인 전위작가라면 패러디나 패스티시의 효과를 노려서 행할 것이고, 흔해빠진 역사소설가라면 작품에 관록을 붙이기 위해 시도할 만한 일이다. 어쨌든 자칫 잘못하면 물과 기름의 괴리를 초래하기 십상이다. 《베르길리우스의 죽음》에서의 인용은 지극히 자연스러운 융합의 인상을 자아내고 있다. 여러 가지 이유를 생각할 수 있겠지만 따지고 보면 그것은 브로흐의 문장의 호흡이 베르길리우스의 호흡과 아득히 하나로 결합되었다는 이야기가 아닐까. 평범한 언어와 의미의 경계를 돌파하고, 참으로 새로운 언어와 의미를 포착하려는 인식을 위한 고된 작업이 과거의 박력 있는 수사(修辭)와 은밀한 교감을 달성했다는 이야기가 아닐까. 육체와 영혼의 열병에서 용솟음쳐 끝없이 넘실거리는 고통스러운 독백이 마침내 육체의 죽음을 맞이하여 일시에 엄청난 우주 해체와 구원의 비전으로 밀고 들어가는 4부 '귀향'의 압도적인 감명은 바로 이 교감의 달성에서 온 것이 분명해 보인다.

판본에
대하여

신혜양(숙명여대 독일언어문학과 교수)

 헤르만 브로흐의 소설 《베르길리우스의 죽음》을 다시 번역했다. 1971년 강두식 선생에 의해 "베르질의 죽음"(을유문화사)이란 제목으로 소개된 이래 40여 년 만의 일이다. 이로써 1984년에 출간된 김주연 선생의 《베르길리우스의 죽음》(범한출판사)을 포함하면 총 세 권의 한국어판이 나온 셈이다. 그러나 완성도 높은 번역이라는 고지는 여전히 멀기만 하다.
 브로흐 자신이 이 소설의 번역과 관련해서 쓴 해설에 의하면, 이 책은 "거의 번역될 수 없는 작품"이다. 무엇보다도 작가 스스로 고대 영웅서사시를 닮은 장대한 시를 쓰기를 원했고 500페이지에 달하는 원문의 곳곳에 무수한 상징과 비유들이 음악성이 풍부한 시어와 함께 포진해 있기 때문이다. 임종의 병상에 누워 있는 시인의 의식을 따라가는 죽음으로의 여행은 독자의 사유가 상상의 한계를 넘어 계속 나아가기를 요청한다. 그 안내역을 맡아야 하는 역자에게는 지독하게도 지난한 작업이다. 그럼에도 불구하고 이 소설은 1945년 독일어로 처음 출판되었을 때, 이미 영어 번역본이 동시에 출간되었고, 지금도 널리 정본으로 읽히고 있다. 물론, 이 판본은 첫 역자였던 진 스타 언터마이어가 브로흐 본인의 자문을 얻어 진행한 것이기는 하다. 그러나 그러한 특이성을 십분 감안한다 하더라도 반세기가 넘는 세월 동안 독자들의 인정을 받아온 번역 판본이 존재한다는 것은, 보통 새로운 판본이 출간되면 이전 시대의 빛나는 작업들은 자취를 감추고 마는 우리의 번역 관례에서 보면 실로 대단한 일이라 하지 않을 수 없다.

　이번에 출간되는 《베르길리우스의 죽음》은 그런 의미에서 조금 남다르다 할 수 있다. 오늘날의 독자와 발을 맞추어 언어를 새롭게 하는 동시에, 작품 본연의 가치를 손상시키지 않고 전달하기 위해, 이미 작품을 번역해본 경험을 가진 스승과 지금, 해당 작가의 전공자로 활동하고 있는 제자가 호흡을 맞추었다. 책의 내용이 보여주는 고전적, 보편적 가치를 그대로 살리면서 이 소설의 가장 큰 매력인 서정적인 표현의 아름다움까지 전달하려고 노력했다. 이를 우리말로 온전히 옮기는 일은 작가의 말처럼 불가능할지도 모르지만, 그럼에도 21세기의 한국 독자들도 베르길리우스의 죽음이 전하는 삶의 진실을 이해할 수 있는 기회가 되길 기대해본다.

**헤르만 브로흐
연보**

11월 1일 오스트리아 빈에서 방직 공장을 경영하던 유대인 아버지 요제프 브로흐와 어머니 요한나 사이에서 장남으로 태어남.	1886
문학에 관심이 있었으나 가업을 고려한 아버지의 권유로 뮐하우젠의 섬유공학 전문대학에서 섬유공학 공부를 시작.	1903
섬유공학사 자격을 취득하고, 빈 근교의 테스도르프에 있는 아버지의 공장에서 실업가로서의 경력 쌓음.	1907
프란치스카 폰 로터만과 결혼. 처가의 요청에 따라 유대교에서 가톨릭으로 개종. 공장장으로 취임하는 등 기업인으로서의 경력을 쌓아나가는 와중에도 예술과 문학에 관한 이론적 관심은 계속 높아짐.	1909
아들 헤르만 프리드리히 출생. 빈 대학에서 물리학, 철학, 심리학을 청강함.	1910

빈 문학계의 핵심 인물이던 프란츠 블라이를 알게 되고 카를 크라우스, 로베르트 무질, 프란츠 베르펠 등의 작가 및 여러 예술가들과 교류함.	1912
프란츠 블라이가 창간한 문화예술지 《주마》에 논문 〈졸라의 편견〉과 첫 번째 단편소설 〈방법론적 소설〉 발표.	1917
문화계 인사들과의 교류에서 알게 된 저널리스트 에아 폰 알레슈의 권유로 잡지 《모데르네 벨트》에 기고하기 시작.	1919
프란치스카 폰 로터만과 이혼하고, 에아 폰 알레슈와 열애에 빠짐. 열한 살 연상이던 에아와의 열애는 이후 5년간 계속됨.	1923
20년 동안 경영해오던 공장을 처분하고 빈 대학에서 수학, 철학, 물리학을 공부하기 시작, 이후 글쓰기에만 전념. 가치 붕괴의 이론에 입각한 시대분석 장편소설 《몽유병자들》 집필 시작.	1927
삼부작인 《몽유병자들》의 1부 〈파제노 혹은 낭만주의〉와 2부 〈에슈 혹은 무정부주의〉가 제임스 조이스의 《율리시스》 독일어판을 출간한 라인 출판사에서 출판됨.	1931 《몽유병자들》 1부, 2부
《몽유병자들》의 3부 〈후게나우 혹은 즉물주의〉가 출간되고, 이어서 영국과 미국에서도 번역 출간됨. 이 삼부작은 토마스 만과 헤르만 헤세에게 호의적인 평을 얻고 문단에서도 주목을 받았으나 대중적인 성공은 거두지 못함. 이를 계기로 브로흐는 문학의 기능에 회의를 느낌.	1932 《몽유병자들》 3부
비합리적인 시대에 합리적인 삶의 가능성을 묻는 소설 《미지의 크기》 출간.	1933 《미지의 크기》

바이마르 공화국 시대의 사회 갈등을 다룬 비극적 희곡《속죄》 발표.	1934	《속죄》
알프스 산악지대를 배경으로 비합리적인 권력욕과 집단 광기를 다루고자 한《산악소설》 초고 집필. 이후 여러 차례 개작되었으나 결국 작가가 타계할 때까지 완성되지 못함.	1935	
《베르길리우스의 죽음》의 초고 격인 〈베르길리우스의 귀향〉이 방송 원고 형태로 집필됨. 히틀러의 독재정치를 제지하도록 국제연맹에 호소하기 위해 〈국제연맹결의문〉을 작성함.	1937	
오스트리아가 나치 독일에 합병되자 유대인 자유주의 작가로 블랙리스트에 올라 있던 브로흐는 3월 13일 독일 비밀경찰에 체포됨. 하지만 〈국제연맹결의문〉이 발표되지 않았고 다른 물증도 발견되지 않아서 3월 31일 석방됨. 제임스 조이스 등 지인들의 도움으로 영국을 거쳐 미국으로 망명.	1938	
토마스 만, 알베르트 아인슈타인의 격려 속에 군중심리학 연구에 착수.	1941	
여러 차례 개작 작업을 거친 끝에 뉴욕에서 《베르길리우스의 죽음》의 독일어판과 영어판이 동시에 출간되어, 미국 내 지식인들 사이에서 큰 반향을 일으킴.	1945	《베르길리우스의 죽음》
볼링겐 재단의 지원을 받아 휴고 폰 호프만스탈을 연구.《호프만스탈과 그의 시대》 집필 시작. '즐거운 묵시론'이란 개념 사용하여 19세기 말의 오스트리아 사회와 빈 모더니즘을 분석.	1947	
화가 안네마리 마이어-그래페와 재혼.	1949	

1950	예일 대학교 명예교수로 임명됨. 1913년부터 1933년까지 20년 동안의 독일을 시대 비판적으로 묘사한 소설집 《죄 없는 사람들》 출간. 《죄 없는 사람들》
1951	노벨문학상 후보에 오름. 과로로 인한 심장 발작으로 병원에 입원. 5월 30일 갑작스럽게 세상을 떠남. 본인의 뜻대로 화장되어 코네티컷 킬링워스의 로스트미트 힐 로드 공동묘지에 안장됨.

옮긴이 김주연

서울대학교 독문과와 동 대학원을 졸업하고, 미국 버클리 대학과 독일 프라이부르크 대학에서 수학했다. 1978년부터 29년간 숙명여자대학교 교수로 재직했으며, 독일 뒤셀도르프 대학 객원교수, 한국독어독문학회 회장, 한국문학번역원 원장 등을 역임했다. 2004년에는 보관문화훈장을 받았다. 현재 숙명여자대학교 석좌교수이자, 대한민국예술원 회원이다. 지은 책으로《독일비평사》,《근대논의 이후의 문학》,《문학, 영상을 만나다》 등이 있고, 옮긴 책으로는《페터 카멘진트》,《이별 없는 세대》,《문학과 종교》등이 있다.

옮긴이 신혜양

숙명여자대학교 독문과와 동 대학원을 졸업하고, 독일 뮌헨 대학교에서 수학했다. 헤르만 브로흐 연구로 박사학위를 받았으며, 주한독일문화원 어학부 전임강사, 미국 워싱턴 주립대학교 객원교수를 역임했다. 1991년부터 현재까지 숙명여대 독일언어문화학과 교수로 재직 중이다. 지은 책으로《한독 여성문학론》(공저),《독일어권 문화 새롭게 읽기》(공저) 등이 있고, 옮긴 책으로《제국의 종말 지성의 탄생》(공역)이 있다.

세계문학의 숲 022

베르길리우스의 죽음 2

2012년 6월 14일 초판 1쇄 인쇄
2012년 6월 20일 초판 1쇄 발행

지은이 | 헤르만 브로흐
옮긴이 | 김주연 · 신혜양
발행인 | 전재국

발행처 | (주)시공사
출판등록 | 1989년 5월 10일(제3-248호)

주소 | 서울 서초구 서초동 1628-1(우편번호 137-879)
전화 | 편집 (02)2046-2851 · 영업 (02)2046-2800
팩스 | 편집 (02)585-1755 · 영업 (02)588-0835
홈페이지 | www.sigongsa.com
세계문학의 숲 홈페이지 | www.sigongclassic.com

ISBN 978-89-527-6350-1(04850)
    978-89-527-5961-0(set)

본서의 내용을 무단 복제하는 것은 저작권법에 의해 금지되어 있습니다.
파본이나 잘못된 책은 구입하신 서점에서 교환하여 드립니다.